GILBERT KEITH CHESTERTON

HIMMEL, HERRGOTT, MORD

PATER BROWN ERMITTELT

Aus dem Englischen von
Hanswilhelm Haefs und Julian Haefs

K
A
M
P
A

Die englischen Originalausgaben der Fälle von Pater Brown erschienen im Verlag Cassell & Co, London: *The Innocence of Father Brown* 1911, *The Wisdom of Father Brown* 1914, *The Incredulity of Father Brown* 1926, *The Secret of Father Brown* 1927, *The Scandal of Father Brown* 1935.
Die deutschen Erstausgaben erschienen wie folgt: *Father Brown's Einfalt*, *Father Brown's Weisheit* und *Father Brown's Ungläubigkeit* 1991 im Haffmans Verlag, Zürich; *Das Geheimnis des Pater Brown* 1929 im Musarion Verlag, München, und *Skandal um Pater Brown* 1958 in der Herder-Bücherei, Freiburg im Breisgau.
Im Kampa Verlag ist 2022 eine Schmuckausgabe mit sämtlichen Fällen von Pater Brown erschienen; für diese Ausgabe wurden die 1999 im Haffmans Verlag, Zürich erschienenen Übersetzungen von Julian Haefs grundlegend überarbeitet.
Die vorliegende Ausgabe enthält hieraus den ersten Band »Einfalt«.

Für den Blick hinter die Verlagskulissen:
www.kampaverlag.ch / newsletter

KAMPA POCKET
DIE ERSTE KLIMANEUTRALE TASCHENBUCHREIHE
Gedruckt auf säurefreiem und chlorfrei gebleichtem Papier zur Unterstützung verantwortungsvoller Waldnutzung, zertifiziert durch das Forest Stewardship Council. Der Umschlag enthält kein Plastik. Kampa Pockets werden klimaneutral gedruckt, kampaverlag.ch/nachhaltig informiert über das unterstützte CO_2-Kompensationsprojekt.

Der Kampa Verlag wird in der Schweiz vom Bundesamt für Kultur mit einem Strukturbeitrag für die Jahre 2021–2024 unterstützt.

Veröffentlicht im September 2024 als Kampa Pocket
Für die deutschsprachige Ausgabe

Covergestaltung und Satz: Lara Flues, Kampa Verlag
Covermotiv: © Adobe Stock / ImageDesigner
Gesetzt aus der Stempel Garamond LT / 240130
Druck und Bindung: GGP Media GmbH, Pößneck
ISBN 978 3 311 15552 2

www.kampaverlag.ch

Inhalt

Das blaue Kreuz	9
Der verborgene Garten	40
Die sonderbaren Schritte	72
Die flüchtigen Sterne	102
Der unsichtbare Mann	124
Die falsche Form	151
Die Ehre des Israel Gow	180
Die Sünden des Prinzen Saradine	204
Der Hammer Gottes	235
Das Auge Apollos	261
Das Zeichen des zerbrochenen Säbels	287
Die drei Werkzeuge des Todes	315

Einfalt

Das blaue Kreuz

Zwischen dem silbernen Band des Morgens und dem grün glitzernden Band der See legte das Schiff in Harwich an und entließ einen Schwarm Menschen wie Fliegen, darin der Mann, dem wir folgen müssen, keineswegs auffällig war – und es auch nicht zu sein wünschte. Nichts an ihm war bemerkenswert, außer einem leichten Gegensatz zwischen der Ferienfröhlichkeit seiner Kleidung und der Amtsgewichtigkeit seines Gesichts. Seine Kleidung bestand aus einer leichten hellgrauen Jacke, einer weißen Weste und einem silberfarbenen Strohhut mit graublauem Band. Sein hageres Gesicht war im Gegensatz dazu dunkel und endete in einem kurzen schwarzen Bart, der spanisch aussah und nach einer elisabethanischen Halskrause verlangte. Er rauchte eine Zigarette mit der Ernsthaftigkeit eines Müßiggängers. Nichts an ihm deutete auf die Tatsache hin, dass die graue Jacke einen geladenen Revolver verdeckte, dass die weiße Weste einen Polizeiausweis verdeckte oder dass der Strohhut einen der klügsten Köpfe Europas bedeckte. Denn es handelte sich um Valentin selbst, den Chef der Pariser Polizei, den berühmtesten Detektiv der Welt; und er war von Brüssel nach London unterwegs, um den größten Fang des Jahrhunderts zu machen.

Flambeau war in England. Der Polizei dreier Länder war es endlich gelungen, die Spur des großen Verbrechers zu verfolgen: von Gent nach Brüssel, von Brüssel nach Hoek van Holland. Nun wurde vermutet, dass er sich die Ungewohntheit und den Trubel des Eucharistischen Kongresses zu Nutze machen würde, der gerade in London stattfand. Vermutlich würde er als einfacher Geistlicher oder damit befasster Sekretär angereist kommen; aber dessen konnte sich Valentin natürlich nicht sicher sein; bei Flambeau konnte niemand sicher sein.

Viele Jahre ist es jetzt her, seit dieser Gigant des Verbrechens unvermittelt davon abgelassen hat, die Welt in Aufruhr zu versetzen; und da war, wie es nach dem Tod von Roland[1] hieß, eine große Stille auf Erden. In seinen besten Tagen aber (ich meine natürlich, in seinen schlimmsten) war Flambeau eine so prominente und internationale Figur wie der Kaiser[2]. Nahezu jeden Morgen berichtete die Zeitung, dass er sich den Folgen des einen außerordentlichen Verbrechens entzogen hatte, indem er ein anderes beging. Er war ein Gascogner von riesiger Gestalt und größtem Wagemut, und man erzählte sich die wildesten Geschichten über die Ausbrüche seines athletischen Humors; wie er den *juge d'instruction*[3] umdrehte und auf den Kopf stellte, »um ihm den Geist zu klären«; wie er die Rue de Rivoli hinabstürmte mit einem Polizisten unter jedem Arm. Man muss ihm freilich zugestehen, dass er seine phantastische Körperkraft in erster Linie bei solch unblutigen, wenngleich würdelosen Auftritten einsetzte; seine wirklichen Verbrechen waren hauptsächlich solche der genialen und groß angelegten Räuberei. Doch jeder seiner Diebstähle war fast eine neue Sünde und würde eine eigene Geschichte abgeben. Er war es, der die große Tiroler Molkereigesellschaft in London betrieb:

ohne Molkerei, ohne Kühe, ohne Milchwagen, ohne Milch, aber mit einigen tausend Kunden. Er bediente sie auf die einfachste Weise dergestalt, dass er die kleinen Milchkannen vor anderer Leute Türen wegnahm und vor die seiner Kunden stellte. Er war es, der mit einer jungen Dame eine unerklärliche und enge Korrespondenz unterhielt, obwohl deren Posteingang überwacht wurde, indem er sich des außerordentlichen Tricks bediente, seine Botschaften unendlich klein auf die Plättchen eines Mikroskops zu fotografieren. Viele seiner Unternehmungen waren jedoch von umwerfender Einfachheit. So wird erzählt, dass er einmal mitten in der Nacht alle Hausnummern einer Straße ummalte, nur um einen bestimmten Reisenden in eine Falle zu führen. Sicher aber ist, dass er einen tragbaren Briefkasten erfand, den er in ruhigen Vorstädten aufstellte für den Fall, dass Ortsfremde Geldanweisungen hineinwürfen. Schließlich war er auch als erstaunlicher Akrobat bekannt; trotz seiner mächtigen Gestalt konnte er springen wie ein Heuschreck und in Baumkronen verschwinden wie ein Affe. Daher denn der große Valentin, als er daranging, Flambeau zu fassen, sich völlig klar darüber war, dass seine Abenteuer nicht damit beendet sein würden, dass er ihn fand.

Wie aber sollte er ihn finden? Dazu waren des großen Valentins Gedanken noch im Prozess der Klärung.

Eine Sache gab es, die Flambeau trotz all seiner Meisterschaft im Verkleiden nicht verdecken konnte, und das war seine einzigartige Größe. Hätte Valentins scharfer Blick irgendwo eine große Äpfelfrau, einen großen Infanteristen oder auch nur eine einigermaßen große Herzogin entdeckt, er hätte sie wohl auf der Stelle verhaftet.

Aber in seinem ganzen Eisenbahnzug gab es niemanden, der ein verkleideter Flambeau hätte sein können, so wenig wie eine Katze eine verkleidete Giraffe sein kann. Hinsichtlich der Menschen auf dem Schiff hatte er sich bereits vergewissert; und in Harwich oder auf der Fahrt waren höchstens sechs Menschen hinzugekommen. Da war ein kleiner Eisenbahnbeamter, der zur Endstation fuhr, drei ziemlich kleine Gemüsegärtner, die zwei Stationen später zugestiegen waren, eine sehr kleine verwitwete Dame, die aus einer kleinen Stadt in Essex kam, und ein sehr kleiner römisch-katholischer Priester, der aus einem kleinen Dorf in Essex kam. Als er zu diesem letzten Fall kam, gab Valentin auf und hätte fast gelacht. Wahrlich war der kleine Priester[4] die Essenz der östlichen Ebenen: Er hatte ein Gesicht so rund und stumpf wie ein Norfolk-Kloß; er hatte Augen so leer wie die Nordsee; er hatte mehrere Pakete in braunem Packpapier bei sich, deren er kaum Herr wurde. Der Eucharistische Kongress hatte zweifellos viele solcher Geschöpfe aus ihren jeweiligen Versumpfungen herausgerissen, blind und hilflos wie ausgegrabene Maulwürfe. Valentin war ein Skeptiker der strengen französischen Schule und konnte für Priester keine Zuneigung aufbringen. Aber er konnte Mitleid für sie aufbringen, und dieser hier hätte Mitleid in jedem erweckt. Er hatte einen großen schäbigen Regenschirm bei sich, der ständig auf den Boden fiel. Er schien nicht zu wissen, welches der richtige Abschnitt seiner Rückfahrkarte war. Er erzählte mit der Einfalt eines Mondkalbes jedem im Wagon, dass er vorsichtig sein müsse, denn er habe etwas aus echtem Silber »mit blauen Steinen« in einem seiner braunen Packpapierpakete. Diese ungewöhnliche Mischung aus Essex-Plattheit und heiligmäßiger Einfalt amüsierte den Franzosen auch weiterhin, bis es dem Priester (irgendwie) gelang, in Stratford mit all seinen Paketen auszusteigen, und er dann wegen seines Regenschirms noch mal zurückkam. Bei dieser Gelegenheit war Valentin sogar gutmütig genug, ihn zu warnen, er solle seine Sorge um das Silber nicht dergestalt verwirklichen, dass er jedem davon erzähle. Mit wem immer Valentin aber auch sprach, ständig hielt er Ausschau nach jemand anderem; ständig suchte er nach jemandem, reich oder arm, Mann oder Frau, der wenigstens sechs Fuß groß war; denn Flambeau maß vier Zoll darüber.

Er stieg in Liverpool Street aus und war sich ganz sicher, dass er den Verbrecher bisher nicht verpasst hatte. Danach ging er zu Scotland Yard, um seinen Status zu klären und für den Notfall Unterstützung zu organisieren; er zündete sich eine weitere Zigarette an und unternahm einen langen Spaziergang durch die Straßen Londons. Als er die Straßen und Plätze jenseits Victoria durchwanderte, hielt er plötzlich inne und blieb stehen. Es war ein heimeliger ruhiger Platz, sehr typisch für London, erfüllt von einer zufälligen Stille. Die hohen glatten Häuser ringsherum sahen zugleich wohlhabend und unbewohnt aus; das Viereck aus Gebüsch in der Mitte wirkte so verlassen wie ein grünes Inselchen im Pazifik. Eine der vier Seiten war viel höher als die anderen, wie eine Estrade; und die Front dieser Seite wurde durch einen der wundersamen Londoner Zufälle unterbrochen – ein Restaurant, das aussah, als habe es sich von Soho hierher verirrt. Es war eine unerklärlich anziehende Stätte, mit Zwergpflanzen in Töpfen und langen, gestreiften Jalousien in Zitronengelb und Weiß. Sie lag besonders hoch über der Straße, und in der für London üblichen Flickwerkweise führte eine Stufenflucht von der Straße hinauf zur Eingangstür, fast so, wie eine Feuerleiter zu einem Fenster im ersten Stock hinaufführt. Valentin stand und rauchte vor den gelbweißen Jalousien und betrachtete sie lange.

Das Unglaublichste an Wundern ist, dass sie geschehen. Am Himmel fügen sich einige Wolken in die Form eines staunenden menschlichen Auges zusammen. In der Landschaft erhebt sich während einer zweifelhaften Fahrt ein Baum in der genauen, kunstvollen Form eines Fragezeichens. Ich habe beides während der letzten Tage selbst gesehen. Nelson stirbt im Augenblick des Sieges; und ein Mann namens Williams ermordet ziemlich zufällig einen Mann namens Williamson, was wie nach Kindsmord klingt. Kurz: im Leben findet sich ein Element zauberischer Zufälligkeit, das Menschen, welche mit dem Prosaischen rechnen, ständig verpassen. Poe hat das in seinem Paradox hervorragend ausgedrückt: Weisheit sollte mit dem Unvorhergesehenen rechnen.

Aristide Valentin war unermesslich französisch; und die französische Intelligenz ist reine und ausschließliche Intelligenz. Er war keine »Denkmaschine«[5]; das ist eine hirnlose Phrase des modernen Fatalismus und Materialismus. Eine Maschine ist nur deshalb eine Maschine, weil sie nicht denken kann. Er aber war ein denkender Mann, und ein normaler Mann zugleich. All seine wunderbaren Erfolge, die wie Zauberstücke aussahen, waren durch mühselige Logik, durch klares und gewöhnliches französisches Denken errungen worden. Die Franzosen erregen die Welt nicht, indem sie ein Paradox auf den Weg bringen, sondern indem sie eine Alltäglichkeit verwirklichen. So weit treiben sie ihre Alltäglichkeiten – wie in der Französischen Revolution. Gerade weil aber Valentin die Vernunft verstand, verstand er auch die Grenzen der Vernunft. Nur wer von Motoren nichts versteht, spricht vom Autofahren ohne Benzin; nur wer nichts von Vernunft versteht, spricht von Vernunft ohne feste unbestrittene Grundsätze. Hier hatte er keine festen Grundsätze. Flambeau war in Harwich nicht gefasst worden; und wenn er sich überhaupt in London aufhielt, mochte er alles Mögliche sein, von einem großen Landstreicher auf den Wiesen von Wimbledon bis zu einem großen Chef de Rang im Hotel Metropole. In derartig nackten Zuständen des Nichtwissens hatte Valentin seine eigene Sichtweise und Methode.

In solchen Fällen rechnete er mit dem Unvorhergesehenen. In solchen Fällen, in denen er nicht der Spur des Vernünftigen folgen konnte, folgte er kühl und sorgfältig der Spur des Unvernünftigen. Statt die richtigen Plätze aufzusuchen – Banken, Polizeistationen, Treffpunkte –, suchte er systematisch die falschen Plätze auf; klopfte an jedem leer stehenden Haus, ging in jede Sackgasse, durchwanderte jede mit Abfällen verstopfte Straße, folgte jeder Straßenbiegung, die ihn nutzlos vom Wege abführte. Er verteidigte diesen verrückten Kurs höchst logisch. Er sagte, wenn man einen Anhaltspunkt habe, so sei dies der schlechteste Weg; wenn man aber überhaupt keinen Anhaltspunkt habe, sei es der beste, denn dann bestünde immerhin die Möglichkeit, dass irgendeine Kuriosität, die das Auge des Verfolgers fesselte, auch das Auge des Verfolgten gefesselt habe. Irgendwo muss ein

Mann anfangen, und am besten da, wo ein anderer Mann aufhören würde. Irgendetwas an der Stufenflucht hinauf zum Geschäft, irgendetwas an der Stille und am altmodischen Aussehen des Restaurants erweckte die ganze rare romantische Phantasie des Detektivs und brachte ihn zu dem Entschluss, aufs Geratewohl zuzuschlagen. Er stieg die Stufen hinauf, setzte sich am Fenster nieder und bestellte eine Tasse schwarzen Kaffees.

Der Morgen war schon halb vorüber, und er hatte noch nicht gefrühstückt; ein paar Überreste anderer Frühstücke standen auf dem Tisch herum und erinnerten ihn an seinen Hunger; und nachdem er seine Bestellung um ein pochiertes Ei ergänzt hatte, schüttete er nachdenklich weißen Zucker in seinen Kaffee und dachte dabei die ganze Zeit über Flambeau nach. Er dachte daran, wie Flambeau einmal mithilfe einer Nagelschere entkommen war und einmal durch ein brennendes Haus; einmal, weil er für einen unfrankierten Brief zahlen musste, und einmal, indem er Menschen dazu brachte, durch ein Fernrohr einen Kometen zu beobachten, der die Welt zerstören könne. Er hielt sein Detektivgehirn für so gut wie das des Verbrechers, und recht hatte er. Doch erkannte er auch ganz klar seinen Nachteil: »Der Verbrecher ist der schöpferische Künstler; der Detektiv nur der Kritiker«, sagte er mit säuerlichem Lächeln, führte die Kaffeetasse langsam zum Munde und setzte sie sehr schnell wieder ab. Er hatte Salz hineingeschüttet.

Er sah sich das Gefäß an, aus dem das silbrige Pulver gekommen war; es war unzweifelhaft eine Zuckerdose; ebenso unzweifelhaft für Zucker bestimmt wie eine Champagnerflasche für Champagner. Er fragte sich, warum man wohl Salz hineingefüllt haben mochte. Er sah sich um nach anderen konventionellen Gefäßen. Ja, da gab es zwei volle Salzstreuer. Vielleicht gab es irgendetwas Besonderes an der Würze in den Salzstreuern. Er schmeckte; es war Zucker. Daraufhin sah er sich mit neu erwachtem Interesse im Restaurant um, ob es noch andere Spuren jenes eigenartigen künstlerischen Geschmacks gebe, der Salz in die Zuckerdose füllte und Zucker in den Salzstreuer. Abgesehen von seltsamen Flecken irgendeiner dunklen Flüssigkeit auf einer der weiß tapezierten Wände, sah der ganze Raum sauber, fröhlich und gewöhnlich aus. Er läutete nach dem Kellner.

Als jener Dienstleister herbeieilte, wirrhaarig und zu dieser frühen Morgenstunde noch etwas triefäugig, bat ihn der Detektiv (der durchaus Verständnis für einfachere Formen des Humors hatte), er möge doch den Zucker probieren und feststellen, ob der dem hohen Rufe des Hauses gerecht werde. Als Resultat gähnte der Kellner plötzlich und wachte auf.

»Treiben sie diesen delikaten Scherz mit Ihren Kunden jeden Morgen?«, fragte Valentin. »Wird Ihnen der Spaß, Zucker und Salz zu vertauschen, nie langweilig?«

Der Kellner, als ihm diese Ironie deutlicher wurde, versicherte stammelnd, dass das Haus keinesfalls solcherlei Absichten hege; es müsse sich um einen höchst sonderbaren Fehlgriff handeln. Er nahm die Zuckerdose auf und blickte sie an; er nahm den Salzstreuer auf und blickte auch ihn an, wobei sein Gesicht immer verwirrter wurde. Schließlich entschuldigte er sich abrupt, eilte von dannen und kehrte nach wenigen Sekunden mit dem Inhaber wieder. Der Inhaber untersuchte ebenfalls die

Zuckerdose und dann den Salzstreuer; der Inhaber sah ebenfalls verwirrt aus.

Plötzlich schien dem Kellner ein Strom von Wörtern die Sprache zu verschlagen.

»Ik denken«, stotterte er eifrig, »ik denken, es is die beiden Priesters.«

»Welche beiden Priester?«

»Die beiden Priesters«, sagte der Kellner, »die was Suppe an Wand schmeißen.«

»Suppe an die Wand schmeißen?«, wiederholte Valentin in der festen Überzeugung, hier handle es sich um eine italienische Metapher.

»Ja, ja«, sagte der Aufwärter aufgeregt und wies auf den dunklen Fleck an der weißen Tapete; »schmeißen es da an Wand.«

Valentin sah den Inhaber fragend an, der ihm mit ausführlicherem Bericht zu Hilfe kam.

»Ja, Sir«, sagte er, »das stimmt schon, wenn ich mir auch nicht vorstellen kann, dass das etwas mit dem Zucker und dem Salz zu tun hat. Zwei Priester kamen herein und tranken sehr früh eine Suppe, wir hatten die Läden gerade ausgehängt. Es waren beide sehr ruhige, würdige Herren; einer von ihnen bezahlte die Rechnung und ging hinaus; der andere, der überhaupt in allem langsamer schien, hatte einige Minuten länger damit zu tun, sein Zeug zusammenzupacken. Aber schließlich ging er auch. Nur, in dem Augenblick, bevor er auf die Straße hinaustrat, nahm er mit Absicht seine Tasse, die er nur halb ausgetrunken hatte, und schmiss die Suppe klatsch an die Wand. Ich selbst war im Hinterzimmer, und der Kellner auch; so kam ich denn gerade noch rechtzeitig angerannt, um die Wand bespritzt und den Laden leer zu finden. Der Schaden ist ja nicht groß, aber es war doch eine verdammte Unverschämtheit; ich habe versucht, die Männer auf der Straße zu erwischen. Aber sie waren schon zu weit weg; ich konnte nur noch sehen, dass sie in die Carstairs Street einbogen.«

Der Detektiv war aufgestanden, hatte den Hut aufgesetzt und den Spazierstock in der Hand. Er hatte bereits vorher entschieden, dass er angesichts der allgemeinen Dunkelheit in seinem Geiste nur mehr dem ersten sonderbaren Finger folgen konnte, der eine Richtung wies; und dieser Finger war sonderbar genug. Er bezahlte seine Rechnung, schlug klirrend die Glastüren hinter sich zu und bog bald darauf in die andere Straße ein.

Glücklicherweise blieb sein Blick selbst in solchen fieberhaften Momenten der Eile kühl und scharf. Irgendetwas in einer Schaufensterfront zog flüchtig wie ein Blitz an ihm vorbei; und er schaute sich um. Es war ein gewöhnlicher Gemüse- und Obstladen, eine Warenauswahl war im Freien aufgestellt und mit Namen und Preisen ausgezeichnet. In den beiden auffälligsten Abteilungen gab es zwei Haufen, einen aus Orangen und einen aus Nüssen. Auf dem Haufen Nüsse lag ein Stück Karton, auf das in kühner blauer Kreideschrift geschrieben stand: *Beste Tanger-Orangen, zwei für einen Penny*. Auf den Orangen fand sich eine ebenso klare und eindeutige Beschreibung: *Feinste Paranüsse, vier Pence pro Pfund*. Monsieur Valentin sah sich diese beiden Aufschriften an und hatte das Gefühl, als sei ihm diese höchst subtile Art von Humor bereits zuvor begegnet, und das vor kurzer Zeit. Er lenkte die Aufmerksamkeit des rotgesichtigen Obsthändlers, der ziemlich finster die Straße hinauf und hinab starrte, auf diese Ungenauigkeit seiner Anpreisungen. Der Obsthändler sagte nichts, steckte aber jeden Karton energisch an seinen richtigen Platz. Der Detektiv, der sich elegant auf seinen Spazierstock stützte, fuhr fort, den Laden zu prüfen. Schließlich sagte er: »Bitte verzeihen Sie, Sir, es mag belanglos wirken, aber ich möchte Ihnen gerne eine Frage aus dem Bercich der experimentellen Psychologie und der Gedankenassoziationen stellen.«

Der rotgesichtige Händler betrachtete ihn drohend; aber er fuhr fröhlich und seinen Stock schwenkend fort: »Warum«, setzte er nach, »warum sind in einem Gemüseladen zwei Preisschilder so falsch platziert wie ein Schaufelhut[6] auf Besuch in London? Oder für den Fall, dass ich mich nicht klar genug ausgedrückt habe: Was ist die geheimnisvolle Beziehung, die den Gedanken von Nüssen, die als Orangen ausgezeichnet sind, mit dem Gedanken an zwei Priester verbindet, einen großen und einen kleinen?«

Die Augen des Händlers traten ihm vor den Kopf wie die einer Schnecke; für einen Augenblick schien es so, als wolle er sich auf den Fremden stürzen. Schließlich aber stammelte er zornig: »Ich weiß nich, wat Sie damit zu tun ham, aber wenn Se einer von die seine Freunde sinn, könn Se denen von mir sagen, dass ich ihn ihre blöden Koppe runterprügle, Pfaffen oder nich Pfaffen, wenn Se mir meine Äpfel nochma durchenander bring.«

»Wirklich?«, fragte der Detektiv mit großer Anteilnahme. »Die haben Ihnen Ihre Äpfel durcheinandergebracht?«

»Einer von die«, sagte der erhitzte Geschäftsmann,

»hatse über de ganze Straße gerollt. Fast hätt ich den Doofkopp geschnappt, wenn ich se man nich hätt aufsammeln müssen.«

»Und in welcher Richtung sind die Pfarrer weitergegangen?«, fragte Valentin.

»Da durch de zweite Straße auffe linke Seite, un denn übern Platz«, sagte der andere prompt.

»Danke«, sagte Valentin und verschwand wie ein Geist. Auf der anderen Seite des zweiten Platzes fand er einen Polizisten und fragte ihn: »Dringend, Schutzmann, haben Sie zwei Priester mit Schaufelhüten gesehen?«

Der Polizist begann herzlich zu kichern: »Hab ich, Sir; und wenn Se mich fragen, einer von denen war blau. Der stand mitten inne Straße und war so durcheinander, dass …«

»In welche Richtung sind sie gegangen?«, fuhr Valentin ihn an.

»Die haben einen von den gelben Bussen da drüben genommen«, antwortete der Mann, »einen von denen nach Hampstead.«

Valentin zog seinen Dienstausweis heraus und sagte sehr schnell: »Rufen Sie zwei Ihrer Leute her zur Verfolgung mit mir«, und überquerte die Straße mit so ansteckender Energie, dass der gemächliche Schutzmann zu fast hurtigem Gehorsam bewegt wurde. Anderthalb Minuten später schlossen sich dem französischen Detektiv auf der anderen Straßenseite ein Inspektor und ein Zivilbeamter an.

»Nun, Sir«, begann der Erstere mit lächelnder Wichtigkeit, »und was mag …?«

Valentin zeigte plötzlich mit seinem Stock. »Ich werde

es Ihnen oben auf jenem Autobus erzählen«, sagte er und schoss im Zickzack durch das Verkehrsgewirr. Nachdem alle drei keuchend auf die Sitze im Oberdeck des gelben Vehikels gesunken waren, sagte der Inspektor: »Wir könnten im Taxi viermal so schnell vorwärtskommen.«

»Sicher«, sagte ihr Anführer gelassen, »wenn wir nur eine Idee hätten, wohin wir fahren.«

»Wieso, wo fahren *Sie* denn hin?«, fragte der andere und starrte ihn an.

Valentin rauchte einige Sekunden lang stirnrunzelnd; dann nahm er die Zigarette aus dem Mund und sagte: »Wenn Sie *wissen*, was ein Mann tut, bleiben Sie vor ihm; aber wenn Sie raten müssen, was er tun wird, bleiben Sie hinter ihm. Sie schlendern, wenn er schlendert; bleiben stehen, wenn er stehen bleibt; reisen so langsam wie er. Dann können Sie sehen, was er gesehen hat, und können tun, was er getan hat. Alles, was wir jetzt tun können, ist, die Augen für sonderbare Dinge offen zu halten.«

»Was für sonderbare Dinge meinen Sie?«, fragte der Inspektor.

»Jede Art von sonderbaren Dingen«, antwortete Valentin und fiel wieder in hartnäckiges Schweigen.

Der gelbe Omnibus kroch scheinbar endlose Stunden durch die nördlichen Straßen; der große Detektiv ließ sich zu keiner weiteren Erklärung herab, und vielleicht empfanden seine Gehilfen einen schweigenden und wachsenden Zweifel ob seines Vorhabens. Vielleicht empfanden sie auch ein schweigendes und wachsendes Verlangen nach ihrem Mittagessen, denn die Stunden krochen weit über die normale Mittagszeit hinaus, und die langen Straßen Nordlondons schienen sich immer weiter zu verlängern wie ein teuflisches Fernrohr. Es war eine jener Fahrten, während denen man ständig das Gefühl hat, jetzt endlich am Ende der Welt angekommen zu sein, und dann stellt man fest, dass man erst den Anfang von Tufnell Park erreicht hat. London starb in schmutzigen Kneipen und ödem Gebüsch dahin und ward dann unverständlicherweise in strahlenden Straßen und schimmernden Hotels wiedergeboren. Es war, als durchfahre man dreizehn verschiedene schmutzige Städte, von denen die eine jeweils die andere gerade berührt. Doch obwohl die Winterdämmerung bereits die Straße vor ihnen bedrohte, saß der Pariser Detektiv weiterhin schweigend und wachsam da und beobachtete die Straßenfronten, die auf beiden Seiten vorbeiglitten. Als sie Camden Town verließen, waren die beiden Polizisten fast eingeschlafen; jedenfalls fuhren sie merklich zusammen, als Valentin aufsprang, jedem auf die Schulter schlug und dem Fahrer zurief anzuhalten.

Sie stolperten die Stufen hinab auf die Straße, ohne zu begreifen, warum man sie hochgejagt hatte; als sie sich nach Erleuchtung umsahen, fanden sie Valentin, wie er triumphierend mit dem Finger nach einem Fenster auf der linken Straßenseite wies. Es war ein großes Fenster, das einen Teil der Fassade eines gold schimmernden palastartigen Hotels bildete; es war der für ehrbares Speisen vorbehaltene Teil und mit »Restaurant« beschriftet. Dieses Fenster bestand wie alle übrigen in der Hotelfront aus Milchglas mit eingeschliffenen Figuren, in seiner Mitte aber hatte es ein großes schwarzes Loch wie ein Stern im Eis.

»Endlich unsere Spur«, schrie Valentin und schwang seinen Stock; »der Ort mit der zerbrochenen Scheibe.«

»Welche Scheibe? Welche Spur?«, fragte sein Chefassistent. »Was beweist uns denn, dass das irgendwas mit ihnen zu tun hat?« Valentin zerbrach vor Zorn fast seinen Bambusstock. »Beweis!«, schrie er. »Guter Gott! Der Mann sucht einen Beweis! Natürlich stehen die Chancen 20:1, dass das *nichts* mit ihnen zu tun hat. Aber was können wir denn sonst tun? Begreifen Sie denn nicht: Wir müssen entweder irgendeiner wilden Möglichkeit folgen oder nachhause ins Bett gehen!« Er bahnte sich einen Weg in das Restaurant, gefolgt von seinen Gefährten, und bald saßen sie an einem kleinen Tisch vor einem späten Mittagessen und betrachteten den Stern im zersprungenen Glas von innen. Nicht, dass der ihnen jetzt etwa mehr verraten hätte.

»Wie ich sehe, ist Ihr Fenster zerbrochen«, sagte Valentin zum Kellner, als er die Rechnung beglich.

»Ja, Sir«, antwortete der Aufwärter, wobei er sich geschäftig über das Wechselgeld beugte, dem Valentin schweigend ein gewaltiges Trinkgeld beifügte. Der Kellner richtete sich in sanfter, aber unverkennbarer Erregung auf.

»Ach ja, Sir«, sagte er. »Sehr sonderbare Sache das, Sir.«

»Wirklich? Erzählen Sie«, sagte der Detektiv in sorgloser Neugier.

»Na ja«, sagte der Kellner, »zwei Herren in Schwarz kommen rein; zwei von den ausländischen Pfarrern, die jetzt überall herumlaufen. Sie bestellen ein billiges und einfaches kleines Mittagessen, und einer von ihnen bezahlt und geht raus. Der andere will ihm gerade nachgehen, als ich nochmals auf mein Geld kucke und sehe, dass er mir mehr als dreimal zu viel bezahlt hat. ›Holla‹, sag ich zu dem Kerl, der schon fast zur Tür raus war. ›Sie haben zu viel bezahlt.‹ ›Oh‹, sagt der ganz kühl, ›haben wir?‹ ›Ja‹, sag ich und schnapp mir die Rechnung, um es ihm zu zeigen. Na ja, das war wie ein K.-o.-Schlag.«

»Was meinen Sie damit?«, fragte ihn sein Befrager.

»Na ja, ich hätte auf sieben Bibeln geschworen, dass ich vier Schilling auf die Rechnung gesetzt hatte. Aber jetzt sehe ich, da hab ich vierzehn Schilling hingeschrieben, so deutlich wie gedruckt.«

»Und?«, rief Valentin, der sich langsam, aber mit glühenden Augen bewegte, »und dann?«

»Der Pastor an der Tür, der sagt ganz gemütlich: ›Tut mir leid, dass ich Ihre Rechnung durcheinandergebracht habe, aber das ist für das Fenster.‹ ›Welches Fenster?‹, frage ich. ›Das, was ich jetzt zerschlage‹, sagt er und zertrümmert die verfluchte Scheibe mit seinem Schirm.«

Alle drei Befrager ließen überraschte Ausrufe hören, und der Inspektor fragte leise: »Sind wir hinter entsprungenen Irren her?« Der Kellner fuhr mit einigem Vergnügen an der verrückten Geschichte fort:

»Für eine Sekunde war ich so verdattert, dass ich mich nicht rühren konnt. Der Mann geht raus und direkt um die Ecke zu seinem Freund. Dann gehen sie so schnell die Bullock Street rauf, dass ich sie nicht mehr einholen kann, obwohl ich durch den Schankraum gerannt bin.«

»Bullock Street«, sagte der Detektiv und lief so schnell diese große Straße hinauf wie das seltsame Paar, das er verfolgte.

Ihr Weg führte sie jetzt zwischen nackten Ziegelwänden hin wie durch Tunnel; durch Straßen mit wenigen Laternen und sogar mit wenigen Fenstern; durch Straßen, die aus den kahlen Rückseiten von irgendwas aus irgendwo erbaut schienen. Das Dunkel vertiefte sich, und selbst für die Londoner Polizisten war es nicht leicht zu erraten, welche Richtung genau sie nun verfolgten. Der Inspektor war sich immerhin ziemlich sicher, dass sie schließlich irgendwo bei Hampstead Heath herauskommen würden. Plötzlich durchbrach eine gewölbte gasbeleuchtete Schaufensterscheibe das blaue Zwielicht wie eine Blendlaterne; und Valentin blieb einen Augenblick vor einem kleinen grellen Süßwarenladen stehen. Nach einem Moment des Zögerns trat er ein; er stand mit vollendeter Ernsthaftigkeit zwischen den fröhlichen Farben der Zuckerbäckerei und erwarb nach sorgfältiger Wahl dreizehn Schokoladenzigarren. Offensichtlich bereitete er eine Gesprächseröffnung vor; aber dessen bedurfte es nicht.

Eine kantige, ältlich-junge Frau im Laden hatte seine elegante Erscheinung zunächst nur mit einem automatischen Blick gemustert; als sie aber hinter ihm die Tür von der blauen Uniform des Inspektors blockiert sah, wurden ihre Augen wacher.

»Oh«, sagte sie, »wenn Sie wegen des Pakets gekommen sind, das habe ich schon weggeschickt.«

»Paket!«, wiederholte Valentin; und nun war es an ihm, fragend zu blicken.

»Ich meine das Paket, was der Herr zurückgelassen hat – der Herr von der Kirche.«

»Um Gottes willen«, sagte Valentin und beugte sich vorwärts, wobei er zum ersten Mal sein brennendes Interesse erkennen ließ, »um Himmels willen, erzählen Sie uns genau, was passiert ist.«

»Na ja«, sagte die Frau etwas zögernd, »die Priester sind vor etwa einer halben Stunde reingekommen und haben ein paar Pfefferminzbonbons gekauft und ein bisschen geschwatzt, dann sind sie los in Richtung Heath. Aber eine Sekunde später kommt einer von ihnen zurückgerannt und fragt: ›Habe ich ein Paket liegen gelassen?‹ Na, ich kucke überall herum und kann keins sehen; da sagt er: ›Na schön; aber wenn es auftauchen sollte, schicken Sie es bitte an diese Adresse‹, und er gibt mir die Adresse und einen Schilling für meine Mühe. Und richtig, obwohl ich mir eingebildet hatte, ich hätte überall nachgesehen, finde ich ein Paket in braunem Packpapier, das er liegen gelassen hat, also schicke ich es an die Adresse, die er mir gesagt hatte. Ich kann mich jetzt an die Adresse nicht erinnern; es war irgendwo in Westminster. Aber weil die Sache so wichtig schien, habe ich gedacht, jetzt war die Polizei deswegen gekommen.«

»So ist es«, sagte Valentin kurz. »Ist Hampstead Heath weit?«

»Geradeaus fünfzehn Minuten«, sagte die Frau, »und dann kommen Sie direkt ins Freie.« Valentin lief aus dem Laden und begann zu rennen. Die anderen Detektive folgten ihm in widerwilligem Trab.

Die Straße, die sie durcheilten, war so eng und so von Schatten eingeschlossen, dass sie, als sie unerwartet ins Freie und unter den weiten Himmel kamen, überrascht waren, dass der Abend noch so hell und klar war. Eine vollkommene Halbkugel aus Pfauengrün versank ins Gold zwischen schwärzer werdenden Bäumen und dunkelvioletter Ferne. Der glühende grüne Ton war gerade dunkel genug, dass sich ein oder zwei Sterne wie Kristalle davon abhoben. Alles, was vom Tageslicht übriggeblieben war, lag als goldener Schimmer über dem Rand von Hampstead und über der beliebten Mulde, die man Tal des Heils nennt. Die Ausflügler, die diese Gegend durchstreiften, waren noch nicht alle verschwunden: Einige Paare saßen als unbestimmte Formen auf den Bänken, und hier und da hörte man aus der Ferne noch Mädchengekreisch von einer der Schaukeln. Der Glanz des Himmels vertiefte und verdunkelte sich um die erhabene Niedrigkeit des Menschen; und als er am Abhang stand und über das Tal blickte, entdeckte Valentin, was er suchte.

Zwischen den schwarzen und sich in der Entfernung auflösenden Gruppen war eine besonders schwarze, die sich nicht auflöste – eine Gruppe von zwei klerikal gekleideten Gestalten. Obwohl sie klein wie Insekten erschienen, konnte Valentin doch erkennen, dass die eine viel kleiner als die andere war. Und obwohl der andere sich wie ein beflissener Student vornüberbeugte und sich ganz unauffällig benahm, konnte er sehen, dass der Mann gut über sechs Fuß groß war. Er biss die Zähne zusammen und stürmte vorwärts, wobei er seinen Stock ungeduldig herumwirbelte. Als er nach einiger Zeit die Entfernung erheblich verringert und die beiden schwarzen Gestalten wie durch ein riesiges Fernrohr vergrößert hatte, bemerkte er noch etwas; etwas, das ihn überraschte und das er doch irgendwie erwartet hatte. Wer immer der große Priester sein mochte, über die Identität des kleinen konnte es keinen Zweifel geben. Das war sein Freund vom Harwich-Zug, der plumpe kleine *curé* aus Essex, den er wegen seiner Pakete in braunem Packpapier gewarnt hatte.

So weit nun passte alles endgültig und vernünftig zusammen. Valentin hatte durch seine Nachforschungen am Morgen erfahren, dass ein Father Brown[7] aus Essex ein silbernes Kreuz mit Saphiren bringen sollte, eine Reliquie von erheblichem Wert, die während des Kongresses einigen ausländischen Priestern gezeigt werden sollte. Das war unzweifelhaft das »Silber mit blauen Steinen«; und Father Brown war ebenso unzweifelhaft jenes kleine Greenhorn aus dem Zug. Nun gab es nichts Wunderbares an der Tatsache, dass das, was Valentin herausgefunden hatte, auch Flambeau herausgefunden hatte; Flambeau fand alles heraus. Auch gab es nichts Wunderbares an der Tatsache, dass Flambeau, als er von dem Saphirkreuz erfuhr, den Versuch unternahm, es zu stehlen; es war das Natürlichste der Welt. Und es gab absolut nichts Wunderbares an der Tatsache, dass Flambeau ein solch dummes Schaf wie den Mann mit Schirm und Paketen nach Belieben auf jede Weide führen konnte. Den konnte schließlich jeder an einem Bindfaden zum Nordpol führen; nicht überraschend also, dass ein Schauspieler wie Flambeau, als Priester verkleidet, ihn nach Hampstead Heath führen konnte. So weit schien das Verbrechen klar genug; und während der Detektiv den Priester ob seiner Hilflosigkeit bemitleidete, empfand er fast Verachtung für Flambeau, weil der sich mit einem so leichtgläubigen Opferlamm eingelassen hatte. Wenn aber Valentin an alles das dachte, was sich in der Zwischenzeit abgespielt, was alles ihn zu seinem Triumph geführt hatte, zerbrach er sich vergeblich sein Hirn, um auch nur den kleinsten Reim darauf, die winzigste Vernunft darin zu finden. Was hatte der Diebstahl eines Blau- und-Silber-

Kreuzes von einem Priester aus Essex damit zu tun, Suppe an die Tapete zu schleudern? Was hatte das damit zu tun, Nüsse Orangen zu nennen oder zuerst für ein Fenster zu bezahlen und es danach einzuschlagen? Zwar war er ans Ende seiner Jagd gelangt; aber irgendwie hatte er ihr Mittelstück verpasst. Wenn er versagte (was selten geschah), hatte er meistens den Anhaltspunkt, aber dennoch den Verbrecher nicht erwischt. Hier hatte er den Verbrecher erwischt, aber er konnte den Anhaltspunkt immer noch nicht fassen.

Die beiden Gestalten, denen sie folgten, krochen wie schwarze Fliegen über den großen grünen Umriss eines Hügels. Sie waren ganz offensichtlich im Gespräch versunken und bemerkten vielleicht nicht einmal, wohin sie gingen; mit Sicherheit aber gingen sie auf die wilderen und schweigenderen Höhen der Heath zu. Ihre Verfolger, als sie ihnen näher kamen, mussten sich jener unwürdigen Haltungen der Rotwildjäger bedienen, sich hinter Baumgruppen verstecken und sogar auf dem Bauch durchs hohe Gras kriechen. Durch solch plumpe Listen kamen die Jäger der Beute schließlich so nahe, dass sie das Murmeln der Unterhaltung hörten, doch konnte man kein Wort unterscheiden außer dem Wort »Vernunft«, das oft in einer hohen und fast kindlichen Stimme erklang. Einmal verloren die Detektive wegen eines jähen Abfalls des Bodens und eines dichten Gewirrs von Dickicht die beiden Gestalten, denen sie folgten. Ganze zehn quälende Minuten fanden sie die Spur nicht wieder, und dann führte sie um den Rand einer großen Hügelkuppe herum, die ein Amphitheater reicher und verlassener Sonnenuntergangsszenerie überblickte. Unter einem Baum stand an dieser beherrschenden, aber vernachlässigten Stelle eine alte wackelige Holzbank. Auf der saßen die beiden Priester ruhig in ernstem Gespräch beisammen. Das prangende Grün und Gold hing noch am dunkelnden Horizont; aber die Halbkugel darüber wandelte sich langsam von Pfauengrün zu Pfauenblau, und die Sterne lösten sich mehr und mehr heraus wie stattliche Juwelen. Valentin winkte stumm seine Gefolgschaft her; dann gelang es ihm, sich hinter den großen weit verzweigten Baum zu schleichen, und während er dort in tödlichem Schweigen stand, vernahm er zum ersten Mal die Worte der sonderbaren Priester.

Nachdem er anderthalb Minuten gelauscht hatte, überfiel ihn ein teuflischer Zweifel. Vielleicht hatte er die beiden englischen Polizisten in die Einöden einer nächtlichen Heide verschleppt auf einer Suche, die nicht sinnvoller war als die Suche nach Feigen an einer Distel. Denn die beiden Priester sprachen genau wie Priester – andächtig, gelehrt und mit Muße – über die subtilsten Geheimnisse der Theologie. Der kleine Priester aus Essex führte die einfachere Sprache, während er sein rundes Gesicht den erstrahlenden Sternen zuwandte; der andere sprach mit gesenktem Haupt, als sei er nicht einmal würdig, zu ihnen aufzuschauen. Doch hätte unschuldigeres Priestergespräch in keinem weißen italienischen Kloster, in keiner schwarzen spanischen Kathedrale vernommen werden können.

Die ersten Worte, die er hörte, waren die letzten eines Satzes von Father Brown, der endete: »… was das Mittelalter wirklich meinte, wenn es den Himmel unbestechlich nannte.«

Der größere Priester nickte mit gesenktem Haupt und sagte:

»Ach ja, diese modernen Ungläubigen rufen ihre Vernunft an; wer aber kann all die Millionen von Welten anschauen und nicht empfinden, dass es über uns wunderbare Universen geben mag, in denen Vernunft vollkommen unvernünftig ist?«

»Nein«, sagte der andere Priester. »Vernunft ist immer vernünftig, selbst in der letzten Vorhölle, jenem verlorenen Grenzland der Dinge. Ich weiß, dass viele der Kirche vorwerfen, sie setze die Vernunft herab, aber es ist genau umgekehrt. Auf Erden räumt allein die Kirche der Vernunft ihre wahre Hoheit ein. Auf Erden bekräftigt allein die Kirche, dass Gott selbst durch die Vernunft gebunden ist.«

Der andere Priester hob sein strenges Antlitz dem flimmernden Himmel entgegen und sagte:

»Wer weiß, ob nicht in diesem unendlichen Universum …«

»Unendlich nur physisch«, sagte der kleine Priester und wandte sich jäh auf seinem Sitz um, »nicht unendlich in dem Sinne, dass es den Gesetzen der Wahrheit entkäme.«

Valentin riss sich hinter seinem Baum in stummer Wut fast die Fingernägel aus. Ihm war, als höre er bereits das Spottgekicher der englischen Detektive, die er aufgrund eines phantastischen Einfalls so weit hergeschleppt hatte, nur um dem metaphysischen Geschwätz zweier freundlicher alter Pfarrer zu lauschen. In seiner Ungeduld entging ihm die nicht minder ausgetüftelte Antwort des großen Klerikers, und als er wieder lauschte, war es abermals Father Brown, der sprach:

»Vernunft und Gerechtigkeit beherrschen noch das fernste und einsamste Gestirn. Sehen Sie sich diese Sterne an. Sehen sie nicht aus, als wären es einzelne Diamanten und Saphire? Nun gut, Sie können sich jede noch so verrückte Botanik oder Geologie nach Belieben einbilden. Denken Sie sich Wälder aus Diamanten mit Blättern aus Brillanten. Denken Sie sich den Mond als blauen Mond, als einen gigantischen Saphir. Aber bilden Sie sich nicht ein, dass all diese verrückte Astronomie für die Vernunft und die Gerechtigkeit des Handelns auch nur den geringsten Unterschied machte. Auf Ebenen voller Opale und unter Klippen, geschnitten aus Perlen, werden Sie immer noch die Tafel mit der Inschrift finden: ›Du sollst nicht stehlen.‹«

Valentin war gerade dabei, sich aus seiner starr kauernden Lage zu erheben und so leise wie nur möglich hinwegzuschleichen, zermalmt unter der einen großen Torheit seines Lebens. Aber irgendetwas im Schweigen des großen Priesters ließ ihn warten, bis dieser wieder sprach. Und als er wieder sprach, sagte er mit gebeugtem Haupt und den Händen auf den Knien einfach:

»Nun gut, ich glaube aber immer noch, dass andere Welten möglicherweise unsere Vernunft übersteigen. Die Mysterien des Himmels sind unauslotbar, und ich für mein Teil kann nur mein Haupt beugen.«

Dann fügte er mit immer noch gesenkter Stirn und ohne Haltung oder Stimme auch nur im Geringsten zu verändern hinzu:

»Und jetzt geben Sie mir bitte Ihr Saphirkreuz, ja? Wir sind hier allein, und ich könnte Sie wie eine Strohpuppe in Fetzchen reißen.«

Dass Stimme und Haltung völlig unverändert blieben, gab dieser bestürzenden Wendung des Gesprächs etwas eigenartig Gewalttätiges. Aber der Hüter der Reliquie schien den Kopf nur um den winzigsten Teil der Windrose zu drehen. Er schien sein etwas törichtes Gesicht immer noch den Sternen zugewandt zu haben. Vielleicht hatte er nicht verstanden. Oder vielleicht hatte er verstanden und saß nun starr vor Furcht da.

»Ja«, sagte der große Priester mit der gleichen leisen Stimme und in der gleichen ruhigen Haltung, »ja, ich bin Flambeau.«

Dann, nach einer Pause, sagte er: »Also, geben Sie mir jetzt das Kreuz?«

»Nein«, sagte der andere, und der Einsilber hatte einen eigenartigen Klang.

Flambeau warf plötzlich all sein priesterliches Gehabe ab. Der große Räuber lehnte sich auf seinem Sitz zurück und lachte leise, aber lange.

»Nein«, rief er; »Sie werden es mir nicht geben, Sie stolzer Prälat. Sie werden es mir nicht geben, Sie kleiner zölibatärer Einfaltspinsel[8]. Soll ich Ihnen sagen, warum Sie es mir nicht geben werden? Weil ich es schon in meiner eigenen Brusttasche habe.«

Der kleine Mann aus Essex wandte ihm sein – wie es in der Dämmerung schien – verdutztes Gesicht zu und fragte mit der furchtsamen Bereitwilligkeit des »Privatsekretärs«[9]:

»Sind – sind Sie sicher?«

Flambeau röhrte vor Vergnügen.

»Wirklich, Sie sind so gut wie ein abendfüllendes Lustspiel«, rief er. »Ja, Sie Kohlkopf, ich bin ganz sicher. Ich war klug genug, vom richtigen Paket ein Duplikat zu machen, und jetzt, mein Freund, haben Sie das Duplikat, und ich habe die Juwelen. Ein alter Trick, Father Brown, ein sehr alter Trick.«

»Ja«, sagte Father Brown und fuhr sich mit der Hand in der gleichen eigenartig unbestimmten Art durch die Haare, »ja, davon habe ich schon gehört.«

Der Gigant des Verbrechens beugte sich mit einem gewissen plötzlichen Interesse zu dem kleinen ländlichen Pfarrer.

»*Sie* haben davon gehört?«, fragte er. »Wo haben *Sie* davon gehört?«

»Nun ja, ich kann Ihnen seinen Namen natürlich nicht nennen«, sagte der kleine Mann einfach. »Er war ein Beichtkind, wissen Sie. Er hatte rund zwanzig Jahre ganz gut ausschließlich von Duplikaten brauner Packpapierpakete gelebt. Und deshalb dachte ich, wissen Sie, als ich anfing, Sie zu verdächtigen, sofort an die Methode dieses armen Teufels.«

»Anfingen, mich zu verdächtigen«, wiederholte der Gesetzlose mit wachsender Intensität. »Hatten Sie wirklich genügend Grips, mich zu verdächtigen, bloß weil ich Sie in diesen verlassenen Teil der Heide gebracht habe?«

»O nein«, sagte Brown, als ob er sich entschuldige. »Sehen Sie, ich habe Sie schon verdächtigt, als wir uns zum ersten Mal begegnet sind. Es war wegen dieser kleinen Ausbuchtung in Ihrem Ärmel, wo Leute wie Sie ein Stachelarmband[10] tragen.«

»Wo zum Teufel«, rief Flambeau, »haben Sie denn vom Stachelarmband gehört?«

»Ach, unsere kleine Herde, wissen Sie!«, sagte Father

Brown und zog etwas verlegen die Augenbrauen hoch. »Als ich Pfarrverweser in Hartlepool war, gab es drei mit Stachelarmbändern. Und da Sie mir nun von Anfang an verdächtig waren, wissen Sie, habe ich dafür gesorgt, dass das Kreuz auf jeden Fall sicher war. Tut mir leid, aber ich habe Sie beobachtet. Und da habe ich schließlich gesehen, wie Sie die Pakete vertauschen. Und dann, Sie verstehen, habe ich sie eben zurückvertauscht. Und dann habe ich das richtige liegen lassen.«

»Liegen lassen?«, wiederholte Flambeau, und zum ersten Mal war da neben dem Triumph noch ein anderer Ton in seiner Stimme.

»Na ja, es war so«, sagte der kleine Priester in seiner natürlichen Art. »Ich bin zu dem Süßwarenladen zurückgegangen und habe gefragt, ob ich ein Paket liegen gelassen hätte, und eine bestimmte Adresse angegeben für den Fall, dass man es findet. Ich wusste natürlich, dass ich es nicht liegen gelassen hatte; aber als ich wieder ging, eben doch. Statt also mit diesem wertvollen Paket hinter mir herzulaufen, haben sie es schleunigst an einen Freund von mir in Westminster geschickt.« Und ziemlich traurig fügte er hinzu: »Auch das habe ich von einem armen Kerl in Hartlepool gelernt. Er ist so mit Handkoffern verfahren, die er auf Bahnhöfen stahl, aber jetzt ist er in einem Kloster. Oh, man sammelt Wissen«, fügte er hinzu und rieb sich wieder den Kopf in jener Art von verzweifelter Entschuldigung. »Wir können nicht anders, wir Priester. Leute kommen zu uns und erzählen uns von solchen Sachen.«

Flambeau riss ein braunes Packpapierpaket aus seiner Innentasche und zerfetzte es. Da war nichts darin außer

Papier und Bleistücken. Er sprang mit heftiger Geste auf und schrie:

»Ich glaube Ihnen nicht. Ich glaube nicht, dass ein Tölpel wie Sie das alles hinbekommt. Ich glaube, dass Sie das Zeugs immer noch bei sich haben, und wenn Sie es mir nicht geben – nun ja, wir sind allein, dann werde ich es mir mit Gewalt nehmen!«

»Nein«, sagte Father Brown einfach und erhob sich ebenfalls; »Sie werden es sich nicht mit Gewalt nehmen. Erstens, weil ich es wirklich nicht mehr habe. Und zweitens, weil wir nicht allein sind.«

Flambeau hielt in seinem Sprung inne.

»Hinter dem Baum da«, sagte Father Brown und zeigte auf ihn, »befinden sich zwei starke Polizisten und der größte lebende Detektiv. Wie sie hergekommen sind, fragen Sie? Nun, natürlich habe ich sie hergebracht! Wie ich das getan habe? Na schön, wenn Sie wollen, werde ich es Ihnen erzählen. Mein Gott, wir müssen zwanzig solche Tricks kennen, wenn wir unter Verbrechern arbeiten wollen! Also, zunächst war ich nicht sicher, ob Sie ein Dieb sind, und es ginge natürlich nicht an, einen aus unserer Priesterschaft in einen Skandal zu verwickeln. Also habe ich Sie auf die Probe gestellt, um zu sehen, ob Sie sich vielleicht selbst verraten. Normalerweise macht ein Mann eine kleine Szene, wenn er Salz im Kaffee findet; wenn nicht, hat er seine Gründe, sich still zu verhalten. Ich habe Salz und Zucker vertauscht, und *Sie* haben sich still verhalten. Normalerweise protestiert ein Mann, wenn seine Rechnung ums Dreifache überhöht ist. Wenn er sie bezahlt, hat er irgendwelche Gründe, unbemerkt zu bleiben. Ich habe Ihre Rechnung abgeändert, und *Sie* haben sie bezahlt.«

Die Welt schien darauf zu warten, Flambeau wie einen Tiger springen zu sehen. Aber etwas wie ein Zauberbann hielt ihn zurück; er war von der äußersten Neugierde betäubt.

»Nun ja«, fuhr Father Brown in schwerfälliger Klarheit fort, »da Sie keine Spuren für die Polizei zurückgelassen haben, musste das eben jemand anderes tun. Überall, wohin wir gegangen sind, habe ich durch irgendetwas dafür gesorgt, dass man für den Rest des Tages von uns spricht. Ich habe nicht viel Schaden angerichtet – eine bekleckste Wand, verstreute Äpfel, eine zerbrochene Scheibe; aber ich habe das Kreuz gerettet, wie das Kreuz immer gerettet werden wird. Jetzt ist es schon in Westminster. Ich habe mich aber gewundert, dass Sie nicht versucht haben, es mit der Eselspfeife zu verhindern.«

»Mit der was?«, fragte Flambeau.

»Ich bin froh, dass Sie davon nie gehört haben«, sagte der Priester und zog eine Grimasse. »Das ist eine böse Sache. Ich bin sicher, dass Sie für einen Pfeifer ein zu anständiger Mensch sind. Dem hätte ich nicht einmal mit dem Kreuzsprung[11] entkommen können; meine Beine sind dazu nicht stark genug.«

»Um alles in der Welt – wovon reden Sie denn da?«, fragte der andere.

»Ach, ich dachte, Sie kennen den Kreuzsprung«, sagte Father Brown angenehm überrascht. »Dann können Sie noch nicht allzu tief gesunken sein!«

»Wie zur Hölle haben Sie denn all diese Scheußlichkeiten kennengelernt?«, rief Flambeau.

Der Schatten eines Lächelns überflog das runde einfache Gesicht seines klerikalen Gegners.

»Vermutlich, weil ich ein zölibatärer Einfaltspinsel bin«, sagte er. »Ist Ihnen denn nie in den Sinn gekommen, dass einem Mann, der praktisch nichts anderes tut, als den wirklichen Sünden anderer Menschen zuzuhören, das menschliche Böse nicht ganz unbekannt ist? Übrigens, noch eine andere Seite meines Berufes hat mich davon überzeugt, dass Sie kein Priester sind.«

»Was?«, fragte der Dieb mit offenem Mund.

»Sie haben die Vernunft angegriffen«, sagte Father Brown. »Das ist schlechte Theologie.«

Und als er sich umwandte, um sein Eigentum einzusammeln, kamen die drei Polizisten aus dem Zwielicht der Bäume hervor. Flambeau war ein Künstler und ein anständiger Kerl. Er trat zurück und grüßte Valentin mit einer tiefen Verneigung.

»Verbeugen Sie sich nicht vor mir, *mon ami*«, sagte Valentin mit silberner Klarheit. »Verneigen wir uns beide vor unserem Meister.«

Und beide standen sie einen Augenblick mit entblößten Köpfen da, während der kleine Essex-Priester blinzelnd nach seinem Regenschirm suchte.

Der verborgene Garten

Aristide Valentin, Chef der Pariser Polizei, hatte sich zum Abendessen verspätet, und einige seiner Gäste waren schon vor ihm eingetroffen. Sie wurden jedoch von seinem Vertrauensdiener Iwan beruhigt, dem alten Mann, der mit einer Narbe und einem Gesicht fast so grau wie sein Schnurrbart immer an einem Tisch in der Eingangshalle saß – einer Halle, die voller Waffen hing. Valentins Haus war vielleicht ebenso eigenartig und berühmt wie sein Herr. Es war ein altes Haus, dessen hohe Mauern und mächtige Pappeln beinahe über der Seine hingen; aber die Eigenartigkeit – und vielleicht der polizeiliche Wert – seiner Architektur war, dass es nur einen einzigen Ausgang gab, nämlich den durch die Eingangstür, die von Iwan und dem Waffenarsenal bewacht wurde. Der Garten war groß und kunstvoll angelegt, und es gab viele Zugänge vom Haus in den Garten. Aber es gab keinen Ausgang vom Garten in die Außenwelt; ihn umgab eine hohe, glatte, unübersteigbare Mauer, oben mit ausgesuchten Stacheln besetzt; vielleicht kein übler Garten zum Nachdenken für einen Mann, den einige hundert Verbrecher zu töten geschworen hatten.

Wie Iwan den Gästen erklärte, hatte ihr Gastgeber angerufen, dass er für etwa zehn Minuten aufgehalten sei. Er hatte tatsächlich noch einige letzte Anweisungen für Hinrichtungen und ähnlich hässliche Dinge zu geben;

und obwohl ihm diese Pflichten zutiefst widerwärtig waren, erfüllte er sie doch immer aufs präziseste. So unbarmherzig er auch bei der Jagd nach Verbrechern war, so milde war er in der Frage ihrer Bestrafung. Seit er über die französischen – und weitgehend über die europäischen – Polizeimethoden gebot, hatte er seinen großen Einfluss höchst ehrenhaft für die Milderung der Urteile und die Säuberung der Gefängnisse eingesetzt. Er war einer der großen humanitären französischen Freidenker; und ihr einziger Fehler ist, dass unter ihren Händen Barmherzigkeit noch kälter wird als Gerechtigkeit.

Als Valentin eintraf, trug er bereits den Abendanzug und die rote Rosette[12] – eine elegante Gestalt, der schwarze Bart schon grau meliert. Er durchschritt sein Haus und ging direkt ins Arbeitszimmer, das zum Garten hin lag. Die Gartentür stand offen, und nachdem er seinen Aktenkoffer sorgsam an dessen offiziellem Platz eingeschlossen hatte, stand er für einige Sekunden in der offenen Tür und blickte in den Garten hinaus. Ein greller Mond kämpfte mit den vorbeijagenden Wolkenfetzen eines Sturms, und Valentin sah sich das mit einer Sehnsüchtigkeit an, die für einen so wissenschaftlichen Geist unüblich ist. Vielleicht aber haben gerade solch wissenschaftliche Geister bestimmte psychische Vorahnungen vom bedeutendsten Problem in ihrem Leben. Doch bald erholte er sich von jedweder solchen übersinnlichen Anwandlung, denn er wusste, dass er sich verspätet hatte und seine Gäste bereits einzutreffen begannen. Als er seinen Salon betrat, genügte aber ein Blick zur Feststellung, dass sein Hauptgast jedenfalls noch nicht eingetroffen war. Doch alle anderen Säulen seiner kleinen Gesellschaft sah er: Er sah Lord Galloway, den englischen Botschafter – ein cholerischer alter Mann mit rötlich braunem Apfelantlitz, der das blaue Band des Hosenbandordens trug. Er sah Lady Galloway, fadenhaft dünn, mit silbernem Haar und sensiblem, hoheitsvollem Gesicht. Er sah ihre Tochter, Lady Margaret Graham, ein blasses und hübsches Mädchen mit Elfenantlitz und kupfernem Haar. Er sah die Herzogin von Mont-Saint-Michel, schwarzäugig und üppig, und bei ihr ihre beiden Töchter, ebenfalls schwarzäugig und üppig. Er sah Dr. Simon, einen typischen französischen Wissenschaftler, mit Brille, einem spitzen braunen Bart und jenen waagerecht parallelen Stirnfalten, die die Strafe der Hochmütigen sind, denn sie entstehen durch ständiges Hochziehen der Augenbrauen. Er sah Father Brown aus Cobhole in Essex, den er erst kürzlich in England getroffen hatte. Er sah – mit vielleicht größerem Interesse als für jeden der anderen – einen großen Mann in Uniform, der sich vor den Galloways verneigt hatte, ohne ausgesprochen herzlich begrüßt worden zu sein, und der sich nun allein näherte, um seinen Gastgeber zu begrüßen. Das war Major O'Brien von der französischen Fremdenlegion[13]. Er war eine schlanke, aber etwas prahlerische Erscheinung, glatt rasiert, dunkelhaarig, blauäugig, und wie es bei einem Offizier jenes berühmten Regiments der siegreichen Versager und der erfolgreichen Selbstmörder nur natürlich schien, trug er eine verwegene und zugleich melancholische Miene zur Schau. Von Geburt war er ein irischer Adliger und hatte die Galloways in seinen Jugendjahren gekannt – besonders Margaret Graham. Er hatte sein Vaterland einer Schuldensache wegen verlassen und zeigte jetzt seine völlige Unabhängigkeit von britischer Etikette[14], indem er in Uniform mit Säbel und Sporen einherschritt. Als er sich vor der Familie des Botschafters verbeugte, neigten Lord und Lady Galloway steif ihre Häupter, und Lady Margaret sah weg.

Aus welchen alten Gründen solche Leute auch immer aneinander interessiert sein mochten, ihr vornehmer Gastgeber war an ihnen nicht sonderlich interessiert. Jedenfalls war in seinen Augen keiner von ihnen der Gast des Abends. Valentin erwartete aus bestimmten Gründen einen Mann weltweiten Rufes, dessen Freundschaft er sich bei Gelegenheit seiner großen Detektivreisen und seiner Triumphe in den Vereinigten Staaten gesichert hatte. Er erwartete Julius K. Brayne, jenen Multimillionär, dessen kolossale, ja überwältigende Geldspenden an kleine Religionsgemeinschaften den amerikanischen und den englischen Zeitungen so viel billigen Witz und noch billigere Feierlichkeit verschafft hatten. Niemand konnte herausfinden, ob Brayne ein Atheist oder ein Mormone oder ein Anhänger der Christian Science war; doch war er jederzeit bereit, sein Geld in ein geistiges Gefäß zu schütten, solange es nur ein unerprobtes Gefäß war. Eines seiner Steckenpferde war es, auf den amerikanischen Shakespeare zu warten – ein Steckenpferd, das noch mehr Geduld verlangt als Angeln. Er bewunderte Walt Whitman, war aber der Überzeugung, dass Luke P. Tanner aus Paris, Pennsylvania im kleinen Finger »fortschrittlicher« war als der ganze Whitman[15]. Er mochte alles, was er für »fortschrittlich« hielt. Er hielt Valentin für »fortschrittlich«, womit er ihm ein schweres Unrecht antat.

Die mächtige Erscheinung von Julius K. Brayne im

Salon wirkte so wie der Gong zur Abendtafel. Er besaß jene große Eigenschaft, die nur wenigen von uns gegeben ist, dass seine Anwesenheit ebenso platzgreifend war wie seine Abwesenheit. Er war ein riesiger Kerl, so fett wie groß, vollständig in Abendschwarz gekleidet, das nicht einmal durch eine Uhrkette oder einen Ring aufgehellt wurde. Sein Haar war weiß und so säuberlich zurückgekämmt wie das eines Deutschen[16]; sein Gesicht war rot, ungestüm und pausbäckig mit einem schwarzen Stutzbärtchen unter der Unterlippe, was seinem sonst eher kindlichen Gesicht etwas Theatralisches, ja geradezu Mephistophelisches verlieh. Nicht lange aber starrte der *salon* nur auf den berühmten Amerikaner; seine Verspätung hatte sich bereits zu einem häuslichen Problem ausgewachsen, und so wurde er schleunigst mit Lady Galloway am Arm in den Speisesaal entsandt.

Mit Ausnahme einer Einzelheit waren die Galloways freundliche und ungezwungene Menschen. Solange Lady Margaret nicht den Arm dieses Abenteurers O'Brien nahm, war ihr Vater völlig zufrieden; und das hatte sie nicht getan; sie war sittsam mit Dr. Simon von dannen geschritten. Dennoch war der alte Lord Galloway unruhig und fast grob. Während des Abendessens verhielt er sich durchaus diplomatisch, als aber drei der jüngeren Herren – Simon der Arzt, Brown der Priester und jener fatale O'Brien, der Exilant in fremder Uniform – mit ihren Zigarren verschwanden, um sich unter die Damen zu mischen oder um im Wintergarten zu rauchen, wurde der englische Diplomat höchst undiplomatisch. Alle sechzig Sekunden plagte ihn der Gedanke, dass der Lump O'Brien auf irgendeine Weise Margaret Zeichen mache;

er versuchte nicht einmal, sich vorzustellen, wie. Er war beim Kaffee zurückgeblieben mit Brayne, dem weißhaarigen Yankee, der an alle Religionen glaubte, und mit Valentin, dem ergrauten Franzosen, der an keine glaubte. Sie mochten miteinander diskutieren, aber keiner von beiden interessierte ihn. Nach einer Weile hatte diese »fortschrittliche« Wortklauberei eine Krise der Langweiligkeit erreicht; Lord Galloway erhob sich ebenfalls und schritt in den Salon. Auf seinem Weg durch die langen Gänge verlor er sich für sechs oder acht Minuten, bis er die schrille, belehrende Stimme des Arztes hörte und dann die farblose des Priesters, worauf allgemeines Gelächter folgte. Die stritten also, dachte er mit einem Fluch, offenbar auch über »Wissenschaft und Religion«. Aber in dem Augenblick, in dem er die Tür zum *salon* öffnete, sah er nur eines – er sah, was nicht da war. Er sah, dass nicht nur Major O'Brien abwesend war, sondern auch Lady Margaret.

So ungeduldig, wie er zuvor aus dem Speisesaal gestürmt war, stürmte er nun auch aus dem Salon und stampfte wieder durch die Gänge. Die Vorstellung, seine Tochter vor dem irisch-algerischen Tunichtgut schützen zu müssen, war in seinem Geist zu etwas Zentralem, geradezu Verrücktem geworden. Als er auf die Rückseite des Hauses zuschritt, wo sich Valentins Arbeitszimmer befand, traf er überraschend auf seine Tochter, die mit blassem, verächtlichem Antlitz an ihm vorbeifegte, ein zweites Rätsel. Wenn sie bei O'Brien gewesen war, wo war dann O'Brien? Wenn sie nicht bei O'Brien gewesen war, wo war sie dann gewesen? Besessen von einem greisenhaften und leidenschaftlichen Verdacht, suchte er sich einen Weg in die dunklen Hinterräume des Hauses und fand schließlich einen Dienstboteneingang, der sich zum Garten hin öffnete. Der Mond hatte mit seiner Sichel inzwischen alles Sturmgewölk zerfetzt und beiseitegeräumt. Das silberne Licht erhellte alle vier Ecken des Gartens. Eine große Gestalt in Blau schritt über den Rasen auf die Tür des Arbeitszimmers zu; im Mondlicht silbern schimmernde Aufschläge machten ihn als Major O'Brien erkenntlich.

Er verschwand durch die Terrassentür im Haus und ließ Lord Galloway in einer unbeschreiblichen Laune zurück, zugleich bösartig und verschwommen. Der bläulichsilberne Garten schien ihn wie eine Theaterszene mit all jener tyrannischen Zärtlichkeit zu verhöhnen, gegen die seine weltliche Autorität zu Felde zog. Die langen und anmutigen Schritte des Iren erfüllten ihn so mit Zorn, als wäre er ein Nebenbuhler und nicht der Vater; das Mondlicht machte ihn toll. Wie durch einen Zauber war er in einem Garten der Minnesänger gefangen, in einem Feenreich von Watteau[17]; und um solche verliebten Narreteien von sich abzuschütteln durch Sprechen, eilte er entschlossen seinem Gegner nach. Dabei stolperte er über einen Baum oder einen Stein im Gras, sah nach unten, zuerst irritiert, dann ein zweites Mal voller Neugier. Im nächsten Augenblick blickten der Mond und die hohen Pappeln auf ein ungewöhnliches Schauspiel – einen englischen Diplomaten würdigen Alters, der aus Leibeskräften rannte und schrie, ja brüllte, während er rannte.

Seine rauen Schreie brachten ein bleiches Gesicht an die Tür des Arbeitszimmers, die glänzenden Brillengläser und die sorgendurchfurchte Stirn von Dr. Simon, der des

Edelmannes erste deutliche Worte vernahm. Lord Galloway schrie: »Eine Leiche im Gras – eine blutbefleckte Leiche.« O'Brien war ihm endlich völlig aus dem Geist entschwunden.

»Wir müssen sofort Valentin verständigen«, sagte der Doktor, als der andere ihm gebrochen beschrieben hatte, was alles er sich zu untersuchen getraut hatte. »Wie gut, dass er hier ist«; und noch während er sprach, betrat der große Detektiv das Arbeitszimmer, von dem Schrei herbeigelockt. Es war fast komisch, die für ihn charakteristische Verwandlung zu beobachten; er war mit der normalen Besorgnis eines Gastgebers und Gentlemans herbeigeeilt, der befürchtete, dass sich ein Gast oder Diener plötzlich unwohl fühlte. Doch als man ihm die blutige Tatsache berichtet hatte, wurde er mit all seiner Ernsthaftigkeit wach und geschäftsmäßig; denn dies war, wie unerwartet und furchtbar auch immer, sein Geschäft.

»Wie sonderbar, meine Herren«, sagte er, als sie in den Garten hinauseilten, »dass ich in der ganzen Welt Geheimnissen nachgejagt bin und dass jetzt eines kommt und sich in meinem eigenen Garten niederlässt. Wo ist es denn?« Sie überquerten den Rasen nicht mehr ganz so mühelos, denn vom Fluss begann ein leichter Nebel aufzusteigen; doch unter der Führung des erschütterten Galloway fanden sie den ins tiefe Gras hingesunkenen Körper – den Körper eines sehr großen und breitschultrigen Mannes. Er lag mit dem Gesicht zum Boden, sodass sie nur sehen konnten, dass seine breiten Schultern in schwarzes Tuch gekleidet waren und dass sein mächtiger Kopf kahl war bis auf ein oder zwei Büschelchen braunen Haares, die an seinem Schädel klebten wie nasser

Seetang. Eine scharlachrote Schlange aus Blut kroch unter seinem gefallenen Gesicht hervor.

»Wenigstens ist es«, sagte Simon in tiefer und sonderbarer Betonung, »keiner von unserer Gesellschaft.«

»Untersuchen Sie ihn, Doktor«, rief Valentin ziemlich scharf. »Vielleicht ist er noch nicht tot.«

Der Doktor beugte sich nieder. »Er ist noch nicht kalt, aber er ist leider tot genug«, antwortete er. »Helfen Sie mir, ihn aufzuheben.«

Man hob ihn sorgsam einen Zoll vom Boden auf, und alle Zweifel, ob er wirklich tot sei, wurden sofort und fürchterlich beseitigt. Der Kopf fiel ab. Er war vollständig vom Körper abgetrennt; wer immer ihm die Gurgel durchgeschnitten hatte, hatte es geschafft, ihm zugleich auch den Nacken zu durchtrennen. Selbst Valentin war leicht erschüttert. »Er muss so stark wie ein Gorilla gewesen sein«, murmelte er.

Obwohl er an anatomische Untersuchungen gewöhnt war, hob Dr. Simon den Kopf nicht ohne Schaudern hoch. Er war an Nacken und Kinn leicht zerschlitzt, aber das Gesicht war im Wesentlichen unverletzt. Es war ein massiges gelbes Gesicht, zugleich eingefallen und angeschwollen, mit einer Adlernase und schweren Lidern – das Gesicht eines lasterhaften römischen Kaisers, der vielleicht entfernt einem chinesischen Kaiser glich. Alle Anwesenden schienen es mit dem kalten Auge des Nichtkennens anzublicken. Nichts weiter war an dem Mann zu bemerken, außer dass man, als der Körper aufgehoben wurde, darunter den weißen Schimmer der Hemdenbrust gesehen hatte, verunstaltet durch den roten Schimmer von Blut. Wie Dr. Simon sagte, hatte der Mann ihrer Gesellschaft nie angehört. Doch mochte er sehr wohl versucht haben, sich ihr anzuschließen, denn er war für eine solche Gelegenheit gekleidet gekommen.

Valentin ließ sich auf Hände und Knie nieder und untersuchte mit der größten professionellen Aufmerksamkeit Gras und Grund über einige zwanzig Meter rund um den Körper, wobei ihn der Doktor weniger geschickt und der englische Lord reichlich oberflächlich unterstützten. Nichts belohnte ihre Suche außer einigen Zweigen, die in sehr kleine Stücke zerbrochen oder zerhackt waren. Valentin hob sie für einen kurzen Augenblick zur Untersuchung auf und warf sie dann wieder nieder.

»Zweige«, sagte er ernst, »Zweige und ein völlig Fremder mit abgeschnittenem Kopf; sonst ist nichts auf dem Rasen.«

Es trat eine fast gruselige Stille ein, dann rief der entnervte Galloway plötzlich scharf:

»Wer ist das? Wer ist das dort drüben an der Gartenmauer?«

Eine kleine Gestalt mit einem töricht großen Kopf kam durch den mondschimmernden Dunst unschlüssig auf sie zu; sah für einen Augenblick wie ein Kobold aus, entpuppte sich dann aber als der harmlose kleine Priester, den sie im Salon zurückgelassen hatten.

»Hören Sie«, sagte er milde, »es gibt keine Türen zu diesem Garten.«

Valentins schwarze Augenbrauen hatten sich etwas ärgerlich zusammengezogen, wie sie das beim Anblick eines Priesterrockes grundsätzlich taten. Aber er war ein viel zu gerechter Mann, als dass er die Bedeutung dieser Bemerkung geleugnet hätte. »Sie haben recht«, sagte er.

»Bevor wir herausfinden, wie er zu Tode kam, müssen wir herausfinden, wie er hierhergekommen ist. Hören Sie mir zu, Gentlemen. Wenn es ohne Gefährdung meiner Stellung und meiner Pflichten geschehen kann, wollen wir bestimmte vornehme Namen so weit wie möglich hier heraushalten. Es sind Damen anwesend, meine Herren, und auch ein ausländischer Botschafter. Sobald wir es ein Verbrechen nennen müssen, muss es auch als ein Verbrechen behandelt werden. Solange aber kann ich nach eigenem Ermessen verfahren. Ich bin Chef der Polizei; ich bin eine so öffentliche Person, dass ich es mir leisten kann, privat zu sein. Beim Himmel, ich werde zunächst jeden meiner Gäste entlasten, ehe ich meine Leute kommen lasse, um nach jemand anderem zu suchen. Meine Herren, Sie werden mir Ihr Ehrenwort geben, dass keiner von Ihnen das Haus vor morgen Mittag verlässt; es gibt Schlafzimmer für alle. Simon, Sie wissen, wo Sie meinen Diener Iwan in der Eingangshalle finden; er ist ein vertrauenswürdiger Mann. Sagen Sie ihm, er soll einen anderen Diener zur Wache bestellen und sofort herkommen. Lord Galloway, Sie sind bestimmt der Geeignetste, um den Damen mitzuteilen, was geschehen ist, und eine Panik zu verhindern. Auch sie dürfen das Haus nicht verlassen. Father Brown und ich werden bei der Leiche bleiben.«

Wenn der Geist des Anführers solchermaßen aus Valentin sprach, gehorchte man ihm wie einem Signalhorn. Dr. Simon ging in die Waffenhalle und stöberte dort Iwan auf, des öffentlichen Detektivs privater Detektiv. Galloway ging in den Salon und erzählte seine schreckliche Nachricht so taktvoll, dass, als die Gesellschaft sich dort wieder versammelte, die Damen bereits erschrocken und bereits beruhigt waren. Inzwischen standen der gute Priester und der gute Atheist zu Haupt und Füßen des toten Mannes bewegungslos im Mondenlicht, wie symbolische Darstellungen ihrer beiden Philosophien vom Tode.

Iwan, der Vertrauensmann mit Narbe und Schnurrbart, kam wie eine Kanonenkugel aus dem Haus geschossen und über den Rasen zu Valentin gerannt wie ein Hund zu seinem Herrn. Sein fahles Gesicht leuchtete geradezu mit der Glut dieser häuslichen Detektivgeschichte, und mit fast unschicklichem Eifer erbat er sich seines Herrn Erlaubnis, die Überreste zu untersuchen.

»Ja; sieh es dir an, wenn du willst, Iwan«, sagte Valentin, »aber mach nicht lang. Wir müssen hineingehen und die Sache drinnen gründlich durchsprechen.«

Iwan hob den Kopf hoch und ließ ihn dann fast fallen.

»Nein«, keuchte er, »das ist – nein, das ist nicht; das kann nicht sein. Kennen Sie diesen Mann, Sir?«

»Nein«, sagte Valentin gleichgültig; »wir gehen jetzt besser hinein.«

Gemeinsam trugen sie den Leichnam auf ein Sofa im Arbeitszimmer und begaben sich dann alle in den Salon.

Der Detektiv setzte sich ruhig und sogar zögernd an einen Schreibtisch; doch sein Blick war der stählerne Blick eines Richters im Schwurgericht. Er warf ein paar schnelle Notizen auf ein Blatt Papier vor ihm und fragte dann kurz: »Sind alle hier?«

»Mr Brayne nicht«, sagte die Herzogin von Mont St. Michel und blickte sich um.

»Nein«, sagte Lord Galloway mit rauer, barscher

Stimme. »Und soviel ich sehen kann, auch nicht Mr Neil O'Brien. Ich habe diesen Herrn gesehen, wie er durch den Garten wanderte, als der Leichnam noch warm war.«

»Iwan«, sagte der Detektiv, »geh und hole Major O'Brien und Mr Brayne. Mr Brayne raucht, wie ich weiß, eine Zigarre im Speisesaal; Major O'Brien geht vermutlich im Wintergarten auf und ab. Da bin ich aber nicht sicher.«

Der getreue Diener schoss aus dem Raum, und ehe noch jemand sich rühren oder etwas sagen konnte, fuhr Valentin in der gleichen soldatischen Raschheit mit seiner Erklärung fort.

»Jeder hier weiß, dass man im Garten einen toten Mann gefunden hat, den Kopf glatt vom Körper getrennt. Dr. Simon, Sie haben ihn untersucht. Glauben Sie, dass es großer Kraft bedarf, um einem Mann die Gurgel auf solche Weise durchzuschneiden? Oder vielleicht auch nur eines sehr scharfen Messers?«

»Ich würde sagen, dass man es unmöglich mit einem Messer tun könnte«, sagte der bleiche Doktor.

»Haben Sie irgendeine Vorstellung«, fuhr Valentin fort, »mit was für einem Werkzeug das möglich wäre?«

»Im Rahmen moderner Möglichkeiten habe ich wirklich keine«, sagte der Doktor und zog seine zerquälten Brauen hoch. »Es ist nicht einfach, einen Hals auch nur ungeschickt durchzuhacken, und dieser war sauber durchgeschnitten. Es könnte mit einer Streitaxt oder einem alten Henkersbeil oder einem alten Bidhänder[18] getan werden.«

»Aber beim Himmel«, rief die Herzogin fast hysterisch; »es gibt hier doch gar keine Bidhänder und Streitäxte.«

Valentin beschäftigte sich immer noch mit dem Papier vor ihm. »Sagen Sie mir«, sagte er und schrieb rasch weiter, »könnte es mit einem langen französischen Kavalleriesäbel getan worden sein?«

Ein leises Klopfen kam von der Tür, das aus irgendeinem unvernünftigen Grund jedermanns Blut erstarren ließ wie das Klopfen in *Macbeth*[19]. In dieses erfrorene Schweigen hinein brachte Dr. Simon es fertig zu sagen: »Ein Säbel – ja, ich vermute, das würde gehen.«

»Danke«, sagte Valentin. »Komm rein, Iwan.«

Der vertrauenswürdige Iwan öffnete die Tür und brachte Major Neil O'Brien herein, den er schließlich gefunden hatte, wie er wieder im Garten auf und nieder schritt.

Der irische Offizier stand verwirrt und trotzig auf der Türschwelle. »Was wollen Sie von mir?«, rief er.

»Bitte nehmen Sie Platz«, sagte Valentin in freundlichem, ruhigem Ton. »Sie sind ja ohne Ihren Säbel? Wo ist er denn?«

»Ich habe ihn auf dem Tisch in der Bibliothek liegen lassen«, sagte O'Brien, dessen irischer Akzent in seiner verwirrten Stimmung deutlicher wurde. »Er war mir lästig, er fing an …«

»Iwan«, sagte Valentin, »bitte geh in die Bibliothek und hole den Säbel des Majors her.« Dann, nachdem der Diener verschwunden war: »Lord Galloway sagte, er habe gesehen, wie Sie den Garten verließen, unmittelbar bevor der Leichnam gefunden wurde. Was haben Sie im Garten getan?«

Der Major warf sich unbekümmert auf einen Stuhl. »Ach«, rief er in reinem Irisch[20], »den Mond bewundern. Mit der Natur reden, mein Junge.«

Ein schweres Schweigen sank hernieder und hielt an, und an seinem Ende kam wieder jenes banale und schreckliche Klopfen. Iwan erschien aufs Neue und trug eine leere Stahlscheide. »Das ist alles, was ich finden kann«, sagte er.

»Leg es auf den Tisch«, sagte Valentin, ohne aufzublicken.

Ein unmenschliches Schweigen war im Raum, wie jener Ozean unmenschlichen Schweigens um die Bank des verurteilten Mörders. Die schwachen Ausrufe der Herzogin waren seit Langem erstorben. Lord Galloways aufgeblähter Hass war befriedigt und sogar ernüchtert. Die Stimme, die jetzt erklang, kam völlig unerwartet.

»Ich glaube, ich kann es Ihnen sagen«, rief Lady Margaret mit jener klaren zitternden Stimme, mit der eine tapfere Frau in der Öffentlichkeit redet. »Ich kann Ihnen sagen, was Mr O'Brien im Garten tat, denn er ist verpflichtet zu schweigen. Er bat mich, ihn zu heiraten. Ich wies das zurück; ich sagte ihm, dass ich ihm angesichts der Umstände meiner Familie lediglich meine Hochachtung gewähren könne. Er war darüber etwas ärgerlich; er schien nicht viel von meiner Hochachtung zu halten. Ich frage mich«, fügte sie mit eher mattem Lächeln hinzu, »ob sie ihm jetzt überhaupt noch etwas bedeutet. Denn ich biete sie ihm erneut an. Ich werde überall beschwören, dass er so etwas niemals getan hat.«

Lord Galloway hatte sich an seine Tochter herangedrängt und versuchte sie einzuschüchtern mit einer Stimme, die er für leise hielt. »Halt den Mund, Maggie«, sagte er in donnerndem Flüstern. »Warum willst du diesen Kerl denn in Schutz nehmen? Wo ist sein Säbel? Wo ist sein verdammter Kavallerie…«

Er hielt angesichts des sonderbaren Blickes inne, mit dem ihn seine Tochter ansah, ein Blick, der wie ein düsterer Magnet auf die ganze Gruppe wirkte.

»Du alter Narr!«, sagte sie mit leiser Stimme, ohne irgendwelchen Respekt vorzutäuschen; »was glaubst du denn, was du zu beweisen versuchst? Ich sage dir, dieser Mann war unschuldig, während er mit mir zusammen war. Und wenn er nicht unschuldig war, dann war er immer noch mit mir zusammen. Wenn er wirklich einen Mann im Garten ermordet hat, wer muss das dann gesehen – wer muss wenigstens davon gewusst haben? Hasst du Neil so sehr, dass du deine eigene Tochter …«

Lady Galloway schrie auf. Alle anderen saßen da, von einem Schaudern überrieselt ob der Berührung mit einer jener satanischen Tragödien, wie es sie seit jeher zwischen Liebenden gibt. Sie sahen das stolze blasse Gesicht der schottischen Aristokratin und ihren Liebhaber, den irischen Abenteurer, wie alte Porträts in einem dunklen Haus. Das lange Schweigen war voller ungeformter historischer Erinnerungen an ermordete Gatten und giftmischerische Geliebte.

Aus der Mitte dieses morbiden Schweigens heraus fragte eine unschuldige Stimme: »War es eine sehr lange *Zigarre*?«

Der Gedankensprung war so ungeheuer, dass alle sich umsehen mussten, wer da gesprochen habe.

»Ich meine«, sagte der kleine Father Brown aus der Ecke des Raumes, »ich meine jene *Zigarre*, die Mr Brayne raucht. Mir scheint sie fast so lang wie ein Spazierstock zu sein.«

Trotz der Zusammenhanglosigkeit war da Zustimmung wie Gereiztheit in Valentins Gesicht, als er den Kopf hob.

»Richtig«, sagte er scharf. »Iwan, geh und sieh noch einmal nach Mr Brayne und bring ihn sofort her.«

Im gleichen Augenblick, in dem das Faktotum die Tür geschlossen hatte, sprach Valentin das Mädchen mit ganz neuer Ernsthaftigkeit an.

»Lady Margaret«, sagte er, »wir alle empfinden sicherlich sowohl Dankbarkeit wie auch Bewunderung für die Art, in der Sie sich über Ihren Rang erhoben und das Verhalten des Majors erklärt haben. Aber da bleibt noch immer eine Lücke. Wenn ich das richtig verstanden habe, hat Lord Galloway Sie auf dem Weg vom Arbeitszimmer zum Salon getroffen, und nur wenige Minuten danach war er im Garten und sah den Major dort immer noch herumgehen.«

»Sie werden sich daran erinnern«, sagte Margaret mit leiser Ironie in der Stimme, »dass ich ihm gerade einen Korb gegeben hatte, sodass wir kaum Arm in Arm hätten zusammen zurückkommen können. Doch er ist eben ein Gentleman; und so blieb er zurück – und geriet unter Mordverdacht.«

»In diesen wenigen Augenblicken«, sagte Valentin feierlich, »hätte er aber ...«

Da kam wieder das Klopfen, und Iwan steckte sein zernarbtes Gesicht herein.

»Um Vergebung, Sir«, sagte er, »aber Mr Brayne hat das Haus verlassen.«

»Verlassen!«, schrie Valentin und erhob sich zum ersten Mal.

»Gegangen. Abgehauen. Verduftet«, erwiderte Iwan in

komischem Französisch. »Sein Hut und sein Mantel sind auch weg; und ich will Ihnen noch was erzählen, um dem Ding die Krone aufzusetzen. Ich rannte aus dem Haus, um irgendwelche Spuren von ihm zu finden, und ich fand eine, eine mächtig große sogar.«

»Wie meinst du das?«, fragte Valentin.

»Will ich Ihnen zeigen«, sagte sein Diener und erschien mit einem glänzenden blanken Kavalleriesäbel, der an Spitze und Schneide blutverschmiert war. Jeder im Raum sah ihn an, als hätte er einen Blitz in der Hand; aber der abgehärtete Iwan fuhr ganz ruhig fort:

»Ich hab das gefunden«, sagte er, »fünfzig Meter die Straße rauf nach Paris in die Büsche geschleudert. Mit anderen Worten, ich hab ihn genau da gefunden, wo Ihr ehrenwerter Mr Brayne ihn hinschmiss, als er abhaute.«

Wieder war da ein Schweigen, aber von einer neuen Art. Valentin ergriff den Säbel, untersuchte ihn, dachte mit ungespielter Konzentration nach und wandte sich dann mit achtungsvollem Gesichtsausdruck an O'Brien. »Major«, sagte er, »wir vertrauen darauf, dass Sie diese Waffe jederzeit wieder vorzeigen können, wenn sie für polizeiliche Untersuchungen gewünscht wird. In der Zwischenzeit«, fügte er hinzu und stieß den Stahl in die klirrende Scheide, »lassen Sie mich Ihnen Ihren Säbel zurückgeben.«

Angesichts der militärischen Symbolik dieser Handlung konnte sich das Publikum kaum von Applaus zurückhalten.

Für Neil O'Brien war diese Geste tatsächlich der Wendepunkt seines Lebens. Als er im frühen Morgenlicht erneut durch den geheimnisvollen Garten wanderte, war der übliche Ausdruck tragischer Nutzlosigkeit von ihm abgefallen; er war ein Mann mit mancherlei Gründen, glücklich zu sein. Lord Galloway war ein Gentleman und hatte ihm seine Entschuldigung angeboten. Lady Margaret war etwas Besseres als eine Lady, sie war endlich eine Frau, und vielleicht hatte sie ihm etwas Besseres angeboten als eine Entschuldigung, als sie vor dem Frühstück zwischen den alten Blumenbeeten herumgeschlendert waren. Die ganze Gesellschaft war leichteren Herzens und menschlicher, denn obwohl das Rätsel des Todes bestehen blieb, war ihnen doch die Last der Verdächtigung abgenommen worden und mit dem sonderbaren Millionär nach Paris entschwunden – mit einem Mann, den sie kaum kannten. Der Teufel war aus dem Haus vertrieben – er hatte sich selbst vertrieben.

Aber das Rätsel blieb; und als O'Brien sich neben Dr. Simon auf einen Gartensitz warf, griff diese streng wissenschaftliche Person es unverzüglich wieder auf. Viel allerdings bekam er von O'Brien nicht zu hören, dessen Gedanken erfreulicheren Dingen zugewendet waren.

»Ich kann nicht behaupten, dass mich das sehr interessiert«, sagte der Ire offen, »vor allem, da es jetzt ja ziemlich klar zu sein scheint. Offenbar hat Brayne diesen Fremden aus irgendwelchen Gründen gehasst, ihn in den Garten gelockt und ihn da mit meinem Säbel getötet. Dann floh er in die Stadt und warf dabei den Säbel fort. Übrigens hat mir Iwan erzählt, dass der Mann einen Yankee-Dollar in der Tasche hatte. Also war er ein Landsmann von Brayne, und das dürfte den Fall schließen. Ich jedenfalls sehe keine Schwierigkeiten mehr.«

»Es gibt da fünf gewaltige Schwierigkeiten«, sagte der

Doktor ruhig; »wie hohe Mauern innerhalb von Mauern. Missverstehen Sie mich nicht. Ich zweifle nicht daran, dass Brayne es getan hat; nach meiner Meinung beweist seine Flucht das. Aber wie hat er es getan? Erste Schwierigkeit: Warum sollte ein Mann einen anderen Mann mit einem großen unhandlichen Säbel töten, wenn er ihn auch fast mit einem Taschenmesser hätte töten und es danach in die Tasche hätte stecken können? Zweite Schwierigkeit: Warum gab es kein Geräusch oder Geschrei? Sieht ein Mann üblicherweise einen anderen mit einem Krummsäbel auf sich zukommen und sagt nichts dazu? Dritte Schwierigkeit: Ein Diener bewachte während des ganzen Abends die Eingangstür; und in Valentins Garten kann nicht mal eine Ratte schlüpfen – wie also kam der tote Mann in den Garten? Vierte Schwierigkeit: Und angesichts der gleichen Bedingungen, wie kam Brayne aus dem Garten heraus?«

»Und die fünfte?«, sagte Neil und richtete seine Blicke auf den englischen Priester, der langsam auf dem Gartenpfad herankam.

»Ist wohl nur eine Belanglosigkeit«, sagte der Doktor, »aber mir erscheint sie doch sonderbar. Als ich zuerst sah, wie der Kopf abgehauen war, nahm ich an, der Mörder hätte mehr als einmal zugeschlagen. Aber bei näherer Untersuchung fand ich eine ganze Reihe von Schnitten, die quer über der durchtrennten Stelle lagen; mit anderen Worten, sie waren zugefügt worden, *nachdem* der Kopf ab war. Hat Brayne seinen Feind so satanisch gehasst, dass er im Mondschein mit dem Säbel auf die Leiche einhackt?«

»Scheußlich!«, sagte O'Brien und schauderte.

Der kleine Priester, Brown, war herangekommen, während sie sprachen, und hatte mit charakteristischer Schüchternheit gewartet, bis sie fertig waren. Dann sagte er unbeholfen:

»Tut mit leid, Sie zu unterbrechen. Aber man hat mich hergeschickt, um Ihnen das Neueste mitzuteilen.«

»Das Neueste?«, wiederholte Simon und starrte ihn etwas gequält durch seine Brillengläser an.

»Ja, tut mir leid«, sagte Father Brown sanft. »Wissen Sie, es hat noch einen anderen Mord gegeben.« Die beiden Männer sprangen von ihrem Sitz auf, der leise nachschaukelte.

»Und was noch eigenartiger ist«, fuhr der Priester fort, den glanzlosen Blick auf die Rhododendren gerichtet, »auf dieselbe grässliche Weise; es ist wieder eine Enthauptung. Sie haben den zweiten Kopf noch blutend im Fluss gefunden, nur wenige Meter von Braynes Weg nach Paris entfernt; deshalb nehmen sie an, dass er …«

»Großer Gott!«, schrie O'Brien. »Ist Brayne denn ein Besessener?«

»In Amerika gibt es hin und wieder Blutrache«, sagte der Priester ungerührt. Und fügte hinzu: »Man wünscht, dass Sie in die Bibliothek kommen und ihn sich ansehen.«

Major O'Brien folgte den anderen zur Leichenschau; ihm war ausgesprochen übel. Als Soldat verabscheute er all diese heimliche Abschlachterei; wo würden diese zügellosen Amputationen enden? Zuerst wurde ein Kopf abgehackt, und dann ein anderer; in diesem Fall (sagte er bitter zu sich selbst) traf es nicht zu, dass zwei Köpfe besser seien als einer. Als er das Arbeitszimmer durchquerte, ließ ihn ein schrecklicher Zufall fast zurücktaumeln. Auf

Valentins Tisch lag das farbige Bildnis eines dritten blutigen Kopfes; und das war der Kopf von Valentin selbst. Ein zweiter Blick ließ ihn erkennen, dass es sich lediglich um eine nationalistische Zeitschrift handelte, ›La Guillotine‹, die jede Woche einen ihrer politischen Gegner mit rollenden Augen und verzerrten Zügen unmittelbar nach seiner Exekution zeigte; und Valentin war ein Antiklerikaler von einiger Bedeutung. Aber O'Brien war Ire und selbst in seinen Sünden von einer gewissen Keuschheit; deshalb drehte sich ihm der Magen um angesichts dieser ungeheuren Brutalität des Intellekts, die ausschließlich Frankreich zu eigen ist. Er empfand Paris als Einheit, von den grotesken Figuren an den gotischen Kirchen bis zu den groben Karikaturen in den Zeitungen. Er erinnerte sich an die ungeheuren Witze der Revolution. Er sah die ganze Stadt als eine einzige hässliche Kraft, von der blutrünstigen Zeichnung auf Valentins Tisch bis dort hinauf, wo über Gebirgen und Wäldern von Wasserspeiern der große Teufel auf Notre Dame herabgrinst.

Die Bibliothek war lang, niedrig und dunkel; was an Licht hereinkam, drängte sich unter den herabgelassenen Jalousien durch und hatte noch etwas von der rötlichen Färbung des Morgens. Valentin und sein Diener Iwan erwarteten sie am oberen Ende eines langen, leicht schräg stehenden Tisches, auf dem die sterblichen Überreste lagen, die im Zwielicht riesig aussahen. Die mächtige schwarze Gestalt und das gelbe Gesicht des Mannes, den man im Garten gefunden hatte, begegneten ihnen im Wesentlichen unverändert. Der zweite Kopf, den man am gleichen Morgen aus dem Flussschilf gefischt hatte, lag triefend und tropfend daneben; Valentins Männer suchten immer noch nach dem Rest dieses zweiten Leichnams, von dem man annahm, dass er abgetrieben worden sei. Father Brown, der O'Briens Empfindlichkeit in keiner Weise zu teilen schien, trat an den zweiten Kopf heran und untersuchte ihn mit blinzelnder Sorgfalt. Es war kaum mehr als ein Büschel nassen, weißen Haares, im roten waagrechten Licht des Morgens von silbernem Feuer umrahmt; das Gesicht erschien von hässlichem, purpurnem und vielleicht verbrecherischem Typus und war offensichtlich heftig gegen Bäume oder Steine geschlagen, als es im Wasser herumschleuderte.

»Guten Morgen, Major O'Brien«, sagte Valentin mit ruhiger Herzlichkeit. »Ich nehme an, dass Sie schon von Braynes jüngstem Abschlacht-Experiment gehört haben?«

Father Brown stand immer noch über den Kopf mit dem weißen Haar gebeugt und sagte, ohne aufzuschauen:

»Ich nehme an, es ist völlig sicher, dass Brayne auch diesen Kopf abgeschnitten hat.«

»Na ja, das scheint logisch genug«, sagte Valentin, die Hände in den Taschen. »Auf die gleiche Weise getötet wie der andere. Aufgefunden wenige Meter vom anderen entfernt. Und abgeschnitten mit derselben Waffe, die er, wie wir wissen, mitgenommen hatte.«

»Ja, ja; ich weiß«, erwiderte Father Brown nachgiebig. »Dennoch bezweifle ich, wissen Sie, dass Brayne diesen Kopf hätte abschneiden können.«

»Warum denn nicht?«, fragte Dr. Simon mit forschendem Blick.

»Nun, Doktor«, sagte der Priester und blickte blinzelnd auf, »kann ein Mann sich selbst den Kopf abschneiden? Ich weiß nicht.«

O'Brien spürte ein irrsinniges Universum um seine Ohren zusammenbrechen; der Doktor aber sprang mit ungestümem Tatendrang herbei und schob die nassen weißen Haare zurück.

»Ach, da gibt es keinen Zweifel, das ist Brayne«, sagte der Priester ruhig. »Er hatte genau diese Einkerbung im linken Ohr.«

Der Detektiv, der den Priester mit steten, glitzernden Augen angesehen hatte, öffnete seinen zusammengepressten Mund und sagte scharf: »Sie scheinen viel von ihm zu wissen, Father Brown.«

»So ist es«, sagte der kleine Mann einfach. »Ich kam seit einigen Wochen mit ihm zusammen. Er dachte daran, sich unserer Kirche anzuschließen.«

Das Glühen des Fanatismus schoss Valentin in die Augen; er schritt mit geballten Händen auf den Priester zu. »Und vielleicht«, rief er mit schneidendem Hohn, »vielleicht dachte er auch daran, Ihrer Kirche all sein Geld zu vermachen.«

»Vielleicht«, sagte Brown gleichgültig; »möglich ist das.«

»In diesem Fall«, rief Valentin mit furchtbarem Lächeln, »dürften Sie wirklich eine Menge über ihn wissen. Über sein Leben und über sein ...«

Major O'Brien legte eine Hand auf Valentins Arm. »Machen Sie Schluss mit diesem verleumderischen Quatsch, Valentin«, sagte er, »oder es könnte noch mehr Säbel geben.«

Aber Valentin hatte sich (unter dem steten bescheidenen Blick des Priesters) bereits wieder gefasst. »Gut«, sagte er knapp, »persönliche Meinungen können warten.

Sie, meine Herren, sind immer noch durch Ihr Versprechen gebunden, zu bleiben; Sie müssen sich selbst – und jeder den anderen dazu zwingen. Iwan wird Ihnen alles Weitere sagen, was Sie wissen wollen; ich muss mich an die Arbeit machen und den Behörden schreiben. Wir können das nicht länger geheim halten. Ich schreibe in meinem Arbeitszimmer, für den Fall, dass es weitere Neuigkeiten gibt.«

»Gibt es weitere Neuigkeiten, Iwan?«, fragte Dr. Simon, während der Chef der Polizei aus dem Raum schritt.

»Nur noch eine Sache, glaube ich, Sir«, sagte Iwan und legte sein graues altes Gesicht in Falten; »aber sie ist auf ihre Weise auch wichtig. Es handelt sich um den alten Knaben, den Sie auf dem Rasen gefunden haben«, und er wies ohne jede vorgespielte Ehrerbietung auf den großen schwarzen Körper mit dem gelben Kopf. »Wir haben rausgefunden, wer das ist.«

»Tatsächlich!«, rief der verblüffte Doktor; »und wer ist es?«

»Sein Name war Arnold Becker«, sagte der Unterdetektiv, »obwohl er viele andere Namen führte. Er war eine Art wandernder Gauner, und man weiß, dass er in Amerika war; da dürfte Brayne wohl schlechte Erfahrungen mit ihm gemacht haben. Wir selbst hatten mit ihm nicht viel zu schaffen, denn er arbeitete vorwiegend in Deutschland. Wir haben uns natürlich mit der deutschen Polizei ins Benehmen gesetzt. Aber da gab es, sonderbar genug, auch noch seinen Zwillingsbruder mit Namen Louis Becker, mit dem wir sehr viel zu tun hatten. Kurzum, wir haben es für nötig gehalten, ihn gestern erst guillotinieren zu lassen. Komische Sache, meine Herren, aber als ich den Kerl da flach auf dem Rasen liegen sah, hatte ich den größten Schock meines Lebens. Wenn ich nicht mit eigenen Augen gesehen hätte, wie Louis Becker guillotiniert worden ist, hätte ich geschworen, dass Louis Becker da auf dem Rasen lag. Dann hab ich mich natürlich an seinen Zwillingsbruder in Deutschland erinnert, und als ich dem Faden nachging …«

Der erklärungsreiche Iwan hielt inne, und zwar aus dem ausgezeichneten Grund, dass ihm niemand mehr zuhörte. Der Major und der Doktor starrten beide Father Brown an, der steif aufrecht stand und sich die Hände an die Schläfen presste wie ein Mann mit plötzlichen starken Schmerzen.

»Halt, halt, halt!«, rief er. »Hört einen Augenblick zu reden auf, denn ich sehe die Hälfte. Wird Gott mir Stärke geben? Wird mein Verstand den Sprung machen und alles sehen? Himmel, hilf mir! Früher konnte ich ganz ordentlich denken. Ich konnte einmal jede Seite bei Thomas von Aquin paraphrasieren. Wird mein Kopf bersten – oder wird er erkennen? Ich sehe die Hälfte – ich sehe nur die Hälfte.«

Er vergrub seinen Kopf in den Händen und stand da in einer Art starrer Qual des Denkens oder Betens, während die anderen drei nichts anderes tun konnten, als auf dieses neueste Wunder ihrer zwölf wilden Stunden zu starren.

Als Father Browns Hände herabsanken, ließen sie ein ganz neues und ernsthaftes Gesicht sehen, das Gesicht eines Kindes. Er stieß einen tiefen Seufzer aus und sagte: »Lassen Sie uns das so rasch wie möglich hinter uns bringen. Hören Sie zu, das wird der schnellste Weg sein, Sie alle von der Wahrheit zu überzeugen.« Er wandte sich an den Doktor. »Dr. Simon«, sagte er, »Sie haben einen scharfen Verstand, und heute Morgen hörte ich Sie die fünf schwierigsten Fragen zu dieser Angelegenheit stellen. Alsdann, wenn Sie sie noch einmal fragen, werde ich sie beantworten.«

Simons Pincenez fiel ihm vor zweifelnder Verwunderung von der Nase, aber er antwortete sofort: »Nun ja, die erste Frage, wissen Sie, ist, warum ein Mann einen anderen mit einem unhandlichen Säbel töten sollte, wenn man ihn doch mit einer Ahle töten könnte.«

»Ein Mann kann mit einer Ahle nicht geköpft werden«, sagte Brown ruhig, »und für *diesen* Mord war Köpfen absolut notwendig.«

»Warum?«, fragte O'Brien interessiert.

»Und die nächste Frage?«, fragte Father Brown.

»Also: Warum hat der Mann nicht geschrien oder so?«, fragte der Doktor. »Säbel in Gärten sind doch sicher ziemlich ungewöhnlich.«

»Zweige«, sagte der Priester düster und wandte sich dem Fenster zu, das auf die Todesszene hinausging. »Niemand hat die Sache mit den Zweigen begriffen. Warum sollten sie auf dem Rasen liegen – sehen Sie hin –, so weit von jedem Baum entfernt? Sie sind nicht abgebrochen worden; sie sind abgehauen worden. Der Mörder hat seinen Feind mit irgendwelchen Säbeltricks abgelenkt, hat ihm gezeigt, wie er einen Zweig in der Luft zerhauen kann oder so was. Und dann, als sich der Feind niederbeugte, um sich das Ergebnis anzusehen, ein unhörbarer Streich, und der Kopf fiel.«

»Jaha«, sagte der Doktor langsam, »das klingt glaubhaft

genug. Aber meine beiden nächsten Fragen werden jeden in Verlegenheit bringen.«

Der Priester sah immer noch kritisch aus dem Fenster und wartete.

»Sie wissen, dass der ganze Garten wie eine luftdichte Kammer abgeschlossen war«, fuhr der Doktor fort. »Wie also kam der fremde Mann in den Garten?«

Ohne sich umzuwenden, antwortete der kleine Priester: »Es war nie ein fremder Mann im Garten.«

Da war ein Schweigen, und dann löste ein plötzliches Keckern fast kindlichen Lachens die Spannung. Die Ungereimtheit von Browns Bemerkung trieb Iwan zu offenem Spott.

»Oha!«, schrie er, »dann haben wir also keine große fette Leiche heute Nacht aufs Sofa geschleppt? Und ich vermute, dass er überhaupt nicht in den Garten geraten ist?«

»In den Garten geraten?«, wiederholte Brown nachdenklich. »Nein, nicht ganz.«

»Zum Henker«, rief Simon, »entweder gelangt ein Mann in einen Garten, oder er tut es nicht.«

»Nicht notwendigerweise«, sagte der Priester mit einem schwachen Lächeln. »Was ist Ihre nächste Frage, Doktor?«

»Sie sind verrückt«, sagte Dr. Simon scharf; »aber wenn Sie wollen, werde ich die nächste Frage doch stellen. Wie kam Brayne aus dem Garten hinaus?«

»Er kam nicht aus dem Garten hinaus«, sagte der Priester und sah immer noch aus dem Fenster.

»Kam nicht aus dem Garten hinaus?«, explodierte Simon.

»Nicht ganz«, sagte Father Brown.

Simon schüttelte die Fäuste in einem rasenden Anfall französischer Logik. »Ein Mann kommt aus einem Garten raus, oder er tut es nicht«, schrie er.

»Nicht immer«, sagte Father Brown.

Dr. Simon sprang ungeduldig auf. »Ich habe keine Zeit für solch sinnloses Geschwätz«, rief er ärgerlich. »Wenn Sie nicht verstehen können, dass ein Mann sich entweder auf der einen Seite einer Mauer befindet oder auf der anderen, will ich Sie nicht länger bemühen.«

»Doktor«, sagte der Kleriker sehr sanft, »wir sind immer gut miteinander ausgekommen. Um unserer alten Freundschaft willen: Hören Sie auf und stellen Sie mir Ihre fünfte Frage.«

Der ungeduldige Simon sank auf einen Stuhl nahe der Tür und sagte kurz: »Kopf und Schultern waren auf eigenartige Weise zerschnitten. Das scheint nach dem Tode getan worden zu sein.«

»Ja«, sagte bewegungslos der Priester, »das ist getan worden genau zu dem Zweck, Sie die eine einfache Lüge hinnehmen zu lassen, die Sie hingenommen haben. Es wurde getan, um Sie glauben zu machen, der Kopf gehöre zu dem Körper.«

Jenes Grenzgebiet des Geistes, in dem alle Ungeheuer entstehen, bewegte sich grässlich in dem Kelten O'Brien. Er spürte die chaotische Anwesenheit all der Zentauren und Meerjungfrauen, die des Menschen unnatürliche Phantasie gezeugt hat. Eine Stimme, die älter war als die seiner ersten Urahnen, schien ihm ins Ohr zu sprechen: »Halte dich aus dem schrecklichen Garten fern, wo der Baum mit der doppelten Frucht wächst. Meide den bösen

Garten, wo der Mann mit zwei Köpfen starb.« Doch während diese schandbaren symbolischen Schatten über den alten Spiegel seiner irischen Seele zogen, war sein französisierter Intellekt höchst wach und beobachtete den sonderbaren Priester genauso aufmerksam und ungläubig wie die anderen auch.

Father Brown hatte sich endlich doch umgewandt und stand vor dem Fenster, sein Gesicht in tiefem Schatten; aber selbst in diesem Schatten konnten sie sehen, dass es so bleich wie Asche war. Dennoch sprach er ganz vernünftig, so als gebe es keine keltischen Seelen auf Erden.

»Meine Herren«, sagte er; »Sie haben nicht den fremden Körper von Becker im Garten gefunden. Sie haben überhaupt keinen fremden Körper im Garten gefunden. Trotz Dr. Simons Logik behaupte ich auch weiterhin, dass Becker nur teilweise anwesend war. Sehen Sie her!« (Und er wies auf die schwarze Masse der rätselhaften Leiche.) »Den Mann haben Sie nie in Ihrem Leben gesehen. Haben Sie aber diesen Mann gesehen?«

Er rollte den kahl-gelben Kopf des Unbekannten schnell beiseite und legte den danebenliegenden weißmähnigen Kopf an seine Stelle. Und da lag vollständig, vereint, unverkennbar Julius K. Brayne.

»Der Mörder«, fuhr Brown ruhig fort, »hackte seinem Feind den Kopf ab und schleuderte den Säbel weit über die Mauer. Aber er war zu klug, um das Schwert allein fortzuschleudern. Er schleuderte den *Kopf* ebenfalls über die Mauer. Danach brauchte er nur noch einen anderen Kopf an den Leichnam zu fügen, und da er auf einer privaten Untersuchung bestand, bildeten Sie sich alle einen vollständig neuen Mann ein.«

»Einen anderen Kopf anfügen!«, sagte O'Brien starrend. »Welchen anderen Kopf? Köpfe wachsen doch nicht an Gartensträuchern, oder?«

»Nein«, sagte Father Brown rau und sah auf seine Stiefel[21]; »es gibt nur einen Platz, an dem sie wachsen. Sie wachsen im Korb der Guillotine, neben der der Chef der Polizei, Aristide Valentin, kaum eine Stunde vor dem Mord noch gestanden hatte. O meine Freunde, hört mir noch eine Minute länger zu, ehe ihr mich in Stücke reißt. Valentin ist ein redlicher Mann, wenn Verrücktsein für eine diskutable Sache Redlichkeit ist. Habt ihr nie in seinen kalten grauen Augen gesehen, dass er verrückt ist? Er würde alles tun, *alles*, um das zu brechen, was er den Aberglauben des Kreuzes nennt. Dafür hat er gekämpft, und dafür hat er gehungert, und jetzt hat er dafür gemordet. Braynes verrückte Millionen wurden bisher unter so vielen Sekten ausgestreut, dass dadurch das Gleichgewicht der Dinge nicht sehr gestört wurde. Dann aber hörte Valentin Gerüchte, dass Brayne wie manch anderer verwirrter Skeptiker auf uns zutreibe; und das war eine ganz andere Sache. Brayne würde der verarmten, aber kämpferischen Kirche Frankreichs Nachschub bringen; er würde sechs nationalistische Zeitungen wie *La Guillotine* unterstützen. Der Kampf stand auf des Messers Schneide, und der Fanatiker fing Feuer an der Gefahr. Er beschloss, den Millionär zu vernichten, und das tat er so, wie man es vom größten Detektiv bei der Begehung seines einzigen Verbrechens erwarten kann. Er entfernte den abgetrennten Kopf Beckers mit irgendeiner kriminologischen Begründung und nahm ihn in seinem Aktenkoffer mit nachhause. Er hatte jene letzte Auseinandersetzung mit Brayne, die Lord Galloway nicht bis zum Ende anhörte; da sie fehlschlug, führte er ihn hinaus in den versiegelten Garten, sprach über die Fechtkunst, verwendete zur Illustration Zweige und einen Säbel, und …«

Iwan mit der Narbe sprang auf. »Sie Wahnsinniger«, schrie er; »Sie werden in diesem Augenblick zu meinem Herrn gehen, und wenn ich Sie mit Gewalt …«

»Ja gut, da wollte ich jetzt sowieso hingehen«, sagte Brown schwer; »ich muss ihn doch auffordern zu beichten und all das.«

Sie trieben den unglücklichen Brown vor sich her wie eine Geisel oder ein Opferlamm und stürmten gemeinsam in die jähe Stille von Valentins Arbeitszimmer.

Der große Detektiv saß an seinem Tisch, offenbar zu beschäftigt, um ihren lärmenden Eintritt zu hören. Sie hielten einen Moment inne, und dann ließ irgendetwas im Anblick jenes aufrechten und eleganten Rückens den Doktor plötzlich vorwärts stürzen. Eine Berührung und ein Blick zeigten ihm ein kleines Pillendöschen an Valentins Ellbogen und dass Valentin tot in seinem Stuhl saß. Auf dem erloschenen Gesicht des Selbstmörders stand mehr als nur Catos Stolz[22].

Die sonderbaren Schritte

Sollten Sie je einem Mitglied jenes auserlesenen Clubs »Die zwölf wahren Fischer[23]« begegnen, wie er aus Anlass des jährlichen Clubessens das Vernon-Hotel betritt, so werden Sie, sobald er seinen Mantel ablegt, sehen, dass sein Abendanzug grün und nicht schwarz ist. Wenn Sie (vorausgesetzt, Sie besäßen die sterneerschütternde Kühnheit, ein solches Wesen anzusprechen) ihn fragten, warum, würde er vermutlich antworten, er tue es, um nicht mit einem Kellner verwechselt zu werden. Woraufhin Sie sich zerschmettert zurückzögen. Hinter sich aber würden Sie ein bisher ungelöstes Rätsel und eine erzählenswerte Geschichte zurücklassen.

Träfen Sie nun (um den gleichen Faden unwahrscheinlicher Vermutungen fortzuspinnen) einen sanftmütigen, hart arbeitenden kleinen Priester namens Father Brown, und fragten Sie ihn, was er für den einzigartigsten Glücksfall seines Lebens ansehe, würde er vermutlich antworten, dass aufs Ganze gesehen sein bester Streich jener im Vernon-Hotel gewesen sei, wo er ein Verbrechen verhinderte und vielleicht eine Seele rettete, einfach indem er auf ein paar Schritte in einem Gang lauschte. Er ist dann vielleicht ein bisschen stolz auf diese seine wilde und wunderbare Mutmaßung, und es ist möglich, dass er sie sogar erwähnt. Aber da es unendlich unwahrscheinlich ist, dass Sie in der Welt der Gesellschaft je so weit aufsteigen, »Die zwölf wahren Fischer« zu finden, oder dass Sie je tief genug zwischen Slums und Verbrechern absinken, Father Brown zu finden, fürchte ich, dass Sie diese Geschichte niemals erfahren werden, es sei denn, Sie erfahren sie von mir.

Das Vernon-Hotel, in dem »Die zwölf wahren Fischer« ihr Jahresessen abhielten, war eine jener Einrichtungen, wie sie nur in einer oligarchischen Gesellschaft[24] bestehen können, die fast verrückt nach guten Manieren ist. Es war jene paradoxe Hervorbringung – ein »exklusives« kaufmännisches Unternehmen. Mit anderen Worten: Es machte Gewinn, nicht indem es Menschen anzog, sondern indem es Menschen abwies. Im Herzen einer Plutokratie[25] werden Händler bald gerissen genug, noch wählerischer als ihre Kundschaft zu sein. Sie schaffen regelrecht Schwierigkeiten, damit ihre geldhabenden und gelangweilten Kunden Geld und Geschick aufwenden müssen, um sie zu überwinden. Wenn es in London ein Hotel gäbe, das gerade berühmt ist und das niemand betreten dürfte, der nicht mindestens sechs Fuß misst, würde die Gesellschaft demütig Gesellschaften für Sechs-Fuß-Menschen geben, die in ihm speisen sollten. Wenn es ein kostspieliges Restaurant gäbe, das aufgrund einer Laune seines Besitzers nur donnerstags nachmittags geöffnet wäre, wäre es donnerstags nachmittags brechend voll. Das Vernon-Hotel stand wie zufällig in einer Ecke an einem Platz in Belgravia. Es war ein kleines Hotel; und ein sehr unbequemes. Doch wurden gerade seine Unbequemlichkeiten geschätzt als Mauern, die eine besondere Gesellschaftsschicht schützten. Eine Unbequemlichkeit insbesondere wurde für lebenswichtig erachtet: die Tatsache, dass praktisch nur vierundzwanzig Menschen gleichzeitig dort speisen konnten. Der einzige große Speisetisch war der berühmte Terrassentisch, der im Freien auf einer Art Veranda stand, mit Blick auf einen der herrlichsten alten Gärten Londons. Daher denn selbst jene vierundzwanzig Plätze an diesem Tisch nur bei warmem Wetter genossen werden konnten; und da dies den Genuss noch erschwerte, machte es ihn umso begehrenswerter. Der gegenwärtige Besitzer des Hotels war ein Jude namens Lever; und er holte fast eine Million heraus, indem er es schwermachte, hineinzukommen. Natürlich verband er diese äußerliche Beschränktheit seines Unternehmens mit der sorgfältigsten Vollendung seiner Leistung. Weine und Küche waren wahrhaftig so gut wie nur nirgends in Europa, und das Benehmen der Dienerschaft spiegelte aufs Genaueste die stete Stimmung der englischen Oberklasse wider. Der Besitzer kannte alle seine Kellner wie die Finger seiner Hand; insgesamt gab es ihrer nur fünfzehn. Es war sehr viel leichter, Parlamentsabgeordneter zu werden als Kellner in jenem Hotel. Jeder Kellner war in erschrecklicher Leisigkeit und Zuvorkommenheit geschult, als sei er der Kammerdiener eines Gentleman. Und es gab auch in der Tat mindestens einen Kellner für jeden speisenden Gentleman.

Der Club der »zwölf wahren Fischer« würde sich niemals dazu herabgelassen haben, anderswo als an einem solchen Orte zu speisen, denn er bestand auf luxuriöser Abgeschlossenheit und wäre höchst ungehalten gewesen bei dem bloßen Gedanken daran, dass irgendein anderer Club auch nur im gleichen Gebäude speise. Aus Anlass ihres jährlichen Essens pflegten die Fischer all ihre Schätze auszubreiten, als befänden sie sich in einem Privathaus, vor allem aber ihr berühmtes Besteck aus Fischgabeln und Fischmessern, den wahren Insignien ihrer Gesellschaft, jedes Stück eine auserlesene Silberschmiedearbeit in Fischform, und jedes am Griff mit einer großen Perle geschmückt. Sie wurden immer für den Fischgang aufgelegt, und der Fischgang war immer der großartigste jenes großartigen Mahles. Die Gesellschaft verfügte über eine gewaltige Anzahl von Zeremonien und Gebräuchen, aber sie hatte keine Geschichte und keinen Zweck; und darin war sie ebenso besonders aristokratisch. Man brauchte nichts zu sein, um einer der Zwölf Fischer zu sein; denn wenn man nicht bereits eine bestimmte Art Person war, hörte man niemals von ihnen. Sie bestand seit zwölf Jahren. Ihr Präsident war Mr Audley. Ihr Vizepräsident war der Herzog von Chester.

Falls es mir gelungen sein sollte, die Atmosphäre in diesem erstaunlichen Hotel einigermaßen deutlich zu machen, wird sich der Leser ganz natürlich fragen, wie ich denn dazu komme, irgendetwas davon zu wissen, und er mag gar darüber nachdenken, wie eine so gewöhnliche Person wie mein Freund Father Brown dazu kam, sich in jener goldenen Galeere wiederzufinden. Was das angeht, ist meine Geschichte einfach oder gar vulgär. Es gibt in der Welt einen sehr alten Aufrührer und Volksverhetzer, der selbst in die vornehmste Abgeschiedenheit mit der erhabenen Nachricht einbricht, dass alle Menschen Brüder seien, und wohin immer dieser Gleichmacher auf seinem fahlen Pferde ritt, war ihm zu folgen Father Browns Geschäft. Einen der Kellner, einen Italiener, hatte an jenem Nachmittag ein Schlaganfall niedergestreckt; und sein jüdischer Arbeitgeber hatte, gelinde über solchen Aberglauben sich wundernd, zugestimmt, nach dem nächsten päpstlichen Priester zu schicken. Was nun der Kellner Father Brown berichtete, geht uns nichts an, aus dem vortrefflichen Grund, weil der Kleriker darüber schwieg; jedoch veranlasste es ihn offensichtlich dazu, eine Notiz oder eine Erklärung zur Übermittlung einer Nachricht oder zwecks Richtigstellung einer Falschheit niederzuschreiben. Father Brown jedenfalls bat mit der demütigen Unverschämtheit, die er ebenso im Buckingham-Palast gezeigt haben würde, um ein Zimmer und Schreibzeug. Mr Lever fühlte sich zwiespältig. Er war ein gütiger Mann, und außerdem verfügte er über jene schlechte Nachahmung der Güte – die Unlust an jeglicher Schwierigkeit oder Szene. Auf der anderen Seite war die Anwesenheit eines ungewöhnlichen Fremden in seinem Hotel gerade an diesem Abend so etwas wie ein Schmutzfleck auf etwas gerade Gereinigtem. Niemals hatte es im Vernon-Hotel einen Grenzbereich oder einen Vorraum gegeben, keine in der Halle wartenden Menschen, keine Laufkundschaft. Es gab fünfzehn Kellner. Es gab zwölf Gäste. An jenem Abend im Hotel einen neuen Gast vorzufinden wäre ebenso beunruhigend gewesen, wie einen neuen Bruder vorzufinden, wie er mit der eigenen Familie frühstückt oder Tee trinkt. Außerdem war die Erscheinung des Priesters zweitklassig und seine Kleidung schäbig; auch nur ein ferner flüchtiger Blick auf ihn hätte eine Krise im Club auslösen können. Schließlich aber kam Mr Lever auf eine Idee, wie er den Schandfleck, da er ihn nicht auslöschen konnte, verdecken könne. Wenn Sie (was sicherlich nie geschehen wird) das Vernon-Hotel betreten, schreiten Sie durch einen kurzen Gang, den einige dunkle, aber wichtige Bilder schmücken, zur Haupthalle und Lounge, welche sich zu Ihrer Rechten in Gänge öffnet, die zu den Gasträumen führen, und zu Ihrer Linken in einen ähnlichen Gang, der zu den Küchen und Büros des Hotels weist. Unmittelbar zu Ihrer Linken befindet sich die Ecke eines gläsernen Büros, das in die Lounge hineinragt – ein Haus im Haus sozusagen, wie das alte Hotelbüffet, das vermutlich einst diesen Platz eingenommen hat.

In diesem Büro saß der Vertreter des Besitzers (hier erschien niemand in Person, wenn er es irgendwie vermeiden konnte), und unmittelbar hinter dem Büro befand sich, auf dem Weg zu den Quartieren des Personals, die Herrengarderobe, die äußerste Grenze des Bereichs der Gentlemen. Zwischen Büro und Garderobe aber befand sich ein kleiner privater Raum ohne anderen Ausgang, den der Besitzer manchmal für delikate und wichtige Angelegenheiten verwendete, wie einem Herzog tausend Pfund zu leihen oder ihm einen Groschen abzuschlagen. Es ist ein Kennzeichen der überwältigenden Toleranz von Mr Lever, zuzulassen, dass dieser heilige Ort für etwa eine halbe Stunde durch einen einfachen Priester profaniert wurde, der dort ein Stück Papier bekritzelte. Die Geschichte, die Father Brown niederschrieb, ist sicherlich eine sehr viel bessere Geschichte als diese, nur wird sie nie bekanntwerden. Ich kann lediglich feststellen, dass sie ziemlich die gleiche Länge hatte und dass die letzten zwei oder drei Paragraphen die am wenigsten aufregenden und fesselnden waren.

Denn erst, als er bis zu diesen gediehen war, begann der

Priester seinen Gedanken zu erlauben, dass sie ein wenig wanderten, und seinen Sinnen, die üblicherweise scharf waren, dass sie erwachten. Die Zeit der Dunkelheit und des Abendessens rückte heran; sein kleines vergessenes Zimmer war ohne Licht, und vielleicht schärfte das dunkelnde Dämmern, wie es ja zuzeiten vorkommt, seinen Gehörsinn. Als Father Brown den letzten und unwesentlichsten Teil des Dokumentes niederschrieb, überraschte er sich dabei, wie er im Rhythmus eines wiederkehrenden Geräusches von draußen schrieb, so wie man manchmal im Rhythmus des Ratterns eines Zuges denkt. Als er sich dessen bewusst wurde, erkannte er auch, was es war: nur das gewöhnliche Trappen von Füßen, die an der Tür vorüberkamen, in einem Hotel keine sehr ungewöhnliche Sache. Dennoch starrte er an die dunkelnde Decke und lauschte dem Geräusch. Nachdem er ein paar Sekunden lang verträumt gelauscht hatte, stand er auf und lauschte aufmerksam, den Kopf ein bisschen zur Seite geneigt. Dann setzte er sich wieder hin und vergrub die Stirn in den Händen, nun nicht mehr nur lauschend, sondern lauschend und zugleich nachdenkend.

Die Schritte draußen waren in jedem einzelnen Augenblick solche, wie man sie in jedem Hotel hätte hören können; nahm man sie aber insgesamt, dann war da etwas sehr Sonderbares mit ihnen. Es gab keine anderen Schritte. Das Haus war immer sehr still, denn die wenigen Hausgäste gingen jeweils sofort in ihre Zimmer, und die wohl geschulten Kellner waren angewiesen, sozusagen unsichtbar zu bleiben, bis sie erwünscht waren. Man könnte sich keinen Ort vorstellen, an dem es noch weniger Grund gab, irgendetwas Unregelmäßiges zu erwarten. Diese Schritte waren aber so eigentümlich, dass man sich nicht entscheiden konnte, sie regelmäßig oder unregelmäßig zu nennen. Father Brown verfolgte sie mit dem Finger auf dem Tischrand, wie jemand, der versucht, eine Melodie auf dem Klavier zu üben.

Zuerst kam da eine lange Reihe rascher kurzer Schritte, wie sie ein leichter Mann machen mag, wenn er ein Geherrennen gewinnt. An einer bestimmten Stelle hielten sie inne und wechselten in eine Art langsam schlendernden Stapfens, das sich nicht auf ein Viertel der Schritte belief, aber nahezu die gleiche Zeit verbrauchte. Und im gleichen Augenblick, in dem das letzte hallende Stapfen erstorben war, folgte wieder das Rennen oder Rieseln leichter eilender Füße, und dann aufs Neue das Dröhnen des schwereren Schrittes. Es handelte sich mit Sicherheit um das gleiche Paar Schuhe – teilweise, weil (wie schon gesagt wurde) keine anderen Schuhe unterwegs waren, und teilweise, weil sie ein leichtes, aber unüberhörbares Knarren in sich hatten. Father Brown besaß jene Art Kopf, die nicht umhinkann, Fragen zu stellen; und ob dieser anscheinend belanglosen Frage barst ihm fast der Kopf. Er hatte Männer rennen sehen, um zu springen. Er hatte Männer rennen sehen, um zu schlittern. Aber warum in aller Welt sollte ein Mann rennen, um zu gehen? Oder anders: Warum sollte er gehen, um zu rennen? Und doch wollte keine andere Beschreibung sich mit den Possen dieses unsichtbaren Beinpaars decken. Entweder lief der Mann sehr schnell die eine Hälfte des Ganges hinab, um dann sehr langsam die andere Hälfte zu durchschreiten; oder er schritt am einen Ende sehr langsam aus, um am anderen das Vergnügen des schnellen Laufens zu genießen. Keine dieser Vermutungen schien viel Sinn zu ergeben. Sein Gehirn wurde dunkler und dunkler, wie sein Zimmer.

Doch als er systematisch nachzudenken begann, schien die Dunkelheit seiner Zelle selbst seine Gedanken lebendiger zu machen; er begann wie in einer Art von Vision die phantastischen Füße den Gang entlangtanzen zu sehen in unnatürlichen oder symbolischen Posen. War das ein heidnischer religiöser Tanz? Oder eine vollkommen neue Art wissenschaftlicher Übungen? Father Brown begann, sich genauer zu fragen, was die Schritte andeuteten. Zunächst der langsame Schritt: Mit Sicherheit war das nicht der Schritt des Besitzers. Männer dieses Typs gehen in einem schnellen Watscheln, oder sie sitzen still. Es konnte auch nicht ein Diener oder Bote sein, der auf Anweisungen wartete. Danach klang es nicht. Die niederen Klassen (in einer Oligarchie) stolpern zwar manchmal umher, wenn sie leicht angetrunken sind, aber im Allgemeinen, und besonders in solch prachtvoller Umgebung, stehen oder sitzen sie in gezwungener Haltung. Nein; jener schwere und zugleich federnde Schritt, von einer Art unbekümmerter Gewichtigkeit, nicht besonders laut, doch unbesorgt darum, welches Geräusch er verursache, konnte nur zu einem Lebewesen auf Erden gehören. Das war ein Gentleman aus dem westlichen Europa, und vermutlich einer, der nie für seinen Lebensunterhalt gearbeitet hatte.

Gerade als er diese sichere Gewissheit gewonnen hatte, wandelte sich der Schritt in den schnelleren und rannte so hastig an der Tür vorbei wie eine Ratte. Der Lauscher bemerkte, dass dieser Schritt, obwohl viel schneller, zugleich auch viel leiser war, so als laufe ein Mann auf Zehenspitzen. Doch verband sich das in seinem Geiste nicht mit Heimlichkeit, sondern mit etwas anderem – etwas, dessen er sich nicht erinnern konnte. Es quälte ihn eine jener Halberinnerungen, die einen Mann sich halb blöd fühlen lassen. Mit Sicherheit hatte er jenes sonderbare schnelle Gehen schon irgendwo gehört. Plötzlich sprang er mit einem neuen Einfall im Kopf auf die Füße und ging zur Tür. Sein Zimmer hatte keinen direkten Zugang zum Gang, führte aber auf der einen Seite in das gläserne Büro und auf der anderen Seite in die darunterliegende Garderobe. Er versuchte die Tür zum Büro und fand sie verschlossen. Dann blickte er zum Fenster, jetzt eine viereckige Scheibe voller purpurner Wolken, die ein fahler Sonnenuntergang zerteilte, und für einen Augenblick witterte er Böses, wie ein Hund Ratten wittert.

Der vernünftige Teil seines Wesens (ob das nun auch der weisere war oder nicht) gewann wieder die Oberhand. Er erinnerte sich daran, dass ihm der Besitzer gesagt hatte, er wolle die Tür abschließen und später wiederkommen, ihn herauszulassen. Er sagte sich, dass zwanzig verschiedene Ursachen, an die er nicht gedacht hatte, die außergewöhnlichen Geräusche draußen erklären könnten; er gemahnte sich daran, dass es gerade noch ausreichend Licht gebe, seine eigene Arbeit zu beenden. Er trug sein Papier zum Fenster, um das letzte Licht des stürmischen Abends einzufangen, und stürzte sich noch einmal in den fast beendeten Bericht. Während etwa zwanzig Minuten hatte er geschrieben, indem er sich im verdämmernden Licht tiefer und tiefer auf sein Papier beugte; da plötzlich setzte er sich aufrecht hin. Er hatte erneut die sonderbaren Füße gehört.

Dieses Mal wiesen sie eine dritte Eigenart auf. Zuvor war der unbekannte Mann gelaufen, sehr leicht zwar und mit Blitzesschnelle, aber er war gelaufen. Dieses Mal rannte er. Man konnte die schnellen, weichen, springenden Schritte den Korridor entlangkommen hören wie die Tatzen eines flüchtenden und springenden Panthers. Wer immer da kam, es war ein sehr kraftvoller tatkräftiger Mann, in stummer, aber heftiger Erregung. Doch als das Geräusch wie ein flüsternder Wirbelwind bis an das Büro herangefegt war, wechselte es plötzlich wieder in das alte langsame schlendernde Stapfen.

Father Brown warf seine Papiere hin und ging, da er die Bürotür geschlossen wusste, auf der anderen Seite in die Garderobe. Der Wärter dieses Ortes war zeitweilig abwesend, wohl weil die einzigen Gäste beim Dinner saßen und sein Amt eine Pfründe[26] war. Nachdem er sich durch einen grauen Wald von Mänteln getastet hatte, stellte er fest, dass sich die dunkle Garderobe zum erleuchteten Korridor hin wie ein Ladentisch oder eine Art Halbtür öffnete wie die meisten solcher Theken, über die wir alle schon Schirme gereicht und Marken in Empfang genommen haben. Unmittelbar über dem halbrunden Bogen dieser Öffnung hing eine Lampe. Sie beleuchtete Father Brown kaum, der wie ein dunkler Umriss vor dem matten Sonnenuntergangsfenster hinter ihm erschien. Aber sie warf ein fast theatralisches Licht auf den Mann, der vor der Garderobe im Korridor stand.

Es war ein sehr eleganter Mann in einfachem Abendanzug; groß gewachsen, aber er wirkte, als nehme er nicht viel Raum ein; man spürte, dass er wie ein Schatten dort hätte vorübergleiten können, wo sehr viel kleinere

Männer auffällig und störend gewirkt hätten. Sein Gesicht, jetzt im Lampenschein zurückgeworfen, war dunkel und lebhaft, das Gesicht eines Ausländers. Seine Erscheinung war gut, sein Betragen munter und selbstbewusst; ein Kritiker hätte lediglich feststellen können, dass sein schwarzer Frack nicht ganz zu seiner Erscheinung und seinen Manieren passte, ja sogar auf sonderbare Weise geschwollen und gebauscht erschien. In dem Augenblick, da er Browns schwarze Silhouette vor dem Sonnenuntergang erblickte, warf er ein Stück Papier mit einer Nummer darauf hin und rief mit leutseliger Autorität: »Ich möchte meinen Hut und meinen Mantel bitte; ich muss sofort gehen.«

Father Brown nahm wortlos das Papier und ging gehorsam den Mantel suchen; es war nicht die erste niedere Arbeit, die er in seinem Leben verrichtete. Er brachte ihn herbei und legte ihn auf die Theke; inzwischen sagte der fremde Herr, der in seiner Westentasche herumgesucht hatte, lachend: »Ich hab kein Silber bei mir; behalten Sie das«, und er warf einen halben Sovereign[27] hin und nahm seinen Mantel auf.

Father Browns Gestalt blieb ganz dunkel und ruhig; aber in diesem Augenblick hatte er seinen Kopf verloren. Sein Kopf war immer dann am wertvollsten, wenn er ihn verloren hatte. In solchen Augenblicken zählte er zwei und zwei zusammen und machte vier Millionen daraus. Oftmals billigte die katholische Kirche (die mit der Alltagsvernunft verheiratet ist) das nicht. Oftmals billigte er selbst das nicht. Aber es war eine wirkliche Eingebung – wichtig in seltenen Krisen –, dass, wer da seinen Kopf verliert, ihn retten wird.

»Ich glaube, Sir«, sagte er höflich, »dass Sie einiges Silber in Ihren Taschen haben.«

Der hochgewachsene Gentleman starrte ihn an. »Zum Teufel«, rief er, »ich habe Ihnen doch Gold gegeben, was beklagen Sie sich denn?«

»Weil Silber manchmal wertvoller ist als Gold«, sagte der Priester sanftmütig; »vor allem in großen Mengen.«

Der Fremde sah ihn neugierig an. Danach sah er noch neugieriger den Gang hinab zum Haupteingang hin. Dann sah er wieder Brown an, und dann sah er sehr sorgfältig nach dem Fenster hinter Browns Haupt, das immer noch vom Nachglühen des Gewitters gefärbt war. Dann schien er einen Entschluss gefasst zu haben. Er stützte eine Hand auf die Theke, schwang sich leicht wie ein Akrobat hinüber und stand dann dräuend über dem Priester, den er mit mächtiger Hand beim Kragen packte.

»Stehen Sie still«, sagte er in einem abgehackten Flüstern. »Ich will Ihnen nicht drohen, aber …«

»Ich will Ihnen drohen«, sagte Father Brown mit einer Stimme wie eine dröhnende Trommel. »Ich will Ihnen drohen mit dem Wurm, der niemals stirbt, und mit dem Feuer, das nie gelöscht wird.«

»Sie sind eine sonderbare Art von Garderobier«, sagte der andere.

»Ich bin Priester, Monsieur Flambeau«, sagte Brown, »und ich bin bereit, Ihre Beichte zu hören.«

Der andere stand einige Augenblicke da, nach Luft schnappend, dann taumelte er rückwärts auf einen Stuhl.

Die beiden ersten Gänge des Dinners der »zwölf wahren Fischer« waren mit ruhigem Erfolg verlaufen. Ich besitze keine Abschrift der Speisekarte; und wenn ich eine besäße, würde ich niemandem davon etwas mitteilen. Sie war in jener Sorte Über-Französisch verfasst, das Köche gebrauchen und Franzosen nicht verstehen. Es gab eine Tradition im Club, dass die *hors d'œuvres* unterschiedlich und vielfältig zu sein hatten bis zum Exzess. Sie wurden höchst ernsthaft verspeist, da sie zugegebenermaßen überflüssige Zugaben darstellten wie das ganze Essen und der ganze Club. Es gab auch eine Tradition, dass die Suppe leicht und anspruchslos zu sein hatte – eine Art einfachen und strengen Fastens vor dem Fest des Fisches, das bevorstand. Das Gespräch war jenes sonderbare seichte Gerede, das das British Empire regiert, das es im Geheimen regiert und das doch einen gewöhnlichen Engländer kaum erleuchten würde, selbst wenn er ihm zuhören könnte. Kabinettsminister beider Parteien erwähnte man in einer Art gelangweilten Wohlwollens mit ihren Vornamen. Der radikale Schatzkanzler, den die ganze Partei der Tories angeblich wegen seiner Erpressungen verflucht, wurde wegen seiner unbedeutenden Gedichte oder wegen seines guten Sitzes im Sattel während der Jagd gelobt. Der Tory-Führer, den alle Liberalen angeblich als Tyrannen hassen, wurde durchgehechelt und im großen Ganzen gelobt – als Liberaler. Irgendwie schien es, als seien Politiker sehr wichtig. Jedoch schien alles andere wichtig zu sein an ihnen, außer ihrer Politik. Mr Audley, der Präsident, war ein liebenswürdiger älterer Herr, der immer noch Gladstone-Kragen[28] trug; er war eine Art Symbol jener gauklerischen und doch so starren Gesellschaft. Er hatte niemals irgendetwas getan – nicht einmal etwas Falsches. Er war nicht leichtlebig;

er war nicht einmal besonders reich. Er gehörte einfach dazu; und das war alles. Keine Partei konnte ihn übersehen, und hätte er ins Kabinett gewollt, würde man ihn sicherlich aufgenommen haben. Der Herzog von Chester, der Vizepräsident, war ein junger aufsteigender Politiker. Das heißt, er war ein gefälliger Jüngling mit glattem blondem Haar und einem sommersprossigen Gesicht, mit mäßiger Intelligenz und ungeheuren Ländereien. In der Öffentlichkeit waren seine Auftritte immer erfolgreich, und zwar auf die einfachste Weise. Wann immer ihm ein Witz einfiel, machte er ihn und wurde brillant genannt. Wann immer ihm kein Witz einfiel, sagte er, jetzt sei nicht die Zeit zu scherzen, und wurde fähig genannt. Im Privaten, in einem Club seiner Klasse, war er einfach recht angenehm offen und albern wie ein Schuljunge. Mr Audley, der sich nie mit Politik beschäftigt hatte, behandelte sie etwas ernsthafter. Manchmal verwirrte er die Gesellschaft sogar mit Sätzen, die andeuteten, dass es zwischen Liberalen und Konservativen gewisse Unterschiede gebe. Er selbst war ein Konservativer, sogar im Privatleben. Ihm hing eine graue Haartolle rücklings über seinen Kragen wie gewissen älteren Staatsmännern, und von hinten sah er aus wie der Mann, den das Empire braucht. Von vorne sah er aus wie ein sanfter, selbstgefälliger Junggeselle mit einer Wohnung im Hotel Albany – was er war.

Wie bereits bemerkt wurde, gab es vierundzwanzig Sitze am Terrassentisch, aber nur zwölf Mitglieder des Clubs. So konnten sie denn die Terrasse auf die luxurióseste Weise besetzt halten, indem sie entlang der inneren Tischseite saßen, ohne Gegenüber, und so einen ungestörten Blick auf den Garten hatten, dessen Farben immer noch leuchteten, obwohl der Abend sich für die Jahreszeit etwas zu düster um sie schloss. Der Präsident saß in der Mitte der Reihe und der Vizepräsident an ihrem rechten Ende. Wenn die zwölf Gäste zu ihren Plätzen schritten, war es (aus irgendwelchen unbekannten Gründen) üblich, dass die Kellner an der Wand Parade standen wie Truppen, die dem König ihre Waffen präsentieren, während der fette Besitzer dastand und sich vor dem Club in strahlender Überraschung verneigte, als ob er nie zuvor von ihnen gehört hätte. Aber noch vor dem ersten Klirren von Messer und Gabel war diese Vasallenarmee verschwunden, und nur jene ein oder zwei, die man zum Einsammeln und Austeilen der Teller benötigte, schossen in tödlichem Schweigen umher. Mr Lever, der Besitzer, war natürlich längst zuvor unter Höflichkeitskrämpfen verschwunden. Es wäre übertrieben, ja geradezu unehrerbietig zu behaupten, dass er je wieder wirklich erschien. Wenn aber der wichtige Gang, der Fischgang, hereingebracht wurde, gab es – wie soll ich es beschreiben – einen lebendigen Schatten, die Projektion seiner Persönlichkeit, die mitteilte, dass er in der Nähe weilte. Der heilige Fischgang bestand (für die Augen des Plebs) aus einer Art monströsem Pudding, etwa von der Größe und Form eines Hochzeitskuchens, in dem eine beträchtliche Anzahl interessanter Fische letztlich die Formen verloren hatte, die ihnen Gott einst gab. »Die zwölf wahren Fischer« erhoben ihre Fischmesser und Fischgabeln und gingen ihn so ernsthaft an, als ob jeder Zoll Pudding so viel koste wie die Silbergabel, von der er gegessen ward. Was meines Wissens auch zutraf. Dieser Gang wurde in eifrigem und verschlingendem Schweigen erledigt; und erst als sein Teller fast leer war, machte der junge Herzog die rituelle Bemerkung: »Den können sie wirklich nur hier machen.«

»Sonst nirgendwo«, sagte Mr Audley mit tiefer Bassstimme, wandte sich dem Sprecher zu und nickte mehrmals mit seinem ehrwürdigen Haupt. »Bestimmt nirgendwo, außer hier. Man hat mir einzureden versucht, dass im Café Anglais …«

Hier wurde er durch das Abräumen seines Tellers unterbrochen und sogar für einen Moment verwirrt, aber er fand den wertvollen Faden seiner Gedanken wieder. »Man hat mir einzureden versucht, dass im Café Anglais das Gleiche erreicht würde. Nichts dergleichen, Sir«, sagte er und schüttelte sein Haupt erbarmungslos wie ein Richter, der zum Galgen verurteilt. »Nichts dergleichen.«

»Überschätzter Laden das«, sagte ein gewisser Oberst Pound, der (seiner Miene nach) zum ersten Mal seit einigen Monaten wieder sprach.

»Ach, ich weiß nicht«, sagte der Herzog von Chester, der ein Optimist war, »es ist ganz nett für bestimmte Dinge. Nicht zu überbieten in …«

Ein Kellner kam eilig durch den Raum und blieb dann plötzlich stehen. Sein Innehalten war so lautlos wie sein Schritt; aber all jene unbestimmten und freundlichen Gentlemen waren so an die absolute Geschmeidigkeit der unsichtbaren Maschinerie gewöhnt, die ihr Leben umgab und erhielt, dass ein Kellner, der etwas Unerwartetes tat, erschreckte wie ein Misston. Sie fühlten, wie Sie und ich fühlen würden, wenn die unbelebte Welt nicht gehorchte – wenn ein Stuhl vor uns wegliefe.

Der Kellner stand einige Augenblicke starrend, während sich auf jedem Gesicht an der Tafel eine sonderbare Scham vertiefte, die vollständig ein Produkt unserer Zeit ist. Es ist die Mischung der modernen Humanitätsduselei mit dem schrecklichen modernen Abgrund zwischen den Seelen der Reichen und der Armen. Ein echter historischer Aristokrat hätte Dinge nach dem Kellner geworfen, zuerst leere Flaschen und zuletzt sehr wahrscheinlich Geld. Ein echter Demokrat hätte ihn mit kameradschaftlicher Klarheit der Sprache gefragt, was zum Teufel er wolle. Aber diese modernen Plutokraten können keinen Armen in ihrer Nähe ertragen, weder als Sklaven noch als Freund. Dass irgendetwas bei den Bedienern schiefließ, bedeutete lediglich eine peinliche Verlegenheit. Sie wollten nicht brutal sein, aber sie fürchteten die Notwendigkeit, gütig zu sein. Sie wünschten, dass, was immer es war, vorbei sei. Es war vorbei. Der Kellner wandte sich, nachdem er einige Sekunden steif wie ein Kataleptiker[29] dagestanden hatte, um und rannte wie wahnsinnig aus dem Raum.

Als er wieder im Raum erschien, oder besser im Eingang, geschah das in Gesellschaft eines weiteren Kellners, mit dem er flüsterte und in südlicher Wildheit gestikulierte. Dann verschwand der erste Kellner, ließ den zweiten Kellner zurück und erschien wieder mit einem dritten Kellner. Als sich ein vierter Kellner dieser hastigen Synode angeschlossen hatte, hielt Mr Audley es für notwendig, das Schweigen zugunsten von Takt zu brechen. Er verwendete dazu ein sehr lautes Husten anstelle des Präsidentenhämmerchens und sagte: »Hervorragende Arbeit, die der junge Moocher in Burma tut. Nein, kein anderes Volk auf Erden könnte …«

Ein fünfter Kellner war wie ein Pfeil auf ihn losgeschossen und flüsterte ihm ins Ohr: »Um Vergebung. Wichtig! Dürfte der Besitzer Sie wohl sprechen?«

Der Präsident drehte sich verwirrt um und sah mit betäubtem Starren Mr Lever sich rasch auf sie zuwälzen. Die Haltung des braven Besitzers war zwar seine gewöhnliche Haltung, aber sein Gesicht war keineswegs gewöhnlich. Im Allgemeinen war es ein frisches Kupferbraun; jetzt war es ein kränkliches Gelb.

»Vergeben Sie mir, Mr Audley«, sagte er mit asthmatischer Atemlosigkeit. »Ich habe erhebliche Befürchtungen. Ihre Fischteller, sind sie mit Messer und Gabel auf ihnen abgeräumt worden?«

»Na, das will ich hoffen«, sagte der Präsident mit einiger Wärme.

»Haben Sie ihn gesehen?«, keuchte der aufgeregte Hotelier. »Haben Sie den Kellner gesehen, der sie abräumte? Kennen Sie ihn?«

»Den Kellner kennen?«, fragte Mr Audley empört. »Natürlich nicht!«

Mr Lever öffnete die Hände in einer Geste der Agonie. »Ich hab ihn nie geschickt«, sagte er. »Ich weiß nicht, wann und warum er kommt. Ich schick meinen Kellner die Teller abräumen, und er findet sie bereits fort.«

Mr Audley sah immer noch so verwirrt aus, dass er nicht wirklich der Mann sein konnte, den das Empire braucht; niemand von der Gesellschaft konnte etwas sagen, außer dem Mann aus Holz – Oberst Pound –, der zu unnatürlichem Leben galvanisiert schien. Er stand steif von seinem Stuhl auf, hinterließ die übrigen sitzend, schraubte sich das Monokel ins Auge und sprach mit einem rauen Unterton, als habe er halb vergessen, wie man spricht. »Wollen Sie sagen, dass jemand unser silbernes Fischbesteck gestohlen hat?«

Der Besitzer wiederholte die offenhändige Geste mit noch größerer Hilflosigkeit; und blitzartig standen alle Männer am Tisch auf den Füßen.

»Sind alle Ihre Kellner da?«, fragte der Oberst in seinem leisen, rauen Tonfall.

»Ja, sie sind alle da. Ich habe das selbst bemerkt«, rief der junge Herzog und schob sein knäbisches Gesicht in den inneren Kreis. »Zähle sie immer, wenn ich reinkomme; sie sehen so komisch aus, wenn sie da an der Wand stehen.«

»Aber man kann sich sicherlich nicht genau erinnern«, begann Mr Audley mit schwerem Zögern.

»Ich erinnere mich genau, sage ich Ihnen«, rief der Herzog aufgeregt. »Hier hat es nie mehr als fünfzehn Kellner gegeben, und hier waren heute Abend nicht mehr als fünfzehn Kellner, das schwöre ich; nicht mehr und nicht weniger.«

Der Besitzer wandte sich ihm zu und zitterte vor Überraschung fast wie vom Schlag gerührt. »Sie meinen – Sie meinen«, stammelte er, »Sie haben all meine fünfzehn Kellner gesehen?«

»Wie üblich«, bestätigte der Herzog. »Was ist denn los?«

»Nichts«, sagte Lever, und sein Akzent wurde dicker, »nur, Sie haben nicht. Denn einer von se liegt oben tot.«

Für einen Augenblick herrschte erschrockenes Schweigen in jenem Raum. Vielleicht (so übernatürlich ist das Wort Tod) betrachtete jeder dieser unnützen Männer für eine Sekunde seine Seele und sah sie als kleine getrocknete Erbse. Einer von ihnen – der Herzog, glaube ich – fragte sogar mit der blödsinnigen Freundlichkeit des Reichtums: »Können wir irgendwas tun?«

»Er hat einen Priester gehabt«, sagte der Jude nicht ohne Rührung.

Da erwachten sie, wie vom Dröhnen des Jüngsten Gerichts, zu ihrer eigenen Position. Für einige unheimliche Sekunden war ihnen wirklich so gewesen, als ob der fünfzehnte Kellner der Geist des toten Mannes oben gewesen sei. Dieser Druck hatte sie stumm gemacht, denn Geister waren für sie eine Peinlichkeit wie Bettler. Doch die Erinnerung an das Silber brach den Bann des Übernatürlichen; brach ihn jäh und mit brutaler Wirkung. Der Oberst warf seinen Stuhl um und schritt zur Tür. »Wenn ein fünfzehnter Mann hier war, Freunde«, sagte er, »war dieser fünfzehnte der Dieb. Also sofort runter an die Vorder- und die Hintertüren, und sichert alles ab; danach wollen wir uns beraten. Die vierundzwanzig Perlen sind die Rückeroberung wert.«

Mr Audley schien zunächst zu zögern, ob es eines Gentlemans würdig sei, wegen überhaupt irgendetwas in eine solche Hast zu geraten; doch als er den Herzog mit jugendlicher Energie die Treppe hinabstürzen sah, folgte er ihm in gesetzterer Geschwindigkeit.

In diesem Augenblick rannte ein sechster Kellner in den Raum und erklärte, dass er den Stapel Fischteller auf einem Anrichtetisch gefunden habe, doch keine Spur des Silbers.

Der Haufen von Speisenden und Aufwärtern, der holterdiepolter durch die Gänge stolperte, teilte sich in zwei Gruppen. Die meisten der Fischer folgten dem Besitzer zur Eingangshalle, um zu erfahren, ob irgendjemand das Haus verlassen habe. Oberst Pound stürmte mit dem Präsidenten, dem Vizepräsidenten und ein oder zwei anderen durch den Korridor in Richtung Personalräume als wahrscheinlichere Fluchtroute. Dabei kamen sie an der dunklen Nische oder Höhle der Garderobe vorbei und erblickten dort eine kleine schwarz gekleidete Gestalt, offenbar einen Bediensteten, der etwas zurück in ihrem Schatten stand.

»He, Sie da!«, rief der Herzog. »Haben Sie jemanden vorüberkommen gesehen?«

Die kleine Gestalt antwortete nicht direkt auf die Frage, sondern sagte lediglich: »Vielleicht habe ich, wonach Sie suchen, Gentlemen.«

Sie hielten unschlüssig und verwundert inne, während er ruhig zur Rückseite der Garderobe wanderte und dann mit beiden Händen voll schimmernden Silbers zurückkam, das er mit der Gelassenheit eines Verkäufers auf der Theke ausbreitete. Es nahm die Form eines Dutzends eigenartig geformter Gabeln und Messer an.

»Sie – Sie«, begann der Oberst, nun doch aus der Fassung gebracht. Dann blickte er sich in dem dunklen kleinen Raum um und sah zwei Dinge: erstens, dass der kleine schwarz gewandete Mann wie ein Kirchenmann gekleidet war; und zweitens, dass das Fenster im Raum hinter ihm zerborsten war, als ob jemand es gewaltsam durchstiegen hätte.

»Reichlich wertvolle Sachen, um sie in einer Garderobe aufzubewahren, oder?«, bemerkte der Geistliche in heiterer Gelassenheit.

»Haben – haben Sie die Sachen gestohlen?«, stammelte Mr Audley starrenden Auges.

»Selbst wenn«, sagte der Priester freundlich, »habe ich sie hiermit jedenfalls wieder zurückgebracht.«

»Aber Sie waren es nicht«, sagte Oberst Pound, der immer noch das zerbrochene Fenster anstarrte.

»Offen gestanden, nein«, sagte der andere humorvoll. Und er ließ sich ziemlich feierlich auf einem Stuhl nieder.

»Aber Sie wissen, wer«, sagte der Oberst.

»Ich kenne seinen wirklichen Namen nicht«, sagte sanft der Priester; »aber ich weiß einiges über sein Kampfgewicht und vieles über seine geistigen Nöte. Die körperliche Einschätzung gewann ich, als er – versuchte, mich zu erwürgen, und die moralische Einschätzung, als er bereute.«

»Oha, also – bereute!«, rief Jung-Chester in einer Art krähenden Lachens.

Father Brown stand auf und legte die Hände auf den Rücken. »Sonderbar, nicht«, sagte er, »dass ein Dieb und Vagabund bereuen sollte, wo so viele Reiche und Sorglose hart und frivol bleiben und weder für Gott noch für die Menschen Früchte tragen? Aber damit geraten Sie, um Vergebung, über die Grenze in meinen Bereich. Wenn Sie Reue als praktische Tatsache bezweifeln, da liegen Ihre Messer und Gabeln. Sie sind ›Die zwölf wahren Fischer‹, und da sind all Ihre Silberfische. Mich aber hat er zu einem Menschenfischer gemacht.«

»Haben Sie den Mann gefangen?«, fragte der Oberst stirnrunzelnd.

Father Brown sah ihm offen in sein stirnrunzelndes Gesicht. »Ja«, sagte er. »Ich habe ihn mit einem unsichtbaren Haken an einer unsichtbaren Leine gefangen, die lang genug ist, ihn bis ans Ende der Welt wandern zu lassen, und die ihn doch mit einem einzigen Ruck am Faden zurückbringen kann.«

Da war ein langes Schweigen. Alle anderen Anwesenden trieben von dannen, um das wiedergewonnene Silber zu ihren Gefährten zu tragen oder um den eigenartigen Stand der Dinge mit dem Besitzer zu bereden. Nur der grimmgesichtige Oberst saß immer noch seitlich auf der Theke, schwang seine Beine lang und locker hin und her und biss auf seinem schwarzen Schnurrbart herum.

Schließlich sagte er ruhig zu dem Priester: »Muss ein schlauer Bursche gewesen sein, aber ich glaube, ich kenne einen noch schlaueren.«

»Er war ein schlauer Bursche«, antwortete der andere, »aber ich verstehe nicht ganz, welchen anderen Sie meinen.«

»Sie meine ich«, sagte der Oberst mit einem kurzen Lachen.

»Ich will den Burschen nicht im Gefängnis haben; machen Sie sich darüber keine Gedanken. Aber ich würde ne ganze Menge Silbergabeln hergeben, um zu wissen, wie genau Sie in diese Angelegenheit geraten sind und wie Sie das Zeugs von ihm rausbekommen haben. Ich schätze, Sie sind der kenntnisreichste Teufel von uns allen.«

Father Brown schien die ingrimmige Aufrichtigkeit des Soldaten zu mögen. »Na ja«, sagte er lächelnd, »ich darf Ihnen natürlich nichts über die Identität des Mannes erzählen oder über seine eigene Geschichte; aber es gibt keinen Grund, weshalb ich Ihnen nicht von den äußeren Tatsachen berichten sollte, wie ich sie selbst herausgefunden habe.«

Er schwang sich mit unerwarteter Behändigkeit über die Schranke, hockte sich neben den Oberst und baumelte mit seinen kurzen Beinen wie ein kleiner Junge auf einem Gartentor. Und dann begann er seine Geschichte so unbefangen zu erzählen, als erzählte er sie neben dem Weihnachtsfeuer im Kamin einem alten Freund.

»Sehen Sie, Oberst«, sagte er, »ich war in jenes kleine Zimmer eingeschlossen, um da einige Schreibarbeit zu erledigen, als ich ein Paar Füße durch diesen Korridor kommen hörte, die einen Tanz tanzten so närrisch wie der Tanz des Todes[30]. Zuerst kamen schnelle spaßige kleine Schritte wie von einem Mann, der um einer Wette willen auf Zehenspitzen läuft; dann kamen langsame sorglose knarrende Schritte wie von einem Mann, der mit einer Zigarre spazieren geht. Aber ich schwöre Ihnen, dass beide Schritte von den gleichen Füßen gemacht wurden, und sie wechselten einander ab; erst das Rennen und dann der Spaziergang und dann wieder das Rennen. Zunächst wunderte ich mich mild, und dann wild, warum ein Mann diese beiden Rollen gleichzeitig spielen mochte. Den einen Schritt kannte ich; es war ein Schritt wie Ihrer, Oberst. Es war der Schritt eines wohl genährten Gentlemans, der auf irgendetwas wartet und dabei umherläuft, eher weil er körperlich wach ist, als weil er geistig ungeduldig ist. Ich wusste, dass ich auch den anderen Schritt kannte, aber ich konnte mich nicht an ihn erinnern. Welchem Lebewesen war ich auf meinen Wegen begegnet, das auf Zehenspitzen in so eigenartiger Weise dahinjagte? Dann hörte ich von irgendwoher das Klirren von Tellern; und die Antwort stand da so deutlich wie der Petersdom. Es war der Lauf eines Kellners – jener Lauf mit vorgeneigtem Körper, mit gesenkten Blicken, mit Zehenballen, die den Boden unter sich wegstoßen, mit fliegenden Frackschößen und Servietten. Dann dachte ich eine Minute lang nach, und noch eine halbe mehr. Und dann sah ich die Natur des Verbrechens so deutlich vor mir, als ob ich es selbst begehen wollte.«

Oberst Pound sah ihn scharf an, aber die sanften grauen Augen des Sprechers blieben mit fast ausdrucksloser Nachdenklichkeit auf die Decke gerichtet.

»Ein Verbrechen«, sagte er langsam, »ist wie jedes andere Kunstwerk. Sehen Sie nicht so überrascht aus; Verbrechen sind keineswegs die einzigen Kunstwerke, die aus dem höllischen Atelier stammen. Aber jedes Kunstwerk, sei es nun göttlich oder teuflisch, trägt ein untrügliches Kennzeichen – damit meine ich, dass sein innerstes Wesen einfach ist, wie kompliziert auch die Ausführung sein mag. So sind zum Beispiel im *Hamlet* das Groteske der Totengräber, die Blumen des wahnsinnigen Mädchens, der phantastische Putz Osrics, die Blässe des Geistes und das Grinsen des Schädels nur seltsame Ornamente verwickelter Verwindungen um die einfache tragische Gestalt eines Mannes in Schwarz. Na ja, und auch das hier«, sagte er und stieg langsam mit einem Lächeln von seinem Sitz herunter, »auch das hier ist die einfache Tragödie eines Mannes in Schwarz. Ja«, fuhr er fort, als er den Oberst in einer Art Verwunderung aufschauen sah, »diese ganze Geschichte dreht sich um einen schwarzen Frack. Da sind wie im *Hamlet* die Rokokoverschnörkelungen – Sie selbst beispielsweise. Da ist der tote Kellner, der da war, als er nicht da sein konnte. Da ist die unsichtbare Hand, die das Silber von Ihrem Tisch abräumte und dann ins Nichts verschwand. Aber jedes noch so ausgeklügelte Verbrechen baut letzten Endes auf irgendeiner ganz einfachen Tatsache auf – einer Tatsache, die in sich selbst gar nicht geheimnisvoll ist. Das Geheimnisvolle kommt aus der Maskierung, die die Gedanken des Zuschauers von der Tatsache ablenkt. Dieses großartige und geistreiche und (im normalen Verlauf der Dinge) äußerst einträgliche Verbrechen wurde auf der einfachen Tatsache aufgebaut, dass der Abendanzug eines Gentleman der gleiche ist wie der eines Kellners. Alles andere war Schauspielerei, und zwar hervorragende Schauspielerei.«

»Immer noch«, sagte der Oberst, stand auf und betrachtete stirnrunzelnd seine Schuhe, »bin ich nicht sicher, ob ich das richtig verstehe.«

»Oberst«, sagte Father Brown. »Ich sage Ihnen, dass dieser Erzengel der Unverschämtheit, der Ihre Gabeln stahl, diesen Korridor an die zwanzigmal durchschritten hat im hellsten Schein der Lampen, vor aller Augen. Er ging nicht hin und verbarg sich in dunklen Ecken, wo der Verdacht ihn hätte aufstöbern können. Er blieb in den erhellten Korridoren ständig in Bewegung, und wo immer er gerade ging, schien er sich völlig rechtmäßig zu befinden. Fragen Sie mich nicht, wie er aussah; Sie selbst haben ihn sieben- oder achtmal heute Abend gesehen. Sie warteten mit all den anderen feinen Leuten in der Empfangshalle dort hinten am Ende des Korridors, unmittelbar vor der Terrasse. Und wann immer er sich zwischen euch Gentlemen bewegte, kam er daher in der blitzschnellen Art des Kellners, mit gesenktem Kopf und wehender Serviette und fliegenden Füßen. Er schoss auf die Terrasse hinaus, richtete irgendwas am Tischtuch und schoss zurück in Richtung Büro und Räume des Personals. Sobald er aber in den Blick des Büroangestellten und der Kellner kam, war er ein ganz anderer Mann geworden, in jedem Zoll seines Körpers und in jeder gedankenlosen Geste. Er schlenderte zwischen den Bediensteten umher mit jener geistesabwesenden Unverschämtheit, die sie alle von den feinen Herren gewohnt sind. Für sie war es nichts Neues, dass irgendein *élégant* von der Tischgesellschaft in allen Teilen des Hauses umherstrolchte wie ein Tier im Zoo; sie wissen, dass nichts die feine Gesellschaft mehr charakterisiert als die Angewohnheit, überall herumzulaufen, wo man gerade mag. Und wenn ihn das Durchwandeln jenes Korridors großartig langweilte, dann machte er kehrt und schritt am Büro vorbei zurück; im Schatten des Türbogens unmittelbar dahinter aber verwandelte er sich wie durch die Berührung eines Zauberstabes und lief wieder eilfertig vorwärts mitten zwischen die Zwölf Fischer, ein aufmerksamer Diener. Warum sollten die Gentlemen auf einen zufälligen Kellner achten? Warum sollten die Kellner einem erstklassigen herumspazierenden Gentleman misstrauen? Einmal oder zweimal vollführte er die gewagtesten Tricks. In den Privatgemächern des Besitzers rief er lärmend nach einem Sodawassersiphon und erklärte, er sei durstig. Und dann sagte er großzügig, er wolle ihn selbst mitnehmen, und das tat er auch; und er trug ihn schnell und korrekt mitten durch Sie alle hindurch, ein Kellner mit offensichtlichem Auftrag. Natürlich ließ sich das nicht lange durchhalten, aber es brauchte auch nur bis zum Ende des Fischganges durchgehalten zu werden.

Der gefährlichste Augenblick für ihn war, als die Kellner

aufgereiht standen; aber selbst dann gelang es ihm, sich gerade um die Ecke so an die Wand zu lehnen, dass während jenes so wichtigen Augenblicks die Kellner ihn für einen Gentleman, die Gentlemen ihn aber für einen Kellner hielten. Der Rest war ein Kinderspiel. Wenn irgendein Kellner ihn fern der Tafel ertappt hätte, hätte der Kellner einen gelangweilten Aristokraten ertappt. Er musste nur dafür sorgen, dass er zwei Minuten vor dem Abräumen des Fischganges zur Stelle war, sich in einen flinken Kellner verwandelte und den Fischgang selbst abräumte. Er stellte die Teller auf einem Anrichtetisch ab, stopfte sich das Silber in die Brusttasche, die sich entsprechend ausbeulte, und rannte wie ein Hase (ich hörte ihn kommen), bis er die Garderobe erreichte. Dort wurde er einfach wieder zum Plutokraten – zu einem Plutokraten, den Geschäfte plötzlich abberiefen. Dort hatte er einfach seine Garderobenmarke dem Garderobenmann zu geben und anschließend so elegant hinauszuschreiten, wie er hereingeschritten war. Nur – nur war ich zufällig der Garderobenmann.«

»Was haben Sie mit ihm gemacht?«, rief der Oberst mit ungewöhnlicher Eindringlichkeit. »Was hat er Ihnen erzählt?«

»Um Vergebung«, sagte der Priester unbeweglich, »aber hier ist die Geschichte zu Ende.«

»Und die interessantere Geschichte beginnt«, knurrte Pound. »Ich glaube, dass ich seinen Berufstrick verstanden habe. Aber irgendwie habe ich Ihren nicht mitbekommen.«

»Ich muss gehen«, sagte Father Brown.

Sie gingen zusammen durch den Korridor zur Empfangshalle, wo sie das muntere sommersprossige Gesicht des Herzogs von Chester sahen, der ihnen in lebhaftem Lauf entgegenkam.

»Kommen Sie, Pound«, rief er atemlos. »Ich habe überall nach Ihnen gesucht. Das Essen geht in strahlendem Stil weiter, und der alte Audley will gerade eine Rede zu Ehren der geretteten Gabeln halten. Wir wollen eine neue Zeremonie erfinden, wissen Sie, zur Erinnerung an das Ereignis. Und da Sie die Dinger ja schließlich zurückgebracht haben, was schlagen Sie vor?«

»Nun«, sagte der Oberst und sah ihn mit einem gewissen sardonischen Beifall an. »Ich bin dafür, dass wir künftig grüne Fräcke tragen statt der schwarzen. Man weiß nie, welche Irrtümer entstehen können, wenn man wie ein Kellner aussieht.«

»Ach zum Henker!«, sagte der junge Mann. »Ein Gentleman sieht nie wie ein Kellner aus.«

»Und ein Kellner nie wie ein Gentleman, nehme ich an«, sagte Oberst Pound mit dem gleichen leisen Lächeln. »Hochwürden, Ihr Freund muss sehr gewandt sein, dass er den Gentleman spielen konnte.«

Father Brown knöpfte sich seinen einfachen Überzieher bis zum Halse zu, denn die Nacht war stürmisch, und er nahm seinen einfachen Schirm aus dem Ständer.

»Ja«, sagte er; »es muss harte Arbeit sein, ein Gentleman zu sein; aber wissen Sie, manchmal denke ich mir, es muss fast ebenso harte Arbeit sein, ein Kellner zu sein.«

Und er sagte »Guten Abend« und stieß die schweren Pforten jenes Palastes der Freuden auf. Die goldenen Gatter schlossen sich hinter ihm, und mit schnellen Schritten ging er durch die dumpfen dunklen Straßen, um noch einen Autobus zu erreichen.

Die flüchtigen Sterne[31]

Das schönste Verbrechen, das ich je begangen habe«, pflegte Flambeau in seinen hochmoralischen alten Tagen zu sagen, »war zugleich durch einen sonderbaren Zufall auch mein letztes. Ich habe es zu Weihnachten begangen. Als Künstler habe ich immer versucht, Verbrechen passend zu der Jahreszeit oder Landschaft hervorzubringen, in der ich mich gerade befand, indem ich für jedes tragische Ereignis diese oder jene Terrasse, diesen oder jenen Garten aussuchte, wie für eine Statue. Landedelleute sollte man also in großen, eichenholzgetäfelten Räumen hereinlegen; jüdische Bankiers sollten sich hingegen plötzlich im lichtüberfluteten Café Riche bar ihres Geldes wiederfinden. Wenn ich daran dächte, in England einen Dechanten von seinen Reichtümern zu befreien (was nicht so einfach ist, wie man annehmen könnte), würde ich daran denken, wenn Sie verstehen, was ich meine, ihn mit den grünen Rasenflächen und den grauen Türmen irgendeiner Bischofsstadt zu umrahmen. Ähnlich befriedigte es mich, wenn ich in Frankreich Geld aus einem reichen und bösartigen Bauern herausgeholt hatte (was nahezu unmöglich ist), sein wütendes Haupt sich vor einer grauen Reihe beschnittener Pappeln abheben zu sehen, und vor jenen feierlichen Ebenen Galliens, über denen der mächtige Geist Millets brütet[32].

Mein letztes Verbrechen also war ein Weihnachtsverbrechen, ein fröhliches, gemütliches, englisches Mittelstandsverbrechen; ein Verbrechen à la Charles Dickens. Ich beging es in einem guten alten Mittelklassehaus in der Nähe von Putney, einem Haus mit einer halbmondförmigen Kutschenauffahrt, einem Haus mit einer Stallung an der Seite, einem Haus mit dem Namen an den beiden Außentoren, einem Haus mit einem Affenbaum[33]. Genug, Sie kennen das ja. Ich glaube, dass meine Nachahmung des Stils von Dickens genau und literarisch war. Und fast tut es mir leid, dass ich noch am gleichen Abend bereute.«

Und dann pflegte Flambeau die Geschichte von innen her zu erzählen; und selbst von innen her war sie sonderbar. Von außen gesehen war sie vollkommen unverständlich, aber von außen her muss der Fremde sie studieren. Von diesem Blickpunkt aus kann man sagen, dass das Drama begann, als die Vordertür des Hauses mit der Stallung sich auf den Garten mit dem Affenbaum hin öffnete und ein junges Mädchen mit Brotkrumen herauskam, um am Nachmittag des zweiten Weihnachtstages die Vögel zu füttern. Sie hatte ein hübsches Gesicht mit unerschrockenen braunen Augen; ihre Gestalt aber war jenseits aller Mutmaßungen, denn sie war so in braune Pelze eingehüllt, dass es schwer zu sagen war, was nun Haar und was Pelz war. Ohne das anziehende Gesicht hätte man sie für einen kleinen Teddybären halten können.

Der Winternachmittag ging in die Abendröte über, und schon lag ein rubinenes Licht auf den blumenlosen Beeten und schien sie mit dem Geist der toten Rosen zu füllen. Auf der einen Seite des Hauses stand die Stallung, auf der anderen führte eine Allee oder ein Kreuzgang aus Lorbeer zu einem größeren Garten im Hintergrund.

Die junge Dame schlenderte, nachdem sie den Vögeln Brot hingestreut hatte (zum vierten- oder fünften Mal an diesem Tag, da der Hund es fraß), zurückhaltend den Lorbeerpfad entlang und dahinter in eine schimmernde Pflanzung Immergrün hinein. Hier stieß sie einen Ruf der Überraschung, wirklicher oder ritueller, aus und sah über sich an der hohen Gartenmauer hinauf, auf der in einigermaßen phantastischem Reitsitz eine einigermaßen phantastische Gestalt saß.

»Springen Sie nicht, Mr Crook«, rief sie ziemlich besorgt; »das ist viel zu hoch.«

Das Individuum, das die Grenzmauer wie ein Luftross ritt, war ein großer kantiger junger Mann, dessen dunkles Haar wie eine Bürste hochstand, mit gescheiten und sogar vornehmen Gesichtszügen, doch von blassem und fast fremdartigem Teint. Der zeigte sich umso deutlicher, weil er eine herausfordernd rote Krawatte trug, der einzige Teil seiner Bekleidung, dem er irgendeine Aufmerksamkeit gewidmet zu haben schien. Vielleicht war sie ein Symbol. Er nahm von der beunruhigten Beschwörung des Mädchens keine Notiz, sondern sprang wie ein Heuschreck neben ihr auf den Boden, wobei er sich sehr leicht die Beine hätte brechen können.

»Mir scheint, ich war eigentlich zum Einbrecher bestimmt«, sagte er ruhig, »und ich zweifle nicht daran, dass ich einer geworden wäre, wenn ich nicht zufällig in dem netten Haus nebenan zur Welt gekommen wäre. Im Übrigen kann ich daran nichts Böses finden.«

»Wie können Sie nur so etwas sagen?«, wies sie ihn zurecht.

»Na ja«, sagte der junge Mann, »wenn man auf der

falschen Seite der Mauer geboren ist, kann ich nichts Falsches darin sehen, wenn man über sie klettert.«

»Ich weiß nie, was Sie als Nächstes sagen oder tun werden«, sagte sie.

»Das weiß ich oft selbst nicht«, erwiderte Mr Crook; »auf jeden Fall aber bin ich jetzt auf der richtigen Seite der Mauer.«

»Und was ist die richtige Seite der Mauer?«, fragte die junge Dame lächelnd.

»Immer die, auf der Sie sich befinden«, sagte der junge Mann namens Crook.

Als sie zusammen durch den Lorbeer zum Vordergarten gingen, ertönte dreimal eine Autohupe, jedes Mal näher, und ein Wagen von beachtlicher Geschwindigkeit, großer Eleganz und blassgrüner Farbe fegte wie ein Vogel vor die Vordertür und blieb dort zitternd stehen.

»Sieh an, sieh an!«, sagte der junge Mann mit der roten Krawatte. »Das ist einer, der auf jeden Fall auf der richtigen Seite geboren wurde. Ich wusste nicht, Miss Adams, dass Ihr Weihnachtsmann so modern ist.«

»Ach, das ist nur mein Patenonkel, Sir Leopold Fischer. Er kommt immer am zweiten Weihnachtstag.«

Dann fügte Ruby Adams nach einer unschuldigen Pause, die unbewusst einen gewissen Mangel an Begeisterung verriet, hinzu: »Er ist sehr nett.«

John Crook, Journalist, hatte schon von dem bedeutenden Magnaten aus der City gehört; und es war nicht sein Fehler, wenn der Magnat aus der City nichts von ihm gehört hatte; denn in bestimmten Artikeln in *The Clarion* oder *The New Age*[34] war Sir Leopold sehr harsch behandelt worden. Aber er sagte nichts, sondern beobachtete grimmig die Entladung des Wagens, die eine ziemlich langwierige Veranstaltung war. Ein großer reinlicher Chauffeur in Grün stieg vorne aus, und ein kleiner reinlicher Diener in Grau stieg hinten aus, und gemeinsam setzten sie Sir Leopold an der Türschwelle ab und begannen, ihn wie ein sehr sorgsam verschnürtes Paket auszupacken. Genug Decken für einen Basar, Pelze von allem Getier des Waldes und Schals in allen Farben des Regenbogens wurden eins nach dem anderen abgewickelt, bis sie etwas den menschlichen Formen Ähnliches freigaben; die Form eines freundlich, aber ausländisch aussehenden alten Herrn, mit einem grauen Ziegenbart und einem strahlenden Lächeln, der seine dicken Pelzhandschuhe aneinanderrieb.

Lange bevor diese Enthüllung abgeschlossen war, öffneten sich die beiden mächtigen Flügel der Eingangstür in der Mitte, und Oberst Adams (der Vater der bepelzten jungen Dame) trat höchstselbst hervor, um seinen bedeutenden Gast hineinzubitten. Er war ein großer sonnenverbrannter und sehr schweigsamer Mann, der eine rote Hauskappe trug wie einen Fez, die ihn wie einen jener englischen Sirdars[35] oder Paschas in Ägypten aussehen ließ. Ihn begleitete sein Schwager namens John Blount, kürzlich erst aus Kanada eingetroffen, ein großer und ziemlich lärmiger junger Grundbesitzer mit gelbem Bart. Ihn begleitete ferner die sehr viel bedeutungslosere Gestalt des Priesters der benachbarten katholischen Kirche; denn die verstorbene Frau des Obersts war katholisch gewesen, und die Kinder waren, wie es in solchen Fällen üblich ist, in ihrem Glauben erzogen worden. Alles an diesem Priester erschien unauffällig, bis hin zu seinem Namen, der Brown war; aber der Oberst hatte ihn immer einen irgendwie angenehmen Gesellschafter gefunden und lud ihn oft zu solchen familiären Zusammenkünften ein.

In der großen Eingangshalle des Hauses war genügend Platz selbst für Sir Leopold und die Entfernung seiner Umhüllungen. Portal und Eingangshalle waren für die Größe des Hauses wirklich ungewöhnlich geräumig, und sie formten zusammen einen großen Raum, mit der Eingangstür am einen Ende und dem Treppenaufgang am anderen. Der Vorgang wurde vor dem mächtigen Kaminfeuer in der Halle, über dem des Obersts Säbel hing, abgeschlossen, und die Gesellschaft, einschließlich des düsteren Crook, wurde Sir Leopold Fischer vorgestellt. Dieser verehrungswürdige Finanzmann schien indes immer noch mit Teilen seiner gut geschnittenen Bekleidung zu kämpfen und brachte schließlich aus der innersten Tasche seiner Frackschöße ein schwarzes ovales Etui hervor, zu dem er strahlend erklärte, das sei sein Weihnachtsgeschenk für sein Patenkind. Mit unbefangenem Stolz, der etwas Entwaffnendes hatte, hielt er ihnen allen das Etui hin; auf einen leichten Druck hin sprang es auf und blendete sie fast. Es war, als sei vor ihren Augen ein Kristallspringbrunnen emporgeschossen. In einem Nest aus orangefarbenem Samt lagen wie drei Eier drei weiße funkelnde Diamanten, die die Luft um sie herum in Brand zu setzen schienen. Fischer stand da, strahlte wohlwollend und berauschte sich an der Freude und dem Entzücken des Mädchens, der grimmigen Bewunderung und dem bärbeißigen Dank des Obersts, dem Staunen der ganzen Gruppe.

»Ich werde sie wieder wegstecken, mein Liebling«, sagte Fischer und gab das Etui seinen Frackschößen zurück. »Ich musste auf sie aufpassen, während ich herfuhr. Das sind die drei großen afrikanischen Diamanten, die man ›Die flüchtigen Sterne‹ nennt, weil sie so oft gestohlen wurden. Alle bedeutenden Verbrecher sind ihnen auf der Spur; aber selbst die kleinen Gauner in den Straßen und Hotels könnten kaum ihre Finger davon lassen. Sie hätten mir auf dem Weg hierher durchaus abhandenkommen können. War gut möglich.«

»Was nur natürlich wäre«, knurrte der Mann mit der roten Krawatte. »Ich könnt's ihnen nicht übel nehmen, wenn die sich die geschnappt hätten. Wenn sie um Brot betteln und man ihnen nicht mal Steine gibt, dürfen sie sich die Steine ruhig selber nehmen.«

»Ich will nicht, dass Sie so reden«, rief das Mädchen in eigenartiger Erregung. »Sie reden nur noch so, seit Sie ein schrecklicher Ich-weiß-nicht-was geworden sind. Sie wissen, was ich meine. Wie nennt man noch einen Mann, der sogar Schornsteinfeger umarmen möchte?«

»Einen Heiligen«, sagte Father Brown.

»Ich glaube«, sagte Sir Leopold mit einem hochmütigen Lächeln, »dass Ruby einen Sozialisten meint.«

»Ein Radikaler sein bedeutet nicht, von Radieschen zu leben«, bemerkte Crook mit einiger Ungeduld; »und ein Konservativer sein bedeutet nicht, Marmelade einzukochen. Ebenso wenig bedeutet Sozialist sein, das versichere ich Ihnen, ein Mann zu sein, der sich nach einem gesellschaftlichen Abend mit einem Schornsteinfeger sehnt. Ein Sozialist ist ein Mann, der wünscht, dass alle Schornsteine gefegt und alle Schornsteinfeger dafür bezahlt werden.«

»Aber der nicht erlaubt«, warf der Priester mit leiser Stimme ein, »dass man den eigenen Ruß besitzt.«

Crook sah ihn interessiert und fast respektvoll an. »Wer will denn Ruß besitzen?«, fragte er.

»Der eine oder andere«, sagte Brown mit nachdenklichem Gesicht. »Ich habe gehört, dass Gärtner ihn verwenden. Und ich habe einmal sechs Kinder zu Weihnachten glücklich gemacht, als der Zauberer[36] nicht kam, nur mit Ruß – äußerlich angewendet.«

»Oh, herrlich« rief Ruby. »Ach, ich wünsche mir so sehr, dass Sie das mit uns tun würden.«

Der lärmige Kanadier, Mr Blount, ließ seine laute Stimme zustimmend erschallen, und der verblüffte Finanzmann die seine (in bemerkenswerter Ablehnung), als ein Klopfen an der doppelten Eingangstür ertönte. Der Priester öffnete sie, und wieder sah man durch sie den Vorgarten mit Immergrün und Affenbaum und allem, das jetzt vor einem prachtvollen violetten Sonnenuntergang Dunkelheit ansammelte. Die so umrahmte Szene war dermaßen farbenprächtig und seltsam wie der Hintergrund einer Bühne, dass sie für einen Augenblick die unbedeutende Gestalt vergaßen, die in der Tür stand. Er sah verstaubt aus und steckte in einem abgetragenen Mantel, offenbar ein einfacher Bote. »Einer von Ihnen, Mr Blount?«, fragte er und hielt unschlüssig einen Brief vor sich hin. Mr Blount fuhr auf und hielt inne mit seinen Beifallsrufen. Er riss den Umschlag offensichtlich überrascht auf und las; sein Gesicht verdüsterte sich und hellte dann wieder auf, und er wandte sich an seinen Schwager und Gastgeber.

»Tut mir leid, dass ich so eine Plage bin, Oberst«, sagte

er in der fröhlich-konventionellen Art der Menschen aus den Kolonien; »aber würde es Sie stören, wenn mich heute Abend ein alter Bekannter in Geschäften hier aufsuchte? Wissen Sie, es ist Florian, der berühmte französische Akrobat und Komiker; ich habe ihn vor Jahren draußen im Westen kennengelernt (er ist von Geburt Frankokanadier), und er scheint irgendein Geschäft für mich zu haben, obwohl ich keine Ahnung habe, was.«

»Natürlich, natürlich«, antwortete der Oberst sorglos. »Mein Lieber, jeder Ihrer Freunde ist willkommen. Er wird sich sicherlich als eine Bereicherung herausstellen.«

»Der wird sich sein Gesicht schwarz anmalen, wenn Sie das meinen[37]«, rief Blount lachend. »Der wird euch allen was vormachen. Mir nur recht; ich bin nicht anspruchsvoll. Ich liebe die fröhliche alte Pantomime, in der sich ein Mann auf seinen Zylinder setzt.«

»Aber bitte nicht auf meinen«, sagte Sir Leopold Fischer würdevoll.

»Schon recht«, sagte Crook leichthin, »keinen Streit deswegen. Schließlich gibt es billigere Späße, als sich auf einen Zylinder zu setzen.«

Abneigung gegen den rot beschlipsten Jüngling, sowohl wegen seiner raubsüchtigen Ansichten als auch wegen seiner offenkundigen Vertrautheit mit dem hübschen Patenkind, veranlasste Fischer dazu, in seiner sarkastischsten und belehrendsten Art zu sagen: »Zweifellos haben Sie etwas entdeckt, was noch billiger ist, als auf einem Zylinder zu sitzen. Was ist das bitte?«

»Zum Beispiel, einen Zylinder auf sich sitzen zu lassen«, sagte der Sozialist.

»Halt, halt, halt«, rief der Kanadier in seiner barbarischen Gutmütigkeit, »wir wollen einen fröhlichen Abend doch nicht verderben. Ich meine, wir sollten heute Abend etwas für die Geselligkeit tun. Nicht Gesichter anschwärzen oder auf Hüten sitzen, wenn ihr das nicht mögt – aber irgendwas in der Art. Warum führen wir nicht eine gute altenglische Pantomime[38] auf, so mit Clown und Columbine und so. Ich habe eine gesehen, als ich England als Zwölfjähriger verließ, und seither funkelt sie wie ein Feuerwerk in meiner Erinnerung. Und als ich im vergangenen Jahr nach England zurückkomme, muss ich feststellen, dass es das nicht mehr gibt. Nur noch tränenreiche Märchenspiele. Ich wünsch mir einen rot glühenden Schürhaken und einen Polizisten, aus dem man Brennholz macht, und stattdessen bekomm ich Prinzessinnen, die im Mondschein moralisieren, Blaustrumpf sozusagen. Blaubart ist mehr nach meinem Geschmack, und den mag ich am liebsten, wenn er sich in einen Hanswurst verwandelt.«

»Ich bin sehr für die Verwandlung von Polizisten in Brennholz«, sagte John Crook. »Das ist eine weit bessere Definition von Sozialismus als die vorhin abgegebenen. Aber die Vorbereitungen wären viel zu aufwändig.«

»Nicht die Spur«, rief Blount, den es nun völlig hinriss. »Eine Hanswurstiade ist das Einfachste, was wir überhaupt tun können, und zwar aus zwei Gründen. Erstens kann man auf Teufel komm raus improvisieren; und zweitens sind alle nötigen Requisiten Haushaltsgegenstände – Tische und Handtuchhalter und Wäschekörbe und solches Zeugs.«

»Stimmt schon«, gab Crook zu und nickte eifrig und ging auf und ab. »Tut mir nur leid, dass ich keine Polizeiuniform auftreiben kann! Aber ich hab in der letzten Zeit keinen Polizisten umgebracht.«

Blount runzelte für eine Weile nachdenklich die Stirn, dann schlug er sich auf die Schenkel. »Können wir doch!«, rief er. »Ich habe hier Florians Adresse, und der kennt jeden Kostümverleih in London. Ich ruf ihn an, dass er 'ne Polizeiuniform mitbringt, wenn er kommt.« Und er eilte von dannen, dem Telefon zu.

»Ach, ist das herrlich, Onkel«, rief Ruby und tanzte beinahe los. »Ich bin Columbine und du wirst Hanswurst.«

Der Millionär hielt sich steif in einer fast heidnischen Würde. »Ich fürchte, meine Liebe«, sagte er, »du wirst jemand anderen zum Hanswurst machen müssen.«

»Wenn du willst, werde ich der Hanswurst sein«, sagte Oberst Adams, der die Zigarre aus dem Mund nahm und zum ersten und letzten Mal sprach.

»Man sollte Ihnen ein Denkmal setzen«, rief der Kanadier, als er strahlend vom Telefon zurückkam. »Damit haben wir alles zusammen. Mr Crook wird der Clown sein; er ist Journalist und kennt die ältesten Witze. Ich kann den Harlekin machen; der braucht nur lange Beine und herumzuspringen. Freund Florian hat gesagt, dass er 'ne Polizistenuniform mitbringt; er will sich unterwegs schon umziehen. Wir können hier in der Halle spielen, das Publikum sitzt drüben auf den breiten Treppenstufen, eine Reihe über der anderen. Die Eingangstür ist der Hintergrund, entweder offen oder geschlossen. Geschlossen ist das ein englisches Interieur. Offen ein Garten im Mondschein. Geht alles wie durch Zauberei.« Und er holte ein zufälliges Stück Billardkreide aus der Hosentasche und zog mit ihm halbenwegs zwischen Eingangstür und Treppenaufgang einen Strich, um die Reihe der Rampenlichter zu markieren.

Wie es gelang, auch nur ein solches Theater des Unfugs beizeiten in Szene zu setzen, bleibt ewig ein Rätsel. Aber sie machten sich mit jenem unbekümmerten Eifer ans Werk, der lebt, wenn Jugend im Haus ist; und Jugend war in jener Nacht in jenem Haus, auch wenn nicht alle die beiden Gesichter und Herzen erkannt haben mögen, aus denen sie flammte. Wie üblich gerieten die Einfälle gerade wegen der Zahmheit der bourgeoisen Konventionen, aus denen sie erschaffen werden mussten, immer toller und toller. Die Columbine sah in ihrem Reifrock bezaubernd aus, der sonderbar dem großen Lampenschirm aus dem Salon glich. Clown und Hanswurst machten sich weiß mit Mehl von der Köchin und rot mit Rouge von einem anderen dienstbaren Geist, der (wie alle wahren christlichen Wohltäter) namenlos blieb. Der Harlekin, bereits bekleidet mit Silberpapier aus Zigarrenkisten, wurde mit Mühe daran gehindert, den alten viktorianischen Kronleuchter zu zerschlagen, um sich mit funkelnden Kristallen zu bedecken. Er hätte das wohl tatsächlich getan, wenn Ruby nicht Theaterjuwelen ausgegraben hätte, die sie einst auf einem Kostümfest als Diamantenkönigin[39] getragen hatte. Ihr Onkel, James Blount, geriet tatsächlich in seiner Aufregung fast außer Rand und Band; er benahm sich wie ein Schuljunge. Er stülpte Father Brown plötzlich einen Eselskopf aus Papier über, welcher ihn geduldig trug und selbst einen geheimnisvollen Weg fand, mit den Ohren zu wackeln. Er versuchte sogar, den papierenen Eselsschwanz Sir Leopold Fischer an die

Frackschöße zu heften. Das aber wurde stirnrunzelnd zurückgewiesen. »Onkel ist wirklich zu verrückt«, rief Ruby Crook zu, dem sie in tiefer Ernsthaftigkeit einen Kranz aus Würsten um die Schultern geschlungen hatte. »Warum ist er nur so wild?«

»Er ist der Harlekin zu Ihrer Columbine«, sagte Crook. »Und ich bin nur der Clown, der die alten Witze reißt.«

»Ich wollte, Sie wären der Harlekin«, sagte sie und ließ den Kranz aus Würsten schwingen.

Father Brown wanderte, obwohl er jedes Detail kannte, das hinter den Kulissen entstand, und selbst Beifall errungen hatte durch seine Umgestaltung eines Kissens in ein Pantomimenbaby, wieder nach vorne und setzte sich unter die Zuschauer mit all der feierlichen Erwartung eines Kindes vor seinem ersten Theaterbesuch. Der Zuschauer waren wenige, Verwandte, ein paar Freunde aus dem Ort und die Dienstboten; Sir Leopold saß vornan so, dass seine breite und immer noch pelzbekragte Gestalt den Blick des kleinen Klerikers hinter ihm weitgehend verdunkelte; doch hat kein Kunstausschuss je entschieden, ob dem Kleriker dadurch viel entging. Die Pantomime war äußerst chaotisch, doch keineswegs zu verachten; es durchströmte sie eine wilde Improvisationslust, die vor allem von Crook, dem Clown, ausging. Er war auch gewöhnlich ein gescheiter Mann, doch an diesem Abend befeuerte ihn eine wilde Allwissenheit, eine Narrheit weiser als die Welt, wie sie einen jungen Mann überkommt, der für einen Augenblick einen bestimmten Ausdruck auf einem bestimmten Gesicht gesehen hat. Er sollte der Clown sein und war in Wirklichkeit fast alles andere auch, der Autor (soweit es da einen Autor gab), der Souffleur, der Bühnenbildner, der Kulissenschieber, vor allem aber auch das Orchester. Jäh wirbelte er sich von Zeit zu Zeit inmitten der zügellosen Vorstellung in vollem Kostüm ans Piano und hämmerte irgendeinen ebenso absurden wie passenden Gassenhauer herunter.

Der Höhepunkt davon, wie von allem Übrigen, war der Augenblick, in dem die beiden Flügel der Vordertür im Hintergrund der Bühne aufflogen und den lieblich vom Monde beschienenen Garten sichtbar machten, noch sichtbarer aber den berühmten professionellen Gast – den großen Florian, verkleidet als Polizisten. Der Clown am Klavier spielte den Chor der Schutzleute aus den *Pirates of Penzance*[40], doch ging der in betäubendem Applaus unter, denn jede Geste des großen Komikers war eine bewunderungswürdige, wenngleich zurückhaltende Darbietung des Auftretens und Benehmens eines wirklichen Polizisten. Der Harlekin sprang ihn an und hieb ihm über den Helm; der Pianist pianierte »Wo hast du denn den Hut gekauft?«; er sah sich um in wunderbar gespieltem Erstaunen, und dann hieb ihn der springende Harlekin erneut (während der Pianist ein paar Takte von »Und dann taten wir's noch mal« anspielte). Dann warf sich der Harlekin dem Polizisten direkt in die Arme und stürzte unter donnerndem Applaus auf ihn drauf. Und dann gab der fremde Schauspieler jene berühmte Darstellung des Toten Mannes, davon der Ruhm noch heute durch Putney wabert. Es schien fast unmöglich, dass ein lebender Mensch sich so schlaff machen könne.

Der athletische Harlekin schwang ihn herum wie einen Sack und schlingerte und schleuderte ihn wie eine Gymnastikkeule; ständig zu den tollsten und spaßigsten Tönen des Pianos. Als der Harlekin den komischen Konstabler schwer vom Boden stemmte, spielte der Clown »Reich mir die Hand, mein Leben«. Als er ihn sich über den Rücken zog »Mit dem Rucksack auf dem Ast«, und als der Harlekin schließlich den Polizisten mit einem höchst überzeugenden Dröhnen zu Boden donnern ließ, schlug der Verrückte am Klavier wirbelnde Akkorde zu Worten, von denen man immer noch glaubt, sie hätten geklungen wie »Ich schrieb der Liebsten einen Brief, und unterwegs ließ ich ihn fallen«.

Etwa an diesen äußersten Grenzen geistiger Anarchie wurde Father Browns Sicht völlig verdunkelt, denn der Magnat vor ihm erhob sich zu seiner vollen Höhe und grub mit beiden Händen wild in allen Taschen herum. Dann setzte er sich nervös wieder hin, immer noch kramend, und dann stand er wieder auf. Einen Augenblick lang sah es wirklich so aus, als ob er über die Rampenlampen hinwegsteigen wolle; dann warf er einen durchbohrenden Blick auf den klavierspielenden Clown; und dann stürzte er ohne ein Wort aus dem Raum.

Der Priester hatte nur einige Minuten länger dem absurden, aber nicht uneleganten Tanz des Amateurharlekins über seinem glänzend bewusstlosen Gegner zugesehen. Mit wirklicher, wenngleich primitiver Kunst tanzte der Harlekin langsam rückwärts durch die Tür in den Garten hinaus, der voller Mondlicht war und Stille. Das aus Silberpapier und Kleister zusammengestückte Kostüm, das im Schein der Lichter zu grell gewesen war, wurde umso zaubrischer und silbriger, je weiter es unter dem schimmernden Mond davontanzte. Das Publikum rundete mit donnerndem Applaus ab, als Brown sich jählings am Arm berührt fühlte und ihn ein Flüstern aufforderte, ins Arbeitszimmer des Obersts zu kommen.

Er folgte seinem Rufer mit zunehmender Besorgnis, die auch nicht durch die feierliche Komik der Szene im Arbeitszimmer zerstreut wurde. Da saß Oberst Adams, immer noch unverändert als Hanswurst verkleidet, dem das knaufige Fischbein über die Stirn wippte, doch mit so armen alten traurigen Augen, dass sie ein Bacchanal hätten ernüchtern können. Sir Leopold Fischer lehnte am Kaminsims und keuchte vor lauter gewichtiger Panik.

»Das ist eine sehr peinliche Angelegenheit, Father Brown«, sagte Adams. »Es scheint so zu sein, dass die Diamanten, die wir alle heute Nachmittag sahen, aus dem Rockschoß meines Freundes verschwunden sind. Und da Sie …«

»Da ich«, ergänzte Father Brown mit einem breiten Grinsen, »unmittelbar hinter ihm saß …«

»Nichts dergleichen soll angedeutet werden«, sagte Oberst Adams mit einem festen Blick zu Fischer hin, der erkennen ließ, dass tatsächlich etwas dergleichen angedeutet worden war. »Ich wollte Sie nur um den Beistand bitten, den mir jeder Ehrenmann gewähren würde.«

»Das ist, seine Taschen leeren«, sagte Father Brown und fing sofort damit an, wobei einige Münzen, eine Rückfahrkarte, ein kleines Silberkruzifix, ein kleines Brevier und ein Stück Schokolade zum Vorschein kamen.

Der Oberst sah ihn lange an und sagte dann: »Wissen Sie, ich möchte viel lieber in das Innere Ihres Kopfes als in das Innere Ihrer Taschen blicken. Meine Tochter gehört ja zu Ihren Leuten; nun hat sie vor Kurzem …«, und er hielt inne.

»Sie hat vor Kurzem«, rief der alte Fischer, »das Haus ihres Vaters einem Halsabschneider von Sozialisten geöffnet, der öffentlich erklärt, er würde von einem Reicheren alles stehlen. Das ist die ganze Geschichte. Hier haben wir den Reicheren – und doch nicht reicheren.«

»Wenn Sie das Innere meines Kopfes haben wollen, können Sie es haben«, sagte Father Brown etwas erschöpft. »Was es wert ist, können Sie dann hinterher sagen. Was ich aber als Erstes in dieser ausgedienten Tasche finde, ist, dass Männer, die Diamanten stehlen wollen, nicht für den Sozialismus eintreten. Sie neigen eher dazu«, fügte er ernst bei, »ihn anzuklagen.«

Die beiden anderen bewegten sich jäh, und der Priester fuhr fort:

»Wissen Sie, wir kennen solche Leute ja mehr oder weniger. Der Sozialist da würde einen Diamanten ebenso wenig stehlen wie eine Pyramide. Wir müssen uns vielmehr sofort nach dem Mann umsehen, den wir nicht kennen. Dem Burschen, der den Polizisten spielte – Florian. Ich möchte wohl wissen, wo er sich, in diesem Augenblick genau, befindet?«

Der Hanswurst sprang auf und strebte langen Schrittes aus dem Zimmer. Ein Zwischenspiel fand statt, währenddem der Millionär den Priester anstarrte und der Priester sein Brevier; dann kam der Hanswurst zurück und sagte in feierlichem Staccato: »Der Polizist liegt immer noch auf der Bühne. Der Vorhang ist sechsmal auf- und zugegangen; und er liegt immer noch da.«

Father Brown ließ sein Buch fallen und stand und starrte mit dem Ausdruck der vollständigen geistigen Niederlage. Dann kroch ganz langsam Licht zurück in seine grauen Augen, und er gab eine kaum vorhersehbare Antwort:

»Um Vergebung, Oberst, aber wann ist Ihre Frau gestorben?«

»Meine Frau!«, erwiderte der Oberst verblüfft, »sie starb dieses Jahr, vor zwei Monaten. Ihr Bruder James kam genau eine Woche zu spät, um sie noch zu sehen.«

Der kleine Priester sprang auf wie ein angeschossenes Kaninchen. »Vorwärts!«, rief er in höchst ungewöhnlicher Erregung. »Vorwärts! Wir müssen uns diesen Polizisten ansehen!«

Sie stürmten durch den Vorhang auf die Bühne, drängten sich grob zwischen Columbine und Clown hindurch (die sehr zufrieden miteinander zu flüstern schienen), und Father Brown beugte sich über den hingestreckten komischen Polizisten.

»Chloroform«, sagte er, als er sich wieder aufrichtete; »das fiel mir gerade eben erst ein.«

Da war ein erschrecktes Schweigen, und dann sagte der Oberst langsam: »Bitte sagen Sie uns im Ernst, was das alles bedeuten soll.«

Father Brown brüllte plötzlich vor Lachen, hielt dann inne und hatte während des Restes seiner Ansprache nur noch ab und an mit seiner Heiterkeit zu kämpfen: »Ihr Herren«, keuchte er, »wir haben nicht viel Zeit zum Reden. Ich muss dem Verbrecher nach. Aber dieser große Schauspieler, der den Polizisten spielte – dieser schlaue Körper, mit dem der Harlekin herumtanzte und herumspielte und herumwarf – er war …« Und wieder versagte ihm die Stimme, und er wandte sich ab, um loszulaufen.

»Er war?«, rief Fischer fragend.

»Ein wirklicher Polizist«, sagte Father Brown und rannte davon, hinein ins Dunkel.

Am äußersten Rand des blätterreichen Gartens gab es Nischen und Lauben, an denen Lorbeer und andere immergrüne Büsche selbst jetzt im tiefsten Winter vor dem saphirenen Himmel und dem silbernen Mond die warmen Farben des Südens zeigten. Die grüne Fröhlichkeit des sich wiegenden Lorbeers, das satte purpurne Indigo der Nacht, der Mond wie ein riesiger Kristall schaffen ein fast unverantwortlich romantisches Bild; und zwischen den obersten Zweigen der Gartenbäume klettert eine fremdartige Gestalt, die nicht so sehr romantisch als vielmehr unmöglich aussieht. Sie funkelt von Kopf bis Fuß, als wäre sie in zehn Millionen Monde gekleidet; der wirkliche Mond erfasst sie bei jeder Bewegung und lässt ein neues Stück von ihr aufflammen. Aber sie schwingt sich funkelnd und erfolgreich vom niedrigen Baum in diesem Garten in den hohen, üppig rankenden Baum im anderen und hält dort nur deshalb inne, weil ein Schatten unter den niedrigeren Baum geglitten ist und sie unmissverständlich angerufen hat.

»Ja, Flambeau«, sagt die Stimme, »Sie sehen wirklich wie ein fliegender Stern aus; aber das bedeutet letzten Endes immer einen fallenden Stern.«

Die silbern funkelnde Gestalt da oben scheint sich vorwärts in den Lorbeer zu lehnen und lauscht, des Fluchtwegs sicher, der kleinen Gestalt da unten.

»Sie haben niemals Besseres geleistet, Flambeau. Es war eine schlaue Idee, aus Kanada (vermutlich mit einer Pariser Fahrkarte) genau eine Woche nach dem Tod von Frau Adams anzukommen, als niemand in der Stimmung war,

Fragen zu fragen. Es war schlauer, die flüchtigen Sterne und den genauen Tag von Fischers Ankunft herauszufinden. Aber was dem folgte, war nicht mehr Schlauheit, sondern das reine Genie. Die Steine zu stehlen war für Sie, nehme ich an, kein Problem. Sie hätten das mit einer Handbewegung auf hundert andere Weisen tun können als unter dem Vorwand, einen Eselsschwanz aus Papier an Fischers Frack zu heften. Aber was das Übrige angeht, da haben Sie sich selbst übertroffen.«

Die silberne Gestalt zwischen den grünen Zweigen scheint wie gebannt zu verweilen, obwohl sie mühelos nach hinten flüchten könnte; sie starrt den Mann unten an.

»O ja«, sagte der Mann unten, »ich kenne die ganze Geschichte. Ich weiß, dass Sie nicht nur die Pantomime in Gang gesetzt haben, sondern sie außerdem zu einem doppelten Zweck benutzten. Eigentlich wollten Sie die Steine still stehlen; da erreichte Sie eine Nachricht von einem Komplizen, dass Sie bereits unter Verdacht stünden und dass ein fähiger Polizeibeamter unterwegs sei, um Sie an diesem Abend hoppzunehmen. Ein gewöhnlicher Dieb wäre für die Warnung dankbar gewesen und geflohen; aber Sie sind ein Dichter. Sie waren bereits auf den schlauen Einfall gekommen, die Juwelen im Gefunkel falscher Theaterjuwelen zu verstecken. Jetzt erkannten Sie, dass zum Kostüm des Harlekins das Erscheinen des Polizisten vorzüglich passte. Der würdige Beamte machte sich von der Polizeistation in Putney aus auf den Weg, um Sie aufzustöbern, und geriet in die verrückteste Falle, die je auf Erden gestellt wurde. Als sich die Vordertür öffnete, marschierte er prompt auf die Bühne einer Weihnachtspantomime, wo er unter brausendem Gelächter der ehrenwertesten Menschen aus Putney vom tanzenden Harlekin getreten, geschlagen, niedergeschmettert und betäubt werden konnte. O nein, nie werden Sie etwas Besseres leisten können. Und jetzt könnten Sie mir übrigens die Diamanten zurückgeben.«

Der grüne Ast, auf dem die glitzernde Gestalt schaukelte, raschelte wie vor Erstaunen; aber die Stimme fuhr fort:

»Ich möchte, dass Sie sie zurückgeben, Flambeau, und ich möchte, dass Sie dieses Leben aufgeben. Noch haben Sie Jugend und Ehrgefühl und Witz; aber bilden Sie sich nicht ein, dass die in diesem Gewerbe andauern. Männer mögen sich auf einer gewissen Ebene des Guten halten können, aber kein Mann war je imstande, sich auf einer Ebene des Bösen zu halten. Der Weg führt tiefer und tiefer hinab. Ein freundlicher Mann trinkt und wird grausam; ein aufrichtiger Mann tötet und leugnet es ab. Mancher Mann, den ich kannte, begann wie Sie als ehrbarer Gesetzloser, der fröhlich die Reichen beraubte, und endete im tiefsten Sumpf. Maurice Blum begann als Anarchist aus Überzeugung, ein Vater der Armen; er endete als schmieriger Spion und Zwischenträger, den beide Seiten ausnutzten und verachteten. Harry Burke begann seine Bewegung des Freien Geldes ehrlich genug; jetzt schmarotzt er bei einer halb verhungerten Schwester um endlose Schnäpse. Lord Amber begab sich aus einer Art von Ritterlichkeit in die übelste Gesellschaft; jetzt wird er von den miesesten Geiern Londons erpresst. Hauptmann Barillon war vor Ihrer Zeit der große Gentleman-Verbrecher; er starb in einem Irrenhaus, schreiend aus Angst vor den Spitzeln und Hehlern, die ihn betrogen und zu Tode gehetzt haben. Ich weiß, dass die Wälder hinter Ihnen grenzenlos aussehen, Flambeau; ich weiß, dass Sie in ihnen blitzschnell wie ein Affe verschwinden können. Aber eines Tages werden Sie ein alter grauer Affe sein, Flambeau. Sie werden in Ihrem grenzenlosen Wald sitzen mit kaltem Herzen und dem Tode nahe, und die Baumwipfel werden sehr kahl sein.«

Alles blieb still, als ob der kleine Mann da unten den anderen im Baume an einer langen, unsichtbaren Leine hielte; und er fuhr fort:

»Ihr Niedergang hat schon begonnen. Sie haben sich immer gebrüstet, dass Sie nichts Gemeines täten, aber heute Abend tun Sie etwas Gemeines. Sie lassen einen ehrenhaften Jungen im Verdacht, gegen den bereits eine ganze Menge anderer Dinge vorgebracht werden; Sie trennen ihn von der Frau, die er liebt und die ihn liebt. Aber bevor Sie sterben, werden Sie noch gemeinere Dinge tun.«

Drei funkelnde Diamanten fielen aus dem Baum auf den Rasen. Der kleine Mann bückte sich, um sie aufzuheben, und als er wieder aufblickte, war der silberne Vogel aus dem grünen Käfig des Baumes verschwunden.

Die Rückgabe der Juwelen (die von allen ausgerechnet Father Brown zufällig gefunden hatte) beschloss den Abend ungeheuer triumphal; und Sir Leopold ging in strahlendster Laune sogar so weit, dem Priester zu sagen, dass er, obwohl selbst von sehr viel weiterem Blick, durchaus jene respektieren könne, deren Glaube von ihnen verlange, abgeschlossen und ohne Kenntnis von dieser Welt zu leben.

Der unsichtbare Mann

Im kalten blauen Zwielicht zweier steiler Straßen in Camden Town glühte das Geschäft an der Ecke, eine Konditorei, wie das Ende einer Zigarre. Oder vielleicht sollte man eher sagen wie das Ende eines Feuerwerks, denn das Licht war vielfarben und von einiger Komplexität, da es von vielen Spiegeln gebrochen wurde und auf vielen vergoldeten und fröhlich-bunten Kuchen und Süßigkeiten tanzte. Gegen dieses eine feurige Glas drückten sich die Nasen vieler Gassenjungen, denn all die Schokolade war in jenes metallische Rot und Gold und Grün eingewickelt, das fast noch besser als die Schokolade selbst ist; und der ungeheure weiße Hochzeitskuchen in der Mitte des Schaufensters war irgendwie zugleich unerreichbar und zufrieden stellend, so als wäre der ganze Nordpol leckeres Geschleck. Solch herausfordernder Regenbogenglanz war natürlich geeignet, die Jugend der Nachbarschaft bis zum Alter von zehn oder zwölf Jahren zu versammeln. Aber diese Ecke war auch für die reifere Jugend anziehend; ein junger Mann von nicht weniger als vierundzwanzig Jahren starrte in das nämliche Schaufenster. Auch für ihn war der Laden von feurigem Zauber, aber diese Anziehungskraft kann nicht allein mit der Schokolade erklärt werden, die er jedoch keineswegs verachtete.

Er war ein großer, kräftiger, rothaariger junger Mann,

mit einem entschlossenen Gesicht, aber einem gleichgültigen Auftreten. Er trug unter dem Arm eine flache graue Mappe mit Schwarz-Weißskizzen, die er mit mehr oder weniger Erfolg Verlegern verkaufte, seit sein Onkel (ein Admiral) ihn als Sozialisten enterbt hatte, wegen eines Vortrags, den er gegen jene Wirtschaftstheorie gehalten hatte. Sein Name war John Turnbull Angus.

Nachdem er schließlich doch eingetreten war, durchschritt er den Laden bis in das Hinterzimmer, eine Art Café, wobei er im Vorbeigehen lässig seinen Hut vor der jungen Dame lüftete, die dort bediente. Sie war ein dunkles, elegantes, waches Mädchen in Schwarz, mit gesunder Gesichtsfarbe und sehr lebhaften dunklen Augen; und nach der gebräuchlichen Pause folgte sie ihm in das Hinterzimmer, um seine Bestellung entgegenzunehmen.

Seine Bestellung war offensichtlich eine übliche. »Ich möchte bitte«, sagte er sehr deutlich, »ein süßes Brötchen und eine kleine Tasse schwarzen Kaffees.« Und einen Augenblick bevor das Mädchen sich abwenden konnte, fügte er hinzu: »Und außerdem möchte ich, dass Sie mich heiraten.«

Die junge Dame aus dem Laden stand plötzlich steif und sagte: »Solche Scherze verbitte ich mir.«

Der rothaarige junge Mann sah sie aus grauen Augen mit unerwarteter Feierlichkeit an.

»Wirklich und wahrhaftig«, sagte er, »mir ist das so ernst – so ernst wie mit dem Brötchen. Es ist kostspielig wie das Brötchen; man muss dafür bezahlen. Es ist unverdaulich wie das Brötchen. Es schmerzt.«

Die dunkle junge Dame hatte währenddessen ihre dunklen Augen nicht von ihm genommen und schien ihn mit fast tragischer Genauigkeit zu studieren. Am Ende ihrer Untersuchung war da so etwas wie der Schatten eines Lächelns, und sie setzte sich auf einen Stuhl.

»Finden Sie nicht auch«, sagte Angus abwesend, »dass es ziemlich grausam ist, diese süßen Brötchen zu verspeisen? Sie könnten sich doch zu süßen Stuten auswachsen. Ich werde diesen brutalen Zeitvertreib aufgeben, sobald wir verheiratet sind.«

Die dunkle junge Dame stand auf und ging zum Fenster, offenbar in einem Zustand heftigen, wenn auch nicht missbilligenden Nachdenkens. Als sie sich endlich mit einem entschlossenen Gesichtsausdruck wieder umwandte, sah sie verblüfft, dass der junge Mann sorgfältig verschiedene Dinge aus dem Schaufenster auf dem Tisch aufbaute. Darunter eine Pyramide aus schreiend bunten Süßigkeiten, mehrere Platten mit belegten Broten und die beiden Karaffen mit jenen rätselhaften Sorten Portwein und Sherry, die für solche Cafés charakteristisch sind. In die Mitte dieses sorgfältigen Arrangements hatte er vorsichtig die gewaltige Ladung des weiß bezuckerten Kuchens niedergelassen, die das riesige Prunkstück im Schaufenster gewesen war.

»Was in aller Welt tun Sie denn da?«, fragte sie.

»Meine Pflicht, werte Laura«, begann er.

»Um Himmels willen, hören Sie auf«, rief sie, »und sprechen Sie nicht so mit mir. Ich meine, was soll das alles sein?«

»Ein festliches Essen, Miss Hope.«

»Und was ist das?«, fragte sie ungeduldig und wies auf den Zuckerberg.

»Der Hochzeitskuchen, Mrs Angus«, sagte er.

Das Mädchen marschierte auf jenen Gegenstand los, entfernte ihn mit einigem Geklirr und stellte ihn zurück ins Schaufenster; dann kam sie zurück, stützte die eleganten Ellenbogen auf den Tisch und betrachtete den jungen Mann nicht ungnädig, aber doch in erheblicher Verärgerung.

»Sie lassen mir überhaupt keine Zeit zum Nachdenken«, sagte sie.

»So verrückt bin ich nicht«, antwortete er; »das ist meine Art christlicher Demut[41].«

Sie sah ihn immer noch an; aber hinter ihrem Lächeln war sie erheblich ernster geworden.

»Mr Angus«, sagte sie fest, »bevor dieser Unfug auch nur noch eine Minute weitergeht, muss ich Ihnen so kurz wie möglich etwas über mich erzählen.«

»Sehr angenehm«, erwiderte Angus feierlich. »Und wenn Sie schon einmal dabei sind, könnten Sie mir auch etwas über mich erzählen.«

»Ach halten Sie doch den Mund und hören Sie zu«, sagte sie. »Es ist nichts, weswegen ich mich schämen müsste, und es ist nicht einmal etwas, das mir besonders leidtut. Aber was würden Sie sagen, wenn da etwas wäre, das mich eigentlich nichts angeht und doch mein Albtraum ist?«

»In diesem Fall«, sagte der Mann ernsthaft, »schlüge ich vor, dass Sie den Kuchen wieder zurückholen.«

»Na schön, dann müssen Sie sich die Geschichte eben anhören«, sagte Laura beharrlich. »Zunächst müssen Sie wissen, dass meinem Vater das Restaurant Zum Roten Fisch in Ludbury gehörte und dass ich dort die Gäste in der Bar bediente.«

»Ich habe mich oft gewundert«, sagte er, »warum diese Konditorei hier so eine Atmosphäre von Christlichkeit umgibt.«

»Ludbury ist ein verschlafenes grünes Nest in Ostengland, und die einzige Art von Leuten, die überhaupt in den Roten Fisch kamen, waren gelegentliche Handlungsreisende und im Übrigen die schrecklichste Gesellschaft, die Sie je gesehen haben, nur haben Sie sie nie gesehen. Kleine schäbige Taugenichtse, die gerade genügend zum Leben hatten und nichts zu tun, als sich in Bars herumzudrücken und auf Pferde zu wetten, in schäbigen Anzügen, die aber für sie immer noch zu gut waren. Aber nicht einmal diese verkommenen jungen Kerle waren gewöhnlich bei uns zu sehen; bis auf zwei von ihnen, die zu gewöhnlich waren – gewöhnlich in jeder Beziehung. Beide hatten Geld und waren ekelhaft faul und überelegant. Und doch taten sie mir ein bisschen leid, denn ich glaube fast, dass sie nur deshalb in unsere kleine leere Bar geschlichen sind, weil jeder von ihnen eine kleine Missbildung aufwies; von der Art, über die Esel lachen. Nicht eigentliche Missbildungen; eher Eigentümlichkeiten. Einer von ihnen war ein überraschend kleiner Mann, so was wie ein Zwerg oder wenigstens ein Jockey. Aber er sah überhaupt nicht wie ein Jockey aus mit seinem runden schwarzen Kopf und seinem sauber geschnittenen schwarzen Bart und seinen hellen Vogelaugen; er klimperte mit dem Geld in seiner Tasche; er klickerte mit seiner dicken goldenen Uhrkette; und nie kam er, ohne zu sehr wie ein Gentleman gekleidet zu sein, um einer zu sein. Er war zwar kein Narr, aber ein nutzloser Faulenzer; er war sonderbar bewandert in allen möglichen brotlosen Künsten; eine Art

Gelegenheitszauberer; er machte aus fünfzehn Streichhölzern, die sich aneinander entzündeten, ein regelrechtes Feuerwerk; oder schnitzte aus einer Banane oder was Ähnlichem eine tanzende Puppe. Sein Name war Isidore Smythe; und ich sehe ihn noch vor mir mit seinem kleinen dunklen Gesicht, wie er zum Bartresen kommt und aus fünf Zigarren ein hüpfendes Känguru macht.

Der andere Bursche war schweigsamer und gewöhnlicher; aber irgendwie beunruhigte er mich sehr viel mehr als der arme kleine Smythe. Er war sehr groß und dünn und hellhaarig; seine Nase war scharf gebogen, und er hätte auf eine gespenstische Weise fast schön sein können; aber er schielte so entsetzlich, wie ich das niemals sonst gesehen oder davon gehört habe. Wenn er einen ansah, wusste man nicht mehr, wo man selbst war, geschweige denn, was er ankuckte. Ich glaube, dass diese Art von Missbildung den armen Kerl etwas verbitterte; denn während Smythe immer bereit war, seine Taschenspielereien überall vorzuführen, tat James Welkin (so hieß der Schieler) nie etwas anderes, als sich in unserer Bar volllaufen zu lassen und alleine in der flachen grauen Umgebung große Spaziergänge zu machen. Aber ich glaube, dass auch Smythe wegen seiner Kleinheit etwas empfindlich war, obwohl er das besser zu verbergen wusste. Und so war ich denn wirklich verwirrt und zugleich entsetzt, und es tat mir auch sehr leid, als mir beide in der gleichen Woche Heiratsanträge machten.

Und dann tat ich etwas, von dem ich seither manchmal gemeint habe, es sei töricht gewesen. Aber schließlich waren diese schrulligen Kerle auf eine gewisse Art meine Freunde; und die Vorstellung war mir ein Graus, dass sie sich den wahren Grund denken könnten, weshalb ich ihnen einen Korb gab, nämlich ihre unmögliche Hässlichkeit. Also habe ich mir was anderes ausgedacht, dass ich nämlich niemals jemanden heiraten würde, der nicht aus eigener Kraft seinen Weg im Leben gemacht hätte. Ich sagte, ich wolle grundsätzlich nicht von Geld leben, das wie das ihre ererbt sei. Zwei Tage nach dieser gut gemeinten Erklärung begann das ganze Übel. Das erste, was ich hörte, war, dass beide sich aufgemacht hätten, ihr Glück zu suchen, als ob sie in irgendeinem dummen Märchen lebten.

Na ja, und seitdem habe ich bis heute keinen von ihnen wiedergesehen. Aber der kleine Mann namens Smythe hat mir zwei Briefe geschrieben, und die waren ziemlich aufregend.«

»Nie was von dem anderen gehört?«, fragte Angus.

»Nein, der hat nie geschrieben«, sagte das Mädchen nach kurzem Zögern. »Der erste Brief von Smythe sagte nur, dass er mit Welkin zusammen losgezogen sei nach London; aber weil Welkin so ein guter Wanderer war, sei der kleine Mann zurückgeblieben und habe am Straßenrand eine Pause eingelegt. Dabei habe ihn irgendeine Wanderschau aufgelesen, und teils weil er fast ein Zwerg war, und teils weil er wirklich ein schlauer kleiner Bursche war, sei er im Schaugeschäft gut vorangekommen und bald vom Aquarium engagiert worden wegen irgendwelcher Tricks, deren ich mich nicht entsinne. Das war sein erster Brief. Sein zweiter war sehr viel erschreckender, und den habe ich erst letzte Woche bekommen.«

Der Mann namens Angus leerte seine Kaffeetasse und betrachtete sie mit sanften und geduldigen Augen.

Ihr Mund verzog sich zu einem leichten Lachen, als sie fortfuhr: »Sie werden sicher an den Anschlagsäulen all diese Anzeigen für ›Smythes Stummer Dienst‹ gesehen haben? Oder Sie müssten der einzige Mensch sein, der sie nicht gesehen hat. Ich weiß natürlich nicht viel darüber, irgend so eine Uhrwerkerfindung, durch die alle Hausarbeit mittels Maschinen erledigt werden kann. Sie wissen schon, die Art von ›Drücken Sie auf den Knopf – Ihr Diener, der niemals trinkt‹. ›Ziehen Sie am Hebel – zehn Hausmädchen, die niemals flirten‹. Sie müssen die Anzeigen auch gesehen haben. Nun ja, was immer das auch für Apparate sein mögen, sie bringen haufenweise Geld ein; und das alles für den kleinen Kobold, den ich da hinten in Ludbury gekannt habe. Ich kann mir nicht helfen, aber ich freue mich, dass der arme kleine Kerl auf die Füße gefallen ist; aber Tatsache ist auch, dass ich entsetzliche Angst davor habe, er könnte jede Sekunde auftauchen und mir mitteilen, dass er aus eigener Kraft seinen Weg im Leben gemacht hat – was er ja auch wirklich geschafft hat.«

»Und der andere?«, wiederholte Angus in einer Art hartnäckiger Gelassenheit.

Laura Hope stand plötzlich auf. »Mein Freund«, sagte sie. »Ich glaube, Sie sind ein Hexer. Ja, Sie haben recht. Ich habe von dem anderen Mann keine einzige Zeile bekommen; und ich habe nicht die geringste Ahnung, was oder wo er ist. Aber er ist es, vor dem ich mich fürchte. Er ist es, der immer um mich herum ist. Er ist es, der mich halb verrückt gemacht hat. Ich habe tatsächlich das Gefühl, dass er mich verrückt gemacht hat; denn ich habe seine Gegenwart gespürt, wo er nicht sein konnte, und ich habe seine Stimme gehört, wo er nicht gesprochen haben kann.«

»Schön, meine Liebe«, sagte der junge Mann heiter, »und wenn er Satan persönlich wäre, jetzt, da Sie zu jemandem darüber gesprochen haben, ist er erledigt. Verrückt wird man allein, altes Mädchen. Aber wann haben Sie sich denn eingebildet, Sie hätten unseren schielenden Freund gespürt und gehört?«

»Ich habe James Welkin ebenso deutlich gehört, wie ich Sie reden höre«, sagte das Mädchen fest. »Niemand war da, denn ich stand gerade vor dem Geschäft an der Ecke und konnte beide Straßen zugleich beobachten. Ich hatte schon vergessen, wie er lachte, obwohl sein Lachen ebenso eigenartig war wie sein Schielen. Ich hatte fast ein Jahr lang nicht mehr an ihn gedacht. Aber es ist die heilige Wahrheit, dass wenige Sekunden danach der erste Brief seines Rivalen ankam.«

»Haben Sie eigentlich das Gespenst je zum Sprechen oder Quietschen oder sonst was gebracht?«, fragte Angus mit einigem Interesse.

Laura schauderte es plötzlich, doch dann sagte sie mit unerschütterter Stimme: »Ja. Gerade als ich den zweiten Brief von Isidore Smythe gelesen hatte, in dem er mir seinen Erfolg mitteilte, gerade da hörte ich Welkin sagen: ›Und er soll dich doch nicht haben.‹ Es war so deutlich, als ob er im Zimmer wäre. Es ist furchtbar; ich glaube, ich bin schon verrückt.«

»Wenn Sie wirklich verrückt wären«, sagte der junge Mann, »würden Sie sich einbilden, Sie seien normal. Im Übrigen aber scheint mir da wirklich etwas Zweifelhaftes um diesen unsichtbaren Herrn zu sein. Zwei Köpfe sind besser als einer – ich erspare Ihnen Anspielungen auf andere Körperteile –, und wenn Sie mir jetzt als einem handfesten praktischen Mann erlauben würden, den Hochzeitskuchen wieder aus dem Schaufenster zu holen …«

Während er noch sprach, war da eine Art von stählernem Schrillen in der Straße draußen, und ein kleines Auto, das mit teuflischer Geschwindigkeit gefahren wurde, schoss vor die Tür des Ladens und stoppte. Und fast noch im gleichen Augenblick stand stampfend ein kleiner Mann mit einem glänzenden Zylinder im Vorraum.

Angus, der bisher eine heitere Gelassenheit aus Gründen der geistigen Hygiene bewahrt hatte, verriet nun die Anspannung seiner Seele, indem er jählings aus dem Hinterzimmer stürmte und dem Neuankömmling entgegentrat. Ein Blick auf ihn genügte völlig, um die wilden Vermutungen eines verliebten Mannes zu bestätigen. Diese äußerst flinke, aber zwergische Gestalt, die den schwarzen Bart mit seiner Spitze anmaßend vorstreckte, die schlauen ruhelosen Augen, die zierlichen, aber sehr nervösen Finger, das konnte kein anderer sein als der ihm gerade erst beschriebene Mann: Isidore Smythe, der aus Bananenschalen und Streichholzschachteln Puppen schuf; Isidore Smythe, der aus metallenen abstinenten Dienern und flirtlosen Hausmädchen Millionen schuf. Für einen Augenblick sahen sich die beiden Männer, die instinktiv einer des anderen Besitzermiene verstanden, mit jener sonderbaren kalten Großmütigkeit an, die das Wesen der Rivalität ist.

Mr Smythe jedoch spielte in keiner Weise auf den tiefsten Grund ihrer Gegnerschaft an, sondern sagte einfach und explosiv: »Hat Miss Hope das Ding am Fenster gesehen?«

»Am Fenster?«, wiederholte der verblüffte Angus.

»Keine Zeit, andere Dinge zu erklären«, sagte der kleine Millionär knapp. »Hier geht irgendein Unsinn vor, der untersucht werden muss.«

Er wies mit seinem polierten Spazierstock auf das Fenster, das kürzlich durch die Hochzeitsvorbereitungen von Mr Angus ausgeräumt worden war; und dieser Herr sah erstaunt einen langen Streifen Papier über das Glas geklebt, der sich gewisslich nicht am Fenster befunden hatte, als er kurz zuvor hindurchgeschaut. Er folgte dem energischen Smythe hinaus auf die Straße und stellte fest, dass etwa anderthalb Meter lang Reste von Briefmarkenbögen sorgfältig über die Scheibe geklebt worden waren und dass darauf in krakeligen Buchstaben geschrieben war: »Wenn du Smythe heiratest, wird er sterben.«

»Laura«, sagte Angus und schob seinen großen roten Schopf in den Laden, »Sie sind nicht verrückt.«

»Das ist die Schrift von dem Kerl Welkin«, sagte Smythe mürrisch. »Ich hab ihn seit Jahren nicht mehr gesehen, aber er hat mich ständig belästigt. In den letzten vierzehn Tagen hat er mir fünfmal Drohbriefe in die Wohnung geschickt, und ich kann nicht einmal herausfinden, wer sie da hinbringt, geschweige denn, ob er es selber tut. Der Portier des Hauses schwört, dass man keine verdächtige Gestalt gesehen habe, und jetzt klebt er hier eine Art Tapetensockelstreifen auf ein öffentliches Schaufenster, während die Leute im Laden …«

»Jaha«, sagte Angus bescheiden, »während die Leute im Laden ihren Tee genießen. Nun, Sir, ich versichere Ihnen, dass ich Ihre vernünftige Art schätze, die Angelegenheit so unmittelbar anzugehen. Über andere Dinge können wir später sprechen. Der Bursche kann noch nicht sehr weit sein, denn ich beschwöre, dass da noch kein Papier war, als ich zuletzt zum Fenster ging, vor zehn oder fünfzehn Minuten. Auf der anderen Seite ist er inzwischen zu weit weg, als dass wir ihn jagen könnten, da wir nicht einmal die Richtung wissen. Wenn Sie meinen Rat annehmen wollen, Mr Smythe, dann übergeben Sie diese Angelegenheit sofort einem energischen Untersucher, einem privaten eher als einem öffentlichen. Ich kenne da einen ungemein klugen Burschen, der sein Büro knapp fünf Minuten von hier hat, wenn wir mit Ihrem Wagen fahren. Er heißt Flambeau, und obwohl seine Jugend ein bisschen stürmisch war, ist er heute doch ein absolut ehrlicher Mann, und sein Gehirn ist Geld wert. Er wohnt in den Lucknow Mansions in Hampstead.«

»Das ist merkwürdig«, sagte der kleine Mann und wölbte seine schwarzen Augenbrauen. »Ich selbst wohne in den Himalaya Mansions[42], gleich um die Ecke. Wollen Sie vielleicht mit mir kommen; ich kann dann in meine Wohnung gehen und diese komischen Welkin-Dokumente heraussuchen, während Sie hinüberlaufen und Ihren Freund, den Privatdetektiv, holen.«

»Sehr liebenswürdig«, sagte Angus höflich. »Los also, denn je eher wir etwas unternehmen, desto besser.«

Beide Männer nahmen in komischer improvisierter Fairness auf die gleiche formelle Weise Abschied von der Dame, und beide sprangen dann in den schnellen kleinen Wagen. Als Smythe am Steuer um die große Straßenecke bog, sah Angus amüsiert ein riesiges Plakat von »Smythes Stummer Dienst« mit dem Bild einer großen kopflosen Eisenpuppe, die eine Pfanne mit der Inschrift hielt »Eine Köchin, die niemals sauer ist«.

»Ich verwende sie auch in meiner eigenen Wohnung«, sagte der kleine schwarzbärtige Mann lachend, »teils aus Reklamegründen und teils, weil sie wirklich bequem sind. Ehrlich und ohne Schmus, diese meine großen mechanischen Puppen bringen Ihnen die Kohle oder den Rotspon oder das Kursbuch schneller als irgendein lebender Diener, den ich je gekannt habe, wenn man nur weiß, welchen Knopf man drücken muss. Aber ich würde unter uns nie bestreiten, dass solche Dienstboten auch ihre Nachteile haben.«

»Wirklich?«, sagte Angus. »Gibt es irgendwas, was sie nicht können?«

»Ja«, antwortete Smythe kühl; »sie können mir nicht sagen, wer diese Drohbriefe in meine Wohnung gebracht hat.«

Des Mannes Auto war klein und schnell wie er selbst; und es war ebenso wie sein häuslicher Dienst seine eigene Erfindung. Wenn er ein Marktschreier war, dann einer, der an seine eigenen Waren glaubte. Das Gefühl von etwas Kleinem und Fliegendem wurde deutlicher, als sie im ersterbenden klaren Abendlicht durch die langen weißen Windungen der Straße fegten. Bald wurden die weißen Kurven enger und schwindelerregender; sie befanden sich, wie man in modernen Religionen zu sagen pflegt, in aufsteigenden Spiralen. Denn sie erklommen einen Teil von London, der mindestens genauso steil ist wie Edinburgh, wenn auch nicht ganz so malerisch. Terrasse erhob sich über Terrasse, und jenes spezielle Hochhaus von Wohnungen, das sie suchten, erhob sich über sie alle zu fast ägyptischen Höhen, von der flachen Abendsonne vergoldet. Doch als sie um die Ecke bogen und in das Halbrund einfuhren, das als die Himalaya Mansions bekannt ist, änderte sich das Bild so jäh wie durch das Öffnen eines Fensters; denn jenes Getürm von Wohnungen hockte über London wie über einem grünen Schiefermeer. Gegenüber den Wohnungen befand sich auf der anderen Seite des gekiesten Halbrunds eine buschige Umzäunung, die eher einer steilen Hecke oder einem Damm glich als einem Garten, und ein Stück darunter verlief ein künstlich angelegter Wasserstreifen, eine Art Kanal, wie der Graben einer von Büschen umschlossenen Festung. Als der Wagen um das Halbrund fegte, kam er an einer Ecke an dem verirrten Stand eines Kastanienbräters vorüber; und am anderen Ende der Biegung konnte Angus die verschwommene Gestalt eines blauen Polizisten sehen, der langsam dahinschritt. Das waren die einzigen menschlichen Gestalten in der Einsamkeit dieses hohen Vororts; aber er hatte das irrationale Gefühl, als gäben sie der wortlosen Poesie Londons Ausdruck. Er empfand so, als ob sie Gestalten in einer Geschichte wären.

Das kleine Auto schoss wie eine Kugel auf das rechte Haus zu und schoss seinen Besitzer wie eine Bombe hinaus. Sofort danach erkundigte er sich bei einem langen Türsteher in schimmernder Uniform und bei einem kurzen Hauswart in Hemdsärmeln, ob irgendjemand oder irgendetwas nach seiner Wohnung gesucht habe. Man antwortete ihm, dass niemand und nichts an diesen beiden Angestellten vorübergekommen sei seit seiner letzten Erkundigung; woraufhin er und der leicht verwirrte

Angus im Lift wie in einer Rakete emporgeschossen wurden, bis sie die oberste Etage erreichten.

»Kommen Sie für einen Augenblick rein«, sagte der atemlose Smythe. »Ich will Ihnen die Welkin-Briefe zeigen. Dann können Sie um die Ecke laufen und Ihren Freund holen.« Er drückte auf einen in der Wand verborgenen Knopf, und die Tür öffnete sich von selbst.

Sie öffnete sich zu einem langen bequemen Vorraum, dessen einzige, sozusagen fesselnde Züge die Reihen halbmenschlicher mechanischer Gestalten waren, die auf beiden Seiten wie Schneiderpuppen aufgereiht standen. Wie Schneiderpuppen waren sie kopflos; und wie Schneiderpuppen hatten sie hübsche, überflüssige Höcker an den Schultern und eine hühnerbrüstige Wölbung als Brust; davon abgesehen waren sie einer menschlichen Gestalt aber auch nicht ähnlicher als irgendein anderer Bahnsteigautomat von etwa menschlicher Höhe. Sie hatten zwei große Haken als Arme, um Tabletts zu tragen; und sie waren zum Zweck der Unterscheidbarkeit erbsengrün oder zinnoberrot oder schwarz angestrichen; in jeder anderen Hinsicht waren sie nur Automaten, und niemand würde sie zweimal angesehen haben. Zumindest tat das bei dieser Gelegenheit niemand. Denn zwischen den beiden Reihen häuslicher Puppen lag etwas bei Weitem Interessanteres als alle Automaten auf Erden. Es war ein weißer zerknitterter Fetzen Papier, bekritzelt mit roter Tinte; und der bewegliche Erfinder hatte es auch schon aufgerafft, fast ehe die Tür ganz auf war. Er überreichte es wortlos Angus. Noch war die rote Tinte nicht getrocknet, und die Botschaft lautete: »Wenn du sie heute gesehen hast, werde ich dich töten.«

Ein kurzes Schweigen, und dann sagte Isidore Smythe ruhig: »Möchten Sie einen kleinen Whisky? Ich jedenfalls habe einen nötig.«

»Danke Ihnen; ich möchte lieber einen kleinen Flambeau«, sagte Angus düster. »Diese Angelegenheit scheint mir langsam ernst zu werden. Ich ziehe sofort los, um ihn herzuholen.«

»Gut so«, sagte der andere mit bewundernswert guter Laune. »Bringen Sie ihn her, so schnell Sie können.«

Als Angus die Vordertür hinter sich schloss, sah er Smythe, wie der einen Hebel umlegte, und eine der Uhrwerkformen, wie sie von ihrem Platz und durch eine Rinne im Boden glitt und ein Tablett mit Siphon und Karaffe trug. Es war ein wenig unheimlich, den kleinen Mann mit diesen toten Dienern zurückzulassen, die zum Leben erwachten, als die Tür sich schloss.

Sechs Stufen unterhalb des Treppenabsatzes von Smythe war der Mann in Hemdsärmeln dabei, irgendetwas mit einem Eimer zu tun. Angus blieb stehen und entlockte ihm, unterstützt durch eine in Aussicht gestellte Bestechung, das Versprechen, dass er an diesem Platz verweilen werde, bis man mit dem Detektiv zurückkomme, und auf jeden Fremden Obacht gebe, der diese Treppe heraufsteige. Dann stürzte er zur Eingangshalle hinab und auferlegte dort dem Türsteher an der Eingangstür ähnliche Wachsamkeitsaufgaben, wobei er den vereinfachenden Umstand erfuhr, dass es keine Hintertür gebe. Damit nicht zufrieden, schnappte er sich den streifewandelnden Polizisten und veranlasste ihn, gegenüber dem Eingang Posten zu beziehen und ihn zu überwachen; und schließlich hielt er um eine kleine Portion Maronen inne und erkundigte sich nach der vermutlichen Länge des Aufenthaltes dieses Geschäftsmannes in der Gegend.

Der Kastanienverkäufer stellte den Kragen seines Mantels hoch und erklärte, er werde sich voraussichtlich in Kürze entfernen, da es vermutlich bald schneien werde. Und wirklich wurde der Abend nachgerade grau und schneidend, aber Angus gelang es mit all seiner Beredsamkeit, den Kastanienmann an seinem Orte festzunageln.

»Wärmen Sie sich an Ihren eigenen Maronen«, sagte er ernsthaft. »Essen Sie Ihren ganzen Vorrat auf; ich werde dafür sorgen, dass es sich für Sie lohnt. Ich werde Ihnen einen Sovereign geben, wenn Sie hier bis zu meiner Rückkehr warten und mir dann sagen, ob irgendein Mann, eine Frau, ein Kind in jenes Haus gegangen ist, vor dem der Türsteher steht.«

Danach schritt er mit einem letzten Blick auf den belagerten Turm eilig von dannen.

»Jedenfalls habe ich einen Ring um das Zimmer gelegt«, sagte er. »Denn schließlich können sie nicht alle vier die Komplizen von Welkin sein.«

Die Lucknow Mansions befanden sich sozusagen auf einer niedrigeren Plattform jenes Häuserberges, wobei die Himalaya Mansions dessen Spitze genannt werden könnten. Flambeaus Wohnung mit Büro befand sich im Erdgeschoss und stellte jeden erdenklichen Gegensatz zu der amerikanischen Maschinerie und dem kalten hotelgleichen Luxus der Wohnung des Stummen Dienstes dar. Flambeau, ein Freund von Angus, empfing ihn hinter seinem Büro in einem künstlerischen Rokokozimmer, das mit Säbeln, Hakenbüchsen, Raritäten aus dem Orient, Flaschen italienischen Weines, Kochkesseln von Wilden, einer weichfelligen Perserkatze und einem kleinen, verstaubt aussehenden römisch-katholischen Priester verziert war, der ganz besonders fehl am Platze wirkte.

»Das ist mein Freund Father Brown«, sagte Flambeau. »Ich habe mir oft gewünscht, Sie würden ihn kennenlernen. Herrliches Wetter; aber ein bisschen kühl für einen Südländer wie mich.«

»Ja, ich glaube, dass es klar bleiben wird«, sagte Angus und ließ sich auf einer violett gestreiften orientalischen Ottomane nieder.

»Nein«, sagte der Priester harmlos; »es hat zu schneien begonnen.«

Und wirklich begannen, noch während er sprach, die ersten Flocken, die der Mann der Kastanien vorausgesehen hatte, vor der dunkler werdenden Fensterscheibe vorbeizutreiben.

»Tja«, sagte Angus gewichtig. »Leider bin ich in Geschäften gekommen, und zwar in ziemlich schwierigen Geschäften. Tatsache ist, Flambeau, dass keinen Steinwurf von hier ein Mann lebt, der dringend Ihre Hilfe braucht; er wird andauernd von einem unsichtbaren Gegner gejagt und bedroht – einem Schuft, den niemand jemals gesehen hat.« Während nun Angus die ganze Geschichte von Smythe und Welkin berichtete, wobei er mit Lauras Erzählung begann und dann zu seinen eigenen Erlebnissen kam, und vom übernatürlichen Gelächter an der Ecke zweier leerer Straßen sprach und von den seltsamen deutlichen Worten in einem leeren Raum, hörte Flambeau immer gespannter zu, der kleine Priester aber schien wie ein Möbelstück ausgeschlossen zu bleiben. Und als es zu dem bekritzelten Markenpapier kam, das über das Fenster geklebt war, erhob sich Flambeau und schien mit seinen breiten Schultern das ganze Zimmer zu füllen.

»Wenn Sie nichts dagegen haben«, sagte er, »halte ich es für besser, wenn Sie mir den Rest der Geschichte auf dem schnellsten Weg zum Haus dieses Mannes erzählen. Irgendwie habe ich das Gefühl, dass keine Zeit zu verlieren ist.«

»Ausgezeichnet«, sagte Angus und erhob sich ebenfalls, »obwohl er für den Augenblick sicher genug ist, denn ich habe vier Männer aufgestellt, die das einzige Schlupfloch zu seinem Bau bewachen.«

Sie traten auf die Straße hinaus, wobei der kleine Priester mit der Folgsamkeit eines Hündchens hinter ihnen hertrottete. Dabei sagte er heiter wie einer, der Konversation macht: »Wie schnell der Schnee dicht auf dem Boden liegen bleibt.«

Und während sie sich durch die steilen Seitenstraßen mühten, die schon silbern überpudert waren, beendete Angus seinen Bericht; und als sie den Halbkreis mit den hochgetürmten Wohnungen erreichten, hatte er Muße, seine Aufmerksamkeit den vier Wachtposten zuzuwenden. Der Kastanienverkäufer schwor sowohl vor wie nach dem Empfang eines Sovereigns hartnäckig, dass er die Tür beobachtet und keinen Besucher eintreten gesehen habe. Der Polizist war noch entschiedener. Er sagte, er habe Erfahrungen mit Gaunern aller Art, im Frack wie in Lumpen; er sei nicht so grün, dass er von Verdächtigen erwarte, verdächtig auszusehen; er habe nach irgendjemand Ausschau gehalten, und bei Gott, da sei niemand gewesen. Und als alle drei Männer sich um den vergoldeten Türsteher versammelten, der immer noch lächelnd und breitbeinig vor dem Portal stand, war das Urteil noch endgültiger.

»Ich habe das Recht, jedermann, ob Herzog oder Hausierer, zu fragen, was er in diesen Wohnungen wolle«, sagte der fröhliche goldbetresste Riese, »und ich beschwöre, dass niemand gekommen ist, den ich hätte fragen können, seit dieser Herr wegging.«

Der unauffällige Father Brown, der im Hintergrund stand und bescheiden auf das Pflaster schaute, wagte hier sanft zu bemerken: »Es ist also niemand die Treppen hinauf- oder heruntergelaufen, seit der Schnee zu fallen begann? Es begann, während wir alle noch bei Flambeau waren.«

»Niemand war hier drinnen, Sir, das können Sie mir glauben«, sagte der Amtsinhaber mit strahlender Autorität.

»Dann frage ich mich, was das hier ist?«, sagte der Priester und starrte ausdruckslos wie ein Fisch auf den Boden.

Die anderen blickten ebenfalls alle nieder; und Flambeau verwendete einen wilden Schrei und eine französische Geste. Denn es war unfraglich wahr, dass in der Mitte des vom Mann in goldenen Tressen bewachten Eingangs und in der Tat sogar zwischen den arrogant gespreizten Beinen des Riesen hindurch ein faseriges Muster grauer Fußabdrücke in den weißen Schnee gestapft verlief.

»Oh Gott!«, rief Angus unwillkürlich; »der Unsichtbare Mann!«

Ohne ein weiteres Wort wandte er sich um und raste die Treppe hinauf, gefolgt von Flambeau; Father Brown aber stand immer noch in der schneebedeckten Straße und blickte sich um, als habe er jedes Interesse an seiner Frage verloren.

Flambeau war in der richtigen Stimmung, die Tür mit seinen breiten Schultern aufzubrechen; aber der vernünftigere, wenn auch weniger intuitive Schotte tastete den Rahmen der Tür ab, bis er den unsichtbaren Knopf gefunden hatte; und die Tür schwang langsam auf.

Sie ließ im Wesentlichen das gleiche vollgestellte Innere sehen; der Vorraum war dunkler geworden, auch wenn ihn hier und da die letzten rötlichen Speere des Sonnenuntergangs trafen, und die eine oder andere der kopflosen Maschinen war um des einen oder anderen Zweckes willen von ihrem Platz bewegt worden, und sie standen jetzt hier und da im dämmrigen Raum umher. Das Grün und Rot ihrer Röcke dunkelte im Dämmer, und ihre Ähnlichkeit mit menschlichen Formen nahm gerade durch ihre Formlosigkeit zu. Doch in der Mitte von all dem lag genau dort, wo das Papier mit der roten Tinte gelegen hatte, etwas, das sehr wie rote Tinte aussah, die aus ihrer Flasche ausgelaufen war. Aber es war keine rote Tinte.

Mit jener französischen Mischung von Vernunft und Heftigkeit sagte Flambeau einfach: »Mord!«, und indem er sich in die Wohnung stürzte, hatte er all ihre Ecken und Schränke in fünf Minuten erforscht. Falls er aber erwartet hatte, eine Leiche zu finden, so fand er keine. Isidore Smythe befand sich einfach nicht am Platze, weder tot noch lebend. Nach der rasendsten Suche trafen die beiden Männer einander mit schweißüberströmten Gesichtern und starren Blicken wieder im Vorraum. »Mein Freund«, sagte Flambeau und sprach vor Aufregung französisch,

»nicht nur ist Ihr Mörder unsichtbar, sondern er macht auch den Ermordeten unsichtbar.«

Angus blickte sich in dem dämmrigen Raum voller Puppen um, und in irgendeiner keltischen Ecke seiner schottischen Seele begann sich ein Schaudern zu regen. Eine der lebensgroßen Puppen überschattete unmittelbar den Blutfleck, herbeigerufen vielleicht von dem Erschlagenen, unmittelbar bevor er niederstürzte. Einer der hochschultrigen Haken, die dem Ding als Arme dienten, war ein bisschen angehoben, und Angus hatte plötzlich die schreckliche Vorstellung, dass das Eisenkind des armen Smythe selbst ihn niedergeschlagen habe. Die Materie hatte rebelliert, und die Maschinen hatten ihren Meister getötet. Doch selbst wenn, was hatten sie dann mit ihm getan?

»Ihn aufgefressen?«, flüsterte ihm der Nachtmahr ins Ohr; und einen Augenblick lang ward ihm übel beim Gedanken an zerfetzte menschliche Überbleibsel, von all diesem hirnlosen Uhrwerk verschlungen und zermalmt.

Er gewann sein geistiges Gleichgewicht mit heftiger Anstrengung zurück und sagte zu Flambeau: »Das war's also. Der arme Kerl ist verdunstet wie eine Wolke und hat einen roten Fleck auf dem Fußboden hinterlassen. Diese Geschichte gehört nicht zu dieser Welt.«

»Da bleibt nur eins zu tun übrig«, sagte Flambeau, »ob sie nun zu dieser oder der anderen Welt gehört, ich muss runterlaufen und mit meinem Freund sprechen.«

Sie stiegen hinab, kamen an dem Mann mit dem Eimer vorbei, der erneut versicherte, dass er keinen Eindringling habe passieren lassen, hinab zu dem Türsteher und dem herumlungernden Kastanienmann, die beide steif und fest ihre eigene Wachsamkeit beschworen. Als Angus sich aber nach seiner vierten Bestätigung umsah, konnte er sie nicht erblicken und rief einigermaßen nervös: »Wo ist der Polizist?«

»Um Vergebung«, sagte Father Brown; »mein Fehler. Ich habe ihn gerade die Straße hinabgeschickt, um etwas zu überprüfen – das ich für wert halte, überprüft zu werden.«

»Na schön, aber wir brauchen ihn schnell zurück«, sagte Angus abrupt, »denn der Unglückliche da oben ist nicht nur ermordet, sondern auch ausgelöscht worden.«

»Wie?«, fragte der Priester.

»Father«, sagte Flambeau nach einer Pause, »ich glaube bei meiner Seele, dass diese Sache mehr in Ihre Kompetenz fällt als in meine. Weder Freund noch Feind hat das Haus betreten, und doch ist Smythe verschwunden, wie von Feen entführt. Wenn das nicht übernatürlich ist, dann …«

Während er sprach, wurde ihnen allen durch einen ungewöhnlichen Anblick Einhalt geboten; der große blaue Polizist kam um die Ecke des Halbkreises gerannt. Er kam direkt auf Brown zu.

»Sie hatten recht, Sir«, keuchte er, »sie haben gerade die Leiche vom armen Mr Smythe unten im Kanal gefunden.«

Angus griff sich wild an den Kopf. »Ist er hinabgelaufen und hat sich selbst ertränkt?«, fragte er.

»Ich schwöre, dass er niemals heruntergekommen ist«, sagte der Wachtmeister, »und er wurde auch nicht ertränkt, denn er starb an einem tiefen Stich ins Herz.«

»Und doch haben Sie niemanden eintreten gesehen?«, sagte Flambeau mit ernster Stimme.

»Wir wollen ein bisschen die Straße hinuntergehen«, sagte der Priester.

Als sie am anderen Ende des Halbkreises ankamen, bemerkte er plötzlich: »Wie dumm von mir! Ich habe vergessen, den Polizisten etwas zu fragen. Ich möchte wissen, ob sie einen hellbraunen Sack gefunden haben.«

»Warum einen hellbraunen Sack?«, fragte Angus erstaunt.

»Wenn es ein Sack von irgendeiner anderen Farbe war, fängt der Fall wieder von vorne an«, sagte Father Brown; »aber wenn es ein hellbrauner Sack war, dann ist der Fall erledigt.«

»Das freut mich zu hören«, sagte Angus mit herzhafter Ironie. »Denn soweit es mich betrifft, hat er noch nicht einmal begonnen.«

»Sie müssen uns alles darüber erzählen«, sagte Flambeau mit einer sonderbar gewichtigen Einfachheit wie ein Kind.

Ohne es zu merken, schritten sie mit immer schnelleren Schritten die lange Biegung der Straße gegenüber dem hohen Halbkreis hinab, Father Brown führte hurtig, aber wortlos. Schließlich sagte er mit einer fast rührenden Unbestimmtheit: »Ich fürchte, Sie werden das alles sehr prosaisch finden. Wir beginnen immer beim abstrakten Ende der Dinge, und diese Geschichte kann man nirgendwo sonst beginnen.

Haben Sie je bemerkt, dass Menschen nie auf das antworten, was Sie sagen? Man antwortet auf das, was Sie meinen – oder was Sie nach deren Ansicht meinen. Stellen Sie sich vor, da sagt eine Dame in einem Landhaus zu einer anderen: ›Ist irgendjemand bei Ihnen im Haus?‹, dann wird die Dame niemals antworten: ›Ja; der Butler, die drei Hausknechte, das Stubenmädchen und so weiter‹, obwohl das Stubenmädchen im Zimmer sein kann oder der Butler hinter ihrem Stuhl. Sie sagt: ›*Niemand* ist außer uns im Haus‹, womit sie meint, niemand von der Art, die Sie meinen. Und nun stellen Sie sich vor, ein Arzt erkundigt sich im Zusammenhang mit einer Epidemie: ›Wer ist im Haus?‹, dann wird die Dame sich des Butlers, des Stubenmädchens und all der anderen erinnern. So wird Sprache immer verwendet; man bekommt eine Frage nie wörtlich beantwortet, selbst wenn man sie wahrheitsgemäß beantwortet bekommt. Als diese vier ehrlichen Männer sagten, dass keiner das Mietshaus betreten habe, meinten sie nicht wirklich, dass *keiner* es betreten hätte. Sie meinten keinen, den sie hätten verdächtigen können, Ihr Mann zu sein. Ein Mann ging ins Haus, und er kam heraus, aber sie haben ihn nicht wahrgenommen.«

»Ein unsichtbarer Mann?«, fragte Angus, und seine roten Augenbrauen hoben sich.

»Ein dem Geiste unsichtbarer Mann«, sagte Father Brown.

Ein oder zwei Minuten später sprach er in derselben unaufdringlichen Weise weiter wie ein Mann, der vor sich hin denkt: »Natürlich kann man erst dann an einen solchen Mann denken, wenn man an ihn denkt. Und das ist, wo seine Schlauheit ins Spiel kommt. Aber ich kam durch zwei oder drei kleine Dinge im Bericht von Mr Angus darauf, an ihn zu denken. Da war erstens die Tatsache, dass dieser Welkin lange Spaziergänge unternahm. Und dann die Menge Markenpapier auf dem Fenster. Und dann waren da vor allem die beiden Dinge, die die junge Dame sagte – Dinge, die nicht wahr sein konnten. Werden Sie nicht böse«, fügte er rasch hinzu, als er eine plötzliche Kopfbewegung des Schotten bemerkte; »sie glaubte schon, dass sie wahr waren, aber sie können nicht wahr sein. Eine Person *kann nicht* ganz alleine in einer Straße sein, wenn sie eine Sekunde danach einen Brief bekommt. Sie kann nicht ganz alleine in einer Straße sein, wenn sie beginnt, einen Brief zu lesen, den sie gerade bekommen hat. Jemand muss ihr da sehr nahe sein; er muss dem Geiste unsichtbar sein.«

»Warum muss ihr denn jemand nahe sein?«, fragte Angus.

»Weil«, sagte Father Brown, »wenn man Brieftauben ausschließt, ihr jemand den Brief gebracht haben muss.«

»Wollen Sie damit etwa sagen«, fragte Flambeau heftig, »dass Welkin die Briefe seines Nebenbuhlers zur Dame seines Herzens brachte?«

»Ja«, sagte der Priester. »Welkin brachte die Briefe seines Nebenbuhlers zur Dame seines Herzens. Wissen Sie, er musste das tun.«

»Ich halte das nicht länger aus«, explodierte Flambeau. »Wer ist dieser Kerl? Wie sieht er aus? Was ist die übliche Aufmachung für einen dem Geiste unsichtbaren Mann?«

»Er ist ziemlich ordentlich angezogen in Rot, Blau und Gold«, erwiderte der Priester prompt und präzise, »und in diesem auffallenden, ja geradezu bunten Kostüm betrat er unter acht menschlichen Augen die Himalaya Mansions; er tötete kaltblütig Smythe und kam wieder auf die Straße herunter, wobei er die Leiche in seinen Armen trug …«

»Hochwürden«, schrie Angus und blieb stehen, »sind Sie verrückt geworden, oder bin ich es?«

»Sie sind nicht verrückt«, sagte Brown, »nur ein bisschen unaufmerksam. Sie haben zum Beispiel einen Mann wie diesen nicht bemerkt.«

Er machte drei schnelle Schritte vorwärts und legte einem gewöhnlichen vorüberkommenden Briefträger die Hand auf die Schulter, der, von ihnen unbemerkt, im Schatten der Bäume herumgewirtschaftet hatte.

»Irgendwie bemerkt niemand je Briefträger«, sagte er nachdenklich; »und doch haben sie Leidenschaften wie andere Männer, und sie tragen sogar große Säcke mit sich, in denen kleine Körper leicht verstaut werden können.«

Der Briefträger hatte sich, statt sich ihnen natürlich zuzuwenden, weggeduckt und war gegen den Gartenzaun getaumelt. Er war ein dünner blondbärtiger Mann von gewöhnlichem Aussehen, aber als er mit ängstlichem Gesicht über die Schulter schaute, blickte alle drei Männer ein fast teuflisches Schielen an.

Flambeau kehrte zu Säbeln, purpurnen Teppichen und persischer Katze zurück, da es vielerlei Dinge gab, denen er sich widmen musste. John Turnbull Angus kehrte zu der Dame in dem Laden zurück, mit der dieser unbedachtsame junge Mann höchst glücklich zu werden gedachte. Father Brown aber durchwanderte jene schneebedeckten Hügel unter den Sternen während vieler Stunden mit einem Mörder, und was sie einander zu sagen hatten, wird niemals bekanntwerden.

Die falsche Form

Einige der großen Straßen, die von London aus nach Norden gehen, setzen sich tief ins Land hinein fort als eine Art verdünnten und durchlöcherten Gespenstes einer Straße, das trotz großer Lücken zwischen den Häusern die Idee der Straße aufrechterhält. Da gibt es eine Gruppe Läden, gefolgt von einem umzäunten Feld oder einer Pferdekoppel, und dann eine berühmte Gaststätte, und dann vielleicht eine Gemüsegärtnerei oder eine Baumschule, und dann eine einsame weitläufige Villa, und dann ein weiteres Feld und ein weiteres Wirtshaus, und so fort. Wer nun eine dieser Straßen durchwandert, der wird an einem Haus vorüberkommen, das möglicherweise seinen Blick fesselt, obwohl er seine Anziehungskraft nicht zu begründen vermag. Es ist ein langes niedriges Haus, parallel zur Straße, vorwiegend weiß und blassgrün gestrichen, mit einer Veranda und Sonnenblenden, mit erkerähnlichen Vorbauten unter jenen wunderlichen Kuppeln wie hölzerne Regenschirme, die man noch in einigen altmodischen Häusern antreffen kann. Und in der Tat ist es ein altmodisches Haus, sehr englisch und sehr vorstädtisch im guten alten, Wohlstand atmenden Sinn von Clapham[43]. Und doch ruft das Haus den Eindruck hervor, als sei es vor allem für heißes Wetter gebaut. Wenn man auf den weißen Anstrich blickt und auf die Sonnenblenden, denkt man undeutlich an indische Turbane, ja sogar an Palmen. Ich kann dieses Gefühl nicht bis in seine Wurzeln aufdecken; vielleicht wurde das Haus von einem Angloindien-Mann[44] gebaut.

Jeder, der an diesem Haus vorbeikommt, sagte ich, wird von ihm unbeschreiblich fasziniert werden; wird das Gefühl haben, es handele sich um einen Ort, über den eine Geschichte zu erzählen wäre. Und damit hätte er recht, wie Sie sofort erfahren werden. Denn dies ist die Geschichte – die Geschichte jener seltsamen Vorgänge, die sich in ihm in der Pfingstzeit des Jahres 18... wirklich ereignet haben.

Jeder, der an diesem Haus am Donnerstag vor Pfingstsonntag nachmittags gegen halb fünf vorbeikam, hätte gesehen, wie sich die Vordertür öffnete und Father Brown von der kleinen Kirche Sankt Mungo herauskam, eine große Pfeife rauchend und in Gesellschaft seines sehr großen französischen Freundes namens Flambeau, der eine sehr kleine Zigarette rauchte. Diese Personen mögen für den Leser von Interesse sein oder nicht, in Wahrheit aber waren sie keineswegs die einzigen interessanten Dinge, die sichtbar wurden, als sich die Vordertür des weißen und blassgrünen Hauses öffnete. Es gibt weitere Eigentümlichkeiten dieses Hauses, die als Erstes beschrieben werden müssen, nicht nur, damit der Leser diese tragische Geschichte verstehen kann, sondern auch, damit er sich vorzustellen vermag, was das Öffnen der Tür enthüllte.

Das ganze Haus war auf dem Grundriss eines T erbaut, aber eines T mit einem sehr langen Querstück und einem sehr kurzen Schwanzstück. Das lange Querstück bildete die Vorderseite, die entlang der Straße lief, mit der Vordertür in der Mitte; es war zwei Stock hoch und umfasste nahezu alle wichtigen Zimmer. Das kurze Schwanzstück, das sich unmittelbar gegenüber der Vordertür nach hinten erstreckte, war einen Stock hoch und enthielt nur zwei lange Räume, deren einer in den anderen führte. Der erste dieser beiden Räume war das Arbeitszimmer, in dem der gefeierte Mr Quinton seine wilden orientalischen Gedichte und Romane schrieb. Der hintere Raum war ein Glashaus voller tropischer Blüten von ganz eigenartiger und fast monströser Schönheit und an Nachmittagen wie diesem vom prangenden Sonnenlicht glühend. So kam es, dass, wenn die Haustür offen stand, mancher Vorüberkommende buchstäblich stehen blieb, um zu starren und zu staunen; denn er blickte durch eine Flucht reicher Wohnräume auf etwas, das wirklich wie die Verwandlungsszene in einem Märchenspiel wirkte: purpurne Wolken und goldene Sonnen und karmesinrote Sterne, gleichzeitig voll sengenden Lebens und doch durchsichtig und fern.

Leonard Quinton, der Dichter, hatte diesen Effekt höchst sorgfältig selbst arrangiert; und es ist zweifelhaft, ob er seine Persönlichkeit je in einem seiner Gedichte so vollkommen verwirklicht hat. Denn er war ein Mann, der Farben trank und in ihnen badete, der seiner Lust auf Farben nachgab bis zur Vernachlässigung der Formen – selbst der guten Formen. Das hatte seinen Genius völlig auf orientalische Kunst und Bildwelt gelenkt; auf jene verwirrenden Teppiche oder blendenden Stickereien, in denen alle Farben in ein glückliches Chaos gestürzt erscheinen, nichts darstellend und nichts lehrend. Er hatte versucht, vielleicht nicht mit vollendetem künstlerischem

Erfolg, aber mit anerkannter Einbildungsgabe und Erfindungskraft, Epen und Liebesgeschichten zu komponieren, die den Tumult greller und selbst grausamer Farben widerspiegelten; Erzählungen von tropischen Himmeln in brennendem Gold oder blutrotem Kupfer; von östlichen Helden, die unter zwölfturbanigen Herrschermitren auf purpurn oder pfauengrün bemalten Elefanten reiten; von riesigen Edelsteinen, die hundert Negersklaven nicht schleppen könnten, die aber in uralten und fremdartig farbigen Feuern glühen.

Kurz (um es auf alltäglichere Weise darzustellen), er befasste sich viel mit orientalischen Himmeln, die schlimmer sind als die meisten westlichen Höllen; mit orientalischen Monarchen, die wir vielleicht Wahnsinnige nennen würden; und mit orientalischen Edelsteinen, die ein Juwelier in der Bond Street (falls die hundert stolpernden Neger sie ihm in den Laden brächten) vielleicht gar nicht als echt ansähe. Quinton war ein Genie, wenn auch ein morbides; und selbst seine Morbidität zeigte sich eher in seinem Leben als in seinem Werk. Vom Temperament her war er schwächlich und launisch, und seine Gesundheit hatte schwer unter orientalischen Versuchen mit Opium gelitten. Seine Frau – eine hübsche, hart arbeitende und in der Tat überarbeitete Frau – widersprach dem Opium, aber widersprach noch sehr viel mehr einem lebenden indischen Eremiten in gelben und weißen Roben, den ihr Gatte bereits vor Monaten bei sich aufgenommen hatte, ein Vergil[45], seinen Geist durch die Himmel und Höllen des Ostens zu geleiten.

Aus diesem Künstlerhaushalt also traten Father Brown und sein Freund vor die Tür; und wenn man nach ihren Gesichtern urteilte, traten sie sehr erleichtert heraus. Flambeau hatte Quinton während wilder Studienzeiten in Paris gekannt, und sie hatten ihre Bekanntschaft während eines Wochenendes erneuert; aber ganz abgesehen von seiner seriösen Entwicklung während der letzten Zeit, kam Flambeau jetzt mit dem Dichter nicht mehr gut aus. Sich mit Opium umzubringen und kleine erotische Verse auf Jungfernpergament zu schreiben entsprach nicht seiner Vorstellung, wie ein Gentleman zum Teufel gehen sollte. Als die beiden auf der Türschwelle stehen blieben, ehe sie einen Spaziergang durch den Garten unternahmen, wurde das vordere Gartentor gewaltsam aufgeschmissen, und ein junger Mann, die Melone in den Nacken geschoben, stolperte in seiner Eilfertigkeit die Stufen herauf. Es war ein liederlich aussehender Jüngling, dessen prunkvoll rote Krawatte völlig zerknittert war, als ob er mit ihr geschlafen hätte, und andauernd focht und schlug er mit einem jener kleinen knotigen Bambusstöckchen um sich.

»Hören Sie«, sagte er atemlos, »ich will den alten Quinton sprechen. Ich muss ihn sprechen. Ist er ausgegangen?«

»Mr Quinton ist zuhause, glaube ich«, sagte Father Brown und säuberte seine Pfeife, »aber ich weiß nicht, ob Sie ihn sprechen können. Im Augenblick ist der Arzt bei ihm.«

Der junge Mann, der wohl nicht ganz nüchtern war, stolperte in die Eingangshalle; und im gleichen Augenblick kam der Doktor aus Quintons Arbeitszimmer, schloss die Tür und begann sich die Handschuhe anzuziehen.

»Mr Quinton sprechen?«, sagte er kühl. »Nein, tut mir leid, können Sie nicht. Tatsächlich dürfen Sie es auf gar keinen Fall. Niemand kann ihn jetzt sprechen; ich habe ihm gerade sein Schlafmittel gegeben.«

»Na, hören Sie mal, alter Knabe«, sagte der Jüngling mit der roten Krawatte und versuchte, den Doktor liebevoll bei den Rockaufschlägen zu packen. »Hören Sie zu. Ich bin einfach völlig blank, sage ich Ihnen. Ich …«

»Hat gar keinen Zweck, Mr Atkinson«, sagte der Doktor und zwang ihn zurückzutreten; »wenn Sie die Wirkung einer Droge ändern können, werde ich meine Entscheidung ändern«, und indem er seinen Hut aufsetzte, trat er hinaus zu den beiden anderen in den Sonnenschein. Er war ein stiernackiger, gutmütiger kleiner Mann mit einem schmalen Schnurrbart, wirkte überaus gewöhnlich und machte dennoch einen fähigen Eindruck.

Der junge Mann mit Melone, der über die allgemeine Idee hinaus, nach den Röcken von Menschen zu grapschen, mit keinerlei Takt im Umgang mit ihnen begabt zu sein schien, stand vor der Tür, so verblüfft, als ob er körperlich hinausgeworfen worden sei, und beobachtete schweigend, wie die anderen drei zusammen durch den Garten von dannen schritten.

»Das war eben eine satte fette Lüge, die ich da erzählt habe«, bemerkte der Arzt lachend. »Tatsächlich wird der arme Quinton sein Schlafmittel erst in einer halben Stunde bekommen. Aber ich will nicht, dass ihn dieser kleine Unhold belästigt, der sich nur Geld leihen will, das er niemals zurückzahlen wird, selbst wenn er könnte. Er ist ein dreckiger kleiner Lump, obwohl er Frau Quintons Bruder ist, und die ist die feinste Frau, die es je gegeben hat.«

»Ja«, sagte Father Brown, »sie ist eine gute Frau.«

»Also schlage ich vor, dass wir uns im Garten herumtreiben, bis dieser Lümmel verschwunden ist«, fuhr der Doktor fort, »und dann werde ich mit der Medizin zu Quinton gehen. Atkinson kann nicht rein, denn ich habe die Tür abgeschlossen.«

»In dem Fall, Dr. Harris«, sagte Flambeau, »können wir ebenso gut hinten um das Gewächshaus herumgehen. Da gibt es zwar keinen Eingang, aber es lohnt sich, das zu sehen, selbst von außen.«

»Ja, und ich könnte einen Blick auf meinen Patienten werfen«, lachte der Doktor, »denn er liebt es, auf einer Ottomane am Ende des Gewächshauses zu liegen, mitten zwischen all den blutroten Weihnachtssternen; ich würde da eine Gänsehaut kriegen. Was machen Sie denn da?«

Father Brown war für einen Augenblick stehen geblieben und hob aus dem hohen Gras, darin es fast völlig verborgen war, ein sonderbar gekrümmtes orientalisches Messer auf, das herrlich mit bunten Steinen und farbigen Metallen eingelegt war.

»Was ist das?«, fragte Father Brown und betrachtete es mit einiger Ablehnung.

»Ach, das gehört wohl Quinton«, sagte Dr. Harris unbekümmert; »er hat haufenweise chinesischen Krimskrams im ganzen Haus. Oder vielleicht gehört es dem sanften Hindu, den er sich an der Leine hält.«

»Welcher Hindu?«, fragte Father Brown, der immer noch auf den Dolch in seiner Hand starrte.

»Ach, irgend so ein indischer Zauberer«, sagte der Doktor leichthin; »natürlich ein Schwindler.«

»Sie glauben also nicht an Magie?«, fragte Father Brown, ohne aufzublicken.

»Blödsinn! Magie!«, sagte der Doktor.

»Es ist sehr schön«, sagte der Priester mit einer leisen träumerischen Stimme; »die Farben sind sehr schön. Aber es hat die falsche Form.«

»Wozu?«, fragte Flambeau und starrte ihn an.

»Zu allem. Es ist die falsche Form an sich. Haben Sie das bei östlicher Kunst nie gespürt? Die Farben sind berauschend lieblich; aber die Formen sind niedrig und schlecht – mit Absicht niedrig und schlecht. Ich habe in einem türkischen Teppich wirklich üble Dinge gesehen.«

»*Mon Dieu!*«, rief Flambeau lachend.

»Da sind Buchstaben und Zeichen in einer Sprache, die ich nicht kenne; aber ich weiß, dass sie für böse Wörter stehen«, fuhr der Priester fort, dessen Stimme leiser und leiser wurde. »Die Linien laufen absichtlich falsch – wie Schlangen, die sich zur Flucht krümmen.«

»Wovon zum Teufel sprechen Sie eigentlich?«, fragte der Doktor mit lautem Lachen.

Flambeau gab ihm ruhig zur Antwort: »Den Father überkommt manchmal diese mystische Wolke«, sagte er; »aber ich kann Ihnen versichern, dass ich ihn nie so gesehen habe, wenn da nicht etwas Böses in der Nähe war.«

»Ach Quatsch!«, sagte der Wissenschaftler.

»Sehen Sie doch nur«, rief Father Brown und hielt das gekrümmte Messer auf Armeslänge, als ob es eine glitzernde Schlange wäre. »Sehen Sie die falsche Form denn nicht? Sehen Sie nicht, dass es keinen gesunden und einfachen Zweck hat? Es hat keine Spitze wie ein Speer. Es schneidet nicht wie eine Sense. Es sieht nicht aus wie eine Waffe. Es sieht aus wie ein Foltergerät.«

»Na schön, da Sie es nicht zu mögen scheinen«, sagte der fröhliche Harris, »sollten wir es lieber seinem Besitzer zurückbringen. Sind wir denn noch nicht am Ende dieses verdammten Gewächshauses? Dies Haus hat die falsche Form, wenn Sie wollen.«

»Sie verstehen nicht«, sagte Father Brown und schüttelte den Kopf. »Die Form dieses Hauses ist sonderbar – sogar lächerlich. Aber da ist nichts *Falsches* an ihm.«

Während sie redeten, kamen sie um die gläserne Rundung, die das Gewächshaus abschloss, eine ununterbrochene Rundung, denn da waren weder Tür noch Fenster, durch die man an jenem Ende hätte eintreten können. Doch das Glas war klar, und die Sonne schien noch hell, obwohl sie bereits unterzugehen begann; und sie konnten nicht nur die flammenden Blüten im Innern sehen, sondern auch die zerbrechliche Gestalt des Dichters, der in einer braunen Samtjacke lässig auf dem Sofa lag, offenbar über einem Buch dösend. Er war ein blasser schlanker Mann mit lockerem braunem Haar und einer Bartkrause, die das Paradox seines Gesichts war, denn der Bart ließ ihn weniger männlich aussehen. Diese Züge waren allen Dreien wohl bekannt; aber selbst wenn es nicht so gewesen wäre, dürfte angezweifelt werden, ob sie ausgerechnet dann auf Quinton geblickt hätten. Ihre Blicke waren auf ein anderes Objekt geheftet.

Mitten auf ihrem Weg stand unmittelbar außerhalb der Endrundung des gläsernen Baues ein großer Mann, dessen Gewandung in makellosem Weiß auf seine Füße wallte und dessen nackter brauner Schädel wie sein

Gesicht und sein Nacken in der untergehenden Sonne schimmernder Bronze gleich glänzte. Er blickte durch das Glas auf den Schläfer und war bewegungsloser als ein Gebirge.

»Wer ist das?«, rief Father Brown, der zurückfuhr und den Atem pfeifend einsog.

»Ach, das ist nur dieser Hindu-Schwindler«, knurrte Harris; »aber ich weiß nicht, was beim Teufel er hier tut.«

»Es sieht aus wie Hypnotismus«, sagte Flambeau und biss sich in den schwarzen Schnurrbart.

»Warum müsst ihr unmedizinischen Kerle nur immer solchen Unfug über Hypnotismus schwatzen?«, rief der Doktor. »Das sieht vielmehr nach Einbruch aus.«

»Auf jeden Fall wollen wir mit ihm sprechen«, sagte Flambeau, der immer für Handlung war. Ein langer Schritt brachte ihn zu der Stelle, wo der Inder stand. Er beugte sich aus seiner großen Höhe herab, die selbst die des Orientalen überragte, und sagte mit gelassener Unverschämtheit:

»Guten Abend, Sir. Was wünschen Sie?«

Ganz langsam, wie ein großes Schiff in den Hafen gleitet, wandte sich das große gelbe Gesicht und blickte schließlich über die weiße Schulter. Es überraschte sie zu sehen, dass die gelben Augenlider wie im Schlaf geschlossen waren. »Danke«, sagte das Gesicht in ausgezeichnetem Englisch. »Ich wünsche nichts.« Dann öffnete er die Lider halb, wie um einen Schlitz schillernden Augapfels zu zeigen, und wiederholte: »Ich wünsche nichts.« Dann öffnete er die Augen weit zu einem erschreckend starren Blick, sagte: »Ich wünsche nichts« und schritt raschelnd in den rasch dunkelnden Garten hinein.

»Christen sind bescheidener«, murmelte Father Brown; »sie wünschen sich was.«

»Was um alles in der Welt hat er da getan?«, fragte Flambeau, runzelte seine schwarzen Brauen und senkte die Stimme.

»Mit Ihnen möchte ich lieber später reden«, sagte Father Brown.

Das Sonnenlicht war noch Wirklichkeit, aber es war das rote Licht des Abends, und die Masse der Gartenbäume und Büsche wurde vor ihm dunkler und dunkler. Sie umrundeten das Ende des Gewächshauses und schritten schweigend die andere Seite entlang, um wieder zur Vordertür zu gelangen. Als sie so dahinschritten, schienen sie etwas in der tieferen Ecke zwischen Arbeitszimmer und Haupthaus aufzuscheuchen, wie man einen Vogel aufscheucht; und wieder sahen sie den weiß gewandeten Fakir aus dem Schatten gleiten und um die Ecke zur Vordertür hin schlüpfen. Zu ihrer Überraschung aber war er nicht allein gewesen. Sie fanden sich plötzlich durch das Auftauchen von Mrs Quinton aufgehalten und gezwungen, ihre Verwirrung zu unterdrücken, wie sie mit ihrem schweren goldenen Haar und dem ehrlichen blassen Gesicht aus dem Zwielicht auf sie zukam. Sie sah ein wenig streng aus, war aber durchaus höflich.

»Guten Abend, Dr. Harris«, war alles, was sie sagte.

»Guten Abend, Mrs Quinton«, sagte der kleine Doktor herzlich. »Ich wollte gerade hineingehen und Ihrem Mann sein Schlafmittel geben.«

»Ja«, sagte sie mit klarer Stimme. »Ich glaube, es ist die richtige Zeit.« Und sie lächelte sie an und verschwand rasch im Haus.

»Die Frau ist überfordert«, sagte Father Brown; »das ist die Art von Frauen, die zwanzig Jahre lang ihre Pflicht und dann etwas Schreckliches tun.«

Der kleine Arzt sah ihn zum ersten Mal mit einem interessierten Blick an. »Haben Sie mal Medizin studiert?«, fragte er.

»Sie müssen vom Geist einiges kennen und den Körper«, antwortete der Priester; »wir müssen vom Körper einiges kennen und den Geist.«

»Nun ja«, sagte der Doktor, »ich glaube, ich werde jetzt reingehen und Quinton sein Zeug geben.«

Sie waren um die Ecke der Vorderfront gebogen und näherten sich dem Vordereingang. Als sie in ihn einbogen, sahen sie den Mann in der weißen Robe zum dritten Mal. Er kam so gerade auf die Eingangstür zu, dass er eigentlich nur aus dem gegenüberliegenden Arbeitszimmer gekommen sein konnte. Aber sie wussten, dass die Tür zum Arbeitszimmer verschlossen war.

Father Brown und Flambeau jedenfalls behielten diesen seltsamen Widerspruch für sich, und Dr. Harris war nicht der Mann, der seine Gedanken auf das Ungewöhnliche verschwendet. Er ließ den allgegenwärtigen Asiaten seinen Abgang nehmen und trat dann energisch in die Halle. Da fand er eine Gestalt vor, die er inzwischen ganz vergessen hatte. Der alberne Atkinson lungerte immer noch herum, summte und porkelte mit seinem knotigen Stock an den Dingen herum. Das Gesicht des Doktors zog sich vor Widerwillen und Entschlossenheit zusammen, und er flüsterte seinen Gefährten rasch zu: »Ich muss die Tür wieder abschließen, sonst kommt diese Ratte noch rein. Aber ich bin in zwei Minuten zurück.«

Er schloss die Tür schnell auf und schloss sie hinter sich wieder ab und blockierte so einen blinden Ansturm des jungen Mannes mit der Melone. Der junge Mann warf sich ungeduldig in einen Stuhl in der Halle. Flambeau betrachtete eine persische Illustration an der Wand; Father Brown, der sich in einem Zustand der Betäubung zu befinden schien, blickte starräugig auf die Tür. Nach etwa vier Minuten wurde die Tür wieder geöffnet. Diesmal war Atkinson schneller. Er sprang vorwärts, hielt die Tür für einen Augenblick auf und schrie: »Hör mal, Quinton, ich brauche …«

Vom anderen Ende des Arbeitszimmers kam die klare Stimme Quintons, in einer Mischung aus Gähnen und müde gellendem Lachen.

»Ich weiß, was du willst. Nimm's dir und lass mich in Frieden. Ich schreibe gerade ein Gedicht über Pfauen.«

Bevor die Tür sich schloss, flog ein halber Sovereign durch die Öffnung; und Atkinson, der vorwärts stolperte, schnappte ihn mit einzigartiger Geschicklichkeit.

»Das ist also erledigt«, sagte der Doktor, schloss grimmig die Tür ab und führte die anderen hinaus in den Garten.

»Der arme Leonard kann jetzt ein bisschen Ruhe finden«, sagte er zu Father Brown; »jetzt ist er mit sich allein für eine oder zwei Stunden eingeschlossen.«

»Ja«, sagte der Priester; »und seine Stimme klang heiter genug, als wir ihn verließen.« Dann sah er sich nachdenklich im Garten um, sah die liederliche Gestalt von Atkinson dastehen und mit dem halben Sovereign in seiner Tasche klimpern, und dahinter im purpurnen Zwielicht die Gestalt des Inders, der auf einer Grasbank steil aufgerichtet saß, sein Gesicht der sinkenden Sonne zugewandt. Da sagte er abrupt: »Wo ist Mrs Quinton?«

»Sie ist hinauf in ihr Zimmer gegangen«, sagte der Doktor. »Das ist ihr Schatten auf der Jalousie.«

Father Brown blickte auf und betrachtete stirnrunzelnd einen dunklen Umriss an dem von Gaslicht erleuchteten Fenster.

»Ja«, sagte er, »das ist ihr Schatten«, und er ging ein oder zwei Schritte weiter und warf sich in einen Gartenstuhl.

Flambeau setzte sich neben ihn; aber der Doktor war eine jener energischen Personen, die ganz natürlich auf ihren Beinen leben. Er wanderte rauchend in die Dämmerung hinein, und die beiden Freunde blieben zusammen zurück.

»Mon Père«, fragte Flambeau, »was ist los mit Ihnen?«

Father Brown schwieg bewegungslos eine halbe Minute, dann sagte er: »Aberglaube ist unreligiös, aber hier liegt irgendetwas in der Luft. Ich glaube, das hat mit dem Inder zu tun – wenigstens teilweise.«

Er versank in Schweigen und beobachtete den fernen Umriss des Inders, der immer noch starr dasaß, wie im Gebet. Zuerst erschien er bewegungslos, aber als Father Brown ihn beobachtete, sah er, dass der Mann sich in einer rhythmischen Bewegung ganz leise hin und her wiegte, ebenso wie die dunklen Baumkronen sich ganz leise hin und her wiegten in dem leichten Wind, der die dämmrigen Gartenpfade entlangkroch und die gefallenen Blätter ein bisschen verschob.

Die Landschaft wurde schnell dunkel, wie vor einem Sturm, aber sie konnten immer noch alle Gestalten an ihren unterschiedlichen Plätzen sehen. Atkinson lehnte mit teilnahmslosem Gesicht an einem Baum; Quintons Frau war immer noch an ihrem Fenster; der Doktor schlenderte um das Ende des Gewächshauses herum, sie konnten seine Zigarre wie ein Irrlicht sehen; und der Fakir saß immer noch starr und doch sich wiegend da, während die Bäume über ihm zu schwanken und fast zu brausen begannen. Mit Sicherheit kam ein Sturm auf.

»Als der Inder mit uns sprach«, fuhr Brown in leichtem Plauderton fort, »hatte ich eine Art Vision, eine Vision von ihm und seinem ganzen Universum. Und doch sagte er nur dreimal das Gleiche. Als er zum ersten Mal sagte ›Ich wünsche nichts‹, bedeutete das lediglich, dass er undurchdringlich sei, dass Asien sich nicht selbst aufgebe. Dann sagte er wiederum ›Ich wünsche nichts‹, und ich wusste, er meinte, dass er sich selbst genüge wie der Kosmos und dass er weder einen Gott brauche noch irgendwelche Sünden anerkenne. Und als er zum dritten Mal sagte ›Ich wünsche nichts‹, da sagte er das mit flammenden Augen. Und ich wusste, dass er buchstäblich meinte, was er sagte; dass nichts sein Begehren und seine Heimat sei; dass er sich nach nichts sehnte wie nach Wein; dass Vernichtung, die reine Zerstörung von allem und jedem …«

Zwei Tropfen Regen fielen; und aus irgendeinem Grunde fuhr Flambeau zusammen und blickte hoch, als hätten sie ihn gestochen. Und im gleichen Augenblick begann der Doktor unten am Ende des Gewächshauses auf sie zuzulaufen und ihnen im Rennen etwas zuzurufen.

Als er wie eine Kanonenkugel zwischen sie schoss, näherte sich der ruhelose Atkinson zufällig der Hausfront; und der Doktor ergriff ihn beim Kragen mit einem krampfigen Griff. »Teufelswerk!«, schrie er, »was hast du ihm angetan, du Hund?«

Der Priester war aufgesprungen und hatte die stählerne Stimme eines kommandierenden Offiziers.

»Keine Schlägerei!«, rief er kühl. »Wir sind genug, um jeden festzuhalten, den wir halten wollen. Was ist los, Doktor?«

»Mit Quinton ist irgendwas nicht in Ordnung«, sagte der Doktor totenblass. »Ich habe ihn gerade durch die Scheiben gesehen, und mir gefällt gar nicht, wie er daliegt. Jedenfalls nicht so, wie ich ihn verlassen habe.«

»Wir wollen zu ihm gehen«, sagte Father Brown kurz. »Sie können Mr Atkinson loslassen. Ich hatte ihn die ganze Zeit im Auge, seit wir Quintons Stimme gehört haben.«

»Ich werde hierbleiben und auf ihn aufpassen«, sagte Flambeau hastig. »Sie gehen rein und sehen nach.«

Der Doktor und der Priester flogen zur Tür des Arbeitszimmers, schlossen sie auf und stürzten in den Raum. Dabei fielen sie fast über den großen Mahagonitisch in der Mitte des Raumes, an dem der Dichter meistens schrieb; denn das Zimmer war nur durch ein kleines Feuer erleuchtet, das für den Kranken brannte. In der Mitte dieses Tisches lag ein einzelnes Blatt Papier, offenkundig absichtlich dort belassen. Der Doktor schnappte es sich, warf einen Blick darauf, reichte es Father Brown, rief: »Großer Gott, sehen Sie sich das an!« und stürzte in den rückwärts liegenden gläsernen Raum, wo die furchtbaren tropischen Blumen eine karmesinfarbene Erinnerung an den Sonnenuntergang zu bewahren schienen.

Father Brown las die Worte dreimal, ehe er das Papier

sinken ließ. Die Worte lauteten: »Ich sterbe von eigener Hand; und dennoch sterbe ich ermordet!« Sie waren in der wirklich unnachahmlichen, um nicht zu sagen unleserlichen Handschrift von Leonard Quinton verfasst.

Dann strebte Father Brown, das Papier immer noch in der Hand, dem Gewächshaus zu, nur um seinem ärztlichen Freund zu begegnen, der mit einem Gesichtsausdruck der Gewissheit und des Entsetzens zurückkam. »Er hat es getan«, sagte Harris.

Sie gingen zusammen durch die prangende unnatürliche Schönheit von Kakteen und Azaleen und fanden Leonard Quinton, Dichter und Romancier, mit von seiner Ottomane herabhängendem Haupt, dessen rote Locken den Boden fegten. In seine linke Seite war der sonderbare Dolch getrieben, den sie im Garten aufgelesen hatten, und seine schlaffe Hand ruhte noch auf dem Griff.

Draußen war der Sturm losgebrochen, wie die Nacht bei Coleridge[46], und Garten und Glasdach verdunkelte der prasselnde Regen. Father Brown schien das Papier aufmerksamer zu studieren als die Leiche; er hielt es dicht vor seine Augen und schien zu versuchen, es im Zwielicht zu lesen. Dann hielt er es gegen das schwache Licht empor, und in diesem Augenblick zuckte ein Blitz daher, so weiß, dass das Papier gegen ihn schwarz erschien.

Dunkelheit voll Donner folgte, und nach dem Donner sagte Father Browns Stimme aus der Dunkelheit: »Doktor, dieses Papier hat die falsche Form.«

»Was meinen Sie?«, fragte Dr. Harris und starrte ihn stirnrunzelnd an.

»Es ist nicht viereckig«, antwortete Brown. »Da ist so

eine Art Rand an der Ecke abgeschnitten. Was bedeutet das?«

»Woher zum Teufel soll ich das wissen?«, brummte der Doktor. »Was meinen Sie, sollen wir diesen armen Kerl nicht aufheben? Er ist mausetot.«

»Nein«, antwortete der Priester; »wir müssen ihn lassen, wie er liegt, und nach der Polizei schicken.« Aber immer noch untersuchte er das Papier.

Als sie durch das Arbeitszimmer zurückgingen, blieb er am Tisch stehen und hob eine kleine Nagelschere auf. »Aha«, sagte er einigermaßen erleichtert; »damit hat er es also getan. Und doch ...« Und er runzelte die Brauen.

»Ach hören Sie doch auf, mit dem Papierfetzen herumzumachen«, sagte der Doktor mit Nachdruck. »Das war eine seiner Marotten. Er hatte deren Hunderte. Er hat sein gesamtes Papier so beschnitten«, und er wies auf einen Stapel unbenutzten Konzeptpapiers auf einem anderen und kleineren Tisch. Father Brown ging hin und nahm ein Blatt auf. Es hatte die gleiche unregelmäßige Form.

»Tatsächlich«, sagte er. »Und hier sehe ich die abgeschnittenen Ecken.« Und zur Empörung seines Kollegen begann er sie zu zählen.

»Stimmt«, sagte er mit einem entschuldigenden Lächeln. »Dreiundzwanzig Blatt und zweiundzwanzig abgeschnittene Ecken. Und da ich sehe, dass Sie ungeduldig sind, wollen wir wieder zu den anderen gehen.«

»Wer soll es seiner Frau sagen?«, fragte Dr. Harris. »Wollen Sie nicht zu ihr gehen und es ihr beibringen, während ich einen Diener zur Polizei schicke?«

»Wie Sie wollen«, sagte Father Brown gleichgültig. Und er ging hinaus zur Tür in der Eingangshalle.

Auch hier fand er ein Drama vor, allerdings eines von der groteskeren Art. Es zeigte nichts Geringeres als seinen riesigen Freund Flambeau in einer Haltung, an die er seit Langem nicht mehr gewöhnt war, während auf dem Gehsteig zu Füßen der Treppe der liebenswerte Atkinson mit den Beinen in der Luft strampelte und Melone und Spazierstöckchen in entgegengesetzte Richtungen den Gehsteig entlang davonflogen. Atkinson war schließlich Flambeaus fast väterlicher Obsorge müde geworden und hatte sich unterfangen, ihn niederzuschlagen, wobei mit dem König der Apachen[47] zu spielen kein leichtes Unterfangen war, selbst nicht nach der Abdankung dieses Monarchen.

Flambeau setzte gerade an, sich erneut auf seinen Gegner zu werfen und ihn von Neuem zu packen, als der Priester ihm leicht auf die Schulter klopfte.

»Schließen Sie Frieden mit Mr Atkinson, mein Freund«, sagte er. »Bittet euch gegenseitig um Vergebung und sagt ›Gute Nacht‹. Wir brauchen ihn nicht länger festzuhalten.« Nachdem aber Atkinson sich einigermaßen misstrauisch erhoben und Hut und Stock an sich gerafft hatte und zum Gartentor ging, fragte Father Brown mit ernsterer Stimme: »Wo ist dieser Inder?«

Alle drei (denn der Doktor hatte sich ihnen angeschlossen) wandten sich unwillkürlich der verschwommenen Grasbank mitten zwischen den rauschenden, im Dämmerlicht purpurnen Bäumen zu, wo sie den braunen Mann zuletzt sich in seinen fremdartigen Gebeten wiegend gesehen hatten. Der Inder war verschwunden.

»Hol ihn der Teufel«, sagte der Doktor und stampfte wütend auf. »Jetzt weiß ich, dass es der schwarze Kerl getan hat.«

»Ich dachte, Sie glaubten nicht an Zauberei«, sagte Father Brown ruhig.

»Tu ich auch nicht«, sagte der Doktor und rollte die Augen. »Ich weiß nur, dass ich den gelben Teufel schon verabscheute, als ich noch dachte, er sei ein falscher Zauberer. Und ich werde ihn noch mehr verabscheuen, wenn ich zu der Überzeugung kommen sollte, dass er ein wirklicher ist.«

»Dass er verschwunden ist, bedeutet nichts«, sagte Flambeau. »Denn wir hätten ihm nichts beweisen und nichts gegen ihn unternehmen können. Man kann der Ortspolizei schlecht mit einer Geschichte von Selbstmord, herbeigeführt durch Zauberei oder Autosuggestion, kommen.«

Inzwischen war Father Brown ins Haus gegangen, um der Frau des Toten die Neuigkeit zu überbringen.

Als er wieder herauskam, sah er bleich und ergriffen aus; doch was sich zwischen ihnen bei jener Unterredung abgespielt hat, ist nie bekannt geworden, selbst nachdem alles bekannt geworden war.

Flambeau, der sich ruhig mit dem Doktor unterhielt, war überrascht, seinen Freund so rasch wieder neben sich auftauchen zu sehen; aber Brown nahm das nicht zur Kenntnis, sondern zog lediglich den Doktor auf die Seite. »Sie haben doch nach der Polizei geschickt, oder?«, fragte er.

»Ja«, sagte Harris. »Sie müssen in etwa zehn Minuten hier sein.«

»Wollen Sie mir einen Gefallen tun?«, sagte der Priester ruhig. »Die Wahrheit ist, dass ich solche sonderbaren Geschichten sammle, welche oftmals wie im Fall unseres

Hindu-Freundes Elemente enthalten, die man schlecht in einen Polizeibericht schreiben kann. Nun möchte ich, dass Sie mir zu meiner privaten Verwendung einen Bericht über diesen Fall schreiben. Ihr Beruf erfordert Klugheit«, sagte er und sah dem Arzt ernst und stetig ins Gesicht. »Ich meine manchmal, dass Sie bestimmte Einzelheiten dieses Falles kennen, die zu erwähnen Sie nicht für zweckmäßig gehalten haben. Mein Beruf ist ein verschwiegener wie der Ihre, und ich werde alles, was Sie mir aufschreiben, streng vertraulich behandeln. Aber schreiben Sie alles auf.«

Der Doktor, der den Kopf ein bisschen zur Seite geneigt und nachdenklich zugehört hatte, sah dem Priester für einen Augenblick ins Gesicht und sagte: »In Ordnung«, und ging ins Arbeitszimmer, dessen Tür er hinter sich schloss.

»Flambeau«, sagte Father Brown, »da steht eine Bank auf der Veranda, wo wir vor dem Regen geschützt rauchen können. Sie sind mein einziger Freund auf Erden, und jetzt möchte ich mit Ihnen reden. Oder vielleicht mit Ihnen schweigen.«

Sie machten es sich auf der Verandabank bequem; Father Brown nahm gegen seine sonstige Gewohnheit eine gute Zigarre an und rauchte sie stetig und schweigend, während der Regen das Verandadach kreischen und klappern machte.

»Mein Freund«, sagte er schließlich, »das ist ein sehr sonderbarer Fall. Ein sehr sonderbarer Fall.«

»Das scheint mir auch so«, sagte Flambeau mit einem leichten Schaudern.

»Sie nennen ihn sonderbar, und ich nenne ihn sonderbar«, sagte der andere, »und doch meinen wir ganz gegensätzliche Dinge. Der moderne Verstand verwechselt dauernd zwei verschiedene Ideen: Geheimnis im Sinn des Wundersamen, und Geheimnis im Sinn des Komplizierten. Das ist die halbe Schwierigkeit mit Wundern. Ein Wunder ist verblüffend; aber es ist einfach. Es ist einfach, weil es ein Wunder *ist.* Es ist Macht, die direkt von Gott (oder vom Teufel) kommt und nicht indirekt durch die Natur oder den menschlichen Willen. Nun glauben Sie, dass dies hier wundersam ist, weil es ein Wunder ist, weil es Zauberei ist, die ein teuflischer Inder beging. Verstehen Sie wohl, ich sage nicht, dass es nicht geistig oder teuflisch ist. Himmel und Hölle allein wissen, durch welche Einflüsse der Umgebung fremdartige Sünder ins Leben der Menschen geraten. In diesem Fall aber ist meine Meinung folgende: Wenn es reine Magie war, wie Sie glauben, dann ist das wundersam; aber es ist nicht geheimnisvoll – das heißt, nicht kompliziert. Das Wesen eines Wunders ist geheimnisvoll, aber seine Art ist einfach. Nun war aber die Art dieses Falles das Gegenteil von einfach.«

Der Sturm, der für eine Weile abgeflaut war, schien wieder zuzunehmen, und von fernher kam ein schweres Rollen wie von schwachem Donner. Father Brown ließ die Asche seiner Zigarre fallen und fuhr fort:

»Dieser Vorfall ist«, sagte er, »von verdrehtem, hässlichem, komplexem Wesen, das weder den direkten Schlägen des Himmels noch denen der Hölle zu eigen ist. Wie man die krumme Spur einer Schnecke erkennt, erkenne ich die krumme Spur eines Menschen.«

Der weiße Blitz öffnete für ein Blinzeln sein riesiges

Auge, der Himmel schloss sich wieder, und der Priester fuhr fort:

»Von allen diesen krummen Dingen war das krummste die Form jenes Stücks Papier. Sie war krummer als die Form des Dolches, der ihn tötete.«

»Sie meinen das Papier, auf dem Quinton seinen Selbstmord bekannte«, sagte Flambeau.

»Ich meine das Papier, auf das Quinton ›Ich sterbe von eigener Hand‹ geschrieben hat«, antwortete Father Brown. »Die Form dieses Papiers, mein Freund, war die falsche Form; die falsche Form, wenn ich je eine in dieser bösen Welt gesehen habe.«

»Es war doch nur eine Ecke abgeschnitten«, sagte Flambeau, »und soviel ich weiß, war alles Papier von Quinton auf diese Art beschnitten.«

»Das war eine sehr befremdliche Art«, sagte der andere, »und für meinen Geschmack und mein Gefühl eine sehr üble Art. Sehen Sie, Flambeau, dieser Quinton – Gott möge seine Seele in Gnaden aufnehmen! – war vielleicht in gewisser Hinsicht ein bisschen ein Lumpenhund, aber er war wirklich ein Künstler, mit dem Zeichenstift wie mit der Feder. Seine Handschrift war, obwohl schwer zu lesen, kühn und schön. Ich kann nicht beweisen, was ich sage; ich kann überhaupt nichts beweisen. Aber ich sage Ihnen aus felsenfester Überzeugung, dass er nie imstande gewesen wäre, dieses gemeine Stückchen von einem Papierblatt abzuschneiden. Wenn er sich das Papier zu irgendeinem Zweck hätte zurechtschneiden wollen, damit es passt oder fürs Binden oder für was auch immer, dann hätte er mit der Schere einen ganz anderen Schnitt gemacht. Erinnern Sie sich an die Form? Es war eine gemeine Form. Es war eine falsche Form. Wie das hier. Erinnern Sie sich nicht?«

Und mit seiner glühenden Zigarre machte er vor sich in der Dunkelheit so schnelle unregelmäßige Vierecke, dass Flambeau sie wie glühende Hieroglyphen auf der Dunkelheit sehen konnte – Hieroglyphen wie jene, von denen sein Freund gesprochen hatte, die unentzifferbar sind, aber keine gute Bedeutung haben können.

»Aber«, sagte Flambeau, als der Priester die Zigarre wieder in den Mund steckte, sich zurücklehnte und an die Decke starrte, »angenommen, jemand anders benutzte die Schere. Warum sollte jemand anders Quinton dazu bringen, Selbstmord zu begehen, indem er Stückchen von seinem Konzeptpapier abschnitt?«

Father Brown lehnte immer noch zurück und starrte an die Decke, aber er nahm die Zigarre aus dem Mund und sagte: »Quinton hat niemals Selbstmord begangen.«

Flambeau starrte ihn an. »Zum Teufel«, rief er; »warum hat er denn dann den Selbstmord gestanden?«

Der Priester lehnte sich vornüber, stützte die Ellbogen auf die Knie, blickte zu Boden und sagte mit leiser deutlicher Stimme: »Er hat niemals den Selbstmord gestanden.«

Flambeau legte seine Zigarre hin. »Sie meinen«, sagte er, »dass das Schriftstück gefälscht war?«

»Nein«, sagte Father Brown; »Quinton hat es schon selbst geschrieben.«

»Was wollen Sie denn dann?«, sagte Flambeau ärgerlich; »Quinton schrieb mit eigener Hand: ›Ich sterbe von eigener Hand‹ auf ein einfaches Stück Papier.«

»Von falscher Form«, sagte der Priester ruhig.

»Verdammte Form!«, rief Flambeau. »Was hat die Form damit zu tun?«

»Da lagen dreiundzwanzig Blatt beschnittenes Papier«, machte Brown ungerührt weiter, »aber nur zweiundzwanzig abgeschnittene Ecken. Also war eine der abgeschnittenen Ecken zerstört worden, vermutlich die von dem beschriebenen Blatt. Sagt Ihnen das was?«

Verständnis leuchtete in Flambeaus Gesicht auf, und er sagte: »Quinton hatte noch mehr geschrieben, ein paar weitere Wörter. ›Man wird sagen, ich sterbe von eigner Hand‹, oder ›Glaubt nicht, ich …‹«

»Immer heißer, wie die Kinder sagen«, sagte sein Freund. »Aber das Stückchen war kaum einen halben Zoll breit; kein Platz für ein Wort, geschweige denn für fünf. Können Sie sich etwas kaum Größeres als ein Komma denken, was der Mann mit der Hölle im Herzen als Zeugnis wider sich wegschneiden musste?«

»Ich kann mir nichts denken«, sagte Flambeau schließlich.

»Und was ist mit Anführungszeichen?«, sagte der Priester und schleuderte seine Zigarre weit weg ins Dunkel wie eine Sternschnuppe.

Kein Wort kam aus des anderen Mannes Mund, und Father Brown sagte wie jemand, der aufs Grundsätzliche zurückkommt:

»Leonard Quinton war ein Romancier, und er schrieb an einem orientalischen Roman über Zauberwesen und Hypnotismus. Er …«

In diesem Augenblick wurde die Tür hinter ihnen energisch geöffnet, und der Doktor kam heraus, den Hut auf dem Kopf. Er drückte dem Priester einen großen Umschlag in die Hand.

»Hier ist das Dokument, das Sie haben wollten«, sagte er, »und jetzt muss ich nachhause. Gute Nacht.«

»Gute Nacht«, sagte Father Brown, als der Doktor energisch zum Gartentor schritt. Er hatte die Vordertür offen gelassen, sodass ein Strahl des Gaslichtes auf sie fiel. In diesem Licht öffnete Brown den Umschlag und las die folgenden Worte:

Lieber Father Brown – Vicisti, Galilaee![48] *Oder anders, verflucht seien Ihre Augen, die alles so sehr durchschauen. Kann es denn möglich sein, dass hinter dem Zeugs, was Sie verzapfen, doch etwas steckt?*

Ich bin ein Mann, der seit seiner Knabenzeit an die Natur geglaubt hat und an alle natürlichen Funktionen und Instinkte, egal ob man sie moralisch oder unmoralisch nennt. Lange bevor ich Arzt wurde, als ich noch Schuljunge war und mir Mäuse und Spinnen hielt, glaubte ich schon, dass ein gutes Tier zu sein das Beste auf Erden sei. Doch jetzt bin ich darin erschüttert; ich habe an die Natur geglaubt; aber jetzt sieht es so aus, als könne die Natur den Menschen verraten. Kann in Ihrem Humbug doch etwas stecken? Mir scheint, ich werde morbide. Ich liebte Quintons Frau. Was war daran falsch? Die Natur befahl es mir, und Liebe ist es, die die Welt in Gang hält. Auch war ich ehrlich der Überzeugung, dass sie mit einem sauberen Tier wie mir glücklicher sein würde als mit jenem kleinen verrückten Quälgeist. Was war daran falsch? Ich sah als Mann der Wissenschaft lediglich den Tatsachen ins Gesicht. Sie wäre glücklicher gewesen. Nach meinem eigenen Glauben stand es mir völlig frei, Quinton zu töten, was für

alle das Beste war, selbst für ihn. Aber als gesundes Tier hatte ich nicht die Absicht, mich selbst zu töten. Ich entschloss mich daher, es niemals zu tun, es sei denn, dass ich eine Möglichkeit sähe, damit ungestraft davonzukommen. Diese Möglichkeit sah ich heute Morgen.
Ich war heute insgesamt dreimal in Quintons Arbeitszimmer. Als ich das erste Mal hineinging, wollte er über nichts anderes reden als über eine verrückte Geschichte von Zauberei mit dem Titel ›Der Fluch eines Heiligen‹, an der er schrieb und die sich nur darum drehte, wie ein indischer Einsiedler einen englischen Oberst dazu bringt, sich selbst zu töten, indem er an ihn denkt. Er zeigte mir die letzten Seiten und las mir sogar den letzten Absatz vor, der ungefähr so lautete: ›Der Eroberer des Punjab, nur mehr ein gelbes Skelett, aber immer noch ein Riese, schaffte es, sich auf den Ellenbogen aufzurichten und seinem Neffen ins Ohr zu keuchen: »Ich sterbe von eigener Hand; und dennoch sterbe ich ermordet!« *Nun hatte es sich durch einen Zufall aus hundert ergeben, dass diese letzten Worte auf den Kopf eines neuen Blattes geschrieben waren. Ich verließ das Zimmer und ging hinaus in den Garten, vergiftet von einer fürchterlichen Möglichkeit.*
Wir wanderten um das Haus herum, und es geschahen zwei weitere Dinge zu meinen Gunsten. Sie misstrauten dem Inder, und Sie fanden einen Dolch, wie ihn ein Inder am wahrscheinlichsten verwenden würde. Ich ergriff die Gelegenheit, steckte ihn in die Tasche, ging zurück in Quintons Arbeitszimmer und gab ihm sein Schlafmittel. Er war absolut dagegen, mit Atkinson auch nur zu sprechen, aber ich bestand darauf, dass

er rufe und den Burschen beruhige, denn ich wollte einen eindeutigen Beweis dafür, dass Quinton noch am Leben war, als ich den Raum zum zweiten Mal verließ. Quinton legte sich im Gewächshaus nieder, und ich kam durch das Arbeitszimmer heraus. Ich habe geschickte Hände, und so hatte ich in anderthalb Minuten getan, was ich tun wollte. Ich hatte den ganzen ersten Teil von Quintons Roman in den Kamin geworfen, wo er zu Asche verbrannte. Dann sah ich, dass das mit den Anführungszeichen nicht ging, also schnitt ich sie ab und beschnitt, um es wahrscheinlicher zu machen, den ganzen Stoß auf die gleiche Weise. Dann kam ich mit dem Wissen heraus, dass Quintons Bekenntnis seines Selbstmordes auf dem vorderen Tisch lag, während Quinton dahinter im Gewächshaus lag, am Leben, wenn auch schlafend.

Der letzte Akt war ziemlich verzweifelt; Sie können sich das vorstellen: Ich gab vor, Quinton tot liegen gesehen zu haben, und rannte in seinen Raum. Ich hielt Sie mit dem Papier auf und, da ich ein Mann mit schnellen Händen bin, tötete Quinton, während Sie sich sein Selbstmordbekenntnis ansahen. Er war betäubt im Halbschlaf, und so legte ich seine eigene Hand auf den Dolch und trieb ihn ihm in den Leib. Das Messer war von so eigenartiger Form, dass nur ein Chirurg den genauen Winkel berechnen konnte, in dem es sein Herz erreichen würde. Ich frage mich, ob Sie das bemerkt haben.

Als ich es getan hatte, geschah etwas Außerordentliches. Die Natur verließ mich. Mir wurde übel. Ich fühlte mich, als hätte ich etwas Falsches getan. Ich glaube, mein Gehirn versagt; ich fühle eine Art verzweifelten Vergnügens beim Gedanken daran, dass ich die Sache jemandem erzählt habe; dass ich sie nicht allein zu tragen habe, wenn ich heirate und Kinder habe. Was ist mit mir los? … Wahnsinn … oder kann jemand Reue empfinden, wie in den Gedichten von Byron[49]! Ich kann nicht weiterschreiben.

James Erskine Harris.

Father Brown faltete den Brief sorgfältig zusammen und verwahrte ihn in seiner Brusttasche, als von der Gartenglocke ein lautes Läuten erscholl und die nassen Regenmäntel von mehreren Polizisten in der Straße draußen erglänzten.

Die Ehre des Israel Gow

Ein stürmischer Abend in Olivgrün und Silber brach an, als Father Brown in einen grauen schottischen Plaid gehüllt an das Ende eines grauen schottischen Tales gelangte und die eigenartige Burg Glengyle erblickte. Sie verschloss das eine Ende der Schlucht oder des Hohlwegs wie eine Sackgasse und sah aus wie das Ende der Welt. Sie stieg in steilen Dächern und Spitztürmen aus seegrünem Schiefer nach Art der alten französisch-schottischen Schlösser empor und erinnerte einen Engländer an die unheimlichen Kirchturmhüte der Hexen in Märchen; und die Föhren, die um die grünen Türme wogten, sahen im Vergleich so schwarz wie zahllose Rabenschwärme aus. Dieser Anflug verträumter, fast verschlafener Teufelei war keine bloße Laune der Landschaft. Denn über der Stätte lagerte eine jener Wolken aus Stolz und Wahnsinn und rätselvoller Trauer, die schwerer über den Adelshäusern Schottlands lagern als über irgendwelchen anderen Menschenkindern. Denn Schottland erhielt eine doppelte Dosis jenes Giftes, das man Vererbung nennt; den Sinn des Aristokraten fürs Blut und den Sinn des Calvinisten fürs Schicksal.

Der Priester hatte sich für einen Tag von seinen Geschäften in Glasgow weggestohlen, um seinen Freund Flambeau zu treffen, den Amateurdetektiv, der auf Burg

Glengyle gemeinsam mit einem anderen offizielleren Beamten Leben und Tod des verblichenen Earl of Glengyle untersuchte. Diese geheimnisvolle Persönlichkeit war der letzte Vertreter einer Rasse gewesen, die Tapferkeit, Wahnsinn und gewalttätige Hinterlist selbst unter dem finsteren Adel ihrer Nation im 16. Jahrhundert schrecklich gemacht hatten. Niemand steckte tiefer in jenem Labyrinth des Ehrgeizes, in der Kammer innerhalb der Kammer jenes Palastes aus Lügen, den man um Maria, die Königin der Schotten, errichtet hatte.

Ein Spruch, der in jener Gegend umging, bezeugte Ursache und Folgen ihrer Umtriebe eindeutig:

Was grüner Saft für das Wachsen der Bäume
War rotes Gold für der Ogilvies Träume.

Während vieler Jahrhunderte hatte es niemals einen redlichen Herrn auf Burg Glengyle gegeben; und als das viktorianische Zeitalter anbrach, hätte man meinen sollen, dass alle Exzentrizitäten erschöpft seien. Der Letzte derer von Glengyle aber wurde den Traditionen seines Stammes dergestalt gerecht, dass er das Einzige tat, was ihm zu tun übriggeblieben war: Er verschwand. Damit meine ich nicht, dass er ins Ausland ging; allen Berichten zufolge befand er sich immer noch in der Burg, wenn er sich überhaupt noch irgendwo befand. Aber obwohl sich sein Name im Kirchenbuch befand und im Register des Hochadels, hat niemand ihn je unter der Sonne gesehen.

Falls überhaupt jemand ihn sah, war es ein einsamer Diener, ein Mittelding zwischen Stallknecht und Gärtner. Er war so taub, dass die Geschäftsmäßigeren ihn für stumm hielten, während die Tieferblickenden ihn für schwachsinnig erklärten. Ein hagerer rothaariger Arbeiter, mit mächtigem Kiefer und Kinn und ausdruckslosen Augen; er hörte auf den Namen Israel Gow und war der einzige, schweigende Dienstbote auf jenem verlassenen Besitz. Aber die Energie, mit der er Kartoffeln ausbuddelte, und die Regelmäßigkeit, mit der er in der Küche verschwand, vermittelten den Leuten den Eindruck, dass er für die Mahlzeiten eines Höhergestellten sorgte und sich der merkwürdige Earl immer noch in der Burg barg. Und wenn die Gesellschaft noch eines weiteren Beweises bedurft hätte, dass er sich dort aufhielt, so reichte die hartnäckige Behauptung des Dienstboten, dass er nicht zuhause sei.

Eines Morgens wurden der Ortsvorsteher und der Prediger (denn die Glengyles waren Presbyterianer) auf die Burg gerufen. Dort stellten sie fest, dass der Gärtner, Stallknecht und Koch seinen vielen Berufen noch den weiteren eines Leichenbestatters hinzugefügt und seinen noblen Herrn in einen Sarg genagelt hatte. Wie viele oder wie wenige weitere Untersuchungen diese eigenartige Tatsache begleiteten, war bisher noch nicht klar erkennbar; denn der Vorgang war nie juristisch untersucht worden, bis Flambeau vor zwei oder drei Tagen in den Norden gekommen war. Da aber ruhte der Leichnam von Lord Glengyle (wenn es denn sein Leichnam war) bereits seit einiger Zeit in dem kleinen Friedhof auf dem Hügel.

Als Father Brown den dunklen Garten durchschritt und in den Schatten der Burg geriet, waren die Wolken schwer und die Luft feucht und gewitterschwül. Vor dem letzten Streifen des grüngoldenen Sonnenuntergangs sah er eine schwarze menschliche Silhouette; einen Mann mit einem Zylinder, der einen großen Spaten geschultert hatte. Diese Zusammenstellung erinnerte merkwürdig an einen Totengräber; als Brown sich aber an den stummen Knecht erinnerte, der Kartoffeln ausgrub, fand er es natürlich genug. Er wusste einiges über den schottischen Bauern; er wusste von seiner Achtbarkeit, die es verlangen mochte, zu einer amtlichen Untersuchung »schwarz« zu tragen; er wusste auch von der Sparsamkeit, die deswegen keine Stunde weniger graben würde. Sogar das Stutzen des Mannes und sein misstrauisches Starren, als der Priester vorbeiging, entsprachen der Wachsamkeit und dem Argwohn dieses Menschenschlags.

Flambeau selbst, der in Begleitung eines mageren Mannes mit stahlgrauen Haaren und Papieren in den Händen war, Inspektor Craven von Scotland Yard, öffnete ihm die große Tür. Die Eingangshalle war größtenteils kahl und leer; aber die fahlen höhnischen Gesichter von einem oder zwei der verruchten Ogilvies blickten herab aus schwarzen Perücken und sich schwärzenden Leinwänden.

Als Father Brown den Verbündeten in einen der inneren Räume folgte, sah er, dass sie an einem langen Eichentisch gesessen hatten, davon ihr Ende mit beschriebenen Papieren bedeckt war, flankiert von Whisky und Zigarren. Die gesamte übrige Fläche war bedeckt mit einzelnen Gegenständen, die in Abständen angeordnet waren; so unerklärlichen Gegenständen, wie Gegenstände nur sein können. Ein Gegenstand sah aus wie ein kleines Häufchen glitzernden zerbrochenen Glases. Ein anderer sah aus wie ein hoher Haufen braunen Staubes. Ein Dritter schien ein einfacher Holzstock zu sein.

»Sie scheinen hier eine Art von geologischem Museum

zu haben«, sagte er, als er sich niederließ, und ruckte mit dem Kopf kurz in die Richtung des braunen Staubes und der kristallinen Bruchstücke.

»Kein geologisches Museum«, erwiderte Flambeau; »sagen Sie lieber ein psychologisches Museum.«

»Oh, um Gottes willen«, rief der Polizeidetektiv lachend, »wir wollen doch erst gar nicht mit so langen Wörtern anfangen.«

»Wissen Sie denn nicht, was Psychologie bedeutet?«, fragte Flambeau mit freundlichem Erstaunen. »Psychologie bedeutet, es rappelt im Karton.«

»Ich kann immer noch nicht ganz folgen«, erwiderte der Beamte.

»Na schön«, sagte Flambeau entschieden. »Was ich meine, ist, dass wir über Lord Glengyle nur eines herausgefunden haben. Er war irre.«

Die schwarze Silhouette von Gow mit Zylinder und Spaten glitt, undeutlich gegen den dunkelnden Himmel umrissen, am Fenster vorbei. Father Brown starrte sie unbewegt an und antwortete:

»Ich kann ja verstehen, dass da irgendwas Sonderbares um den Mann war, denn sonst hätte er sich nicht lebendig begraben – und auch nicht so eine Eile gehabt, sich tot begraben zu lassen. Aber was lässt Sie denken, er wäre ein Irrsinniger gewesen?«

»Na gut«, sagte Flambeau; »dann hören Sie sich nur mal die Liste der Gegenstände an, die Craven im Haus gefunden hat.«

»Dazu brauchen wir eine Kerze«, sagte Craven plötzlich. »Ein Sturm kommt auf, und es ist schon zu dunkel zum Lesen.«

»Haben Sie unter Ihren Sonderbarkeiten«, fragte Brown lächelnd, »irgendwelche Kerzen gefunden?«

Flambeau hob sein ernstes Gesicht und richtete seine dunklen Augen auf den Freund.

»Das ist auch seltsam«, sagte er. »Fünfundzwanzig Kerzen und keine Spur von einem Kerzenhalter.«

In dem sich schnell verdunkelnden Zimmer ging Brown bei dem sich schnell verstärkenden Wind am Tisch entlang da hin, wo ein Bündel Wachskerzen zwischen den anderen Ausstellungsbruchstücken lag. Dabei beugte er sich zufällig über den Haufen rotbraunen Staubes; und ein scharfes Niesen zerbrach die Stille.

»Hallo!«, sagte er. »Schnupftabak!«

Er nahm eine der Kerzen, zündete sie sorgfältig an, kam zurück und steckte sie in den Hals der Whiskyflasche. Die unruhige Nachtluft, die durch das zerbrochene Fenster fuhr, ließ die lange Kerzenflamme wie ein Banner wehen. Und rings um die Burg konnte man die schwarzen Föhren Meilen über Meilen wie eine schwarze See um den Felsen rauschen hören.

»Ich will das Verzeichnis verlesen«, begann Craven ernst und hob eines der Papiere auf, »ein Verzeichnis von dem, was wir zusammenhanglos und unerklärlich in der Burg fanden. Sie müssen wissen, dass die Burg fast ausgeräumt und vernachlässigt ist; ein oder zwei Räume sind aber von jemandem in einem einfachen, aber keineswegs ärmlichen Stil bewohnt worden; jemand, der nicht der Knecht Gow war. Hier ist die Liste:

Erstens. Ein sehr beachtlicher Hort wertvoller Steine, fast alles Diamanten, und alle lose, ohne jede Fassung. Selbstverständlich ist es nur natürlich, dass die Ogilvies

Familienschmuck besaßen; nun sind dies genau die Schmucksteine, die fast immer in besondere Fassungen eingesetzt werden. Die Ogilvies aber scheinen sie lose wie Kupfermünzen in den Taschen getragen zu haben.

Zweitens. Haufen über Haufen loser Schnupftabak, nicht etwa in einer Büchse oder auch nur in einem Beutel, sondern in losen Haufen auf den Wandsimsen, auf der Anrichte, auf dem Piano, überall. Es hat den Anschein, als ob der alte Herr sich nicht die Mühe machen wollte, in einer Tasche zu suchen oder einen Deckel aufzuklappen.

Drittens. Hier und da im Haus sonderbare kleine Häufchen aus winzigen Metallteilen, manche in der Form von Stahlfedern und andere in der von mikroskopischen Rädchen. Als ob man irgendein mechanisches Spielzeug auseinandergenommen hätte.

Viertens. Die Wachskerzen, die man in Flaschenhälse stecken muss, weil nichts anderes da ist, sie hineinzustecken.

Nun bitte ich Sie zu beachten, wie viel sonderbarer all dieses ist als das, was wir erwartet haben. Auf das Haupträtsel waren wir vorbereitet; wir haben alle auf den ersten Blick gesehen, dass mit dem letzten Earl irgendetwas nicht in Ordnung war. Wir kamen hierher, um herauszufinden, ob er wirklich hier lebte, ob er wirklich hier starb, ob jene rothaarige Vogelscheuche, die ihn begrub, etwas damit zu tun hat, dass er starb. Stellen Sie sich von mir aus die übelste all dieser Möglichkeiten vor, die finsterste oder melodramatischste Lösung nach Belieben. Stellen Sie sich vor, der Diener tötete wirklich den Herrn, oder stellen Sie sich vor, der Herr ist nicht wirklich tot, oder stellen Sie sich den Herrn als Diener verkleidet vor, oder stellen Sie sich den Diener an der Stelle des Herrn begraben vor; erfinden Sie sich welche Tragödie auch immer im Stil von Wilkie Collins[50], aber dann haben Sie immer noch nicht eine Kerze ohne Kerzenhalter erklärt, oder warum ein älterer Herr aus gutem Hause gewohnheitsmäßig Schnupftabak auf dem Piano verstreuen sollte. Den Kern der Geschichte können wir uns vorstellen; es sind die Ränder, die rätselvoll sind. Selbst die wildeste Phantasie des menschlichen Geistes kann Schnupftabak und Diamanten und Wachs und loses Uhrwerk nicht miteinander verbinden.«

»Ich glaube, ich sehe die Verbindung«, sagte der Priester. »Dieser Glengyle hasste die Französische Revolution. Er war begeisterter Anhänger des *ancien régime*, und deshalb versuchte er, das Familienleben der letzten Bourbonen buchstäblich nachzuspielen. Er hatte Schnupftabak, denn das war der Luxus des 18. Jahrhunderts; Wachskerzen, denn sie waren die Beleuchtung des 18. Jahrhunderts; die mechanischen Eisenstückchen stellen die Uhrmacherei von Ludwig XVI. dar[51]; die Diamanten sind für das Halsband Marie Antoinettes bestimmt.«

Die beiden anderen Männer starrten ihn mit aufgerissenen Augen an. »Welch eine vollkommen ungewöhnliche Idee!«, rief Flambeau. »Glauben Sie wirklich, dass das die Wahrheit ist?«

»Ich bin absolut sicher, dass sie das nicht ist«, antwortete Father Brown, »nur sagten Sie, dass niemand Schnupftabak und Diamanten und Uhrwerk und Kerzen in eine Beziehung bringen könnte. Ich habe Ihnen eine solche Beziehung aus dem Ärmel geschüttelt. Die wirkliche Wahrheit liegt mit Sicherheit tiefer.«

Er schwieg einen Augenblick und lauschte dem Heulen des Windes um die Türme. Dann sagte er: »Der verblichene Earl of Glengyle war ein Dieb. Er lebte ein zweites und dunkleres Leben als ein zu allem entschlossener Einbrecher. Er hatte keine Kerzenhalter, weil er die Kerzen nur kurz geschnitten in seinen Laternen verwendete. Den Schnupftabak verwendete er wie die wildesten französischen Verbrecher den Pfeffer: um ihn plötzlich in großen Mengen einem Häscher oder Verfolger ins Gesicht zu schleudern. Der letzte Beweis aber ist das eigenartige Zusammentreffen von Diamanten und kleinen Stahlrädern. Damit wird Ihnen doch wohl alles klar? Diamanten und kleine Stahlräder sind die beiden einzigen Instrumente, mit denen man eine Glasscheibe ausschneiden kann.«

Der Zweig einer geknickten Föhre peitschte im Sturm schwer gegen die Fensterscheibe hinter ihnen, wie eine Parodie auf einen Einbrecher, aber sie sahen sich nicht um. Ihre Augen hafteten an Father Brown.

»Diamanten und kleine Räder«, wiederholte Craven nachdenklich. »Ist das alles, was Sie denken lässt, das wäre die richtige Erklärung?«

»Ich glaube nicht, dass das die richtige Erklärung ist«, erwiderte der Priester gelassen; »aber Sie haben behauptet, niemand könne diese vier Dinge miteinander verbinden. Die wirkliche Geschichte ist natürlich viel langweiliger. Glengyle fand wertvolle Steine auf seinem Besitz, oder glaubte es wenigstens. Jemand hat ihn mit diesen losen Diamanten getäuscht und behauptet, man habe sie in den Burgkellern gefunden. Die kleinen Räder sind irgendein Diamantenschneidegerät. Er konnte die Sache nur sehr grob und in kleinem Maßstab durchführen, mit der Hilfe einiger Schäfer oder anderer rauer Burschen aus diesen Hügeln. Schnupftabak ist der einzige große Luxus dieser schottischen Schäfer; er ist der einzige Stoff, mit dem man sie bestechen kann. Sie hatten keine Kerzenhalter, weil sie keine brauchten; sie hielten die Kerzen in den eigenen Händen, wenn sie die Burghöhlen durchforschten.«

»Und das ist alles?«, fragte Flambeau nach einer Pause. »Sind wir damit endlich an die nüchterne Wahrheit geraten?«

»O nein«, sagte Father Brown.

Als der Wind in den fernsten Föhren mit einem langen spöttischen Heulen erstarb, fuhr Father Brown mit völlig unbewegtem Gesicht fort:

»Ich habe das nur vorgebracht, weil Sie behaupteten, niemand könne glaubwürdig Schnupftabak mit Uhrwerken oder Kerzen mit Edelsteinen verbinden. Zehn falsche Philosophien passen aufs Universum; zehn falsche Theorien passen auf Burg Glengyle. Wir aber wollen die wirkliche Erklärung für Burg und All. Gibt es keine anderen Beweisstücke?«

Craven lachte, und Flambeau stand lächelnd auf und wanderte den langen Tisch entlang.

»Fünftens, sechstens, siebtens usw.«, sagte er, »sind bei Weitem vielfältiger als erhellend. Eine sonderbare Sammlung nicht von Bleistiften, sondern von Bleiminen aus Bleistiften. Ein sinnloser Bambusstock mit einem ziemlich zersplitterten Ende. Der könnte das Instrument des Verbrechens sein. Nur gibt es kein Verbrechen. Die einzigen anderen Gegenstände sind einige alte Messbücher und kleine katholische Bilder, die die Ogilvies wohl seit dem Mittelalter aufgehoben haben – ihr Familienstolz war eben stärker als ihr Puritanismus. Wir haben sie nur deshalb ins Museum aufgenommen, weil sie seltsam zerschnitten und entstellt sind.«

Der ungestüme Sturm draußen trieb schauerliche Wolkenwracks über Glengyle dahin und stürzte den langen Raum in Dunkelheit, als Father Brown die kleinen illuminierten Seiten aufnahm, um sie zu untersuchen. Er sprach, bevor der Zug der Dunkelheit vorüber war; aber es war die Stimme eines völlig neuen Mannes.

»Mr Craven«, sagte er und sprach wie ein zehn Jahre jüngerer Herr, »Sie haben doch eine gesetzliche Vollmacht, hinzugehen und das Grab zu untersuchen, oder? Je eher wir das tun, umso besser, damit wir dieser scheußlichen Geschichte auf den Grund kommen. Wenn ich Sie wäre, würde ich jetzt gehen.«

»Jetzt«, wiederholte der überraschte Detektiv, »und warum jetzt?«

»Weil dies ernst ist«, antwortete Brown; »hier geht es nicht mehr um verschütteten Schnupftabak oder lose Kiesel, die aus hunderterlei Gründen umherliegen können. Ich kenne nur einen Grund dafür, dass *das* gemacht wird; und dieser Grund reicht hinab bis an die Wurzeln der Welt. Diese religiösen Bilder sind nicht einfach beschmutzt oder zerrissen oder verkritzelt, wie das aus Müßiggang oder Bigotterie geschehen kann, durch Kinder oder durch Protestanten. Diese wurden sehr sorgfältig behandelt – und sehr eigenartig. Überall da, wo der große verzierte Eigenname Gottes in diesen alten Illuminationen vorkommt, ist er sehr sorgsam herausgeschnitten worden. Das Einzige andere, was herausgeschnitten wurde, ist der Heiligenschein um den Kopf des Jesuskindes. Deshalb sage ich: Nehmen wir unsere Vollmacht und unseren Spaten und unsere Hacke und gehen hinauf und öffnen den Sarg.«

»Was genau meinen Sie?«, fragte der Londoner Beamte.

»Ich meine«, antwortete der kleine Priester, und seine Stimme schien im Röhren des Sturmes lauter zu werden, »ich meine, dass der große Teufel des Universums vielleicht gerade jetzt oben auf dem höchsten Turm dieser Burg hockt, gewaltig groß wie hundert Elefanten und brüllend wie die Apokalypse. Irgendwo auf dem Grund dieses Falles ist schwarze Magie.«

»Schwarze Magie«, wiederholte Flambeau mit leiser Stimme, denn er war zu aufgeklärt, als dass er nicht von diesen Dingen gewusst hätte; »was aber können diese anderen Dinge bedeuten?«

»Oh, sicherlich irgendetwas Verdammungswürdiges, vermute ich«, sagte Brown ungeduldig. »Woher soll ich das wissen? Wie sollte ich denn all ihre Irrwege hienieden erraten können? Vielleicht kann man aus Schnupftabak und Bambusrohr ein Folterinstrument machen. Vielleicht gieren Wahnsinnige nach Wachs und Stahlspänen. Vielleicht kann man aus Bleistiftminen eine Wahnsinn-Droge herstellen! Unser kürzester Weg in dieses Geheimnis ist der den Hügel hinauf zum Grab.«

Seine Gefährten merkten kaum, dass sie gehorchten, und folgten ihm, bis eine Bö des Nachtwindes sie im Garten fast auf ihre Gesichter niederwarf. Und dennoch hatten sie ihm wie Automaten gehorcht; denn Craven fand ein Beil in seiner Hand und die Vollmacht in seiner Tasche; Flambeau trug den schweren Spaten des seltsamen Gärtners; Father Brown trug das kleine goldene Buch, aus dem der Name Gottes gerissen worden war.

Der Pfad hügelan zum Friedhof war gewunden, doch kurz; nur im Druck des Windes erschien er mühsam und lang. So weit das Auge blicken konnte, und weiter und weiter, je höher sie am Hang hochstiegen, wogten Meere und Meere von Föhren, die nun unterm Wind sich alle in eine Richtung bogen. Und diese allgemeine Bewegung erschien ebenso nutzlos, wie sie grenzenlos war, so nutzlos, als ob jener Wind dahinwehe über einen unbevölkerten und nutzlosen Planeten. Durch all jenen unendlichen Wuchs graublauer Wälder sang schrill und hoch die uralte Trauer, die im Herzen aller heidnischen Dinge ist. Man konnte sich einbilden, dass die Stimme aus der Unterwelt des unermesslichen Laubwerks die Schreie der verlorenen und wandernden heidnischen Götter seien: von Göttern, die diesen irrationalen Wald durchstreiften und nie mehr ihren Weg zurück in den Himmel finden.

»Wissen Sie«, sagte Father Brown mit leiser, aber entspannter Stimme, »die Schotten waren, schon ehe es Schottland gab, ein sonderbares Volk. Eigentlich sind sie immer noch ein sonderbares Volk. Aber in prähistorischen Zeiten haben sie wohl tatsächlich Dämonen verehrt. Und deshalb«, fügte er freundlich hinzu, »sagt ihnen auch die puritanische Theologie so zu.«

»Mein Freund«, fragte Flambeau und wandte sich fast zornig um, »was bedeutet denn all dieser Schnupftabak?«

»Mein Freund«, erwiderte Brown mit gleicher Ernsthaftigkeit, »alle echten Religionen kennzeichnet eines: ihr Materialismus. Und Teufelsanbetung ist eine wahrlich echte Religion.«

Sie hatten das grasige Haupt des Hügels erreicht, eine der wenigen kahlen Stellen, die sich aus dem krachenden und röhrenden Föhrenwald erhoben. Ein billiger Zaun, teils aus Holz und teils aus Draht, klapperte im Sturm und wies ihnen die Grenze des Friedhofs. Als aber Inspektor Craven endlich die Ecke des Grabes erreicht und Flambeau seinen Spaten, Spitze nach unten, abgesetzt und sich daraufgestützt hatte, waren sie beide fast ebenso wackelig wie der wackelige Zaun aus Holz und Draht. Zu Füßen des Grabes wuchsen große hohe Disteln, grau und silbern in ihrem Verfall. Manchmal, wenn sich ein Ball aus Distelwolle im Winddruck löste und an ihm vorbeiflog, zuckte Craven zusammen, als wäre es ein Pfeil.

Flambeau trieb das Blatt seines Spatens durch das zischelnde Gras in die nasse Erde darunter. Dann schien er innezuhalten und sich darauf zu stützen wie auf einen Stab.

»Weiter«, sagte der Priester sehr sanft. »Wir versuchen nur, die Wahrheit herauszufinden. Wovor haben Sie Angst?«

»Davor, sie zu finden«, sagte Flambeau.

Der Londoner Detektiv sprach plötzlich mit einer hohen krähenden Stimme, die eine fröhliche Gesprächsstimme sein sollte. »Ich frage mich, warum er sich wirklich so versteckt hat. Irgendwas Übles, nehme ich an; war er ein Aussätziger?«

»Schlimmer als das«, sagte Flambeau.

»Und was stellen Sie sich vor«, fragte der andere, »könnte schlimmer sein als aussätzig?«

»Ich stelle es mir nicht vor«, sagte Flambeau.

Er grub während einiger scheußlicher Minuten schweigend weiter und sagte dann mit erstickter Stimme: »Ich fürchte, der hier hat nicht die richtige Form.«

»Die hatte auch jenes Stück Papier nicht«, sagte Father Brown ruhig, »und wir haben sogar das Stück Papier überlebt.«

Flambeau grub in blindem Eifer weiter. Aber der Sturm hatte die erstickenden grauen Wolken beiseitegeschoben, die an den Hügeln hingen wie Rauch, und graue Felder schwachen Sternenlichtes enthüllt, ehe Flambeau den Umriss eines rohen Holzsargs frei gelegt und den irgendwie auf den Rasen gekippt hatte. Craven trat mit seiner Axt hervor; eine Distelspitze berührte ihn, und er fuhr zusammen. Dann trat er entschlossener vor und hackte und hebelte mit ebensolchem Eifer wie Flambeau drauflos, bis der Deckel abgesprengt war und alles, was da war, schimmernd im grauen Sternenlicht lag.

»Knochen«, sagte Craven, und dann fügte er hinzu: »aber das ist ja ein Mann«, als ob das etwas Unerwartetes wäre.

»Ist er«, fragte Flambeau mit einer Stimme, die seltsam auf und nieder schwankte, »ist er in Ordnung?«

»Scheint so«, sagte der Beamte heiser und beugte sich über das undeutliche verfaulende Skelett in der Kiste. »Einen Augenblick.«

Ein mächtiger Schauder überlief Flambeaus riesige Gestalt. »Wenn ich jetzt darüber nachdenke«, rief er, »warum im Namen des Wahnsinns sollte er nicht in Ordnung sein? Was packt einen Mann in diesen verfluchten kalten Bergen? Ich glaube, das ist die schwarze hirnlose Gleichförmigkeit; all diese Wälder, und über allem das uralte Grauen des Unbewussten. Das ist wie der Traum eines Atheisten. Föhren und noch mehr Föhren und millionenmal mehr Föhren …«

»Um Gottes willen!«, schrie der Mann am Sarg. »Er hat ja keinen Kopf.«

Während die anderen erstarrten, zeigte der Priester zum ersten Mal das Zusammenzucken der Betroffenheit.

»Keinen Kopf!«, wiederholte er. *»Keinen Kopf?«*, als hätte er eher irgendeinen anderen Mangel erwartet.

Halb verrückte Vorstellungen von einem kopflosen Säugling, geboren zu Glengyle, von einem kopflosen Jüngling, der sich in der Burg verbarg, von einem kopflosen Mann, der jene alten Hallen oder jenen üppigen Garten durchschritt, zogen wie ein Panorama durch ihren Sinn. Aber nicht einmal in diesem erstarrten Augenblick schlug diese Saga Wurzeln in ihnen oder schien einen Sinn zu ergeben. Sie standen und lauschten den lauten Wäldern und dem heulenden Himmel, töricht wie erschöpfte Tiere. Denken schien etwas Ungeheures zu sein, das plötzlich ihrem Zugriff entschlüpft war.

»Da stehen also drei kopflose Männer«, sagte Father Brown, »rund um das offene Grab.«

Der blasse Detektiv aus London öffnete den Mund, um zu reden, und ließ ihn wie der Dorftrottel offen stehen, während ein lang gezogener Schrei des Windes den Himmel zerriss; dann blickte er auf die Axt in seinen Händen, als ob sie nicht zu ihm gehöre, und ließ sie fallen.

»Father«, sagte Flambeau mit jener kindlichen, ernsten Stimme, die er nur selten benutzte, »was sollen wir tun?«

Die Antwort seines Freundes kam mit der explosiven Promptheit eines gelösten Schusses.

»Schlafen!«, rief Father Brown. »Schlafen. Wir haben

das Ende des Weges erreicht. Wisst ihr, was Schlaf ist? Wisst ihr, dass jeder Mensch, der schläft, an Gott glaubt? Schlaf ist ein Sakrament; denn er ist ein Akt des Glaubens, und er ist Nahrung. Und wir brauchen ein Sakrament, auch wenn es nur ein natürliches ist. Uns ist widerfahren, was Menschen sehr selten widerfährt; vielleicht das Schlimmste, was ihnen widerfahren kann.«

Cravens geöffnete Lippen näherten sich einander, um zu fragen: »Was meinen Sie?«

Der Priester wandte sein Gesicht der Burg zu, als er antwortete: »Wir haben die Wahrheit gefunden; und die Wahrheit ergibt keinen Sinn.«

Er schritt ihnen voraus den Pfad hinab mit einem stürmischen und rücksichtslosen Schritt, der an ihm sehr selten war, und als sie die Burg erreicht hatten, warf er sich mit der Unschuld eines Hundes in den Schlaf.

Trotz seines mystischen Lobgesangs auf den Schlummer war Father Brown eher auf als alle anderen, mit Ausnahme des schweigsamen Gärtners; und ward aufgefunden, wie er eine große Pfeife schmauchte und jenen Fachmann bei seiner wortlosen Arbeit im Küchengarten beobachtete. Gegen Tagesanbruch hatte der rüttelnde Sturm in rauschendem Regen geendet, und der Tag kam mit eigenartiger Frische. Der Gärtner schien sogar gesprochen zu haben, aber beim Anblick der Detektive pflanzte er seinen Spaten mürrisch in ein Beet, sagte irgendwas über sein Frühstück, schlurfte die Kohlkopfreihen entlang und schloss sich in der Küche ein.

»Ein wertvoller Mensch, das«, sagte Father Brown. »Er pflegt die Kartoffeln ganz erstaunlich. Aber«, fügte er mit leidenschaftsloser Nachsicht hinzu, »er hat seine

Fehler; wer von uns hat die nicht? Er hat dieses Beet nicht ganz regelmäßig umgegraben. Da zum Beispiel«, und er stampfte plötzlich auf eine Stelle. »Wegen dieser Kartoffel habe ich wirklich meine Bedenken.«

»Und warum?«, fragte Craven, den das neue Steckenpferd des kleinen Mannes erheiterte.

»Ich habe meine Bedenken«, sagte der andere, »weil der alte Gow selbst seine Bedenken hatte. Er stach mit seinem Spaten methodisch in jede Stelle bis auf diese. Also muss genau hier eine mächtig feine Kartoffel stecken.«

Flambeau zog den Spaten heraus und trieb ihn ungestüm in die Stelle hinein. Er hob mit einer Ladung Erde etwas heraus, das nicht wie eine Kartoffel aussah, sondern eher wie ein monströser Pilz mit übergroßem Hut. Aber es traf den Spaten mit einem kalten Klicken; es rollte dahin wie ein Ball und grinste zu ihnen auf.

»Der Earl of Glengyle«, sagte Brown traurig und blickte bedrückt auf den Schädel hinab.

Dann, nach einem Augenblick des Nachdenkens, nahm er Flambeau den Spaten weg und sagte: »Wir müssen ihn wieder verstecken«, und packte ihn in die Erde. Danach stützte er seinen kleinen Körper mit dem mächtigen Kopf auf den großen Griff des Spatens, der fest in der Erde stak, und seine Augen waren leer und seine Stirn war voller Falten. »Wenn man nur«, murmelte er, »die Bedeutung dieser letzten Monstrosität begreifen könnte.« Und indem er sich über den großen Spatengriff lehnte, verbarg er seinen Kopf in den Händen, wie man das in der Kirche tut.

Der Himmel leuchtete an allen Ecken in Blau und Silber auf; die Vögel zwitscherten in den winzigen Gartenbäumen; das schien so laut, als sprächen die Bäume selber. Aber die drei Männer waren schweigsam genug.

»Na, ich jedenfalls geb's auf«, sagte Flambeau schließlich heftig. »Mein Gehirn und diese Welt passen nicht zusammen; und das ist alles. Schnupftabak, zerstörte Gebetbücher und das Innere von Musikautomaten – was ...«

Brown warf seine zerquälte Stirn zurück und pochte mit einer für ihn sehr ungewöhnlichen Unduldsamkeit auf den Spatengriff. »O pah, pah, pah!«, rief er. »Das alles ist so klar wie Kloßbrühe. Ich habe den Schnupftabak und das Uhrwerk und all das begriffen, als ich heute Morgen die Augen aufschlug. Und danach hab ich das mit dem alten Gow geklärt, dem Gärtner, der weder so stumm noch so dumm ist, wie er zu sein vorgibt. Bei den losen Dingen fehlt nichts. Und beim zerrissenen Messbuch hab ich mich auch geirrt; da ist nichts Schlimmes. Aber diese letzte Angelegenheit. Gräber zu schänden und toter Männer Köpfe zu stehlen – da steckt doch sicherlich Schlimmes drin? Da steckt doch sicher schwarze Magie drin? Das passt doch nicht in die einfache Geschichte vom Schnupftabak und den Kerzen.« Und wieder schritt er auf und ab und rauchte mürrisch.

»Mein Freund«, sagte Flambeau mit grimmem Humor, »Sie müssen mit mir vorsichtig umgehen und sich daran erinnern, dass ich einstmals ein Verbrecher war. Der große Vorteil jenes Zustandes war, dass ich die Geschichte immer selbst entwarf und sie so schnell spielte, wie es mir gefiel. Dieses Herumlungern, wie es das Geschäft des Detektivs verlangt, ist für meine französische Ungeduld zu viel. Während meines ganzen Lebens habe ich, gut oder nicht, alles sofort erledigt; ich habe meine

Duelle immer am nächsten Morgen gefochten; ich habe meine Rechnungen immer pünktlich bezahlt; ich habe nicht mal einen Besuch beim *Zahnarzt* aufgeschoben …«

Father Brown fiel die Pfeife aus dem Mund und zerbrach auf dem Kiesweg in drei Stücke. Er stand da und rollte mit den Augen, das wahre Abbild eines Schwachsinnigen. »Gott, was bin ich für ein Dummkopf!«, wiederholte er immer wieder. »Gott, was für ein Dummkopf!« Dann begann er in einer fast trunkenen Weise zu lachen.

»Der Zahnarzt!«, wiederholte er. »Sechs Stunden im geistigen Abgrund, und alles nur, weil ich nie an den Zahnarzt gedacht habe! So ein einfacher, so ein schöner und friedvoller Gedanke! Freunde, wir haben die Nacht in der Hölle verbracht; aber jetzt ist die Sonne aufgegangen, die Vögel jubilieren, und der strahlende Umriss des Zahnarztes tröstet die Welt.«

»Und ich werde den Sinn herauskriegen«, rief Flambeau und stürmte vor, »selbst wenn ich die Foltern der Inquisition anwenden muss.«

Father Brown unterdrückte, was eine momentane Neigung zu sein schien, auf dem jetzt sonnenbestrahlten Rasen zu tanzen, und rief Mitleid erheischend wie ein Kind: »Ach lasst mich doch ein bisschen albern sein. Ihr wisst nicht, wie unglücklich ich war. Und jetzt weiß ich, dass es in dieser Geschichte überhaupt keine schwere Sünde gibt. Nur ein bisschen Verrücktheit, vielleicht – und wen stört das schon?«

Er wirbelte einmal herum und sah sie dann ernsthaft an.

»Dies ist nicht die Geschichte eines Verbrechens«, sagte er; »es ist vielmehr die Geschichte einer sonderbaren und verdrehten Redlichkeit. Wir haben es mit dem vermutlich einzigen Mann auf Erden zu tun, der nicht mehr genommen hat, als ihm zustand. Dies ist eine Studie der wilden Lebenslogik, die immer schon die Religion seiner Rasse war.

Jener alte Spruch der Gegend über das Haus der Glengyle

Was grüner Saft für das Wachsen der Bäume
War rotes Gold für der Ogilvies Träume

ist ebenso wörtlich gemeint wie bildlich. Er bedeutet nicht nur, dass die Glengyles nach Reichtum trachteten; es war ebenso wahr, dass sie buchstäblich Gold horteten; sie besaßen eine große Sammlung von Schmuck und Gerätschaften aus diesem Metall. Sie waren tatsächlich Geizhälse, deren Wahn diese Form annahm. Nun gehen Sie im Lichte dieser Tatsache einmal all die Dinge durch, die wir in der Burg gefunden haben. Diamanten ohne ihren goldenen Ring; Kerzen ohne ihre goldenen Kerzenhalter; Schnupftabak ohne goldene Schnupftabakdosen; Bleistiftminen ohne die goldenen Stifte; einen Spazierstock ohne seinen goldenen Knauf; Uhrwerke ohne ihre goldenen Uhren – oder besser Taschenuhren. Und wie verrückt es auch klingt, weil die Heiligenscheine und der Name Gottes in den alten Messbüchern aus reinem Gold waren, wurden auch sie entfernt.«

Der Garten schien heller zu werden, das Gras fröhlicher in der stärkenden Sonne zu wachsen, als die verrückte Wahrheit erzählt war. Flambeau zündete sich eine Zigarette an, als sein Freund fortfuhr.

»Wurden entfernt«, berichtete Father Brown weiter, »wurden entfernt – aber nicht gestohlen. Diebe hätten dieses Geheimnis nie ungelüftet gelassen. Diebe hätten die goldenen Schnupftabakdosen, den Schnupftabak und alles geklaut; die goldenen Stifte, die Bleistiftminen und alles. Wir haben es mit einem Menschen zu tun, der ein eigenartiges Gewissen hat, aber gewiss ein Gewissen. Ich habe diesen verrückten Moralisten heute Morgen in jenem Küchengarten gefunden, und ich habe die ganze Geschichte gehört.

Der verblichene Archibald Ogilvie kam von allen je auf Glengyle Geborenen einem guten Menschen am nächsten. Aber seine bittere Tugend wandelte sich zur Menschenfeindlichkeit; er grämte sich über die Unredlichkeit seiner Vorfahren und verallgemeinerte daraus eine Unredlichkeit aller Menschen. Insbesondere aber misstraute er jeglicher Menschlichkeit oder Freigebigkeit; und er schwor: Wenn er einen Mann fände, der nur nehme, was ihm exakt zustehe, dann solle der alles Gold der Glengyles haben. Nachdem er so der Menschheit den Fehdehandschuh hingeworfen hatte, schloss er sich ein, ohne auch nur im Mindesten zu erwarten, dass er eine Antwort darauf erhielte. Eines Tages aber brachte ihm ein tauber und scheinbar schwachsinniger Bursche aus einem entfernten Dorf ein verspätetes Telegramm; und Glengyle gab ihm in ätzendem Hohn einen funkelnagelneuen Farthing[52]. Zumindest bildete er sich das ein, aber als er seine Münzen zählte, war der neue Farthing noch da und ein Sovereign verschwunden. Dieser Zwischenfall bot ihm weite Aussichten auf zynische Überlegungen. Der Bursche würde auf jeden Fall die schmierige Gierigkeit der Art beweisen. Entweder würde er verschwinden, der Dieb einer Münze; oder er würde tugendsam mit ihr zurückgekrochen kommen, der Heuchler in Erwartung einer Belohnung. Mitten in der Nacht wurde Lord Glengyle aus seinem Bett gepocht – denn er lebte allein – und musste dem tauben Schwachsinnigen die Tür öffnen. Der Schwachsinnige brachte ihm nicht etwa den Sovereign, sondern exakt neunzehn Schilling, elf Pence und drei Farthings Wechselgeld.

Die wilde Korrektheit dieses Tuns erfasste das Hirn des verrückten Lords wie Feuer. Er schwor, dass er Diogenes sei, der lange einen ehrlichen Menschen gesucht und schließlich einen gefunden habe. Er verfasste ein neues Testament, das ich gesehen habe. Er nahm den buchstäblichen Knaben in sein weitläufiges vernachlässigtes Haus auf und erzog ihn sich zu seinem einzigen Dienstboten und – in einer eigentümlichen Weise – zu seinem Erben. Und was immer dieses absonderliche Geschöpf verstehen mag, es verstand vollkommen die beiden fixen Ideen seines Herrn: erstens, dass der Buchstabe des Gesetzes alles ist; und zweitens, dass er das Gold der Glengyles erben solle. So weit, so gut: und so weit ist auch alles einfach. Er hat das Haus von Gold entblößt und nicht ein Gramm genommen, das kein Gold war; nicht so viel wie ein Gramm Schnupftabak. Er hob selbst das Blattgold einer alten Illumination ab und war vollkommen zufrieden, dass er den Rest unzerstört ließ. Alles das habe ich verstanden; aber ich konnte diese Geschichte mit dem Schädel nicht verstehen. Der menschliche Kopf, zwischen Kartoffeln vergraben, bedrückte mich wirklich. Es machte mir Sorgen – bis Flambeau das Wort sagte.

Jetzt wird alles in Ordnung kommen. Er wird den Schädel zurück ins Grab bringen, sobald er das Gold aus dem Zahn genommen hat.«

Und wirklich, als Flambeau an jenem Morgen den Hügel überquerte, sah er jenes sonderbare Wesen, den gerechten Geizhals, wie er an dem geschändeten Grab grub, den Schal um den Hals im Bergwind flatternd, den nüchternen Zylinder auf dem Kopf.

Die Sünden des Prinzen Saradine

Als Flambeau sich seinen Monat Ferien von seinem Büro in Westminster nahm, nahm er ihn in einem kleinen Segelboot, so klein, dass es die meiste Zeit als Ruderboot verbrachte. Er nahm ihn darüber hinaus auf kleinen Flüssen in den östlichen Grafschaften, so schmalen Flüssen, dass das Boot aussah wie ein Zauberboot, das über Land durch Weiden und Getreidefelder segelt. Das Schiffchen war für gerade zwei Personen bequem; es hatte Platz nur für das Notwendige, und Flambeau hatte es mit solchen Dingen beladen, die seine persönliche Philosophie als notwendig erachtete. Sie beschränkten sich allem Anschein nach auf vier Wesentlichkeiten: Büchsen mit Lachs, falls er essen wollte; geladene Revolver, falls er kämpfen wollte; eine Flasche Weinbrand, vermutlich für den Fall, dass er in Ohnmacht fallen sollte; und einen Priester, vermutlich für den Fall, dass er sterben sollte. Mit diesem leichten Gepäck kroch er die winzigen Flüsse Norfolks hinab in der Absicht, schließlich die Broads[53] zu erreichen, aber in der Zwischenzeit erfreute er sich an den überhängenden Gärten und Weiden, den gespiegelten Herrenhäusern oder Dörfern, lungerte in Tümpeln und Ecken zum Fischen herum und nahm gewissermaßen das Ufer in die Arme.

Wie ein wahrer Philosoph hatte Flambeau während

seiner Ferien kein Ziel; aber wie ein wahrer Philosoph hatte er eine Ausrede. Er hatte eine Art von Halbzweck, den er gerade wichtig genug nahm, dass Erfolg die Ferien krönen, doch wieder auch so leicht, dass Misserfolg sie nicht stören würde. Vor vielen Jahren, als er noch König der Diebe und die berühmteste Erscheinung in Paris war, hatte er oft wilde Zuschriften der Zustimmung, der Verurteilung, selbst der Liebe erhalten; eine davon war auf irgendeine Weise in seiner Erinnerung haften geblieben. Sie bestand einfach aus einer Visitenkarte in einem Umschlag mit englischer Briefmarke. Auf der Rückseite der Karte stand in Französisch und grüner Tinte geschrieben:

Falls Sie sich je zur Ruhe setzen und ehrbar werden, kommen Sie und besuchen Sie mich. Ich möchte Sie kennenlernen, denn ich habe alle anderen großen Männer meiner Zeit kennengelernt. Jener Trick von Ihnen, den einen Detektiv dazu zu bewegen, den anderen zu verhaften, war die herrlichste Szene der französischen Geschichte.

Auf der Vorderseite der Karte war in der formellen Art eingeprägt:

Prinz Saradine, Schilfhaus, Schilfinsel, Norfolk.

Damals hatte er sich nicht viel um den Prinzen gekümmert, sondern nur festgestellt, dass er in Süditalien ein glänzender Weltmann gewesen war. In seiner Jugend, hieß es, war er mit einer verheirateten Frau hohen Standes durchgegangen; die Eskapade hatte in seinen Gesellschaftskreisen kaum Aufsehen erregt, aber sie war in der Erinnerung der Leute durch eine mit ihr verbundene Tragödie verblieben: den angeblichen Selbstmord des beleidigten Ehemannes, der sich offenbar in Sizilien eine steile Klippe hinuntergestürzt hatte. Danach lebte der Prinz einige Zeit lang in Wien, aber seine letzten Jahre schienen in ständigem und rastlosem Reisen vergangen zu sein. Nachdem Flambeau nun, wie der Prinz auch, den Ruhm Europas verlassen und sich in England niedergelassen hatte, war es ihm in den Sinn gekommen, dass er diesem hervorragenden Exilanten in den Broads von Norfolk einen Überraschungsbesuch abstatten könnte. Er hatte keine Ahnung, ob er den Ort finden würde; und wahrlich war er dazu klein und vergessen genug. Aber wie sich herausstellen sollte, fand er ihn viel früher als erwartet.

Eines Abends hatten sie ihr Boot unter einem Ufer festgemacht, das sich in langem Gras und kurz gekappten Bäumen verbarg. Schlaf war nach schwerem Rudern früh zu ihnen gekommen, und einem entsprechenden Zufall zufolge erwachten sie, bevor es hell war. Um genauer zu sein, sie erwachten vor Tagesanbruch; denn ein großer zitronengelber Mond versank gerade erst in dem Wald aus hohem Gras zu ihren Häuptern, und der Himmel war von einem lebendigen Blauviolett – nächtlich, aber hell. Beiden Männern kamen gleichzeitig Erinnerungen an ihre Kindheit, an die Zeit der Elfen und Abenteuer, als sich hohe Gräser über ihnen wie Wälder schlössen. So gegen den großen niedrigen Mond sahen die Gänseblümchen aus wie riesige Gänseblümchen, die Löwenzähne wie riesige Löwenzähne. Irgendwie erinnerte sie das an die Bilderstreifen auf den Kinderzimmertapeten.

Die Ebbe im Flussbett reichte aus, sie unter die Wurzeln aller Büsche und Blumen sinken und zu den Gräsern aufschauen zu lassen.

»Bei Gott!«, sagte Flambeau; »das ist wie im Märchenland.«

Father Brown setzte sich im Boot kerzengerade auf und bekreuzigte sich. Seine Bewegung war so jäh, dass sein Freund ihn mit einem milden Erstaunen fragte, was denn los sei.

»Die Leute, die die mittelalterlichen Balladen schrieben«, antwortete der Priester, »wussten mehr über Märchenwesen als Sie. Im Märchenland ereignen sich nicht nur nette Dinge.«

»Ach Unfug!«, sagte Flambeau. »Unter so einem unschuldigen Mond können sich nur nette Dinge ereignen. Ich bin dafür, dass wir weiterfahren und nachsehen, was da wirklich ist. Wir könnten sterben und vermodern, ehe wir noch einmal einen solchen Mond oder eine solche Stimmung erleben.«

»In Ordnung«, sagte Father Brown. »Ich habe nie gesagt, dass es immer falsch ist, ins Märchenland zu gehen. Ich habe nur gesagt, dass es immer gefährlich ist.«

Langsam ruderten sie den erwachenden Fluss hinan; das glühende Violett des Himmels und das blasse Gold des Mondes wurden schwächer und schwächer und verblassten in jenen weiten farblosen Kosmos, der den Farben der Morgendämmerung vorangeht. Als die ersten schwachen Streifen aus Rot und Gold und Grau den Horizont von einem Ende zum anderen spalteten, brachen sie sich an der schwarzen Masse einer Stadt oder eines Dorfes, die gerade vor ihnen über dem Fluss hockte. Es herrschte bereits ein leichtes Zwielicht, in dem alle Dinge sichtbar waren, als sie unter den überhängenden Dächern und den Brücken dieser Ufersiedlung ankamen. Die Häuser mit ihren langen, niedrigen, krummen Dächern schienen wie große graue und rotbunte Kühe zum Fluss hinabzusteigen, um zu trinken. Das heller und weißer werdende Licht der Dämmerung hatte sich bereits in volles Tageslicht verwandelt, ehe sie das erste Lebewesen auf Ufern oder Brücken dieser schweigenden Stadt sahen. Schließlich sahen sie einen sehr gelassenen und behäbigen Mann in Hemdsärmeln, mit einem Antlitz so rund wie der jüngst versunkene Mond und mit rötlichen Bartstrahlen um seinen unteren Bogen, der sich auf einen Pfosten über der trägen Strömung stützte. Aus einem nicht erklärbaren Impuls heraus erhob Flambeau sich in dem schwankenden Boot zu seiner vollen Höhe und rief den Mann an, ob er die Schilfinsel oder das Schilfhaus kenne. Das Lächeln des behäbigen Mannes wuchs noch um einiges in die Breite, und er wies einfach den Fluss hinauf in Richtung seiner nächsten Krümmung. Flambeau fuhr wortlos weiter.

Das Boot umrundete viele grasige Ecken und befuhr viele schilfige und schweigende Flussstrecken; ehe aber die Suche anfing langweilig zu werden, schwangen sie sich um eine besonders scharfe Krümmung und liefen in das Schweigen einer Art Teich oder See ein, dessen Anblick sie instinktiv anhalten ließ. Denn inmitten dieser weiten Wasserfläche, die ringsum von Binsen eingefasst war, lag ein langes niedriges Inselchen, auf dem sich ein langes niedriges Haus hinzog, ein Bungalow, aus Bambus erbaut oder aus irgendeinem anderen zähen Tropenholz.

Die senkrechten Bambusstangen, die die Wände bildeten, waren blassgelb, die schrägen Stangen, die das Dach bildeten, waren von dunklerem Rot oder Braun, im Übrigen war das lange Haus ein einförmiges und eintöniges Ding. Die frühe Morgenbrise raschelte im Ried rund um das Inselchen und sang auf dem sonderbar gerippten Haus wie auf einer riesigen Panflöte.

»Bei Gott!«, schrie Flambeau. »Endlich am Ziel! Das hier ist die Schilfinsel, wenn es je eine gegeben hat. Hier ist das Schilfhaus, wenn es das überhaupt irgendwo gibt. Ich glaube, der fette Mann mit der Bartkrause war eine Fee.«

»Vielleicht«, merkte Father Brown unparteiisch an. »Wenn er eine war, dann war er eine böse Fee.«

Aber während er noch sprach, hatte der ungeduldige Flambeau sein Boot im rauschenden Ried ans Ufer gelegt, und sie standen auf der langen, sonderbaren Insel neben dem alten und schweigenden Haus.

Das Haus stand, wie sich ergab, mit der Rückseite zum Fluss und zum einzigen Landesteg; der Haupteingang war auf der anderen Seite und blickte auf den langen Inselgarten hinab. Die Besucher näherten sich ihm also auf einem schmalen Pfade, der nahezu drei Seiten des Hauses umrundete, dicht unter der niedrigen Dachrinne. Durch drei verschiedene Fenster auf drei verschiedenen Seiten blickten sie in den gleichen langen hellen Raum, getäfelt mit hellem Holz und vielen Spiegeln und wie für ein elegantes Gabelfrühstück hergerichtet. Die Vordertür war, als sie sie endlich erreichten, von zwei türkisblauen Blumentöpfen flankiert. Sie wurde von einem Butler des griesgrämigen Typs – groß, mager, grau und schlaff –

geöffnet, der murmelte, dass Prinz Saradine gegenwärtig nicht anwesend sei, aber stündlich erwartet werde; das Haus sei in Bereitschaft für ihn und seine Gäste. Die Vorweisung der Karte mit dem Gekritzel in grüner Tinte erweckte einen Lebensfunken im pergamentenen Gesicht dieses melancholischen Verwesers, und mit einer gewissen zittrigen Höflichkeit schlug er vor, dass die Fremden bleiben sollten. »Seine Hoheit kann jede Minute hier sein«, sagte er, »und würde betrübt sein, dass er einen Herrn verpasst hätte, den er eingeladen hat. Wir haben Anweisung, immer eine kleine kalte Mahlzeit für ihn und seine Freunde bereitzuhalten, und ich bin sicher, er wünscht, dass sie jetzt angeboten wird.«

Neugierig auf den Weitergang dieses kleinen Abenteuers, nahm Flambeau mit Würde an und folgte dem alten Mann, der ihn zeremoniös in den langen, hell getäfelten Raum geleitete. Daran war nichts besonders Bemerkenswertes, außer der ziemlich ungewöhnlichen Wechselfolge von vielen langen und tiefreichenden Fenstern mit vielen langen und tiefreichenden ovalen Spiegeln, was dem Raum etwas einzigartig Leichtes und Wesenloses verlieh. Es war irgendwie, als speiste man im Freien. Ein oder zwei ruhige Bilder hingen in den Ecken: eines eine große graue Photographie eines sehr jungen Mannes in Uniform, ein anderes eine Rötelskizze von zwei langhaarigen Knaben. Als Flambeau fragte, ob die soldatische Person der Prinz sei, verneinte der Butler kurz; das sei des Prinzen jüngerer Bruder, Hauptmann Stephen Saradine, sagte er. Und damit schien der alte Mann plötzlich einzutrocknen und jeden Geschmack an einer Unterhaltung zu verlieren.

Nachdem das Gabelfrühstück mit ausgezeichnetem Kaffee und ausgezeichneten Likören abgerundet war, ward den Gästen der Garten gezeigt, die Bibliothek und die Haushälterin – eine dunkle schöne Dame von nicht geringer Majestät, fast eine plutonische Madonna. Es schien, dass sie und der Butler die einzigen Überlebenden des ursprünglichen ausländischen Haushalts des Prinzen waren, da alle übrigen Dienstboten im Haus neu und von der Haushälterin in Norfolk zusammengeholt worden waren. Diese Dame hörte auf den Namen Frau Anthony, aber sie sprach mit einem leichten italienischen Akzent, und Flambeau hatte keinerlei Zweifel, dass Anthony die Norfolk-Version eines lateinischeren Namens war. Mr Paul, der Butler, hatte ebenfalls ein leicht ausländisches Aussehen, war aber in Sprache und Ausbildung englisch, wie viele der vollkommensten Diener des kosmopolitischen Adels.

So reizvoll und eigenartig das Anwesen auch war, es war doch von einer merkwürdigen leuchtenden Traurigkeit umfangen. Stunden verrannen in ihm wie Tage. Die langen fensterreichen Räume waren von Tageslicht erfüllt, aber es schien wie totes Tageslicht. Und durch alle anderen zufälligen Geräusche hindurch, das Gemurmel des Gesprächs, das Klirren der Gläser, die vorübereilenden Füße der Dienerschaft, konnten sie rings um das Haus das melancholische Geräusch des Flusses hören.

»Wir haben eine falsche Biegung genommen und sind an einen falschen Platz gekommen«, sagte Father Brown und blickte aus dem Fenster auf das graugrüne Riedgras und die silberne Strömung. »Macht nichts, manchmal kann man Gutes bewirken, indem man die richtige Person am falschen Platz ist.«

Father Brown, obwohl im Allgemeinen schweigsam, war ein ungewöhnlich einfühlsamer kleiner Mann, und so sank er in jenen wenigen, aber endlosen Stunden unbewusst tiefer in die Geheimnisse des Schilfhauses ein als sein Freund, der Detektiv von Beruf. Er besaß jene Gabe des freundlichen Schweigens, die so wichtig für Klatsch ist; und indem er kaum ein Wort sprach, erfuhr er von seinen neuen Bekannten wahrscheinlich alles, was sie überhaupt zu erzählen bereit waren. Natürlich war der Butler nicht mitteilsam. Er verriet eine mürrische, fast animalische Anhänglichkeit an seinen Herrn, dem, wie er sagte, sehr übel mitgespielt worden sei. Der Hauptübeltäter schien seiner Hoheit Bruder zu sein, dessen Name allein schon die hohlen Wangen des Alten länger werden und seine Papageiennase sich höhnisch verziehen ließ. Hauptmann Stephen war offenbar ein Tunichtgut und hatte seinen wohlwollenden Bruder um Hunderte und Tausende erleichtert; ihn gezwungen, aus dem mondänen Leben zu flüchten und ruhig in dieser Zurückgezogenheit zu leben. Das war alles, was Paul der Butler zu sagen bereit war, und Paul war offensichtlich Partei.

Die italienische Haushälterin ging etwas mehr aus sich heraus, vermutlich war sie, stellte Brown sich vor, etwas weniger zufrieden. In der Sprache über ihren Herrn war einige Schärfe, zugleich aber auch eine gewisse Ehrfurcht. Flambeau und sein Freund standen in dem Raum mit den Spiegeln und betrachteten die Rötelskizze der beiden Knaben, als die Haushälterin aus irgendwelchen häuslichen Gründen hereingeeilt kam. Es gehörte zu den Eigentümlichkeiten dieses glitzernden, spiegelgetäfelten Raumes, dass jeder, der ihn betrat, in vier oder fünf

Spiegeln zugleich gespiegelt wurde; und Father Brown brach, ohne sich umzuwenden, mitten in einem Satz der Familienkritik ab. Aber Flambeau, der das Gesicht unmittelbar vor das Bild hielt, sagte gerade mit lauter Stimme: »Ich vermute, die Brüder Saradine. Beide sehen unschuldig genug aus. Es wäre schwer zu sagen, welcher der gute Bruder ist und welcher der böse.« Dann wurde ihm die Anwesenheit der Dame bewusst, und er gab dem Gespräch eine harmlose Wendung und schlenderte in den Garten hinaus. Father Brown aber blickte weiter mit ruhigem Blick auf die Rötelskizze; und Frau Anthony blickte weiter mit ruhigem Blick auf Father Brown.

Sie hatte große und tragische braune Augen, und ihr olivenes Gesicht glühte dunkel in einer merkwürdigen und peinlichen Verwunderung – wie bei jemandem, der über Identität und Absicht eines Fremden im Zweifel ist. Ob nun des kleinen Priesters Gewand und Glaube irgendwelche südlichen Beichterinnerungen in ihr berührten oder ob sie sich einbildete, er wisse mehr, als er tat, jedenfalls sagte sie mit leiser Stimme zu ihm wie zu einem Mitverschworenen: »Auf seine Weise hat er schon recht, Ihr Freund. Er sagte, es wäre schwer, den guten und den bösen Bruder herauszufinden. Oh, es wäre schwer, es wäre sehr schwer, den guten Bruder herauszufinden.«

»Ich verstehe Sie nicht«, sagte Father Brown und begann, sich langsam abzuwenden.

Die Frau tat einen Schritt auf ihn zu, mit finsteren Augenbrauen und auf wilde Weise nach vorn gebeugt, wie ein Stier, der seine Hörner senkt.

»Es gibt keinen Guten«, zischte sie. »Es war schlecht von dem Hauptmann, all das Geld zu nehmen, aber ich glaube nicht, dass es gut vom Prinzen war, es zu geben. Der Hauptmann ist nicht der Einzige, der etwas auf dem Gewissen hat.«

Im abgewandten Gesicht des Klerikers begann ein Licht aufzuleuchten, und sein Mund formte schweigend das Wort »Erpressung«. Doch noch während er das tat, wandte die Frau ein plötzlich schneeweißes Gesicht über die Schulter und brach fast zusammen. Die Tür hatte sich geräuschlos geöffnet, und in ihr stand wie ein Geist der fahle Paul. Durch den unheimlichen Trick der Spiegelwände schien es, als seien fünf Pauls durch fünf Türen gleichzeitig eingetreten.

»Seine Hoheit«, sagte er, »ist soeben eingetroffen.«

Im gleichen Augenblick kam die Gestalt eines Mannes draußen an dem ersten Fenster vorbei und kreuzte die von der Sonne beschienene Scheibe wie eine beleuchtete Bühne. Einen Moment später kam er am zweiten Fenster vorbei, und die vielen Spiegel spiegelten in aufeinanderfolgenden Rahmen das gleiche Adlerprofil und die gleiche marschierende Gestalt. Er ging aufrecht und lebhaft, aber sein Haar war weiß und sein Teint von einem merkwürdigen Elfenbeingelb. Er hatte jene kurze gebogene römische Nase, die gewöhnlich hagere Wangen und hageres Kinn begleiten, aber die waren zum Teil von Schnurrbart und Zwickelbart bedeckt. Der Schnurrbart war viel dunkler als der Bart, was einen leicht theatralischen Effekt ergab, und auch seine Kleidung reichte ans Übertriebene, mit weißem Zylinder, einer Orchidee im Knopfloch, einer gelben Weste und gelben Handschuhen, die er im Gehen hin und her schwang und flappte. Als er zur Vordertür einbog, hörten sie den steifen Paul sie öffnen und hörten den Neuankömmling fröhlich sagen: »Alsdann, hier bin ich.« Der steife Paul verneigte sich und antwortete in seiner unhörbaren Art; während einiger Minuten konnte man ihre Unterhaltung nicht vernehmen. Dann sagte der Butler: »Alles steht zur Verfügung.« Der handschuhflappende Prinz Saradine kam heiter in den Raum, sie zu begrüßen. Und erneut erblickten sie die gespenstische Szene – fünf Prinzen betraten einen Raum mit fünf Türen.

Der Prinz legte den weißen Zylinder und die Handschuhe auf den Tisch und bot ihnen herzlich die Hand.

»Entzückt, Sie hier zu sehen, Mr Flambeau«, sagte er. »Kenn Sie Ihrem Ruf nach sehr gut, wenn das keine taktlose Bemerkung ist.«

»Keineswegs«, antwortete Flambeau lachend. »Ich bin da nicht empfindlich. Nur selten wird ein Ruf durch unbefleckte Tugend erworben.«

Der Prinz warf ihm einen scharfen Blick zu, um zu sehen, ob diese Bemerkung eine persönliche Spitze berge; dann lachte er auch, bot allen Stühle an und nahm selbst Platz.

»Netter kleiner Platz hier«, sagte er mit unbekümmerter Miene. »Nicht viel zu tun leider; aber das Fischen ist wirklich gut.«

Den Priester, der ihn mit dem ernsten Blick eines Säuglings anstarrte, suchte irgendeine vage Ahnung heim, die sich jeder Beschreibung entzog. Er sah das graue, sorgfältig gekräuselte Haar an, das gelbweiße Gesicht, die schlanke, etwas stutzerhafte Gestalt. Alles das war nicht unnatürlich, wenngleich vielleicht etwas zu akzentuiert, wie die Ausstattung einer Gestalt hinter den

Rampenlichtern. Das namenlose Interesse lag woanders, im Knochenbau des Gesichtes; Brown quälte die halbe Erinnerung daran, es irgendwo zuvor gesehen zu haben. Der Mann sah aus wie ein alter Bekannter, der sich verkleidet hat. Dann dachte er an die Spiegel und führte seine Ahnung auf irgendwelche psychologischen Effekte jener Multiplikation menschlicher Masken zurück.

Prinz Saradine verteilte seine gesellschaftlichen Aufmerksamkeiten zwischen seinen Gästen mit großer Fröhlichkeit und feinem Takt. Als er entdeckte, dass der Detektiv sportlichen Ehrgeiz hatte und seine Ferien gerne nutzen wollte, geleitete er Flambeau und Flambeaus Boot zum besten Fischplatz im Fluss und war in seinem eigenen Kanu zwanzig Minuten später zurück, um sich Father Brown in der Bibliothek anzuschließen und sich mit gleicher Höflichkeit in die mehr philosophischen Vergnügungen des Priesters zu stürzen. Er schien von beidem viel zu wissen, vom Fischen und von Büchern, wenngleich bei diesen nicht eben viel von den erbaulichen; er sprach fünf oder sechs Sprachen, wenngleich meist nur ihren Slang. Er hatte offenkundig in vielen Städten und vielerlei gemischter Gesellschaft gelebt, denn einige seiner amüsantesten Geschichten handelten von Spielhöllen und Opiumhöhlen, von australischen Buschräubern oder italienischen Banditen. Father Brown wusste, dass der einst gefeierte Saradine die letzten Jahre auf fast ununterbrochenen Reisen verbracht hatte, aber er hatte nicht geahnt, dass diese Reisen so unrühmlich oder so amüsant gewesen waren.

Und wirklich strahlte Prinz Saradine trotz all seiner weltmännischen Würde für einen so empfindsamen

Beobachter wie den Priester eine gewisse Atmosphäre der Unruhe und selbst der Unzuverlässigkeit aus. Sein Gesicht war stolz, aber sein Blick ungezügelt; er hatte kleine nervöse Ticks wie ein von Drink oder Droge erschütterter Mann; und er hatte auch nicht, und gab es nicht einmal vor, die Hand am Steuer seines Haushaltes. Das überließ er seinen beiden alten Dienstboten, vor allem dem Butler, der offenkundig die tragende Säule des Hauses war. Mr Paul war tatsächlich nicht so sehr ein Butler als vielmehr eine Art Haushofmeister oder gar Großkämmerer; er speiste allein, aber mit fast dem gleichen Pomp wie sein Herr; er wurde von allen Dienstboten gefürchtet; und er verhandelte mit dem Prinzen zwar ehrerbietig, aber irgendwie unnachgiebig – eher so, als wäre er des Prinzen Rechtsanwalt. Die düstere Haushälterin war im Vergleich dazu nur ein Schatten; tatsächlich schien sie sich selbst auszulöschen und nur den Butler zu bedienen, und Brown hörte keines jener vulkanischen Geflüster mehr, die die halbe Geschichte des jüngeren Bruders erzählt hatten, der den älteren erpresste. Ob der Prinz wirklich von dem abwesenden Hauptmann so ausgeblutet wurde, dessen konnte er nicht sicher sein, aber da war etwas Unsicheres und Heimliches um Saradine, das die Erzählung keineswegs unglaubhaft machte.

Als sie ein weiteres Mal in die lange Halle mit den Fenstern und den Spiegeln gingen, sank bereits goldener Abendschein auf das Wasser und die Weiden am Ufer, und eine Rohrdommel schlug in der Ferne wie ein Elf auf seiner Zwergentrommel. Und wieder durchzog jenes eigenartige Gefühl eines traurigen und bösen Märchenlandes die Seele des Priesters wie eine graue Wolke. »Ich wollte, Flambeau wäre zurück«, murmelte er.

»Glauben Sie an das Verhängnis?«, fragte der ruhelose Prinz Saradine plötzlich.

»Nein«, antwortet sein Gast. »Ich glaube an das verhängte Jüngste Gericht.«

Der Prinz wandte sich vom Fenster ab und starrte ihn auf sonderbare Weise an, sein Gesicht im Schatten vor dem Sonnenuntergang. »Was meinen Sie damit?«, fragte er.

»Ich meine, dass wir uns hier auf der falschen Seite der Tapete befinden[54]«, sagte Father Brown. »Die Dinge, die sich hier ereignen, scheinen nichts zu bedeuten; sie bedeuten irgendwas irgendwo anders. Irgendwo anders trifft den wahren Schuldigen die Vergeltung. Hier scheint sie oft den Falschen zu treffen.«

Der Prinz gab ein unerklärliches Geräusch von sich wie ein Tier; in seinem verschatteten Gesicht leuchteten seine Augen seltsam. Eine neue und scharfsinnige Überlegung brach sich plötzlich im Geist des anderen Bahn. Gab es etwa eine andere Bedeutung für die Mischung von Glanz und Schroffheit in Saradine? War der Prinz – war er ganz gesund? Er wiederholte »Den Falschen – den Falschen« viel öfter, als es im Rahmen eines gesellschaftlichen Gespräches natürlich war.

Und dann erwachte Father Brown zögernd zu einer zweiten Wahrheit. In den Spiegeln vor ihm konnte er die lautlose Tür offen stehen und den lautlosen Mr Paul in ihr stehen sehen mit seiner üblichen blassen Unempfindlichkeit.

»Es erschien mir richtig, sofort mitzuteilen«, sagte er mit der steifen Ehrerbietung eines alten Familienanwaltes, »dass ein von sechs Männern gerudertes Boot am Landesteg angelegt hat und dass ein Gentleman im Heck sitzt.«

»Ein Boot?«, wiederholte der Prinz. »Ein Gentleman?«, und er stand auf.

Da war ein erschrecktes Schweigen, das nur von dem eigentümlichen Geräusch des Vogels in den Binsen durchlöchert wurde; und dann glitt, ehe noch jemand wieder sprechen konnte, ein neues Gesicht, eine neue Gestalt im Profil an den drei sonnendurchleuchteten Fenstern vorüber, wie der Prinz vor ein oder zwei Stunden. Aber abgesehen von dem Zufall, dass beide Profile adlerhaft geschnitten waren, hatten sie wenig Gemeinsames. An der Stelle von Saradines neuem weißem Zylinder befand sich ein schwarzer von antiquierter oder ausländischer Form; darunter war ein junges und sehr ernstes Gesicht, glatt rasiert, bläulich um das entschlossene Kinn, und leise an den jungen Napoleon erinnernd. Diese Gedankenverbindung wurde noch dadurch gestützt, dass es etwas Altmodisches und Ausgefallenes in seiner ganzen Ausstattung gab, als habe der Mann sich niemals die Mühe gemacht, die Mode seines Vaters zu ändern. Er trug einen abgewetzten blauen Frack, eine rote soldatische Weste, eine weiße Hose aus grobem Stoff, wie sie bei den frühen Viktorianern üblich war, doch heutigentags seltsam unpassend ist. Aus diesem ganzen Altkleiderladen hob sich sein olivbraunes Gesicht seltsam jung und schrecklich aufrichtig heraus.

»Zum Teufel!«, sagte der Prinz Saradine, stülpte sich seinen weißen Hut auf und ging selbst zur Eingangstür, die er zum Garten mit Sonnenuntergang hin aufstieß.

Zu diesem Zeitpunkt hatten sich der Neuankömmling und seine Begleitung auf dem Rasen aufgestellt wie ein kleines Bühnenheer. Die sechs Ruderer hatten ihr Boot weit aufs Ufer hinaufgezogen und bewachten es geradezu bedrohlich, indem sie ihre Ruder aufrecht hielten wie Speere. Es waren dunkelhäutige Männer, und manche von ihnen trugen Ohrringe. Doch einer von ihnen war vorgetreten und stand neben dem olivgesichtigen jungen Mann in der roten Weste und trug einen großen Kasten von ungewöhnlicher Form.

»Ihr Name«, fragte der junge Mann, »ist Saradine?«

Saradine stimmte ziemlich gleichgültig zu.

Der Neuankömmling hatte stumpfe braune Hundeaugen, so unterschiedlich wie nur möglich von den rastlosen und glitzernden grauen Augen des Prinzen. Doch wieder wurde Father Brown von einem Gefühl gequält, er habe irgendwo schon einmal ein Ebenbild dieses Gesichtes gesehen; und wieder erinnerte er sich der Wiederholungen in dem spiegelgetäfelten Raum, und er führte den Zufall darauf zurück. »Zum Kuckuck mit diesem Kristallpalast!«, murmelte er. »Man sieht alles zu oft. Wie in einem Traum.«

»Wenn Sie Prinz Saradine sind«, sagte der junge Mann, »darf ich Ihnen mitteilen, dass mein Name Antonelli ist.«

»Antonelli«, wiederholte der Prinz matt. »Irgendwoher erinnere ich mich an diesen Namen.«

»Erlauben Sie mir, mich vorzustellen«, sagte der junge Italiener.

Mit der Linken nahm er höflich seinen altmodischen Zylinder ab; mit der Rechten verpasste er Prinz Saradine eine so schallende Ohrfeige, dass der weiße Zylinder die

Treppenstufen hinabrollte und einer der blauen Blumentöpfe auf seinem Piedestal ins Wanken geriet.

Der Prinz, was immer sonst er war, war offensichtlich kein Feigling; er sprang seinem Gegner an die Gurgel und schleuderte ihn fast rücklings ins Gras. Aber sein Gegner befreite sich mit einer einzigartig unangemessenen Miene eilfertiger Höflichkeit.

»Schon recht«, sagte er, keuchend und in stockendem Englisch. »Ich habe beleidigt. Ich will Satisfaktion geben. Marco, öffne den Kasten.«

Der Mann neben ihm mit den Ohrringen und dem großen schwarzen Kasten machte sich daran, ihn aufzuschließen. Er entnahm ihm zwei lange italienische Stoßdegen mit herrlichen stählernen Griffen und Klingen, die er mit den Spitzen in den Rasen pflanzte. Der fremdartige junge Mann, der mit seinem gelben rachsüchtigen Gesicht zum Eingang hin stand, die beiden Degen, die im Rasen aufrecht wie zwei Kreuze auf dem Friedhof standen, und die Linie der aufgereihten Ruderer dahinter gaben dem allem den eigentümlichen Ausdruck einer barbarischen Gerichtsstätte. Aber alles andere war unverändert, so plötzlich war die Unterbrechung geschehen. Das Gold des Sonnenuntergangs glühte noch auf dem Rasen, und die Rohrdommel dommelte noch immer, als ob sie ein kleines, aber schreckliches Schicksal ankündige.

»Prinz Saradine«, sagte der Mann namens Antonelli; »als ich ein Kind in der Wiege war, töteten Sie meinen Vater und stahlen meine Mutter; mein Vater war der Glücklichere. Sie haben ihn nicht in ehrlichem Kampfe getötet, wie ich Sie jetzt töten werde. Sie und meine lasterhafte Mutter fuhren mit ihm zu einem einsamen Pass auf

Sizilien, stürzten ihn eine Klippe hinab und gingen Ihrer Wege. Ich hätte Sie nachahmen können, wenn ich wollte, aber Sie nachzuahmen ist zu verächtlich. Ich bin Ihnen um die ganze Welt gefolgt, und Sie sind immer wieder vor mir geflohen. Aber hier ist das Ende der Welt – und Ihres. Nun habe ich Sie, und ich biete Ihnen die Chance, die Sie meinem Vater nie gaben. Wählen Sie einen dieser Degen.«

Prinz Saradine schien mit zusammengezogenen Brauen einen Augenblick zu zögern, aber ihm klangen die Ohren immer noch von dem Schlag, und er sprang vor und packte einen der Griffe. Father Brown war ebenfalls vorgesprungen, bemüht, den Streit zu schlichten; aber bald erkannte er, dass seine Anwesenheit die Angelegenheit nur schlimmer machte. Saradine war französischer Freimaurer und glühender Atheist, und ein Priester bewegte ihn durch das Gesetz des Gegensatzes nur vorwärts. Und was den anderen Mann anging, so bewegte ihn weder Priester noch Laie. Dieser junge Mann mit dem napoleonischen Antlitz und den braunen Augen war etwas viel Strengeres als ein Puritaner – er war ein Heide. Er war ein einfacher Toter aus der Frühzeit der Erde; ein Mann der Steinzeit – ein Mann aus Stein.

Nur eine Hoffnung blieb noch, der Aufruf des Haushaltes; und Father Brown rannte zurück ins Haus. Dort aber entdeckte er, dass allen Unterbediensteten vom autokratischen Paul ein Ferientag auf dem Festland gegeben worden war und dass sich lediglich die düstere Mrs Anthony ruhelos durch die langen Räume bewegte. In dem Augenblick aber, in dem sie ihm ihr geisterbleiches Gesicht zuwandte, löste er eines der Rätsel des Hauses der Spiegel. Die schweren braunen Augen Antonellis waren die schweren braunen Augen von Mrs Anthony, und blitzartig erkannte er die Hälfte der Geschichte.

»Ihr Sohn ist draußen«, sagte er, ohne Worte zu verschwenden; »entweder wird er getötet oder der Prinz. Wo ist Mr Paul?«

»Er ist am Landungssteg«, sagte die Frau schwach. »Er ist – er ist – er signalisiert um Hilfe.«

»Mrs Anthony«, sagte Father Brown tiefernst, »jetzt ist nicht die Zeit für Unsinn. Mein Freund ist mit seinem Boot den Fluss hinab zum Angeln. Ihres Sohnes Boot wird von Ihres Sohnes Männern bewacht. Da ist nur noch dieses eine Kanu; was macht Mr Paul mit ihm?«

»Santa Maria! Ich weiß es nicht«, sagte sie; und brach bewusstlos der Länge nach auf den Boden nieder.

Father Brown hob sie auf ein Sofa, schüttete einen Topf Wasser über sie, rief nach Hilfe und rannte dann hinab zum Landungssteg der kleinen Insel. Aber das Kanu war schon inmitten des Flusses, und der alte Paul ruderte und stieß es flussauf mit einer für seine Jahre unglaublichen Energie.

»Ich will meinen Herrn retten«, schrie er, und seine Augen glommen wie die eines Wahnsinnigen. »Ich werde ihn noch retten!«

Father Brown konnte nicht mehr tun, als dem Boot nachzustarren, wie es sich flussauf kämpfte, und beten, dass der alte Mann die kleine Stadt noch rechtzeitig alarmieren könne.

»Ein Duell ist schlimm genug«, murmelte er und fuhr sich durch sein borstiges staubfarbenes Haar, »aber da ist etwas falsch mit diesem Duell, sogar als Duell. Ich spür es in den Knochen. Aber was kann das sein?«

Als er so dastand und ins Wasser starrte, in den wabernden Spiegel des Sonnenuntergangs, hörte er vom anderen Ende des Inselgartens ein leises, aber unverkennbares Geräusch – das kalte Klirren von Stahl. Er wandte den Kopf.

Weit draußen an der fernsten Spitze der langen Insel hatten auf einem Rasenstreifen hinter der letzten Rosenreihe die Duellanten die Degen gekreuzt. Der Abend über ihnen war ein Dom aus jungfräulichem Gold, und so fern sie auch waren, jede Einzelheit blieb klar erkennbar. Sie hatten ihre Röcke abgeworfen, aber die gelbe Weste und das weiße Haar Saradines, die rote Weste und die weißen Hosen Antonellis schimmerten im waagrechten Licht wie die Farben tanzender Aufziehpuppen. Die beiden Degenspitzen funkelten von der Spitze zum Knauf wie zwei Diamantnadeln. Es war etwas Fürchterliches an den beiden Gestalten, die da so klein erschienen und so fröhlich. Sie sahen aus wie zwei Schmetterlinge, die einander auf Korken zu spießen versuchten.

Father Brown rannte, so schnell er nur konnte, seine kurzen Beine wirbelten wie Räder. Aber als er zum Kampfplatz kam, sah er, dass er zu spät und zu früh kam – zu spät, um den Kampf im Schatten der grimmen Sizilianer noch zu verhindern, die sich auf ihre Ruder lehnten, und zu früh, um den tödlichen Ausgang vorauszuerkennen. Denn beide Männer waren einander einzigartig ebenbürtig, wobei der Prinz seine Geschicklichkeit mit einer Art zynischen Vertrauens einsetzte, der Sizilianer die seine mit mörderischer Sorgfalt. Selten sah man feineres Fechten in vollen Amphitheatern als jenes, das hier auf dieser vergessenen Insel im schilfreichen Strom klirrte und funkelte. Der verwirrende Kampf verblieb so lange im Gleichgewicht, dass Hoffnung sich wieder im protestierenden Priester regte; nach aller gewöhnlichen Wahrscheinlichkeit musste Paul bald mit der Polizei kommen. Es wäre auch schon eine Erleichterung, wenn Flambeau vom Angeln zurückkäme, denn Flambeau war, körperlich gesprochen, vier andere Männer wert. Aber da war kein Anzeichen von Flambeau und, was noch eigenartiger war, kein Anzeichen von Paul oder der Polizei. Kein Floß war da, kein Balken zurückgeblieben, darauf zu treiben; auf dieser verlorenen Insel in diesem weiten namenlosen Teich waren sie so abgeschnitten wie auf einem Felsen im Pazifik.

Kaum hatte er den Gedanken zu Ende gedacht, als das Klirren der Rapiere sich zu einem Rattern beschleunigte, die Arme des Prinzen hochflogen und die Spitze hinten zwischen seinen Schulterblättern hervorschoss. Er stürzte in einer großen wirbelnden Bewegung, ähnlich einem, der ein halbes Rad schlägt. Der Degen flog aus seiner Hand wie eine Sternschnuppe und tauchte in den fernen Fluss; und er selbst krachte mit so erderschütternder Masse zu Boden, dass er mit seinem Körper einen großen Rosenstock brach und eine Wolke roten Erdenstaubs in den Himmel hochschoss – wie der Rauch eines heidnischen Opfers. Der Sizilianer hatte dem Geist seines Vaters das Blutopfer gebracht.

Der Priester war sofort auf den Knien bei der Leiche, aber nur, um festzustellen, dass es eine war. Und er versuchte immer noch einige hoffnungslose Hilfen, als er zum ersten Mal Stimmen höher den Fluss hinauf hörte und ein Polizeiboot mit Wachtmeistern und anderen bedeutenden

Persönlichkeiten einschließlich des aufgeregten Paul an den Landungssteg heranschießen sah. Der kleine Priester erhob sich mit ausgesprochen zweifelnder Miene.

»Warum in aller Welt«, murmelte er, »warum in aller Welt konnte er nicht früher kommen?«

Sieben Minuten später[55] war die Insel von einer Invasion aus Stadtvolk und Polizei besetzt, und diese hatte ihre Hände auf den siegreichen Duellanten gelegt und ihn rituell ermahnt, dass alles, was er sage, gegen ihn verwendet werden könne.

»Ich werde nichts sagen«, sagte der Besessene mit einem wunderbaren und friedvollen Gesichtsausdruck. »Ich werde überhaupt nichts mehr sagen. Ich bin sehr glücklich, und ich wünsche mir nur noch, gehängt zu werden.«

Dann schloss er den Mund, während sie ihn abführten, und es ist die merkwürdige, aber sichere Wahrheit, dass er ihn auf Erden nie mehr öffnete, außer um während des Prozesses »schuldig« zu sagen.

Father Brown hatte auf den plötzlich übervölkerten Garten gestarrt, auf die Verhaftung des Mannes von edlem Blut, auf den Abtransport des Leichnams nach seiner Untersuchung durch den Arzt, so wie einer, der zusieht, wie ein hässlicher Traum sich auflöst; er war bewegungslos wie ein Mann in einem Nachtmahr. Er gab seinen Namen und seine Adresse als Zeuge an, aber lehnte das Angebot eines Bootes zum anderen Ufer ab, blieb allein in dem Inselgarten und bestarrte den zerbrochenen Rosenstock und die ganze grüne Bühne der schnellen und unerklärlichen Tragödie. Das Licht erstarb entlang des Flusses; Nebel stieg aus den sumpfigen Ufern empor; einige späte Vögel flitzten im Zickzack dahin.

In seinem Unbewussten (einem ungewöhnlich lebendigen) stak hartnäckig eine wortlose Gewissheit, dass es da immer noch irgendwas Unerklärtes gab. Dieses Gefühl, das ihn schon den ganzen Tag begleitete, konnte nicht wegerklärt werden durch seine Phantasie vom »Spiegelland«. Irgendwie hatte er nicht die wirkliche Geschichte gesehen, sondern ein Spiel oder eine Maskerade. Und doch werden Menschen nicht gehängt oder durch den Leib gestochen wegen einer Scharade.

Als er nachdenklich auf den Stufen des Landungssteges saß, ward er des großen dunklen Striches eines Segels inne, das schweigend den schimmernden Fluss hinabglitt, und er sprang auf in einem solchen Ausbruch von Gefühlen, dass er fast weinte.

»Flambeau!«, schrie er und schüttelte seinem Freund immer und immer wieder beide Hände, sehr zum Erstaunen dieses Sportsmannes, der da mit seinem Angelzeug ans Ufer kam. »Flambeau«, sagte er, »sie haben Sie also nicht getötet?«

»Getötet!«, wiederholte der Angler aus tiefstem Erstaunen. »Und warum hätte man mich töten sollen?«

»Nur weil fast alle anderen es sind«, sagte sein Gefährte ziemlich durcheinander. »Saradine wurde ermordet, und Antonelli will gehängt werden, und seine Mutter ist in Ohnmacht gefallen, und ich für mein Teil weiß nicht, ob ich mich noch in dieser Welt befinde oder in der anderen. Aber Gott sei Dank, Sie sind immer noch derselbe.« Und er hängte sich in den Arm des verblüfften Flambeau ein.

Als sie sich vom Landungssteg abwandten, kamen sie unter die Regenrinne des niedrigen Bambushauses und sahen durch eines der Fenster hinein, wie sie es bei ihrer ersten Ankunft getan hatten. Sie erblickten ein von Lampen hell erleuchtetes Inneres, wohl geeignet, ihren Blick zu fesseln. Der Tisch im langen Speiseraum war für das Abendessen vorbereitet gewesen, als Saradines Vernichter wie ein Donnerkeil auf die Insel gestürzt war. Und jetzt nahm das Abendessen seinen gelassenen Gang, denn Mrs Anthony saß einigermaßen mürrisch am Fuß der Tafel, während Mr Paul, der Majordomus, am Kopfende saß und aufs Beste aß und trank; seine bläulichen Triefaugen quollen ihm seltsam aus dem Gesicht, sein hageres Gesicht war undurchsichtig, aber keineswegs ohne Zufriedenheit.

Mit einer Geste kraftvoller Ungeduld rüttelte Flambeau am Fenster, riss es auf und steckte einen empörten Kopf in den lampenhellen Raum.

»Genug!«, schrie er. »Ich kann verstehen, dass Ihr einige Erfrischung braucht, aber dass Ihr Eures Herrn Essen stehlt, während er ermordet im Garten liegt …«

»Ich habe in einem langen und freudevollen Leben viele Dinge gestohlen«, erwiderte der sonderbare alte Herr gelassen; »dieses Abendessen aber ist eines von den wenigen Dingen, die ich nicht gestohlen habe. Dieses Abendessen und dieses Haus und dieser Garten gehören zufällig mir.«

Ein Gedanke schoss über Flambeaus Gesicht. »Sie wollen sagen«, begann er, »dass das Testament von Prinz Saradine …«

»Ich bin Prinz Saradine«, sagte der alte Mann und knabberte an einer Salzmandel.

Father Brown, der die Vögel im Freien beobachtete, fuhr zusammen, als sei er angeschossen, und schob sein Gesicht bleich wie eine Runkelrübe durch das Fenster.

»Sie sind wer?«, fragte er mit schriller Stimme.

»Paul Prinz Saradine, *à vos ordres*[56]«, sagte die verehrungswürdige Person höflich und erhob sein Glas mit Sherry. »Ich lebe hier sehr ruhig, da ich ein häuslicher Typ bin; und aus Gründen der Bescheidenheit lasse ich mich Mr Paul nennen, um mich von meinem unglücklichen Bruder Mr Stephen zu unterscheiden[57]. Er starb, hörte ich, kürzlich – im Garten. Es ist natürlich nicht meine Schuld, dass ihn seine Feinde bis hierher verfolgen. Es ist die Folge der bedauerlichen Unregelmäßigkeiten seines Lebens. Er war kein häuslicher Typ.«

Er verfiel wieder in Schweigen und starrte weiter die Wand gegenüber an, unmittelbar über dem gebogenen und düsteren Haupt der Frau. Jetzt erkannten sie deutlich jene Familienähnlichkeit, die sie bei dem toten Mann heimgesucht hatte. Da begannen seine alten Schultern sich ein wenig zu heben und zu zucken, als ob er ersticke, aber sein Gesichtsausdruck änderte sich nicht.

»Mein Gott!«, schrie Flambeau nach einer Pause. »Der lacht ja!«

»Lass uns gehen«, sagte Father Brown, der schneeweiß war. »Lass uns von diesem Haus der Hölle fortgehen. Lass uns zurück in ein ehrliches Boot gehen.«

Bis sie von der Insel abgelegt hatten, war die Nacht auf Schilf und Strom gesunken, und sie fuhren im Dunkeln stromab und wärmten sich an zwei großen Zigarren, die hochrot glühten wie Schiffslaternen. Father Brown nahm die Zigarre aus dem Mund und sagte:

»Ich vermute, dass Sie jetzt die ganze Geschichte erraten können? Schließlich ist es eine einfache Geschichte. Ein Mann hatte zwei Feinde. Er war ein kluger Mann.

Und so erkannte er, dass zwei Feinde besser sind als einer.«

»Das verstehe ich nicht«, sagte Flambeau.

»Ach, das ist wirklich ganz einfach«, fuhr sein Freund fort. »Einfach, obwohl alles andere als unschuldig. Beide Saradines waren Schurken, aber der Prinz, der ältere, gehörte zu jener Sorte Schurken, die ganz nach oben aufsteigt; und der jüngere, der Hauptmann, gehörte zu jener Sorte, die bis auf den tiefsten Grund absinkt. Dieser schuftige Offizier sank vom Bettler zum Erpresser hinab, und eines hässlichen Tages bekam er seinen Bruder, den Prinzen, in seine Klauen. Offensichtlich wegen keiner leichten Angelegenheit, denn Prinz Paul Saradine lebte ein wildes Leben und hatte in Sachen bloßer Gesellschaftssünden keinerlei Ruf mehr zu verlieren. In klaren Worten, es handelte sich um eine Sache fürs Schafott, und Stephen hatte seinem Bruder buchstäblich die Schlinge um den Hals geworfen. Er hatte irgendwie die Wahrheit über die sizilianische Angelegenheit herausgefunden und konnte beweisen, dass Paul den alten Antonelli in den Bergen umgebracht hatte. Der Hauptmann schaufelte schweres Schweigegeld während zehn Jahren, bis selbst das glänzende Vermögen des Prinzen ein wenig armselig auszusehen begann.

Aber Prinz Saradine buckelte noch eine andere Bürde neben dem blutsaugerischen Bruder. Er wusste, dass der Sohn von Antonelli, ein Kind noch zur Zeit des Mordes, in jener wilden sizilianischen Treue auferzogen worden war und nur dafür lebte, seinen Vater zu rächen, nicht mit dem Galgen (denn dazu fehlten ihm Stephens gesetzliche Beweise), aber mit der alten Waffe der Blutrache. Der

Jüngling hatte die Waffenkunst bis zur tödlichen Vollkommenheit geübt, und um die Zeit, da er alt genug war, sie auszuüben, begann Prinz Paul nach den Worten der Gesellschaftszeitungen zu reisen. In Wirklichkeit begann er, um sein Leben zu fliehen, indem er von Ort zu Ort hetzte wie der gejagte Verbrecher; aber ständig mit einem erbarmungslosen Mann auf den Fersen. Das war Prinz Pauls Position, und keine schöne. Je mehr Geld er ausgab, um Antonelli zu entkommen, desto weniger hatte er für Stephens Schweigen. Je mehr er ausgab für Stephens Schweigen, desto weniger Aussichten gab es, schließlich Antonelli doch noch zu entkommen. Da erwies er sich als wahrhaft großer Mann – ein Genie wie Napoleon.

Anstatt seinen beiden Widersachern zu widerstehen, ergab er sich plötzlich beiden. Er wich aus, wie ein japanischer Ringer, und seine Feinde stürzten hingestreckt vor ihn hin. Er gab das Rennen um die Erde auf, und dann gab er dem jungen Antonelli seine Adresse, und dann gab er seinem Bruder alles. Er schickte Stephen genügend Geld für elegante Kleidung und eine luxuriöse Reise und schrieb ihm ungefähr: ›Hier ist alles, was ich noch übrighabe. Du hast mich ausgeräumt. Ich habe noch ein kleines Haus in Norfolk, mit Dienerschaft und Keller, und wenn du noch mehr von mir haben willst, dann musst du dir das nehmen. Komm her und nimm es in Besitz, wenn du willst, und ich werde dann hier ruhig leben als dein Freund oder Vertreter oder sonst was.‹ Er wusste, dass der Sizilianer die Brüder niemals gesehen hatte, außer vielleicht auf Bildern; er wusste, dass sie sich beide ähnelten mit ihren grauen Spitzbärten. Also rasierte er sich und wartete. Die Falle schnappte zu. Der unselige Hauptmann kam in seinen neuen Kleidern und betrat das Haus triumphierend als Prinz, und lief in den Degen des Sizilianers.

Aber da gab es einen Haken, und der ehrt die menschliche Natur. Üble Geister wie Saradine stolpern oft, weil sie niemals mit menschlichen Tugenden rechnen. Er nahm als sicher an, dass der Schlag des Italieners, wenn er kam, dunkel und gewalttätig und namenlos sein würde wie der Schlag, den er rächte; dass das Opfer bei Nacht erstochen würde oder erschossen, hinter einer Hecke hervor, und also ohne weitere Worte stürbe. Es war ein schlimmer Augenblick für Prinz Paul, als Antonellis Ritterlichkeit ein förmliches Duell anbot mit allen Möglichkeiten der Erklärung. In diesem Augenblick fand ich ihn, wie er sich in seinem Boot mit wilden Augen davonmachte. Er floh barhäuptig in einem offenen Boot, ehe Antonelli erfahren konnte, wer er war.

Wie aufgeregt aber auch immer, war er doch nicht ohne Hoffnung. Er kannte den Abenteurer, und er kannte den Fanatiker. Es war sehr gut möglich, dass Stephen der Abenteurer seinen Mund halten würde, und sei es nur aus der Lust am theatralischen Spiel, aus seiner Gier, sein neues bequemes Quartier zu behalten, aus dem Vertrauen des Schurken auf sein Glück und seine Fechtkunst. Es war sicher, dass Antonelli der Fanatiker seinen Mund halten und sich hängen lassen würde, ohne seine Familiengeschichte auszuplaudern. Paul lungerte auf dem Fluss herum, bis er wusste, dass der Kampf zu Ende war. Dann scheuchte er die Stadt auf, brachte die Polizei her, sah seine beiden besiegten Gegner für immer abtransportiert und setzte sich lächelnd zum Abendessen nieder.«

»Lachend, Gott helfe uns!«, sagte Flambeau mit mächtigem Schaudern. »Bekommt man solche Ideen vom Teufel?«

»Er hat diese Idee von Ihnen bekommen«, antwortete der Priester.

»Gott bewahre!«, brach es aus Flambeau heraus. »Von mir? Wie meinen Sie das?«

Der Priester zog eine Visitenkarte aus seiner Tasche und hielt sie in der schwachen Glut seiner Zigarre hoch; sie war mit grüner Tinte bekritzelt.

»Erinnern Sie sich nicht an seine ursprüngliche Einladung?«, fragte er. »Und an das Kompliment wegen Ihres kriminellen Glanzstücks? ›Jener Trick von Ihnen‹, sagte er, ›den einen Detektiv dazu zu bewegen, den anderen zu verhaften‹? Er hat einfach Ihren Trick nachgemacht. Mit einem Feind auf jeder Seite schlüpfte er schlicht aus dem Weg und ließ sie aufeinanderprallen und sich gegenseitig töten.«

Flambeau riss die Karte von Prinz Saradine aus den Händen des Priesters und zerriss sie wild in winzige Fetzen.

»Jetzt ist Schluss mit dem alten Totenschädel und den gekreuzten Knochen[58]«, sagte er, während er die Fetzen auf die dunklen verschwindenden Wellen des Flusses streute; »aber ich fürchte, es wird die Fische vergiften.«

Der letzte Schimmer von weißem Karton und grüner Tinte versank und verschwand; eine schwache, zitternde Farbe des anbrechenden Tages verwandelte den Himmel, und der Mond hinter den Gräsern wurde bleicher. Sie trieben schweigend dahin.

»Father«, fragte Flambeau plötzlich, »glauben Sie, dass das alles ein Traum war?«

Der Priester schüttelte den Kopf, ob nun aus verneinenden oder agnostischen[59] Gedanken, aber blieb stumm. Der Duft von Hagedorn und Obstgärten kam zu ihnen durch die Dunkelheit und erzählte ihnen, dass ein Wind erwache; im nächsten Augenblick schaukelte er ihr kleines Boot und schwellte ihr Segel und trug sie den sich windenden Fluss hinab zu glücklicheren Orten und den Heimen harmloser Menschen.

Der Hammer Gottes

Das kleine Dorf Bohun Beacon hockte auf einem so steilen Hügel, dass sein hoher Kirchturm wie die Spitze eines kleinen Berges erschien. Am Fuß der Kirche stand eine Schmiede, gewöhnlich rot von Feuer und ständig mit Hämmern und Eisenstücken übersät; ihr gegenüber, jenseits einer holprigen Kreuzung von Wegen mit Kopfsteinpflaster, war Der Kahle Keiler, das einzige Wirtshaus am Orte. An dieser Kreuzung begegneten sich beim Anbruch eines bleiernen und silbernen Morgens zwei Brüder und sprachen miteinander; obwohl der eine den Tag begann und der andere ihn beendete. Der Hochwürdigste Ehrenwerte Wilfred Bohun[60] war sehr fromm und auf dem Wege zu irgendeiner strengen Gebetsübung oder Morgenmeditation. Der Ehrenwerte Oberst Norman Bohun, sein älterer Bruder, war alles andere als fromm und saß im Abendanzug auf der Bank vor dem Kahlen Keiler und trank, was der philosophische Beobachter nach Belieben als das letzte Glas am Dienstag oder das erste am Mittwoch betrachten mochte. Der Oberst nahm das nicht so genau.

Die Bohuns waren eine der wenigen Adelsfamilien, die wirklich aus dem Mittelalter stammen, und ihr Banner hatte tatsächlich Palästina gesehen. Aber es wäre ein großer Fehler anzunehmen, dass solche Häuser die ritterlichen Traditionen hochhalten. Nur wenige außer den

Armen bewahren Traditionen. Die Aristokratie lebt nicht nach Traditionen, sondern nach Moden. Die Bohuns waren unter Queen Anne Raufbolde gewesen und unter Queen Victoria Stutzer und Schürzenjäger. Aber wie so manches wirklich alte Haus waren sie in den letzten zwei Jahrhunderten zu Trinkern und Gecken verkommen, bis sogar Gerüchte von Geisteskrankheit umliefen. Sicherlich lag etwas kaum mehr Menschliches in der Vergnügungsgier des Oberst, und seine chronische Entschlossenheit, nie vor dem Morgen nachhause zu gehen, hatte etwas von der fürchterlichen Klarheit der Schlaflosigkeit. Er war ein großes schönes Tier, schon älter, aber noch mit auffallend blondem Haar. Er würde nur blond und löwenhaft ausgesehen haben, hätten nicht seine Augen so tief im Kopf gelegen, dass sie schwarz wirkten. Sie standen ein bisschen zu eng zusammen. Er hatte einen sehr langen blonden Schnurrbart, auf dessen jeder Seite sich eine Falte oder Furche vom Nasenflügel zum Kinn hinabzog, sodass ein höhnisches Grinsen in sein Gesicht zu schneiden schien. Über seinem Abendanzug trug er einen eigenartig blassgelben Mantel, der eher wie ein sehr leichter Morgenmantel aussah denn wie ein Rock, und auf seinem Hinterkopf saß ein außergewöhnlich breitkrempiger Hut von leuchtend grüner Farbe, offenbar eine orientalische Rarität, die er irgendwo aufgelesen hatte. Er war stolz darauf, in so wenig zueinanderpassenden Kleidungsstücken aufzutreten – stolz auf die Tatsache, dass sie an ihm immer passend erschienen.

Sein Bruder, der Kurat[61], hatte das gleiche blonde Haar und die gleiche Eleganz, aber er war bis zum Kinn in Schwarz eingeknöpft, und sein Gesicht war glatt rasiert, kultiviert und ein bisschen nervös. Er schien für nichts als seine Religion zu leben; aber es gab manche, die behaupteten (vor allem der Grobschmied, der ein Presbyterianer war), dass sie mehr aus der Liebe zu gotischer Architektur als zu Gott bestand und dass sein geisterhaftes Umherspuken in der Kirche nur eine andere und reinere Form der fast morbiden Gier nach Schönheit sei, die seinen Bruder auf Frauen und Wein hetzte. Diese Anschuldigung konnte angezweifelt werden, denn des Mannes praktische Frömmigkeit war unanzweifelbar. Und tatsächlich war diese Beschuldigung vor allem ein unverständiges Missverständnis seiner Liebe zu Einsamkeit und geheimem Gebet und gründete sich darauf, dass man ihn oftmals auf den Knien nicht vor dem Altar fand, sondern an sonderbaren Orten, in der Krypta oder auf der Empore, oder sogar im Glockenturm. Im Augenblick war er dabei, über den Hof der Schmiede die Kirche zu betreten, aber er blieb stehen und runzelte ein wenig die Stirn, als er seines Bruders tief liegende Augen in die gleiche Richtung starren sah. Auf die Vermutung, dass der Oberst an der Kirche interessiert sei, verschwendete er keinen Gedanken. Es konnte sich also nur um die Schmiede handeln, und obwohl der Grobschmied Puritaner und keiner seiner Gemeinde war, hatte Wilfred Bohun doch einige Skandalgeschichten über seine schöne und ziemlich gefeierte Frau vernommen. Er warf einen misstrauischen Blick über den Hof, und der Oberst stand lachend auf, um ihn anzureden.

»Guten Morgen, Wilfred«, sagte er. »Wie jeder gute Grundbesitzer wache ich schlaflos über meine Leute. Ich wollte den Schmied sprechen.«

Wilfred blickte auf den Boden und sagte: »Der Schmied ist nicht da. Er ist drüben in Greenford.«

»Ich weiß«, antwortete der andere mit lautlosem Lachen; »deshalb bin ich ja zu ihm gekommen.«

»Norman«, sagte der Kleriker und heftete seinen Blick auf einen Kieselstein auf der Straße, »hast du keine Angst vor Donnerkeilen?«

»Was meinst du damit?«, fragte der Oberst. »Ist Meteorologie dein Steckenpferd?«

»Ich meine«, sagte Wilfred, ohne aufzublicken, »denkst du nie daran, dass Gott dich auf der Straße niederstrecken könnte?«

»Um Vergebung«, sagte der Oberst; »dein Steckenpferd sind wohl Volksmärchen.«

»Ich weiß, dass dein Steckenpferd die Blasphemie ist«, erwiderte der Mann der Religion, an seiner einzigen empfindlichen Stelle getroffen. »Aber wenn du auch Gott nicht fürchtest, so hast du doch Grund, den Menschen zu fürchten.«

Der Ältere hob höflich seine Augenbrauen. »Den Menschen fürchten?«, sagte er.

»Barnes der Schmied ist der größte und stärkste Mensch im Umkreis von vierzig Meilen«, sagte der Priester streng. »Ich weiß, dass du kein Feigling oder Schwächling bist, aber er könnte dich über die Mauer schmeißen.«

Der Hieb saß, da unbestreitbar wahr, und die mürrische Linie an Mund und Nasenflügel wurde dunkler und tiefer. Für einen Augenblick stand er da mit seinem schweren Grinsen im Gesicht. Aber sofort danach hatte Oberst Bohun seine eigene grausame gute Laune wiedergefunden und lachte, wobei er unter seinem gelben

Schnurrbart zwei gelbe hundeähnliche Reißzähne sehen-ließ. »Für diesen Fall, mein lieber Wilfred«, sagte er sorglos, »war es weise, dass der letzte der Bohuns teilweise in Rüstung ausgegangen ist.«

Und er nahm den merkwürdigen runden, grün bezogenen Hut ab, und da zeigte sich, dass er innen mit Stahl gefüttert war. Wilfred erkannte darin einen leichten japanischen oder chinesischen Helm, der von einer Trophäe herabgerissen war, die im alten Ahnensaal hing.

»Es war der erste Hut, der mir in die Hände kam«, erklärte sein Bruder leichthin; »immer der nächste Hut – und die nächste Frau.«

»Der Grobschmied ist in Greenford«, sagte Wilfred ruhig; »die Stunde seiner Rückkehr steht nicht fest.«

Und damit wandte er sich ab und ging mit gebeugtem Haupt in die Kirche, wobei er sich bekreuzigte wie einer, der sich von einem unreinen Geist befreien will. Es drängte ihn, diese Gemeinheit im kühlen Dämmerlicht seines hohen gotischen Kreuzgangs zu vergessen; aber an diesem Morgen war es vom Schicksal bestimmt, dass seine ruhige Runde religiöser Übungen überall durch kleine Zwischenfälle aufgehalten werde. Als er die Kirche betrat, die sonst zu dieser Stunde immer leer war, erhob sich hastig eine kniende Gestalt und kam auf das helle Tageslicht des Portals zu. Als der Kurat sie sah, blieb er erstaunt stehen. Denn der frühe Beter war kein anderer als der Dorftrottel, ein Neffe des Schmieds, der sich weder um die Kirche oder um sonst etwas kümmerte, noch das konnte. Man nannte ihn allgemein den ›Verrückten Joe‹, und er schien keinen anderen Namen zu haben; er war ein dunkler, starker, schlurfiger Bursche mit einem schweren bleichen Gesicht, dunklem glattem Haar und einem immer offenen Mund. Als er an dem Priester vorbeikam, ließ sein mondkälbisches Aussehen keinen Hinweis darauf erkennen, was er getan oder gedacht hatte. Nie zuvor hatte ihn jemand beten sehen. Welche Art von Gebeten mochte er nun gesprochen haben? Mit Sicherheit sehr ungewöhnliche.

Wilfred Bohun stand lange genug wie angewachsen da, um zu sehen, wie der Blödsinnige in den Sonnenschein hinausging, wo ihn sein liederlicher Bruder mit onkelhafter Scherzhaftigkeit grüßte. Als Letztes sah er, wie der Oberst Pennys nach dem offenen Munde Joes warf in der offenkundigen Absicht, hineinzutreffen.

Dieses hässliche sonnenbeschienene Bild von Dummheit und Grausamkeit auf Erden ließ den Asketen schließlich zu seinen Gebeten um Läuterung zurück und zu neuen Gedanken finden. Er stieg hinauf zu einem Kirchenstuhl auf der Empore unter einem farbigen Fenster, das er liebte und das seinen Geist stets beruhigte; ein blaues Fenster mit einem Engel, der Lilien trug. Dort dachte er bald weniger an den Schwachsinnigen mit dem fahlen Gesicht und dem Fischmaul, weniger an seinen üblen Bruder, der in seinem schrecklichen Heißhunger wie ein magerer Löwe einherschritt. Er sank tiefer und tiefer in jene kalten und süßen Farben der silbernen Blumen und des saphirenen Himmels.

An dieser Stelle ward er eine halbe Stunde später von Gibbs angetroffen, dem Dorfschuster, der in aller Eile nach ihm ausgeschickt worden war. Er sprang sofort auf, denn er wusste, dass keine Kleinigkeit Gibbs überhaupt an diesen Ort geführt haben konnte. Der Schuster war, wie in vielen Dörfern, Atheist und sein Erscheinen in der Kirche noch um einen Grad ungewöhnlicher als das des Verrückten Joe. Es war ein Morgen der theologischen Rätsel.

»Was ist los?«, fragte Wilfred Bohun ziemlich steif, während er eine zitternde Hand nach seinem Hut ausstreckte.

Der Atheist sprach in einem Ton, der von ihm überraschend ehrerbietig klang und sogar so etwas wie ein raues Mitgefühl verriet.

»Ich bitte um Vergebung, Sir«, sagte er in heiserem Flüstern, »aber wir meinten, es wäre nicht recht, es Sie nicht sofort wissenzulassen. Ich fürchte, es ist etwas Schreckliches passiert, Sir. Ich fürchte, Ihr Bruder …«

Wilfred ballte seine zarten Hände. »Welche Teufelei hat er denn jetzt begangen?«, rief er in unwillkürlichem Zorn.

»Nun, Sir«, sagte der Schuster und hüstelte, »ich fürchte, er hat nichts getan, und wird auch nie mehr etwas tun. Ich fürchte, mit ihm ist es ausgetan. Sie würden wirklich besser runterkommen, Sir.«

Der Kurat folgte dem Schuster eine kurze Wendeltreppe hinab, die sie zu einem Ausgang brachte, der höher als die Straße lag. Bohun übersah die Tragödie mit einem Blick, unter ihm ausgebreitet wie eine Landkarte. Im Hof der Schmiede standen fünf oder sechs Männer, die meisten in Schwarz, einer in der Uniform eines Inspektors. Zu ihnen gehörte der Arzt, der presbyterianische Prediger und der Priester von der römisch-katholischen Kirche, der die Frau des Schmieds angehörte. Der Priester sprach im Augenblick sehr schnell und leise auf sie ein, während sie, eine herrliche Frau mit rotgoldnem

Haar, blind schluchzend auf einer Bank hockte. Zwischen beiden Gruppen und gerade bei dem Haupthaufen von Hämmern lag ein Mann im Abendanzug, alle viere von sich gestreckt, flach auf dem Gesicht. Von seiner Höhe oben hätte Wilfred jede Einzelheit seines Anzugs und seiner Ausstaffierung beschwören können, bis hinab zu den Bohun-Ringen an seinen Fingern; der Schädel aber war nur noch ein grässlicher Matsch, wie ein Stern aus Schwärze und Blut.

Wilfred Bohun gönnte dem Ganzen nur einen Blick und rannte dann die Stufen hinab in den Hof. Der Doktor, zugleich der Familienarzt, grüßte ihn, aber er nahm davon kaum Notiz. Er konnte nur stammeln: »Mein Bruder ist tot. Was bedeutet das? Was ist das für ein entsetzliches Geheimnis?« Da war ein unglückliches Schweigen, und dann antwortete der Schuster, der redseligste unter den Anwesenden: »Viel Entsetzliches, Sir«, sagte er, »aber wenig Geheimnisvolles.«

»Was meinen Sie damit?«, fragte Wilfred mit weißem Gesicht.

»Das ist klar genug«, antwortete Gibbs. »Es gibt nur einen Mann im Umkreis von vierzig Meilen, der so einen Hieb geschlagen haben kann, und das ist auch der Mann mit dem meisten Anlass dazu.«

»Wir dürfen nicht voreilig urteilen«, warf der Doktor, ein großer schwarzbärtiger Mann, nervös ein; »doch steht es mir durchaus zu, die Meinung von Mr Gibbs über die Art des Hiebes zu bestätigen, Sir; es muss ein unglaublicher Hieb gewesen sein. Mr Gibbs sagt, dass nur ein Mann im Distrikt das getan haben kann. Ich selbst würde gesagt haben, dass niemand das getan haben kann.«

Ein abergläubischer Schauer überlief die schlanke Gestalt des Kuraten. »Ich verstehe nicht ganz«, sagte er.

»Mr Bohun«, sagte der Doktor mit leiser Stimme, »hier versagen buchstäblich alle Vergleiche. Es wäre unangemessen zu sagen, dass der Schädel in Stücke zerschlagen wurde wie eine Eierschale. Knochensplitter sind in den Körper und in die Erde getrieben wie Kugeln in eine Lehmwand. Das war die Hand eines Riesen.«

Er schwieg einen Augenblick und blickte grimmig durch seine Brille; dann fügte er hinzu: »Ein Gutes hat die Sache – das reinigt die meisten sofort von jedem Verdacht. Wenn Sie oder ich oder irgendein anderer normaler Mann in der Gegend dieses Verbrechens beschuldigt würde, würde man uns freisprechen wie ein Kind von der Anklage, die Nelson-Säule[62] gestohlen zu haben.«

»Das sag ich ja«, wiederholte der Schuster hartnäckig, »nur ein Mann kann das getan haben, und das ist auch der Mann, der es getan haben würde. Wo ist Simeon Barnes, der Schmied?«

»Drüben in Greenford«, sagte der Kurat zögernd.

»Viel wahrscheinlicher drüben in Frankreich«, murmelte der Schuster.

»Nein; er ist weder da noch dort«, sagte eine kleine und farblose Stimme, die von dem kleinen römischen Priester kam, der sich der Gruppe angeschlossen hatte. »Tatsächlich kommt er in diesem Augenblick die Straße herauf.«

Der kleine Priester mit seinem braunen Stoppelhaar und dem runden und gleichmütigen Gesicht war keine interessante Erscheinung. Aber selbst wenn er ein strahlender Apoll gewesen wäre, hätte in diesem Augenblick niemand auf ihn geschaut. Jeder wandte sich um und spähte hinaus auf den Fußpfad, der sich unten durch die Ebene wand und über den tatsächlich mit seinen weit ausholenden Schritten und einem Hammer auf der Schulter Simeon der Schmied geschritten kam. Er war ein knochiger, riesiger Mann, mit tiefen finsteren Augen und einem dunklen Kinnbart. Er schritt und unterhielt sich ruhig mit zwei anderen Männern; und obwohl er niemals besonders fröhlich war, erschien er doch völlig unbeschwert.

»Mein Gott!«, rief der atheistische Schuster. »Und da ist auch der Hammer, mit dem er es getan hat.«

»Nein«, sagte der Inspektor, ein vernünftig aussehender Mann mit sandfarbenem Schnurrbart, der zum ersten Mal sprach. »Der Hammer, mit dem er es getan hat, liegt da drüben an der Kirchenmauer. Wir haben ihn und die Leiche genauso gelassen, wie wir sie gefunden haben.«

Alle sahen sich um, und der kleine Priester ging hinüber und sah schweigend auf das Werkzeug hinab, wo es lag. Es war einer der kleinsten und leichtesten Hämmer und wäre unter den anderen nicht aufgefallen; aber an seiner Eisenkante klebten Blut und blonde Haare.

Nach kurzem Schweigen sprach der kleine Priester, ohne aufzublicken, aber mit einem neuen Klang in seiner langweiligen Stimme. »Mr Gibbs hatte nicht recht«, sagte er, »als er sagte, es gebe kein Geheimnis. Da ist zumindest das Geheimnis, warum ein so großer Mann einen so gigantischen Hieb mit einem so kleinen Hammer versuchen sollte.«

»Ach, das ist doch ganz gleichgültig«, rief Gibbs voller Eifer. »Was sollen wir mit Simeon Barnes machen?«

»Ihn in Frieden lassen«, sagte der kleine Priester ruhig. »Er kommt von selbst hierher. Ich kenne die beiden Männer bei ihm. Das sind sehr anständige Leute aus Greenford, und sie sind wegen der presbyterianischen Kapelle hergekommen.«

Während er noch sprach, kam der große Schmied um die Kirchenecke und schritt in seinen eigenen Hof. Dann blieb er ganz still stehen, und der Hammer fiel ihm aus der Hand. Der Inspektor, der eine undurchdringliche Amtsmiene gewahrt hatte, ging sofort zu ihm hin.

»Ich will Sie nicht fragen, Mr Barnes«, sagte er, »ob Sie irgendwas von dem wissen, was sich hier abgespielt hat. Sie sind nicht verpflichtet, etwas zu sagen. Ich hoffe, dass Sie nichts wissen und das auch beweisen können. Aber ich muss Sie in aller Form im Namen des Königs[63] wegen Mordes an Oberst Norman Bohun verhaften.«

»Sie sind nicht verpflichtet, irgendwas zu sagen«, sagte der Schuster in dienstbeflissener Erregung. »Die müssen alles beweisen. Bisher haben die nicht mal bewiesen, dass das Oberst Bohun ist, mit dem Kopf dermaßen zerschmettert.«

»Das führt zu nichts«, sagte der Doktor beiseite zum Priester. »Das hat er aus Kriminalromanen. Ich war der Arzt des Obersts und kenne seinen Körper besser, als er ihn kannte. Er hatte sehr feine Hände, aber sehr eigentümliche. Der zweite und der dritte Finger waren von gleicher Länge. Nein, das ist schon wirklich der Oberst.«

Als er auf den Leichnam mit dem zermalmten Schädel auf der Erde blickte, folgten ihm die eisgrauen Augen des bewegungslosen Schmiedes dahin und hefteten sich dort ebenfalls fest.

»Ist Oberst Bohun tot?«, fragte der Schmied sehr ruhig. »Dann ist er in der Hölle.«

»Sagen Sie nichts! Oh, sagen Sie nichts«, rief der atheistische Schuster und tanzte in einer Ekstase der Bewunderung für das englische Rechtssystem umher. Denn niemand hängt so am Buchstaben des Gesetzes wie der leidenschaftliche Freidenker.

Der Schmied wandte ihm über die Schulter das erhabene Antlitz des Fanatikers zu.

»Für euch Ungläubige mag es angehen, sich wie ein Fuchs einen Ausweg zu suchen, weil das irdische Recht euch begünstigt«, sagte er; »aber Gott behütet die Seinen in Seiner Hütetasche, wie ihr noch heutigen Tages sehen werdet.«

Dann wies er auf den Oberst und fragte: »Wann fuhr dieser Hund in seinen Sünden dahin?«

»Mäßigen Sie Ihre Sprache«, sagte der Doktor.

»Mäßiget die Sprache der Bibel, und ich werde die meine mäßigen. Wann also ist er gestorben?«

»Ich habe ihn um sechs in der Frühe noch lebend gesehen«, stammelte Wilfred Bohun.

»Gott ist gut«, sagte der Schmied. »Herr Inspektor, ich habe nicht das Geringste dagegen, verhaftet zu werden. Sie sind es, der vielleicht etwas dagegen hat, mich zu verhaften. Mir ist es egal, wenn ich den Gerichtshof ohne einen Makel auf meinem Charakter verlasse. Ihnen ist es vielleicht nicht egal, den Gerichtshof mit einem Rückschlag für Ihre Karriere zu verlassen.«

Der wackre Inspektor sah den Schmied zum ersten Mal mit lebhafter Anteilnahme an – wie jeder andere auch, mit Ausnahme des kleinen fremden Priesters, der immer noch auf den kleinen Hammer hinabblickte, der den entsetzlichen Hieb ausgeteilt hatte.

»Zwei Männer stehen vor diesem Geschäft«, fuhr der Schmied mit behäbiger Klarheit fort, »ehrenwerte Geschäftsleute aus Greenford, die ihr alle kennt und die beschwören werden, dass sie mich von vor Mitternacht bis zum Tagesanbruch und noch lange danach im Sitzungssaal unserer Erweckungsmission gesehen haben, die während der ganzen Nacht tagte, weil wir Seelen so rasch retten. In Greenford selbst können weitere zwanzig Leute beschwören, dass sie mich während der ganzen Zeit gesehen haben. Wenn ich ein Heide wäre, Herr Inspektor, würde ich Sie in Ihren Untergang wandern lassen; aber als Christ fühle ich mich verpflichtet, Ihnen die Gelegenheit zu bieten und Sie zu fragen, ob Sie mein Alibi jetzt oder erst vor Gericht hören wollen.«

Zum ersten Mal schien der Inspektor verwirrt und sagte: »Natürlich wäre ich froh, wenn ich Sie jetzt sofort entlastet sähe.«

Der Schmied ging mit dem gleichen langen und leichten Schritt aus seinem Hof hinaus und kehrte sofort mit seinen beiden Freunden aus Greenford zurück, die in der Tat Freunde von fast allen Anwesenden waren. Jeder von beiden sprach einige Worte, an denen niemand je zu zweifeln dachte. Nachdem sie gesprochen hatten, stand die Unschuld Simeons ebenso fest wie die große Kirche über ihnen.

Eines jener Schweigen überfiel die Gruppe, das fremdartiger und unerträglicher ist als jede Rede. Sinnlos und nur um etwas zu sagen, sagte der Kurat zu dem katholischen Priester:

»Sie haben sich sehr für den Hammer interessiert, Father Brown.«

»Ja«, sagte Father Brown; »warum ist es ein so kleiner Hammer?«

Der Doktor wandte sich rasch zu ihm um.

»Bei Gott, das stimmt«, rief er; »wer würde einen kleinen Hammer nehmen, wenn zehn größere Hämmer herumliegen?«

Dann senkte er seine Stimme und flüsterte dem Kuraten ins Ohr: »Nur jene Art Menschen, die einen großen Hammer nicht heben können. Zwischen den Geschlechtern gibt es keinen Unterschied an Kraft oder Mut. Es ist eine Frage der Hebekraft in den Schultern. Eine mutige Frau könnte zehn Morde mit einem leichten Hammer begehen, ohne mit der Wimper zu zucken. Sie könnte mit einem schweren Hammer keinen Käfer töten.«

Wilfred Bohun starrte ihn in hypnotisiertem Entsetzen an, während Father Brown mit dem Kopf ein wenig zur Seite geneigt zuhörte, wirklich interessiert und aufmerksam. Der Doktor fuhr mit zischenderer Betonung fort:

»Warum glauben diese Idioten immer, der einzige Mensch, der den Liebhaber der Frau hasse, sei der Mann der Frau? In neun von zehn Fällen hasst den Liebhaber der Frau am meisten die Frau. Wer weiß, welche Unverschämtheit oder Verräterei er ihr angetan hat – sehen Sie?«

Er wies flüchtig auf die rothaarige Frau auf der Bank. Sie hatte endlich ihren Kopf erhoben, und Tränen trockneten auf ihrem schönen Angesicht. Aber ihre Augen waren mit einem solch elektrisierten Starren auf die Leiche gerichtet, dass es fast etwas Geistesschwaches an sich hatte.

Hochwürden Wilfred Bohun machte eine schlappe

Geste, als wedele er alle Wissbegierde beiseite; aber Father Brown, der von seinem Ärmel etwas Asche aus der Esse abstaubte, sprach in seiner gleichgültigen Weise.

»Sie sind wie viele Ärzte«, sagte er; »Ihr geistiges Wissen ist wirklich beeindruckend. Aber Ihr physisches Wissen ist absolut unmöglich. Ich gebe zu, dass die Frau den Liebhaber weit öfters zu töten wünscht als der Betrogene. Und ich gebe zu, dass eine Frau immer einen kleinen Hammer statt eines großen ergreifen wird. Aber die Schwierigkeit ist eine der physikalischen Unmöglichkeit. Keine Frau auf Erden hätte jemals den Kopf eines Mannes dermaßen zermalmen können.« Dann fügte er nach einer Pause nachdenklich hinzu: »Diese Leute haben es immer noch nicht begriffen. Der Mann trug einen Eisenhelm, und der Hieb sprengte ihn wie zerbrochenes Glas. Sehen Sie sich die Frau an. Sehen Sie ihre Arme an.«

Schweigen umfasste sie wieder alle, und dann sagte der Doktor etwas verdrießlich: »Na schön, vielleicht habe ich mich geirrt; Einwände gibt es immer. Aber ich halte an der Hauptsache fest. Kein Mensch außer einem Schwachkopf würde sich den kleinen Hammer greifen, wenn er einen großen Hammer nehmen könnte.«

Da fuhren die schlanken zitternden Hände Wilfred Bohuns hoch zu seinem Kopf und schienen sich in sein dünnes blondes Haar zu verkrampfen. Nach einem Augenblick fielen sie wieder herab, und er rief: »Das war das Wort, das ich erwartete; Sie haben das Wort gesagt.«

Dann fuhr er fort und meisterte seine Fassungslosigkeit: »Die Worte, die Sie sagten, waren: ›Kein Mensch außer einem Schwachkopf würde sich den kleinen Hammer greifen.‹«

»Ja«, sagte der Doktor. »Und?«

»Nun«, sagte der Kurat, »kein Mensch, sondern ein Schwachkopf tat es.« Die übrigen starrten ihn wie mit festgehefteten Blicken an, und er fuhr in fiebriger femininer Erregung fort:

»Ich bin ein Priester«, rief er mit unsicherer Stimme, »und ein Priester sollte kein Blutvergießer sein. Ich – ich meine, dass er niemanden an den Galgen bringen sollte. Und ich danke Gott, dass ich den Verbrecher jetzt klar erkenne – denn er ist ein Verbrecher, der nicht an den Galgen gebracht werden kann.«

»Sie wollen ihn nicht anzeigen?«, fragte der Doktor.

»Er würde nicht gehängt werden, selbst wenn ich ihn anzeigte«, sagte Wilfred mit einem wilden, aber sonderbar glücklichen Lächeln. »Als ich heute Morgen in die Kirche ging, fand ich dort einen Verrückten betend vor – den armen Joe, der all seine Lebtage verrückt war. Gott weiß, was er betete; aber bei solchen sonderbaren Leuten darf man ruhig annehmen, dass auch ihre Gebete verdreht sind. Sehr wahrscheinlich wird ein Verrückter beten, ehe er einen Menschen tötet. Als ich den armen Joe zuletzt gesehen habe, war er bei meinem Bruder. Und mein Bruder verspottete ihn.«

»Beim Zeus!«, schrie der Doktor. »Das nenne ich endlich reden. Aber wie erklären Sie …«

Hochwürden Wilfred zitterte fast vor Erregung ob seines eigenen Blicks auf die Wahrheit. »Begreifen Sie nicht, sehen Sie denn nicht«, rief er fieberhaft, »dass das die einzige Theorie ist, die beide Sonderbarkeiten erklärt, die beide Rätsel beantwortet. Die beiden Rätsel sind der kleine Hammer und der große Hieb. Der Schmied würde den großen Hieb geschlagen haben können, aber er würde niemals den kleinen Hammer gewählt haben. Seine Frau würde den kleinen Hammer gewählt haben, aber sie hätte den großen Hieb nicht führen können. Nur der Verrückte kann beides getan haben. Was den kleinen Hammer angeht – nun ja, er ist eben verrückt und hätte sich irgendetwas greifen können. Und was den großen Hieb angeht, haben Sie denn nie gehört, Doktor, dass ein Wahnsinniger während eines Anfalls die Kraft von zehn Männern haben kann?«

Der Doktor atmete tief ein und sagte dann: »Zum Teufel, ich glaube, Sie haben es getroffen.«

Father Brown hatte seine großen Augen so lange und stetig auf den Sprecher geheftet gehalten, dass nun klar war: Seine großen grauen Kuhaugen waren nicht so unbedeutend wie sein übriges Gesicht. Als wieder Schweigen eintrat, sagte er mit bemerkenswerter Hochachtung: »Mr Bohun, Sie haben bisher die einzige Theorie vorgebracht, die wirklich stichhaltig und im Wesentlichen unwiderleglich ist. Ich meine daher, dass Sie verdienten, von mir aus positiver Kenntnis zu hören, dass es nicht die wahre ist.« Und damit wanderte der seltsame kleine Mann von dannen und starrte wieder den Hammer an.

»Der Bursche scheint mehr zu wissen, als er sollte«, flüsterte der Doktor Wilfred mürrisch zu. »Diese päpstlichen Priester sind verdammt verschlagen.«

»Nein, nein«, sagte Bohun in einer Art wilder Erschöpfung. »Es war der Wahnsinnige. Es war der Wahnsinnige.«

Die Gruppe der beiden Geistlichen und des Arztes hatte sich von der amtlicheren Gruppe abgesondert, die den Inspektor und den Mann umgab, den er verhaftet hatte. Nun aber, da ihre Gruppe sich aufgelöst hatte, hörten sie wieder die Stimmen der anderen. Der Priester blickte ruhig auf, und dann wieder nieder, als er den Schmied mit lauter Stimme sagen hörte:

»Ich hoffe, ich habe Sie überzeugt, Herr Inspektor. Ich bin ein starker Mann, wie Sie sagen, aber selbst ich hätte meinen Hammer nicht zack von Greenford nach hier schleudern können. Mein Hammer hat keine Flügel, dass er eine halbe Meile über Hecken und Felder hätte fliegen können.«

Der Inspektor lachte freundlich und sagte: »Nein; ich glaube, dass Sie aus der Sache raus sind, obwohl es einer der eigenartigsten Zufälle ist, die ich je erlebt habe. Ich kann Sie nur bitten, uns alle Ihnen mögliche Hilfe bei der Suche nach einem Mann so groß und stark wie Sie selbst zu gewähren. Bei Gott! Sie könnten da nützlich sein, und wenn auch nur, um ihn festzuhalten! Ich vermute, dass Sie keine Ahnung haben, wer es sein könnte?«

»Ich könnte eine Ahnung haben«, sagte der bleiche Schmied, »aber die richtet sich nicht auf einen Mann.« Dann, als er erschreckte Augen sich seiner Frau auf der Bank zuwenden sah, legte er ihr seine große Hand auf die Schulter und sagte: »Und auch nicht auf eine Frau.«

»Was wollen Sie denn damit sagen?«, fragte der Inspektor spaßend. »Sie glauben doch wohl nicht, dass Kühe Hämmer verwenden, oder?«

»Ich glaube, dass kein Ding aus Fleisch und Blut den Hammer gehalten hat«, sagte der Schmied mit erstickter Stimme; »ich glaube vielmehr, dass der Mann von selbst gestorben ist.«

Wilfred bewegte sich jäh vorwärts und starrte ihn mit brennenden Augen an.

»Wollen Sie damit sagen, Barnes«, ließ sich die scharfe Stimme des Schusters vernehmen, »dass der Hammer von selbst aufgesprungen ist und den Mann niedergeschlagen hat?«

»Oh ihr Herren, die ihr da starret und spottet«, rief der Schmied; »ihr Geistlichen, die ihr uns jeden Sonntag erzählt, wie der Herr den Sanherib schweigend zerschmiss[64]. Ich glaube, dass einer, der unsichtbar in jedem Hause wandelt, die Ehre meines Hauses verteidigt hat und ihren Schänder tot vor seine Schwelle streckte. Ich glaube, dass die Kraft in jenem Hieb eben die Kraft ist, die in Erdbeben ist, und keine geringere.«

Wilfred sagte mit einer absolut unbeschreiblichen Stimme: »Und ich selbst habe Norman noch gesagt, sich vor dem Donnerkeil zu hüten.«

»Der Täter befindet sich außerhalb meiner Amtsvollmachten«, sagte der Inspektor mit einem leichten Lächeln.

»Ihr aber seid nicht außerhalb der seinen«, erwiderte der Schmied, »hütet euch vor ihr.« Und damit kehrte er ihnen seinen breiten Rücken zu und ging ins Haus.

Der erschütterte Wilfred ward von Father Brown beiseitegeführt, der eine leichte und freundliche Art des Umgangs mit ihm hatte. »Wir wollen diesen schrecklichen Ort verlassen, Mr Bohun«, sagte er. »Darf ich mir wohl Ihre Kirche ansehen? Ich habe gehört, sie sei eine der ältesten Englands. Wir haben, wie Sie wissen«, fügte er mit einer komischen Grimasse hinzu, »ein gewisses Interesse an alten englischen Kirchen[65].«

Wilfred Bohun lächelte nicht, denn Humor war nicht seine starke Seite. Aber er nickte bereitwillig genug, nur zu bereit, den gotischen Glanz jemandem zu erklären, der sicherlich verständnisvoller war als der presbyterianische Schmied oder der atheistische Schuster.

»Aber selbstverständlich«, sagte er; »wir wollen hier eintreten.« Und er ging vorauf durch den hochgelegenen Seiteneingang oben an der Stufenflucht. Father Brown trat auf die erste Stufe, um ihm zu folgen, als er eine Hand auf seiner Schulter spürte, und als er sich umwandte, sah er die dunkle dünne Gestalt des Arztes, dessen Gesicht vor Misstrauen noch dunkler war.

»Sir«, sagte der Mediziner harsch, »Sie scheinen einige der Geheimnisse dieses schwarzen Geschäftes zu kennen. Darf ich fragen, ob Sie sie wirklich für sich behalten wollen?«

»Nun ja, Doktor«, antwortete der Priester freundlich lächelnd, »es gibt einen sehr guten Grund, weshalb ein Mann meines Berufs Dinge für sich behält, wenn er ihrer nicht ganz sicher ist, und zwar den, dass es ständig seine Pflicht ist, Dinge für sich zu behalten, derer er ganz sicher ist. Wenn Sie aber glauben, ich wäre Ihnen oder anderen gegenüber unhöflich zurückhaltend gewesen, dann will ich bis an die äußersten Grenzen meiner Gepflogenheit gehen. Ich will Ihnen zwei sehr große Hinweise geben.«

»Und welche, Sir?«, fragte der Doktor düster.

»Erstens«, sagte Father Brown gelassen, »fällt die Sache völlig in Ihr Gebiet. Es ist eine naturwissenschaftliche Angelegenheit. Der Schmied war im Irrtum, vielleicht nicht, als er sagte, es sei ein Hieb von Gott gewesen, aber sicherlich, als er sagte, es sei ein Wunder. Es war kein

Wunder, Doktor, abgesehen davon, dass der Mensch selbst ein Wunder ist, mit seinem sonderbaren und bösen und doch wieder halbheroischen Herzen. Die Kraft, die diesen Schädel zermalmte, war eine der Wissenschaft wohl bekannte Kraft – eines der am häufigsten diskutierten Naturgesetze.«

Der Doktor, der ihn mit stirnrunzelnder Aufmerksamkeit ansah, fragte nur: »Und der andere Hinweis?«

»Der andere Hinweis ist dieser«, sagte der Priester: »Erinnern Sie sich, dass der Schmied, obwohl er an Wunder glaubt, höhnisch von dem unmöglichen Märchen sprach, sein Hammer habe Flügel und fliege eine halbe Meile übers Land?«

»Ja«, sagte der Doktor, »daran erinnere ich mich.«

»Nun«, fügte Father Brown mit breitem Lächeln hinzu, »dieses Märchen kam von allem, was heute gesagt wurde, der Wahrheit am nächsten.« Und damit wandte er sich um und stapfte die Stufen hinauf hinter dem Kuraten her.

Hochwürden Wilfred, der blass und ungeduldig auf ihn gewartet hatte, als gäbe diese kleine Verzögerung seinen Nerven den Rest, geleitete ihn sofort zu seiner Lieblingsecke in der Kirche, zu jenem Teil der Empore, der geschnitzten Decke am nächsten und erleuchtet durch das wundervolle Fenster mit dem Engel. Der kleine lateinische Priester erforschte und bewunderte alles aufs Ausführlichste und sprach während der ganzen Zeit fröhlich, aber mit leiser Stimme. Als er im Verlauf seiner Untersuchungen den Seitenausgang und die Wendeltreppe fand, über die Wilfred hinabgeeilt war, um seinen Bruder tot vorzufinden, lief Father Brown sie mit der Gewandtheit eines Affen nicht hinab, sondern hinauf, und seine klare Stimme kam von einer äußeren Plattform oben herab.

»Kommen Sie her, Mr Bohun«, rief er. »Die Luft wird Ihnen guttun.«

Bohun folgte ihm und trat auf eine Art Steingalerie oder Balkon außen am Gebäude hinaus, von wo aus man die grenzenlose Ebene überschauen konnte, in der ihr kleiner Hügel stand, bis hin zum purpurnen Horizont, bewaldet und von Dörfern und Höfen gesprenkelt. Unter ihnen lag deutlich und viereckig, aber winzig klein der Hof des Grobschmieds, wo der Inspektor immer noch stand und sich Notizen machte und der Leichnam immer noch lag wie eine zerquetschte Fliege.

»Könnte die Weltkarte sein, nicht wahr?«, sagte Father Brown.

»Ja«, sagte Bohun sehr ernst und nickte mit dem Kopf.

Unmittelbar unter ihnen und um sie herum stürzten die Linien des gotischen Bauwerks hinaus in die Leere mit jener Übelkeit erregenden Geschwindigkeit, die dem Selbstmord nahekommt. Da ist jene Titanenenergie in der Architektur des Mittelalters, die – gleich von welchem Blickpunkt aus gesehen – immer davonzustürzen scheint wie der Rücken eines durchgehenden Pferdes. Diese Kirche war aus altem und schweigendem Stein gehauen, von alten Pilzkolonien bebartet und von Vogelnestern befleckt. Und doch sprang sie von unten betrachtet wie ein Springbrunnen auf zu den Sternen; und als sie jetzt von oben hinabblickten, stürzte sie wie ein Wasserfall in den lautlosen Abgrund. Denn diese beiden Männer auf dem Turm waren allein mit dem furchtbaren Aspekt der Gotik: den ungeheuerlichen Verkürzungen und Missproportionen, den schwindelerregenden Perspektiven, der Erscheinung großer Dinge als klein und kleiner Dinge als groß; eine in der Luft schwebende steinerne Umkehrung aller Dinge. Einzelheiten aus Stein, die durch ihre Nähe riesig wirkten, hoben sich vor dem Muster aus Feldern und Farmen ab, die in der Entfernung winzig wirkten. Ein skulptierter Vogel oder ein Tier in einer Ecke wirkte wie ein riesiger wandelnder oder fliegender Drache, der die Weiden und Weiler tief unten verwüstete. Die ganze Atmosphäre war schwindelerregend und gefährlich, als ob die Menschen inmitten der kreisenden Schwingen riesiger Geister in der Luft gehalten würden; und die Masse dieser alten Kirche, so groß und prachtvoll wie eine Kathedrale, schien über dem sonnenbeschienenen Land wie eine Gewitterwolke zu lasten.

»Ich glaube, dass an so hohen Orten zu stehen, selbst um zu beten, einige Gefahren birgt«, sagte Father Brown. »Höhen wurden erschaffen, damit man zu ihnen aufblicke, nicht, damit man von ihnen herabblicke.«

»Meinen Sie, dass man hinabstürzen könnte?«, fragte Wilfred.

»Ich meine, dass die Seele hinabstürzen könnte, wenn schon nicht der Körper«, sagte der andere Priester.

»Ich kann Sie nicht verstehen«, bemerkte Bohun undeutlich.

»Sehen Sie sich zum Beispiel jenen Schmied an«, fuhr Father Brown gelassen fort; »ein braver Mann, aber kein Christ – hart, herrschsüchtig, unnachsichtig. Nun ja, seine schottische Religion wurde von Menschen gemacht, die auf Hügeln und hohen Felsen beteten und dabei lernten, mehr auf die Welt herabzusehen, als zum Himmel aufzusehen. Demut ist die Mutter der Riesen. Aus dem Tal sieht man große Dinge; nur kleine Dinge vom Gipfel.«

»Aber er – er hat es nicht getan«, sagte Bohun bebend.

»Nein«, sagte der andere mit seltsamer Stimme; »wir wissen, dass er es nicht getan hat.«

Und einen Augenblick später fuhr er fort, während er mit seinen blassgrauen Augen ruhig über die Ebene hinblickte. »Ich kannte einen Mann«, sagte er, »der anfangs mit den anderen vor dem Altar betete, dann aber wurden ihm einsame Stellen als Ort seiner Gebete immer lieber, Ecken oder Nischen im Glockenturm oder in der Turmspitze. Und eines Tages begann an einer dieser schwindelerregenden Stellen, wo sich die ganze Erde unter ihm wie ein Rad zu drehen scheint, auch sein Gehirn zu drehen, und er bildete sich ein, dass er Gott sei. Und so beging er, obwohl er ein anständiger Mann war, ein schweres Verbrechen.«

Wilfreds Gesicht war abgewendet, aber seine knochigen Hände wurden blau und weiß, als sie sich um die steinerne Brüstung krampften.

»Er glaubte, *ihm* sei es gegeben, zu richten und den Sünder niederzustrecken. Solche Gedanken hätte er niemals gehabt, wenn er mit anderen Menschen auf dem Boden gekniet hätte. Aber er sah die Menschen da unten herumlaufen wie Insekten. Besonders einen sah er genau unter sich herumstolzieren, unverschämt und an einem leuchtend grünen Hut erkenntlich – ein giftiges Insekt.«

Krähen krächzten um den Glockenturm; aber kein anderes Geräusch gab es da, bis Father Brown fortfuhr.

»Und auch dies führte ihn in Versuchung, dass er eine

der schrecklichsten Naturgewalten in Händen hielt; ich meine die Schwerkraft, jenen wahnwitzigen und immer schneller werdenden Sturz, in dem alle Geschöpfe der Erde, wenn losgelassen, an ihr Herz zurückfliegen. Sehen Sie, der Inspektor geht da gerade unter uns in der Schmiede umher. Wenn ich jetzt einen Kiesel über diese Brüstung stieße, so hätte der sich in etwas wie eine Kugel verwandelt bis zu dem Augenblick, in dem er ihn trifft. Wenn ich einen Hammer fallen ließe – selbst einen kleinen Hammer ...«

Wilfred Bohun schwang ein Bein über die Brüstung, und Father Brown hatte ihn im Nu beim Kragen.

»Nicht durch diese Tür«, sagte er ganz sanft; »diese Tür führt zur Hölle.«

Bohun taumelte zurück an die Mauer und starrte ihn mit entsetzten Augen an.

»Woher wissen Sie das alles?«, schrie er. »Sind Sie ein Teufel?«

»Ich bin ein Mensch«, antwortete Father Brown ernst; »und habe daher alle Teufel in meinem Herzen. Hören Sie zu«, sagte er nach einer kurzen Pause. »Ich weiß, was Sie getan haben – zumindest kann ich den größten Teil davon erraten. Als Sie Ihren Bruder verließen, kochten Sie vor solch sündigem Zorn, dass Sie sich sogar den kleinen Hammer schnappten, halb geneigt, ihn mit seiner Gemeinheit auf den Lippen totzuschlagen. Davor aber schraken Sie zurück und steckten ihn stattdessen unter Ihren zugeknöpften Rock und stürzten in die Kirche. Sie beteten leidenschaftlich an manchen Stellen, unter dem Engelsfenster, auf der Plattform oben und auf einer noch höheren Plattform, von der aus Sie den orientalischen

Hut des Obersten unten wie einen grünrückigen Käfer einherkrabbeln sahen. Da rastete etwas in Ihrer Seele aus, und Sie ließen Gottes Donnerkeil fallen.«

Wilfred fuhr sich langsam mit der Hand an den Kopf und fragte mit leiser Stimme: »Woher wissen Sie, dass sein Hut wie ein grüner Käfer aussah?«

»Ach das«, sagte der andere mit dem Schatten eines Lächelns, »das war gesunder Menschenverstand. Aber hören Sie mir zu. Ich sagte, dass ich das alles weiß; doch sonst wird niemand das wissen. Daher ist der nächste Schritt bei Ihnen; ich werde keinen Schritt mehr tun; ich werde das mit dem Siegel des Beichtgeheimnisses versiegeln. Wenn Sie mich fragen, warum, dann gibt es viele Gründe, aber nur einen, der Sie betrifft. Ich überlasse alles Ihnen, weil Sie noch nicht so tief gesunken sind wie übliche Mörder. Sie haben nichts dazu getan, dem Schmied das Verbrechen anzuhängen, als das leicht war; oder seiner Frau, als das leicht war. Sie haben versucht, es dem Schwachsinnigen anzuhängen, weil Sie wissen, dass er nicht bestraft werden kann. Das war einer jener Lichtblicke, die in Mördern zu finden mein Geschäft ist. Und nun kommen Sie runter ins Dorf und gehen Ihres Weges, frei wie der Wind; denn ich habe mein letztes Wort gesprochen.«

Sie stiegen die Wendeltreppe unter äußerstem Schweigen hinab und traten bei der Schmiede hinaus in den Sonnenschein. Wilfred Bohun öffnete sorgfältig das hölzerne Tor des Hofes, ging zum Inspektor und sagte: »Ich möchte mich selbst anzeigen; ich habe meinen Bruder getötet.«

Das Auge Apollos

Jenes einzigartige rauchige Gefunkel, zugleich Verhüllung und Verklärung, das sonderbare Geheimnis der Themse, wechselte mehr und mehr von seinem Grau zu seinem glitzernden Gegenstück, als die Sonne über Westminster dem Zenit zuklomm und die beiden Männer die Westminster-Brücke überquerten. Der eine war sehr lang und der andere sehr kurz; man hätte sie phantasiereich auch mit dem arroganten Glockenturm des Parlamentes und dem niedrigeren buckligen Rücken der Abtei vergleichen können, denn der kurze Mann war klerikal gekleidet. Die offizielle Beschreibung des langen Mannes war Hercule Flambeau, Privatdetektiv, und er begab sich zu seinen neuen Büroräumen in einem neuen Bürohaus gegenüber dem Eingang zur Abtei. Die offizielle Beschreibung des kurzen Mannes war Hochwürden J. Brown, der St.-Francis-Xavier-Kirche in Camberwell zugehörig, und er kam von einem Sterbebett in Camberwell, um die neuen Büroräume seines Freundes zu besichtigen.

Das Gebäude war amerikanisch in seiner wolkenkratzenden Höhe, und auch amerikanisch in der geölten Vollkommenheit seiner Maschinerie aus Telefonen und Lifts. Aber es war gerade erst fertig geworden und noch unterbesetzt: Erst drei Mieter waren eingezogen; das Büro über Flambeau war besetzt, wie auch das unter ihm; die zwei Etagen darüber und die drei Etagen darunter waren noch völlig leer. Aber der erste Blick auf das neue Hochhaus blieb an etwas sehr viel Faszinierenderem hängen. Abgesehen von ein paar Überresten von Baugerüsten war der einzige auffällige Gegenstand an der Außenseite des Büros gerade über dem von Flambeau angebracht. Es war ein riesiges vergoldetes Abbild eines menschlichen Auges, umgeben von goldenen Strahlen und so viel Platz einnehmend wie zwei oder drei Bürofenster.

»Was in aller Welt ist denn das?«, fragte Father Brown und blieb stehen.

»Ach, das ist eine neue Religion«, sagte Flambeau lachend; »eine von jenen neuen Religionen, die einem die Sünde vergeben, indem sie erklären, dass man überhaupt nicht gesündigt hat. So was Ähnliches wie Christian Science[66], möchte ich meinen. Tatsache ist, dass ein Kerl, der sich Kalon nennt (ich weiß nicht, wie sein Name ist, nur dass es der nicht sein kann), das Büro über mir gemietet hat. Unter mir habe ich zwei Maschinenschreiberinnen, und diesen schwärmerischen alten Schwindler über mir. Er nennt sich der Neue Priester Apolls, und er verehrt die Sonne.«

»Dann soll er sich in Acht nehmen«, sagte Father Brown. »Die Sonne war die grausamste aller Gottheiten. Aber was soll denn das entsetzliche Auge bedeuten?«

»Soviel ich verstanden habe«, antwortete Flambeau, »lautet ihre Theorie, dass ein Mensch alles ertragen kann, wenn nur sein Geist beständig ist. Ihre beiden großen Symbole sind die Sonne und das offene Auge; denn sie sagen, wenn ein Mensch wirklich gesund ist, kann er in die Sonne starren.«

»Wenn ein Mensch wirklich gesund ist«, sagte Father

Brown, »wird er sich nicht die Mühe machen, sie anzustarren.«

»Na ja, das ist alles, was ich Ihnen über diese neue Religion berichten kann«, fuhr Flambeau leichthin fort. »Sie erhebt natürlich den Anspruch, dass sie alle körperlichen Leiden heilen kann.«

»Kann sie denn auch das eine geistige Leiden heilen?«, fragte Father Brown mit ernsthafter Neugier.

»Und was ist das eine geistige Leiden?«, fragte Flambeau lächelnd.

»Oh, sich einzubilden, dass man völlig gesund sei«, sagte sein Freund.

Flambeau war mehr an dem kleinen ruhigen Büro unter ihm interessiert als an dem prachtvollen Tempel über sich. Er war ein klar denkender Südländer und daher unfähig, sich selbst als etwas anderes denn als einen Katholiken oder einen Atheisten zu sehen; und neue Religionen von leuchtender Farblosigkeit waren nicht nach seinem Geschmack. Aber Menschliches war immer nach seinem Geschmack, vor allem, wenn es gut aussah; darüber hinaus waren die Damen unter ihm auf ihre Art Persönlichkeiten. Das Büro gehörte zwei Schwestern, beide schlank und dunkel, eine von ihnen groß und auffallend. Sie hatte ein dunkles, gespanntes Adlerprofil und war eine jener Frauen, die man sich immer im Profil vorstellt, wie die klar geschnittene Schneide einer Waffe. Sie schien sich ihren Weg durchs Leben zu schneiden. Sie hatte Augen von auffälligem Glanz, aber es war eher der Glanz des Stahls als der des Diamanten; und ihre gerade, schlanke Figur war einen Hauch zu steif für ihre Anmut. Ihre jüngere Schwester war wie ihr verkürzter Schatten, ein bisschen grauer, farbloser, unbedeutender. Beide trugen geschäftsmäßiges Schwarz, mit kleinen männlichen Manschetten und Kragen. In den Londoner Büros gibt es Tausende solcher kurz angebundener fleißiger Damen, doch der Reiz dieser beiden bestand eher in ihrer wirklichen als in ihrer scheinbaren Stellung.

Denn Pauline Stacey, die ältere, war tatsächlich die Erbin eines Helmwappens und einer halben Grafschaft sowie eines großen Vermögens; sie war in Schlössern und Gärten aufgewachsen, ehe ihr frostiger Stolz (der modernen Frau eigentümlich) sie in ein nach ihrer Ansicht strengeres und höheres Leben trieb. Sie hatte zwar auf ihr Geld keineswegs verzichtet; das wäre ein romantischer oder mönchischer Verzicht gewesen, der ihrem herrschsüchtigen Utilitarismus keineswegs entsprach. Sie halte ihren Reichtum beisammen, pflegte sie zu sagen, um ihn für praktische soziale Zwecke zu verwenden. Einen Teil davon hatte sie in ihr Geschäft gesteckt, den Kern eines mustergültigen Schreibbüroreiches, einen anderen Teil hatte sie unter alle möglichen Gesellschaften und Bewegungen für die Förderung solcher Arbeit unter Frauen verteilt. Wieweit Joan, ihre Schwester und Partnerin, diesen ziemlich prosaischen Idealismus teilte, war nicht sicher auszumachen. Aber sie folgte ihrer Führerin mit geradezu hündischer Zuneigung, die mit ihrem Hauch von Tragödie viel anziehender war als der harte hochmütige Geist der älteren. Denn Pauline Stacey hatte zum Thema Tragödie nichts zu sagen; vielmehr leugnete sie deren Existenz überhaupt.

Ihre starre Geschwindigkeit und ihre kalte Ungeduld hatten Flambeau anlässlich seines ersten Besuchs im

Hause sehr belustigt. Er hatte in der Eingangshalle vor dem Lift herumgelungert und auf den Liftboy gewartet, der gewöhnlich die Fremden auf die einzelnen Etagen bringt. Aber dieses glanzäugige Falkenmädchen hatte sich offen geweigert, eine derartige amtliche Verzögerung hinzunehmen. Sie erklärte scharf, dass sie alles über den Lift wisse und nicht von Boys abhängig sei – oder von Männern. Und obwohl ihr Büro nur drei Stockwerke hoch lag, gelang es ihr in den wenigen Sekunden der Auffahrt, Flambeau den größten Teil ihrer grundsätzlichen Ansichten aus dem Stegreif vorzutragen; sie liefen insgesamt darauf hinaus, dass sie eine moderne arbeitende Frau sei und moderne Arbeitsmaschinen liebe. Ihre glänzenden schwarzen Augen blitzten in abstraktem Ärger wider jene, die die mechanische Wissenschaft ablehnen und die Wiederkehr der Romantik ersehnen. Jeder, sagte sie, sollte imstande sein, Maschinen zu bedienen, so wie sie imstande sei, den Lift zu bedienen. Es war ihr geradezu unangenehm, dass Flambeau die Lifttür für sie öffnete; und dieser Gentleman wanderte hinauf zu seinen eigenen Räumen und lächelte mit einigermaßen gemischten Gefühlen in der Erinnerung an so viel feuerspeiende Selbst-Abhängigkeit.

Sie hatte zweifellos Temperament, von einer zupackenden praktischen Art; die Gesten ihrer dünnen, eleganten Hände waren schroff oder gar zerstörerisch. Einmal betrat Flambeau ihr Büro in irgendeiner Schreibarbeitsangelegenheit und stellte fest, dass sie gerade die Brille ihrer Schwester mitten ins Zimmer geschleudert hatte und darauf herumstampfte. Sie befand sich mitten in den Katarakten eines ethischen Wortschwalls über die

»kränklichen medizinischen Ansichten« und das krankhafte Eingeständnis von Schwäche, die ein solches Gerät einschließe. Sie verbot ihrer Schwester, je wieder solch künstlichen, ungesunden Dreck mit ins Büro zu bringen. Sie fragte, ob man vielleicht von ihr erwarte, dass sie Holzbeine trüge oder falsche Haare oder Glasaugen; und während sie sprach, funkelten ihre Augen wie schrecklicher Kristall.

Flambeau, den dieser Fanatismus sehr verblüffte, konnte sich nicht enthalten, Miss Pauline (mit unverblümter französischer Logik) zu fragen, wieso eine Brille ein krankhafteres Zeichen von Schwäche sei als ein Lift, und wenn die Wissenschaft uns in dem einen Fall helfen dürfe, warum dann nicht auch in dem anderen.

»Das ist doch etwas ganz anderes«, sagte Pauline Stacey hochfahrend. »Batterien und Motoren und all solche Sachen sind Bekundungen der Kraft des Menschen – ja, Mr Flambeau, auch der Kraft der Frauen! Auch wir werden unseren Anteil an diesen großen Maschinen haben, die Entfernungen verschlingen und uns von der Zeit befreien. Das ist groß und herrlich – das ist wahre Wissenschaft. Aber diese ekelhaften Ersatzteile und Pflästerchen, die einem die Ärzte verkaufen – das sind doch nur Abzeichen der Feigheit. Die Ärzte kleben einem Beine und Arme an, als ob wir geborene Krüppel wären und kränkliche Sklaven. Ich aber wurde frei geboren, Mr Flambeau! Die Leute bilden sich nur ein, dass sie diese Dinge brauchten, weil sie zu Furcht erzogen sind und nicht zu Macht und Mut erzogen wurden, genauso wie dumme Ammen Kindern erzählen, sie sollten nicht in die Sonne schauen, und also können sie es auch nicht, ohne zu zwinkern, tun. Warum aber sollte es unter allen Sternen einen Stern geben, den ich nicht sehen darf? Die Sonne ist nicht mein Herr, und also werde ich meine Augen aufmachen und sie anstarren, wann immer ich das will.«

»Ihre Augen«, sagte Flambeau mit einer ausländischen Verbeugung, »werden die Sonne blenden.« Es machte ihm Spaß, dieser seltsam steifen Schönheit Komplimente zu sagen, auch weil es sie ein bisschen aus dem Gleichgewicht brachte. Als er aber zu seinem Stockwerk hinaufstieg, holte er tief Atem und pfiff leise und sagte zu sich selbst: »Dann ist sie also auch diesem Taschenspieler da oben mit seinem goldenen Auge in die Hände gefallen.« Denn so wenig er von der neuen Religion Kalons wusste oder sich darum kümmerte, von seinen besonderen Ansichten über das In-die-Sonne-Starren hatte er bereits gehört.

Er fand bald heraus, dass die geistigen Bande zwischen den Stockwerken über und unter ihm eng waren und immer enger wurden. Der Mann, der sich selbst Kalon nannte, war ein herrliches Geschöpf, in physischem Sinne wahrhaft würdig, der Oberpriester Apolls zu sein. Er war fast so groß wie Flambeau und sah sehr viel besser aus, mit goldenem Bart, leuchtend blauen Augen, einer wehenden Löwenmähne. Seinem Bau nach war er die blonde Bestie Nietzsches[67], aber diese animalische Schönheit wurde erhöht, aufgehellt und gesänftet durch echten Verstand und wahre Geistigkeit. Wenn er schon einem der großen Sachsenkönige[68] glich, dann einem jener Könige, die auch Heilige waren. Und das trotz all der Ungereimtheiten seiner alltäglichen Umgebung; trotz der Tatsache, dass er ein Büro auf halber Höhe eines Gebäudes in der Victoria Street hatte; dass sein Sekretär (ein gewöhnlicher Jüngling mit Manschetten und Kragen) im Vorzimmer zwischen ihm und dem Korridor saß; dass sich sein Name auf einem Messingschild befand und das vergoldete Emblem seines Glaubens über der Straße hing wie das Firmenschild eines Augenarztes. All diese Gewöhnlichkeiten konnten dem Mann namens Kalon die Lebendigkeit des Eindrucks und des Einflusses nicht nehmen, die ihm aus Seele und Körper kamen. In der Gegenwart dieses Marktschreiers fühlte man sich trotz allem in der Gegenwart eines großen Mannes. Selbst in seinem losen leinenen Anzug, den er als Arbeitsanzug in seinem Büro trug, war er eine faszinierende und beeindruckende Erscheinung; und wenn er in die weißen Gewänder gekleidet und mit dem goldenen Reifen gekrönt war, in denen er täglich die Sonne grüßte, dann sah er wirklich so herrlich aus, dass dem Straßenvolk das Gelächter manchmal auf den Lippen erstarb. Denn dreimal am Tage trat der neue Anbeter der Sonne hinaus auf seinen kleinen Balkon, um vor ganz Westminster[69] seinem strahlenden Herrn eine Litanei aufzusagen: einmal zum Tagesanbruch, einmal bei Sonnenuntergang, und einmal Punkt zwölf Uhr mittags. Und während noch der Klang des Mittagsläutens schwach von den Türmen des Parlaments und der Pfarrkirche herüberdrang, geschah es, dass Father Brown, der Freund Flambeaus, erstmals hochschaute und den weißen Priester Apolls erblickte.

Flambeau hatte diese täglichen Begrüßungen von Phoebus oft genug gesehen und verschwand durch das Portal des hohen Gebäudes, ohne sich auch nur nach seinem klerikalen Freund umzudrehen, ob der ihm folge. Father

Brown aber, ob nun aus beruflichem Interesse an Ritualen oder aus einem starken persönlichen Interesse an Betrügereien, blieb stehen und starrte hinauf zu dem Balkon des Sonnenanbeters, geradeso, wie er es bei einem Kasperletheater getan hätte. Kalon der Prophet stand bereits aufgerichtet da, in silbernen Gewändern und mit erhobenen Händen, und der Klang seiner seltsam durchdringenden Stimme konnte den ganzen Weg hinab in die geschäftige Straße gehört werden, wie er seine Sonnenlitanei betete. Er hatte bereits ihre Mitte erreicht; seine Augen waren auf die flammende Scheibe gerichtet. Es ist zu bezweifeln, dass er irgendetwas oder irgendjemand auf Erden sah; es ist absolut sicher, dass er einen kümmerlichen rundgesichtigen Priester nicht sah, der unten in der Menge mit blinzelnden Augen zu ihm aufblickte. Und das war vielleicht der auffälligste Unterschied zwischen diesen beiden so ungleichen Männern. Father Brown konnte nichts ansehen, ohne zu blinzeln; aber der Priester Apolls konnte in die flammende Mittagsglut blicken, ohne auch nur mit einer Wimper zu zucken.

»O Sonne«, rief der Prophet, »o Stern, der du zu groß bist, um bei den anderen Sternen zu weilen! O Quell, der du ruhig an jenem geheimnisvollen Orte fließest, der das All heißt. Weißer Vater aller weißen unveränderlichen Dinge, der weißen Flammen und der weißen Blüten und der weißen Gipfel. Vater, der du unschuldiger bist als das unschuldigste und ruhigste deiner Kinder; Urreinheit, in deren Frieden …«

Ein Stürzen und Krachen wie der Umkehrsturz einer Rakete wurde von einem schrillen lang gezogenen Schrei durchschnitten. Fünf Menschen stürmten durch das

Portal des Hochhauses hinein, während drei Menschen herausstürmten, und für einen Augenblick schrien alle durcheinander. Ein Gefühl des äußersten fürchterlichsten Schreckens schien für einen Moment die halbe Straße mit üblen Nachrichten zu erfüllen – üble Nachrichten, die umso schlimmer waren, als niemand wusste, um was es ging. Zwei Gestalten blieben nach diesem Zusammenprall von Bewegungen ruhig stehen: der schöne Priester Apolls oben auf dem Balkon und der hässliche Priester Christi unter ihm.

Schließlich erschienen die Riesengestalt und die titanische Energie Flambeaus im Portal des Gebäudes und beherrschten den kleinen Auflauf. Er sprach mit seiner lautesten Stimme, die wie ein Nebelhorn dröhnte, und befahl jemandem oder allen, einen Arzt zu holen; und als er sich in den dunklen und überfüllten Eingang zurückwandte, schlüpfte sein Freund Father Brown hinter ihm unauffällig mit hinein. Aber selbst als er sich durch die Menge drückte und schlängelte, konnte er immer noch die großartige Melodie und Monotonie des Sonnenpriesters vernehmen, der weiter den glücklichen Gott anrief, den Freund der Quellen und Blumen.

Father Brown fand Flambeau und sechs andere Leute um den kleinen Schacht versammelt, in den der Lift normalerweise hinabsank. Aber der Lift war nicht hinabgesunken. Etwas anderes war herabgekommen; etwas, das mit dem Lift hätte kommen sollen.

Während der letzten vier Minuten hatte Flambeau darauf hinabgeschaut; hatte den zerschmetterten Kopf und die blutende Gestalt jener schönen Frau gesehen, die die Existenz der Tragödie verneinte. Für ihn hatte es nie den geringsten Zweifel gegeben, dass es sich um Pauline Stacey handele; und obwohl er nach einem Arzt geschickt hatte, hegte er doch nicht den geringsten Zweifel daran, dass sie tot war.

Er konnte sich nicht genau erinnern, ob er sie gemocht hatte oder nicht; da gab es zu vieles sowohl zu mögen wie auch nicht zu mögen. Aber für ihn war sie ein Mensch gewesen, und das unerträgliche Pathos der Einzelheiten und der Gewohnheit peinigte ihn mit all den kleinen Dolchen des Verlustes. Er erinnerte sich ihres schönen Antlitzes und ihrer spröden Reden mit einer plötzlichen geheimen Lebendigkeit, die da die ganze Bitternis des Todes ist. In einem einzigen Augenblick war dieser schöne und abweisende Körper wie ein Blitz aus heiterem Himmel, wie ein Donnerkeil aus dem Nichts den offenen Schacht des Liftes hinab in den Tod auf dem Grunde gestürzt. War es Selbstmord? Bei einer so anmaßenden Optimistin erschien das unmöglich. War es Mord? Aber wer war da in dem kaum bewohnten Gebäude, um irgendwen zu ermorden? In einem heiseren Wortschwall, den er für kraftvoll hielt und plötzlich als schwächlich erkannte, fragte er, wo der Bursche Kalon sei. Eine Stimme, die wie üblich schwer, ruhig und voll klang, versicherte ihm, dass Kalon während der letzten fünfzehn Minuten auf seinem Balkon gestanden und seinen Gott angebetet habe. Als Flambeau die Stimme hörte und die Hand Father Browns fühlte, wandte er ihm sein dunkles Gesicht zu und sagte schroff:

»Wenn er die ganze Zeit da oben gewesen ist, wer kann es dann getan haben?«

»Vielleicht«, sagte der andere, »sollten wir hinaufgehen

und es herausfinden. Wir haben eine halbe Stunde, bevor die Polizei da sein wird.«

Flambeau überließ den Körper der ermordeten Erbin den Ärzten, stürmte die Treppen zum Schreibbüro hinauf, fand es vollkommen leer vor und stürmte höher in sein eigenes. Nachdem er es betreten hatte, kehrte er mit einem neuen und weißen Gesicht zu seinem Freund zurück.

»Ihre Schwester«, sagte er mit unerfreulichem Ernst, »ihre Schwester scheint zu einem Spaziergang ausgegangen zu sein.«

Father Brown nickte. »Oder sie kann in das Büro des Sonnenmannes hinaufgegangen sein«, sagte er. »Wenn ich Sie wäre, würde ich zunächst das feststellen, und dann wollen wir die Sache in Ihrem Büro durchsprechen. Nein«, sagte er plötzlich, als ob er sich an etwas erinnere; »ob ich wohl jemals klüger werde? Natürlich unten in deren Büro.«

Flambeau starrte; aber er folgte dem kleinen Father die Treppen hinab in das leere Büro der Staceys, wo jener undurchdringliche Pastor[70] sich einen großen roten Ledersessel mitten in den Eingang stellte, von wo aus er die Treppen und Absätze überblicken konnte, und wartete. Er wartete nicht sehr lange. Innerhalb von etwa vier Minuten stiegen drei Gestalten die Treppen herab, einander lediglich in ihrer Feierlichkeit ähnlich. Die erste war Joan Stacey, die Schwester der toten Frau – offenbar *war* sie oben in dem zeitweiligen Tempel Apolls gewesen; die zweite war der Priester Apolls selber, der, nachdem er seine Litanei beendet hatte, die leeren Treppen in herrlicher Pracht herabwandelte – etwas an seinen weißen

Roben, dem Bart, dem gescheitelten Haar erinnerte an Dorés Christus, der das Praetorium verlässt[71]; die dritte war Flambeau, mit finsterer Stirn und einigermaßen verblüfft.

Miss Joan Stacey, mit verkniffenem Gesicht und einem vorzeitigen Anflug von Grau im Haar, ging direkt zu ihrem Schreibtisch und ordnete ihre Papiere mit geübtem Griff. Das allein brachte die übrigen zur Vernunft. Wenn Miss Joan Stacey eine Verbrecherin war, dann war sie eine sehr kaltblütige. Father Brown betrachtete sie eine Weile mit einem seltsamen kleinen Lächeln, und dann wandte er sich, ohne den Blick von ihr zu nehmen, an jemand anderen.

»Prophet«, sagte er, vermutlich zu Kalon, »ich möchte, dass Sie mir so viel wie möglich über Ihre Religion erzählen.«

»Es ist mir eine Ehre«, sagte Kalon und neigte sein immer noch gekröntes Haupt; »aber ich bin mir nicht sicher, ob ich richtig verstanden habe.«

»Nun, es ist so«, sagte Father Brown in seiner offenen, nachdenklichen Weise. »Nach unserer Lehre ist ein Mensch mit wirklich schlechten Grundsätzen daran wenigstens teilweise selbst schuld. Aber wir können dennoch unterscheiden zwischen einem Menschen, der gegen ein strahlend reines Gewissen handelt, und einem, dessen Gewissen von Spitzfindigkeiten umwölkt ist. Sind Sie also davon überzeugt, dass Mord etwas Böses ist?«

»Ist das eine Anklage?«, fragte Kalon sehr ruhig.

»Nein«, antwortete Brown ebenso sanft, »das ist das Plädoyer für die Verteidigung.«

In das lange und erschreckte Schweigen des Raumes

hinein erhob sich der Prophet Apollos langsam, und wahrlich war es wie der Aufgang der Sonne. Er füllte den Raum mit seinem Licht und Leben auf so intensive Art, dass man das Gefühl bekam, er hätte ebenso leicht die Ebene von Salisbury[72] erfüllen können. Seine in Roben gehüllte Gestalt schien den ganzen Raum mit klassischen Draperien zu versehen; seine epische Geste schien ihn in immer größere Räume zu entgrenzen, bis die kleine schwarze Gestalt des modernen Klerikers wie ein Fehlgriff und ein Eindringling erschien, ein runder schwarzer Fleck auf dem strahlenden Glanz von Hellas.

»Endlich treffen wir uns, Kaiaphas[73]«, sagte der Prophet. »Ihre Kirche und die meine sind die einzigen Wirklichkeiten auf Erden. Ich bete die Sonne an, und Sie ihren Untergang; Sie sind der Priester des sterbenden Gottes, ich bin der Priester des lebendigen Gottes. Ihr gegenwärtiges Werk der Verdächtigung und Verleumdung ist Ihres Gewandes und Ihres Glaubens würdig. Ihre ganze Kirche ist nichts als eine schwarze Polizei; ihr alle seid nur Spione und Detektive, die versuchen, den Menschen Bekenntnisse ihrer Schuld zu entreißen, durch Verrat oder durch Folter. Sie wollen die Menschen ihrer Verbrechen überführen, ich will sie ihrer Unschuld überführen. Sie wollen sie von ihren Sünden überzeugen, ich will sie von ihrer Tugend überzeugen.

Leser der Bücher des Bösen, ein Wort noch, bevor ich Ihre grundlosen Hirngespinste für immer hinwegblase. Nicht einmal im Entferntesten können Sie verstehen, wie gleichgültig es mir ist, ob Sie mich überführen können oder nicht. Was ihr Schande und schreckliches Henken nennt, ist mir nicht mehr als der Menschenfresser im Märchenbuch des Kindes dem erwachsenen Mann. Sie sagten, Sie hielten das Plädoyer für die Verteidigung. Mir liegt so wenig an dem Nebelland dieses Lebens, dass ich Ihnen das Plädoyer für die Staatsanwaltschaft anbiete. Nur eines kann in dieser Angelegenheit gegen mich vorgebracht werden, und das will ich selbst sagen. Die Frau, die tot ist, war meine Liebe und meine Braut; nicht nach jener Art, die eure Blechkapellen rechtmäßig nennen, sondern nach einem reineren und strengeren Gesetz, als Sie je verstehen können. Sie und ich, wir wandelten in einer anderen Welt als der Ihren und schritten durch kristallene Paläste, während Sie durch Korridore und Tunnel aus Ziegelsteinen krochen. Ich weiß wohl, dass Polizisten, seien sie theologische oder andere, sich immer einbilden, wo Liebe sei, müsse bald auch Hass sein; und damit haben Sie den ersten Punkt für die Anklage. Der zweite Punkt aber ist gewichtiger; ich will ihn Ihnen nicht verhehlen. Nicht nur ist wahr, dass Pauline mich liebte, wahr ist auch, dass sie noch diesen Morgen, bevor sie starb, an jenem Tische dort ihr Testament geschrieben hat, durch das sie mir und meiner neuen Kirche eine halbe Million vermachte. Alsdann, wo sind die Handschellen? Bilden Sie sich denn ein, es kümmere mich noch, welch törichte Dinge Sie mir antun? Zuchthausstrafe wird mir sein, wie an einer Zwischenstation auf sie zu warten. Der Galgen wird mir nur sein wie ein Wagen zu ihr ohne Zwischenhalt.«

Er sprach mit der gehirnerschütternden Autorität des Redners, und Flambeau wie Joan Stacey starrten ihn voll der verblüfften Verwunderung an. Father Browns Gesicht schien nichts als äußerste Pein auszudrücken; er blickte mit einer Schmerzensfalte auf der Stirn zu Boden. Der Prophet der Sonne lehnte sich leicht gegen den Kaminsims und fuhr fort:

»Mit wenigen Worten habe ich Ihnen den ganzen Fall gegen mich vorgetragen – den einzig möglichen Fall gegen mich. Mit noch weniger Worten werde ich ihn in Stücke sprengen, so, dass auch nicht eine Spur von ihm bleibt. Zur Frage, ob ich das Verbrechen begangen habe, die Antwort in einem Satz: Ich kann dieses Verbrechen nicht begangen haben. Pauline Stacey stürzte von diesem Stockwerk um fünf nach zwölf in die Tiefe. Hundert Menschen werden in den Zeugenstand gehen und aussagen, dass ich draußen stand auf dem Balkon meiner eigenen Räume, von kurz vor Beginn des Mittagsläutens bis Viertel nach – die übliche Zeitlänge meiner öffentlichen Gebete. Mein Sekretär (ein achtbarer Jüngling aus Clapham, der in keinerlei Beziehung zu mir steht) wird beschwören, dass er während des ganzen Morgens in meinem Vorzimmer saß und dass während dieser Zeit niemand durch das Vorzimmer gegangen ist. Er wird beschwören, dass ich volle zehn Minuten vor der Zeit eintraf, fünfzehn Minuten vor den ersten Gerüchten über den Unfall, und dass ich mich während der ganzen Zeit entweder im Büro oder auf dem Balkon aufgehalten habe. Noch nie hat jemand ein so vollkommenes Alibi gehabt; ich könnte halb Westminster in den Zeugenstand rufen lassen. Ich glaube, Sie sollten die Handschellen lieber wieder wegstecken. Der Fall ist zu Ende.

Zum Schluss aber, und damit auch nicht ein Hauch dieser idiotischen Verdächtigung in der Luft bleibe, will ich Ihnen alles erzählen, was Sie wissen wollen. Ich glaube zu wissen, wie meine unglückliche Freundin zu Tode kam.

Wenn Sie wollen, können Sie mich, oder wenigstens meinen Glauben und meine Philosophie, dafür verantwortlich machen; aber mit Sicherheit können Sie mich nicht einsperren lassen. Allen, die sich je dem Studium der höheren Wahrheiten gewidmet haben, ist wohl bekannt, dass im Lauf der Geschichte gewisse Eingeweihte und *Illuminati*[74] die Fähigkeit der Levitation erreicht haben – das heißt, dass sie in der freien Luft schweben konnten. Das ist nur ein Teil jener allgemeinen Eroberung der Materie, die das Hauptelement unseres okkulten Wissens ist. Die arme Pauline war von impulsivem und ehrgeizigem Temperament. Und um die Wahrheit zu sagen, glaube ich, dass sie sich bereits tiefer in die Geheimnisse eingedrungen wähnte, als sie es war; und oftmals sagte sie zu mir, wenn wir im Lift mitsammen abwärtsfuhren, dass, wessen Wille stark genug sei, wie eine Feder ungefährdet abwärtsschweben könne. Ich bin der festen Überzeugung, dass sie in der Ekstase edelster Gedanken das Wunder versucht hat. Ihr Wille oder ihr Glaube müssen sie im kritischen Moment im Stich gelassen haben, und die niederen Gesetze der Materie haben ihre furchtbare Rache genommen. Das also ist die ganze Geschichte, meine Herren, sehr traurig und nach Ihren Vorstellungen sehr vermessen und sehr gottlos, jedoch auf keinen Fall verbrecherisch oder in irgendeinem Zusammenhang mit mir. In der Kurzschrift der Polizeigerichte sollten Sie es besser Selbstmord nennen. Ich aber werde es immer ein heroisches Scheitern im Dienste des wissenschaftlichen Fortschritts und des langsamen Erklimmens des Himmels nennen.«

Zum ersten Male überhaupt sah Flambeau Father

Brown besiegt. Er saß immer noch da und blickte mit schmerzvoll verzogenen Brauen zu Boden, als schämte er sich. Es war unmöglich, sich dem Gefühl zu entziehen, das des Propheten beflügelte Worte angefacht hatte, dass hier ein tumber professioneller Verdächtiger seiner Mitmenschen von einem stolzeren und reineren Geist natürlicher Freiheit und Gesundheit überwältigt worden sei. Schließlich sagte er blinzelnd wie in körperlichen Schmerzen: »Nun ja, wenn das so ist, Sir, brauchen Sie nichts anderes mehr zu tun, als jenes Testamentspapier zu nehmen, von dem Sie gesprochen haben, und zu gehen. Ich frage mich, wo die arme Dame es gelassen hat.«

»Es wird da drüben auf ihrem Tisch nahe der Tür sein, nehme ich an«, sagte Kalon in jener massiven Unschuld des Verhaltens, die ihn völlig freizusprechen schien. »Sie sagte mir ausdrücklich, sie werde es an diesem Morgen schreiben, und wirklich habe ich sie schreiben gesehen, als ich im Fahrstuhl hoch zu meinen Räumen fuhr.«

»War die Tür da auf?«, fragte der Priester und blickte auf eine Ecke des Fußbodenbelags.

»Ja«, sagte Kalon gelassen.

»Aha! Sie ist dann seither offen gewesen«, sagte der andere und nahm sein schweigsames Studium des Bodenbelags wieder auf.

»Da drüben liegt ein Stück Papier«, sagte die grimme Miss Joan mit etwas seltsamer Stimme. Sie war zum Schreibtisch ihrer Schwester neben der Tür getreten und hielt ein Stück blauen Konzeptpapiers in der Hand. Auf ihrem Gesicht lag ein säuerliches Lächeln, das für eine solche Szene und Gelegenheit sehr unpassend erschien, und Flambeau sah sie mit sich verfinsternder Stirne an.

Kalon der Prophet hielt sich mit jener königlichen Unbefangenheit von dem Papier fern, die ihn bis hier getragen hatte. Flambeau aber nahm es der Dame aus der Hand und las es mit dem größten Erstaunen. Es begann tatsächlich in der üblichen Form eines Testamentes, aber nach den Worten »Ich schenke und vermache alles, was ich bei meinem Tode besitze« brach es jählings in eine Kritzelei ab, und vom Namen irgendeines Erben war da keine Spur. Flambeau reichte dieses abrupt endende Testament verwundert seinem klerikalen Freund, der es überflog und schweigend an den Priester der Sonne weiterreichte.

Einen Augenblick später hatte jener Hohepriester in seinen glänzenden wallenden Gewändern den Raum mit zwei großen Schritten durchmessen und stand dräuend über Joan, wobei ihm seine blauen Augen aus dem Kopf quollen.

»Was für Gaunertricks hast du da gespielt?«, schrie er. »Das ist nicht alles, was Pauline geschrieben hat.«

Sie hörten ihn zu ihrer Verblüffung mit einer völlig neuen Stimme ein schrilles Yankee-Englisch sprechen; all seine Großartigkeit und sein ausgezeichnetes Englisch waren von ihm wie ein Umhang abgefallen.

»Das war das einzige Stück auf ihrem Schreibtisch«, sagte Joan und sah ihn stetig mit dem gleichen Lächeln tiefer Abneigung an.

Und plötzlich brach der Mann in eine Sturzflut lästerlicher und ungläubiger Worte aus. Das Fallenlassen seiner Maske hatte etwas Erschütterndes; es war, als falle einem Mann sein wirkliches Gesicht ab.

»Hör zu!«, schrie er in breiigem Amerikanisch, vom

Fluchen außer Atem; »vielleicht bin ich ’n Abenteurer, aber du bist ’ne Mörderin. Jawoll, die Herren, hier habt ihr euren Tod erklärt, und ganz ohne Levitation. Das arme Mädchen schreibt ein Testament zu meinen Gunsten; ihre verfluchte Schwester kommt rein, kämpft mit ihr um die Feder, zerrt sie zum Schacht und schmeißt sie runter, ehe sie fertig ist. Scheiße! Wir werden die Handschellen doch noch brauchen.«

»Wie Sie so richtig bemerkt haben«, erwiderte Joan in verächtlicher Ruhe, »ist Ihr Sekretär ein achtbarer junger Mann, der das Wesen eines Eides kennt; und er wird vor jedem Gericht beschwören, dass ich oben in Ihrem Büro war, um bestimmte Schreibarbeiten vorzubereiten, von fünf Minuten vor bis fünf Minuten nach dem Sturz meiner Schwester. Und Mr Flambeau wird aussagen, dass er mich dort angetroffen hat.«

Schweigen herrschte.

»Dann also«, rief Flambeau, »war Pauline allein, als sie stürzte, und es war Selbstmord!«

»Sie war allein, als sie stürzte«, sagte Father Brown, »aber es war kein Selbstmord.«

»Wie ist sie denn dann gestorben?«, fragte Flambeau ungeduldig.

»Sie wurde ermordet.«

»Aber sie war doch ganz allein«, widersprach der Detektiv.

»Sie wurde ermordet, während sie ganz allein war«, antwortete der Priester.

Die anderen alle starrten ihn an, aber er blieb in der gleichen niedergeschlagenen Haltung von vorhin sitzen, mit einer Falte auf seiner runden Stirn und dem Ausdruck von unpersönlicher Scham und Trauer; seine Stimme war farblos und düster.

»Was ich wissen will«, schrie Kalon mit einem Fluch, »ist, wann die Polizei diese blutbefleckte gottverdammte Schwester abholt. Sie hat ihr eigen Fleisch und Blut ermordet; sie hat mich um eine halbe Million beraubt, die mindestens so unverbrüchlich mir gehörte wie …«

»Komm, komm, Prophet«, unterbrach ihn Flambeau spöttisch; »denk daran, dass diese Welt nur eine Nebelbank ist.«

Der Hierophant des Sonnengottes[75] unternahm eine Anstrengung, wieder auf sein Podest zu klettern. »Es geht ja nicht allein ums Geld«, rief er, »obwohl das unsere Sache in der ganzen Welt auf sicheren Boden stellen würde. Es geht ja auch um die Wünsche meiner so sehr Geliebten. Pauline war das alles heilig. In Paulines Augen …«

Father Brown sprang so plötzlich hoch, dass er seinen Sessel glatt umwarf. Er war totenbleich, aber er schien von einer Hoffnung entflammt. Seine Augen leuchteten.

»Das ist es«, rief er mit klarer Stimme. »Damit muss man anfangen. In Paulines Augen …«

Der große Prophet wich in fast wahnsinniger Verwirrung vor dem kleinen Priester zurück. »Was meinen Sie? Wie können Sie es wagen?«, schrie er wieder und wieder.

»In Paulines Augen«, wiederholte der Priester, und seine eigenen leuchteten immer mehr. »Weiter – in Gottes Namen weiter. Das schlimmste Verbrechen, das der böse Feind einem eingeflüstert hat, wird durch die Beichte leichter; und ich flehe Sie an: Beichten Sie. Weiter, weiter – in Paulines Augen …«

»Lass mich gehen, du Teufel!«, donnerte Kalon und

wand sich wie ein Riese in Fesseln. »Wer bist du, du verfluchter Spion, dass du es wagst, dein Spinngewebe um mich zu weben und zu lauern und zu glotzen? Lass mich gehen.«

»Soll ich ihn festhalten?«, fragte Flambeau und sprang auf die Tür zu, denn Kalon hatte sie bereits weit geöffnet.

»Nein; lassen Sie ihn gehen«, sagte Father Brown mit einem eigenartigen tiefen Seufzer, der aus den Tiefen des Universums zu kommen schien. »Lass Kain vorüber, denn er gehört Gott.«

Im Raum herrschte, nachdem er ihn verlassen hatte, ein langes Schweigen, das für Flambeaus schnellen Witz eine Ewigkeit tödlicher Neugier bedeutete. Miss Joan Stacey ordnete sehr kühl die Papiere auf ihrem Schreibtisch.

»Father«, sagte Flambeau schließlich, »es ist meine Pflicht und nicht nur meine Neugier – es ist meine Pflicht, herauszufinden, wer das Verbrechen begangen hat, wenn ich kann.«

»Welches Verbrechen?«, fragte Father Brown.

»Das, mit dem wir uns befassen, natürlich«, antwortete sein ungeduldiger Freund.

»Wir befassen uns mit zwei Verbrechen«, sagte Brown; »Verbrechen von sehr unterschiedlichem Gewicht – und von sehr unterschiedlichen Verbrechern begangen.«

Miss Joan Stacey, die ihre Papiere eingesammelt und weggeräumt hatte, begann, ihren Schreibtisch abzuschließen. Father Brown fuhr fort und beachtete sie so wenig, wie sie ihn beachtete.

»Die beiden Verbrechen«, bemerkte er, »wurden gegen die gleiche Schwäche der gleichen Person begangen, im Kampf um ihr Geld. Der Urheber des größeren Verbrechens fand sich durch das kleinere Verbrechen um seinen Lohn betrogen; der Urheber des kleineren Verbrechens bekam das Geld.«

»Ach, halten Sie doch keine Vorlesung«, stöhnte Flambeau; »sagen Sie es mit ein paar Worten.«

»Ich kann es mit einem Wort sagen«, antwortete sein Freund.

Miss Joan Stacey stülpte sich ihren sachlich-düsteren Hut vor einem kleinen Spiegel mit einem sachlich-düsteren Stirnrunzeln auf den Kopf und ergriff, während das Gespräch weiterging, ohne Hast Handtasche und Schirm und verließ den Raum.

»Die Wahrheit ist in einem Wort, sogar einem kurzen«, sagte Father Brown. »Pauline Stacey war blind.«

»Blind!«, wiederholte Flambeau und erhob sich langsam zu seiner ganzen Größe.

»Sie war das durch Vererbung«, fuhr Brown fort. »Ihre Schwester hätte Brillen getragen, wenn Pauline sie gelassen hätte; aber sie hatte nun mal die besondere Philosophie oder Macke, dass man solches Ungemach nicht ermutigen dürfe, indem man ihm nachgebe. Sie wollte die Wolke nicht eingestehen; oder sie versuchte, sie durch ihren Willen zu vertreiben. Und durch die Überanstrengung wurden ihre Augen schlechter und schlechter; aber die schlimmste Überanstrengung sollte noch kommen. Sie kam mit diesem kostbaren Propheten, oder wie immer er sich bezeichnet, der sie lehrte, mit bloßen Augen in die heiße Sonne zu starren. Das hieß Apollo empfangen. Ach, wenn diese neuen Heiden nur die alten Heiden wären, dann wären sie ein bisschen weiser! Die alten Heiden wussten, dass die reine Naturanbetung ihre grausamen Seiten hat. Sie wussten, dass Apollos Auge sengen und blenden kann.«

Nach einer Pause fuhr der Priester mit sanfter, ja gebrochener Stimme fort: »Ob jener Teufel sie nun absichtlich blind machte oder nicht, es gibt keinen Zweifel, dass er sie absichtlich durch ihre Blindheit ermordet hat. Die Einfachheit des Verbrechens macht krank. Wie Sie wissen, fuhren er und sie in den Fahrstühlen ohne Liftboy auf und ab; und Sie wissen auch, wie glatt und lautlos die Fahrstühle gleiten. Kalon brachte den Fahrstuhl auf das Stockwerk des Mädchens und sah sie durch die offene Tür in ihrer langsamen sichtlosen Weise das Testament schreiben, das sie ihm versprochen hatte. Er rief fröhlich zu ihr hinüber, dass er den Lift für sie bereitgestellt habe und dass sie kommen solle, sobald sie fertig sei. Dann drückte er auf den Knopf und schoss lautlos hoch zu seinem Stockwerk, ging durch sein eigenes Büro, hinaus auf seinen eigenen Balkon, und betete in Sicherheit vor der überfüllten Straße, als das arme Mädchen, nachdem sie ihre Arbeit beendet hatte, fröhlich aus der Tür lief, wo Liebhaber und Lift sie erwarteten, und sie trat …«

»Nicht!«, schrie Flambeau.

»Er hätte die halbe Million dadurch bekommen, dass er einfach den Liftknopf drückte«, fuhr der kleine Hochwürden in jener farblosen Stimme fort, mit der er von solchen Gräueln sprach, »aber das ging schief. Es ging schief, weil es da noch eine andere Person gab, die das Geld ebenfalls haben wollte und die ebenfalls das Geheimnis von der Sehkraft der armen Pauline kannte. Es gab da auf jenem Testament etwas, das wohl niemand bemerkt hat: Obwohl es unbeendet und ohne Unterschrift war, hatten die andere Miss Stacey und irgendwelche Bedienstete es bereits als Zeugen unterschrieben. Joan hatte es zuerst unterzeichnet und Pauline dann in typisch weiblicher Missachtung rechtlicher Formen gesagt, sie könne es ja später beenden. Also wollte Joan, dass ihre Schwester ohne wirkliche Zeugen unterschreibe. Warum? Ich dachte an die Blindheit und wurde mir sicher, dass sie Pauline alleine unterzeichnen lassen wollte, weil sie wollte, dass sie überhaupt nicht unterzeichne.

Leute wie die Staceys verwenden immer Füllfederhalter; doch für Pauline war dies besonders typisch. Durch Gewohnheit und ihren festen Willen und ihr Gedächtnis konnte sie immer noch fast so gut schreiben, als wenn sie sähe; aber sie konnte nicht mehr feststellen, wann ihr Füller neue Füllung brauchte. Deshalb wurden ihre Füller immer sorgfältig von ihrer Schwester gefüllt – alle, bis auf diesen Füller. Diesen hat ihre Schwester sorgfältig *nicht* gefüllt; der Rest an Tinte hielt für einige Zeilen und war dann alle. Und der Prophet verlor fünfhunderttausend Pfund und beging einen der brutalsten und genialsten Morde in der Geschichte der Menschheit für nichts.«

Flambeau ging zur offenen Tür und hörte die Polizei die Treppen heraufkommen. Er wandte sich um und sagte: »Sie müssen aber auf alles höllisch scharf aufgepasst haben, um das Verbrechen binnen zehn Minuten bis zu Kalon zurückzuverfolgen.«

Father Brown blickte ihn erstaunt an.

»Ach das!«, sagte er. »Nein; ich hatte scharf aufzupassen, um die Sache mit Miss Joan und dem Füllfederhalter herauszufinden. Dass Kalon der Verbrecher war, wusste ich schon, bevor ich durch die Eingangstür kam.«

»Sie scherzen!«, rief Flambeau.

»Ich meine es ernst«, antwortete der Priester. »Ich sage Ihnen, ich wusste, dass er es getan hatte, ehe ich noch wusste, was er getan hatte.«

»Aber wie denn?«

»Diese heidnischen Stoiker«, sagte Brown nachdenklich, »stolpern immer über ihre Stärke. Da war ein Krachen und ein Aufschrei draußen in der Straße, und der Priester Apollos zuckte nicht zusammen und sah sich nicht um. Ich wusste nicht, was es war; aber ich wusste, dass er es erwartet hatte.«

Das Zeichen des zerbrochenen Säbels

Die tausend Arme des Waldes waren grau, seine Millionen Finger silbern. In einem Himmel aus dunklem, grünlich blauem Schiefer waren die Sterne kalt und funkelnd wie Eissplitter. Das dicht bewaldete und dünn besiedelte Land war in bitterem sprödem Frost erstarrt. Die schwarzen Höhlungen zwischen den Wurzeln der Bäume sahen aus wie bodenlose schwarze Höhlen in jener herzlosen skandinavischen Hölle, jener Hölle unermesslicher Kälte[76]. Selbst der viereckige Steinturm der Kirche sah nördlich aus bis an den Rand des Heidentums, so als handele es sich um irgendeinen Barbarenturm auf den Meeresfelsen Islands. Es war eine eigentümliche Nacht für die Erforschung eines Friedhofes durch wen auch immer. Aber auf der anderen Seite lohnte sich die Erforschung vielleicht.

Er erhob sich schroff aus der eschengrauen Waldlandschaft als eine Art Buckel oder Schulter grünen Grases, das im Sternlicht grau aussah. Die meisten Gräber lagen im Hang, und der Pfad, der zur Kirche hinaufführte, war so steil wie eine Treppe. Oben auf dem Hügel stand an flacher und hervorragender Stelle das Denkmal, durch das der Ort berühmt war. Es bildete einen eigenartigen Widerspruch zu den gesichtslosen Gräbern ringsumher, denn es war das Werk eines der größten Bildhauer des modernen Europas; und doch versank sein Ruhm im Ruhm des Mannes, dessen Abbild er geschaffen hatte. Der schmale Silberstift des Sternenlichts zeigte die massive metallische Gestalt eines hingesunkenen Soldaten, die starken Hände in ewigem Gebet gefaltet, das große Haupt auf eine Kanone gebettet. Das ehrwürdige Antlitz war bärtig, oder besser backenbärtig nach der alten plumpen Mode des Oberst Newcome[77]. Die Uniform, nur mit den wenigen Strichen der Einfachheit angedeutet, war die des modernen Krieges. An seiner rechten Seite lag ein Säbel, dessen Spitze abgebrochen war; an seiner linken Seite lag eine Bibel. An durchglühten Sommernachmittagen kamen Wagenladungen von Amerikanern und gebildeten Vorstadtbewohnern, um die Grabstätte zu besichtigen; aber selbst dann empfanden sie das weite Waldland mit der einen kargen Kuppel über Kirchhof und Kirche als einen sonderbar stummen und vernachlässigten Ort. In diesem Eisesdunkel tiefsten Winters sollte man meinen, er sei allein gelassen mit den Sternen. Dennoch knarrte durch die Stille der starren Wälder ein hölzernes Tor, und zwei vage Gestalten in Schwarz erklommen den schmalen Pfad zum Grab.

So schwach war das kalte Sternenlicht, dass an ihnen nichts zu erkennen war, außer dass beide schwarz gekleidet waren und der eine Mann riesig groß und der andere (vielleicht wegen des Kontrastes) geradezu erschreckend klein war. Sie stiegen hinauf zu dem großen gravitätischen Grabmal des historischen Kriegers und standen für ein paar Minuten da und starrten es an. Kein menschliches, vielleicht nicht einmal ein lebendes Wesen gab es in weitem Umkreis; und eine morbide Phantasie hätte sich wohl fragen können, ob sie denn selbst menschliche Wesen wären. Auf jeden Fall hätte der Anfang ihres Gespräches sonderbar erscheinen mögen. Nach einem ersten Schweigen sagte der kleine Mann zu dem anderen:

»Wo verbirgt ein Weiser einen Kiesel?«

Und der große Mann antwortete mit leiser Stimme: »Am Strand.«

Der kleine Mann nickte und sagte nach kurzem Schweigen: »Wo verbirgt der Weise ein Blatt?« Und der andere sagte: »Im Wald.«

Wieder herrschte Schweigen, und dann fasste der große Mann zusammen: »Meinen Sie, dass, wenn ein weiser Mann echte Diamanten zu verbergen hat, er sie jemals unter falschen verbirgt?«

»Nein, nein«, sagte der kleine Mann lachend, »wir wollen Vergangenes vergangen sein lassen.«

Er stampfte für ein oder zwei Sekunden mit seinen kalten Füßen und sagte dann: »Daran habe ich überhaupt nicht gedacht, sondern an etwas ganz anderes; etwas äußerst Merkwürdiges. Zünden Sie doch bitte ein Streichholz an, ja?«

Der große Mann fummelte in seiner Tasche herum, bald erfolgte ein Kratzen, und dann malte eine Flamme die ganze glatte Seite des Denkmals golden an. In sie waren in schwarzen Lettern die wohl bekannten Worte eingehauen, die so viele Amerikaner ehrfurchtsvoll gelesen haben: »Geweiht der Erinnerung an General Sir Arthur St. Clare, Held und Märtyrer, der seine Feinde stets besiegte und stets verschonte und von ihnen zuletzt verräterisch erschlagen ward. Wolle Gott, auf den er vertraute, ihn belohnen und rächen.«

Das Streichholz verbrannte des großen Mannes Finger, erlosch und fiel zu Boden. Er wollte schon ein weiteres entzünden, aber sein kleiner Gefährte hielt ihn ab. »Schon gut, Flambeau, mein Alter; ich habe gesehen, was ich wollte. Oder besser, ich habe nicht gesehen, was ich nicht wollte. Und jetzt müssen wir bis zum nächsten Wirtshaus anderthalb Meilen die Straße entlanggehen, und da werde ich versuchen, Ihnen alles darüber zu erzählen. Denn beim Himmel, man braucht ein Kaminfeuer und Ale[78], wenn man es wagt, eine solche Geschichte zu erzählen.«

Sie stiegen den steilen Pfad hinab, verriegelten das rostige Tor hinter sich und machten sich auf zu einem stampfenden klirrenden Marsch über den gefrorenen Waldweg. Sie waren bereits eine gute Viertelmeile gegangen, als der kleine Mann wieder sprach. Er sagte: »Ja; der Weise verbirgt den Kiesel am Strand. Aber was macht er, wenn es da keinen Strand gibt? Haben Sie je von der großen St.-Clare-Affäre gehört?«

»Ich weiß nichts über englische Generäle, Father Brown«, antwortete der große Mann lachend, »wiewohl ich einiges über englische Polizisten weiß. Ich weiß nur, dass Sie mich einen reichlich langen Tanz zu all den Schreinen dieses Burschen haben machen lassen, wer immer er war. Man sollte meinen, dass man ihn an sechs verschiedenen Orten begraben hat. Ich habe in der Westminster-Abtei ein Denkmal des Generals St. Clare gesehen; ich habe am Embankment[79] ein sich aufbäumendes Reiterstandbild des Generals St. Clare gesehen; ich habe eine Gedenktafel in der Straße gesehen, in der er geboren wurde; und eine andere in der Straße, in der er gewohnt hat; und nun haben Sie mich in der Dunkelheit zu seinem Sarg auf dem Dorffriedhof geschleppt. Langsam habe ich genug von seiner großartigen Persönlichkeit, vor allem, da ich nicht die leiseste Ahnung habe, wer er war. Wonach jagen Sie in all diesen Krypten und Abbildungen?«

»Ich suche nach einem einzigen Wort«, sagte Father Brown. »Einem Wort, das nicht da ist.«

»Na schön«, sagte Flambeau, »wollen Sie mir was darüber erzählen?«

»Ich muss das in zwei Teile teilen«, bemerkte der Priester. »Einmal gibt es das, was alle Welt weiß; und dann gibt es das, was ich weiß. Nun ist das, was alle Welt weiß, kurz und einfach genug. Es ist außerdem absolut falsch.«

»Wie recht Sie haben«, sagte der große Mann namens Flambeau fröhlich. »Beginnen wir am falschen Ende. Beginnen wir mit dem, was alle wissen, was aber nicht wahr ist.«

»Wenn auch nicht ganz unwahr, so doch zumindest höchst unzureichend«, fuhr Brown fort; »denn was alle Welt weiß, ist nur Folgendes: Alle Welt weiß, dass Arthur St. Clare ein großer und erfolgreicher englischer General war. Man weiß, dass er nach glänzenden, aber sorgfältig geführten Feldzügen in Indien und Afrika das Kommando gegen Brasilien hatte, als der große brasilianische Patriot Olivier sein Ultimatum stellte. Man weiß, dass bei jener Gelegenheit St. Clare mit sehr schwachen Kräften Olivier mit sehr starken Kräften angriff und nach heldenhaftem Widerstand gefangen genommen wurde. Und man weiß, dass nach seiner Gefangennahme St. Clare zum Entsetzen der gesamten zivilisierten Welt am nächsten Baum aufgehängt worden ist. Man fand ihn dort baumelnd, nachdem die Brasilianer sich zurückgezogen hatten, mit dem zerbrochenen Säbel um den Hals.«

»Und diese volkstümliche Geschichte ist unwahr?«, regte Flambeau an.

»Nein«, sagte sein Freund ruhig; »die Geschichte ist wohl wahr, so weit sie reicht.«

»Na, ich meine, sie geht weit genug!«, sagte Flambeau. »Aber wenn die volkstümliche Geschichte wahr ist, wo liegt dann das Geheimnis?«

Sie waren an vielen hundert weiteren grauen und geisterhaften Bäumen vorbeigekommen, ehe der kleine Priester antwortete. Nachdenklich kaute er auf seinem Finger herum und sagte: »Nun, das Geheimnis ist ein Geheimnis der Psychologie. Oder vielmehr, es ist ein Geheimnis von zwei Psychologien. In dieser brasilianischen Angelegenheit haben zwei der berühmtesten Männer der modernen Geschichte völlig gegen ihren Charakter gehandelt. Bedenken Sie – Olivier und St. Clare waren beides Helden – von der alten Art, damit da kein Zweifel entsteht; es war wie der Kampf zwischen Hektor und Achill[80]. Und nun: Was würden Sie zu einem Treffen sagen, in dem Achill feige und Hektor verräterisch handelt?«

»Weiter«, sagte der große Mann ungeduldig, als der andere erneut auf seinem Finger herumbiss.

»Sir Arthur St. Clare war ein Soldat von der alten frommen Art – der Art, die uns während der Meuterei[81] gerettet hat«, fuhr Brown fort. »Er war immer mehr für die Pflicht als für das Wagnis; und bei all seinem persönlichen Mut war er ein entschieden bedächtiger Befehlshaber, dem jedes sinnlose Aufopfern von Soldaten besonders zuwider war. Und doch versuchte er bei seiner letzten

Schlacht etwas, von dem ein Säugling erkannt hätte, wie absurd es war. Man braucht kein Stratege zu sein, um zu erkennen, dass das so wild wie der Wind war; genauso wenig braucht man ein Stratege zu sein, um einem Bus aus dem Wege zu gehen. Das also ist das erste Geheimnis: Was ging im Kopf des englischen Generals vor? Das zweite Rätsel ist, was ging im Herzen des brasilianischen Generals vor? Man kann Präsident Olivier einen Visionär oder eine Landplage nennen; aber selbst seine Feinde geben zu, dass er großmütig wie ein fahrender Ritter[82] war. Nahezu jeden anderen Gefangenen, den er je gemacht hat, hat er wieder laufen gelassen oder sogar mit Wohltaten überschüttet. Selbst Menschen, die ihm wirklich Unrecht zugefügt hatten, kamen zurück, gerührt von seiner Schlichtheit und Milde. Warum in aller Welt sollte er sich ein einziges Mal in seinem Leben so teuflisch rächen; und dann ausgerechnet wegen des einzigen Schlages, der ihn nicht verletzt haben kann? Da haben Sie es. Einer der klügsten Männer auf Erden handelte grundlos wie ein Idiot. Einer der gütigsten Männer auf Erden handelte grundlos wie ein Schurke. Das ist die ganze Geschichte; und nun sind Sie dran, mein Junge.«

»Nein, bin ich nicht«, sagte der andere mit einem Schnauben. »Sie sind dran; und Sie werden sie mir höchstselbst erzählen.«

»Na schön«, fuhr Father Brown fort, »es wäre nicht gerecht zu behaupten, dass die öffentliche Meinung so ist, wie ich eben gesagt habe, ohne hinzuzufügen, dass sich seither zwei Dinge ereignet haben. Ich kann nicht behaupten, dass sie ein neues Licht auf die Angelegenheit würfen, denn niemand kann sich einen Reim darauf machen. Aber sie warfen eine neue Dunkelheit, sie warfen die Dunkelheit in neue Richtungen. Das Erste ist Folgendes. Der Familienarzt der St. Clares bekam mit der Familie Streit und begann, eine Serie scharfer Artikel zu veröffentlichen, in denen er behauptete, der verblichene General sei von religiöser Manie besessen gewesen; aber soweit der Bericht reicht, scheint das kaum mehr zu bedeuten, als dass er ein religiöser Mann war. Auf alle Fälle hielt sich die Geschichte nicht lange. Jeder wusste natürlich, dass St. Clare einige der Exzentrizitäten puritanischer Frömmigkeit besaß. Der zweite Zwischenfall war sehr viel spannender. In dem glücklosen Regiment, das den sinnlosen Angriff am Schwarzen Fluss[83] unternahm, diente ein gewisser Hauptmann Keith, der damals mit St. Clares Tochter verlobt war und sie später auch heiratete. Er gehörte zu denen, die Olivier gefangen genommen hatte, und wie alle übrigen außer dem General wurde er großzügig behandelt und umgehend freigelassen. An die zwanzig Jahre später hat nun dieser Mann, inzwischen Oberstleutnant Keith, eine Art Autobiographie veröffentlicht mit dem Titel ›Ein britischer Offizier in Burma[84] und Brasilien‹. An der Stelle, wo der Leser begierig nach einem Bericht über das Geheimnis um St. Clares Katastrophe sucht, findet er die folgenden Worte: ›Überall sonst in diesem Buch habe ich die Dinge genauso berichtet, wie sie sich ereignet haben, da ich der altmodischen Ansicht bin, dass der Ruhm Englands alt genug ist, um für sich selbst zu sorgen. Die Ausnahme mache ich in der Frage der Niederlage am Schwarzen Fluss; und meine Gründe dafür, obwohl privat, sind ehrenwert und zwingend. Ich will aber, um dem Gedächtnis zweier ausgezeichneter Männer Gerechtigkeit widerfahren zu lassen, dieses hinzufügen. General St. Clare ist bei dieser Gelegenheit der Unfähigkeit bezichtigt worden; ich kann zum Mindesten dies bezeugen, dass sein Unternehmen, richtig verstanden, eines der glänzendsten und klügsten seines Lebens war. Präsident Olivier ist durch ähnliche Berichte barbarischer Ungerechtigkeit bezichtigt worden. Ich halte es der Ehre eines Gegners gegenüber für meine Pflicht festzustellen, dass er bei dieser Gelegenheit mit noch größerer als seiner üblichen Hochherzigkeit handelte. Um das Ganze verständlicher auszudrücken: Ich kann meinen Landsleuten versichern, dass St. Clare keineswegs der Narr noch Olivier die Bestie war, als die sie erscheinen. Das ist alles, was ich zu sagen habe; und nichts auf Erden wird mich dazu bewegen, dem noch ein Wort hinzuzufügen.‹«

Ein großer gefrorener Mond begann wie ein schimmernder Schneeball zwischen dem Gewirr der Zweige vor ihnen durchzuscheinen, und in seinem Licht hatte der Erzähler seine Erinnerung an Hauptmann Keiths Text von einem Stück bedruckten Papiers auffrischen können. Als er es zusammenfaltete und wieder in die Tasche steckte, warf Flambeau die Hand in einer typisch französischen Geste hoch.

»Augenblick, Augenblick«, rief er aufgeregt. »Ich glaube, dass ich das auf Anhieb erraten kann.«

Er schritt schwer atmend voran, den schwarzen Kopf und den Stiernacken gebeugt wie ein Mann, der ein Geherrennen gewinnt. Der kleine Priester, erheitert und interessiert, hatte Mühe, sich an seiner Seite zu halten. Unmittelbar vor ihnen wichen die Bäume ein wenig nach links und rechts zurück, und die Straße schwang sich abwärts quer durch ein klares, monderleuchtetes Tal, bis sie wie ein Kaninchen in die Wand eines anderen Waldes tauchte. Der Eingang in diesen ferneren Wald erschien klein und rund wie das schwarze Loch eines entfernten Eisenbahntunnels. Ehe Flambeau aber wieder sprach, war er nur noch einige hundert Meter entfernt und gähnte wie eine Höhle.

»Ich hab's«, rief er schließlich und klatschte sich mit seiner großen Hand auf die Schenkel. »Vier Minuten Nachdenken, und ich kann Ihnen die ganze Geschichte erzählen.«

»Alsdann«, stimmte sein Freund zu. »Erzählen Sie.«

Flambeau hob den Kopf, senkte aber die Stimme. »General Sir Arthur St. Clare«, sagte er, »entstammte einer Familie, in der Wahnsinn erblich ist; und sein einziges Ziel war, das vor seiner Tochter und, wenn möglich, sogar vor seinem zukünftigen Schwiegersohn geheim zu halten. Er bildete sich zu Recht oder zu Unrecht ein, dass der endgültige Zusammenbruch nahe sei, und entschloss sich zum Selbstmord. Doch ein gewöhnlicher Selbstmord würde gerade das herausposaunen, was er so fürchtete. Als der Feldzug näher rückte, verdichteten sich auch die Wolken in seinem Gehirn, und in einem wahnerfüllten Augenblick opferte er seine öffentlichen Pflichten seinen privaten auf. Er stürzte sich Hals über Kopf in die Schlacht und hoffte, beim ersten Schuss zu fallen. Als er feststellen musste, dass er lediglich Gefangenschaft und Schande erreicht hatte, platzte die versiegelte Bombe in seinem Hirn, und er zerbrach seinen Säbel und hängte sich auf.«

Er starrte fest auf die graue Front des Waldes vor ihm, mit dem einen schwarzen Loch darin wie der Mund des Grabes, wohinein sich ihr Pfad stürzte. Vielleicht verstärkte etwas Bedrohliches an der so plötzlich verschlungenen Straße seine lebhafte Vision der Tragödie, denn er erschauerte. »Eine furchtbare Geschichte«, schloss er.

»Eine furchtbare Geschichte«, wiederholte der Priester mit gesenktem Kopf; »aber nicht die wahre Geschichte.«

Dann warf er den Kopf in einer Art Verzweiflung zurück und rief: »Oh, ich wünschte, sie wäre es.«

Der große Flambeau wandte sich um und starrte ihn an.

»Ihre Geschichte ist eine saubere«, rief Father Brown tief bewegt. »Eine gütige, reine, redliche Geschichte, so klar und weiß wie der Mond. Wahnsinn und Verzweiflung sind unschuldig genug. Es gibt schlimmere Dinge, Flambeau.«

Flambeau blickte wild zu dem so angerufenen Mond auf; und von da aus, wo er stand, sah er einen schwarzen Ast sich genau wie ein Teufelshorn über ihn krümmen.

»Father – Father«, rief er mit seiner französischen Geste und schritt noch schneller aus, »Sie meinen, es war noch schlimmer?«

»Noch schlimmer«, sagte der andere wie ein tiefes Echo. Und sie tauchten in den schwarzen Kreuzgang des Waldes, der sich neben ihnen als düstere Tapete aus Stämmen hinzog wie einer der dunklen Korridore in einem Traum.

Bald befanden sie sich im geheimsten Inneren des Waldes und fühlten dicht über sich Laubwerk, das sie nicht sehen konnten, als der Priester wieder fragte:

»Wo verbirgt der Weise ein Blatt? Im Wald. Aber was tut er, wenn da kein Wald ist?«

»Gut, gut«, rief Flambeau gereizt, »was also tut er?«

»Er lässt einen Wald wachsen, um es darin zu verbergen«, sagte der Priester mit undeutlicher Stimme. »Eine furchtbare Sünde.«

»Passen Sie auf«, rief sein Freund ungeduldig, denn der düstere Wald und die düstere Rede gingen ihm an die Nerven; »wollen Sie mir die Geschichte erzählen oder nicht? Was für andere Beweisstücke kann man denn noch heranziehen?«

»Es gibt noch drei weitere Beweisstückchen«, sagte der andere, »die ich in Löchern und Ecken ausgegraben habe, und ich will sie in logischer statt in chronologischer Reihenfolge vorlegen. Zuallererst haben wir natürlich als Quelle für Verlauf und Ausgang der Schlacht Oliviers Meldungen, die klar genug sind. Er hatte sich mit zwei oder drei Regimentern auf der Höhe über dem Schwarzen Fluss verschanzt, auf dessen anderem Ufer sich niedrigerer und sumpfiger Grund erstreckte. Dahinter hob sich das Land wieder sanft, und darauf befand sich der erste englische Vorposten, unterstützt von anderen, die allerdings weiter zurücklagen. Die britischen Kräfte waren zahlenmäßig insgesamt längst überlegen; aber dieses eine britische Regiment war gerade so weit von seiner Basis entfernt, dass Olivier erwog, den Fluss zu überschreiten und es abzuschneiden. Bei Sonnenuntergang hatte er sich jedoch entschlossen, in seiner Stellung zu bleiben, die besonders stark war. Am nächsten Morgen war er bei Tagesanbruch wie vom Donner gerührt, als er sah, dass diese verirrte Handvoll Engländer, völlig ohne Unterstützung von der Hauptmacht, den Fluss überschritten hatten, die eine Hälfte über eine Brücke zur Rechten, die andere durch eine weiter oben gelegene Furt, und sich auf dem sumpfigen Ufer unter ihm sammelte.

Dass sie in so geringer Zahl einen Angriff gegen eine solche Stellung versuchen sollten, war unglaublich genug; aber Olivier bemerkte etwas noch Ungewöhnlicheres. Denn statt zu versuchen, festeren Boden zu gewinnen, unternahm dieses wahnsinnige Regiment, das den Fluss in einem einzigen wilden Ansturm hinter sich gebracht hatte, nichts weiter, sondern blieb da im Morast stecken wie Fliegen im Sirup. Selbstverständlich bliesen die Brasilianer riesige Löcher mit ihrer Artillerie hinein, der sie nur mit mutigem, aber schnell schwächer werdendem Gewehrfeuer antworten konnten. Doch gaben sie nicht auf; und Oliviers knapper Bericht schließt mit einem kräftigen Ausdruck der Bewunderung für die geheimnisvolle Tapferkeit dieser Narren. Schließlich rückte unsere Linie vor, schrieb Olivier, ›und trieb sie in den Fluss; wir nahmen General St. Clare selbst und einige weitere Offiziere gefangen. Der Oberst und der Major waren beide im Gefecht gefallen. Ich kann mich nicht enthalten festzustellen, dass es in der Geschichte nur wenige großartigere Anblicke gegeben haben kann wie den letzten Widerstand dieses außerordentlichen Regiments; verwundete Offiziere ergriffen die Gewehre toter Soldaten, und der General selbst warf sich uns zu Pferde entgegen, barhäuptig und mit zerbrochenem Säbel.‹ Über das, was danach mit dem General geschah, ist Olivier ebenso schweigsam wie Hauptmann Keith.«

»Na schön«, knurrte Flambeau, »weiter mit dem nächsten Beweisstück.«

»Das nächste Beweisstück«, sagte Father Brown,

»musste ich lange suchen, aber es wird nicht lange dauern, es zu erzählen. Schließlich fand ich in einem Armenhaus in den Lincolnshire Fens[85] einen alten Soldaten, der nicht nur am Schwarzen Fluss verwundet wurde, sondern tatsächlich neben dem Oberst des Regimentes kniete, als der starb. Es war dies ein gewisser Oberst Clancy, ein mächtiger Bulle von Irländer; und es scheint, dass er ebenso an Zorn wie an Kugeln starb. Er jedenfalls war nicht verantwortlich für jenen lächerlichen Angriff; der General muss ihn dazu gezwungen haben. Seine letzten erbaulichen Worte waren meinem Informanten zufolge: ›Und da geht der verdammte alte Esel mit der Spitze des Säbels abgeschlagen. Ich wollte, es wäre sein Kopf.‹ Sie werden bemerkt haben, dass offenbar jeder diese Einzelheit mit der abgebrochenen Säbelspitze zur Kenntnis genommen hat, obwohl die meisten Menschen sie ehrfürchtiger betrachten als der verblichene Oberst Clancy. Und nun zum dritten Bruchstück.«

Ihr Pfad durch das Waldland begann zu steigen, und der Sprecher pausierte ein bisschen, um wieder zu Atem zu kommen, bevor er fortfuhr. Dann machte er im gleichen geschäftsmäßigen Ton weiter:

»Vor kaum ein oder zwei Monaten starb in England ein brasilianischer Beamter, der mit Olivier Krach bekommen und sein Land verlassen hatte. Er war eine wohl bekannte Figur, sowohl hier wie auf dem Kontinent, ein Spanier namens Espado; ich habe ihn selbst gekannt, ein gelbgesichtiger alter Lebemann mit einer Hakennase. Aus unterschiedlichen privaten Gründen habe ich die Genehmigung erhalten, in die von ihm hinterlassenen Dokumente Einsicht zu nehmen; er war natürlich Katholik, und ich war bis zu seinem Ende bei ihm. Nichts gab es da, was irgendeine Ecke der dunklen St.-Clare-Affäre hätte erhellen können, mit Ausnahme einiger fünf oder sechs einfacher Hefte mit Tagebuchnotizen eines englischen Soldaten. Ich kann nur vermuten, dass sie von den Brasilianern bei einem Gefallenen gefunden wurden. Jedenfalls brechen sie am Abend unmittelbar vor der Schlacht ab.

Aber der Bericht über den letzten Tag im Leben dieses armen Teufels war wirklich lesenswert. Ich habe ihn bei mir; aber hier ist es zu dunkel, um ihn vorzulesen, und deshalb will ich Ihnen eine Zusammenfassung geben. Der erste Teil der Eintragung ist voller Witze über jemanden, den man Geier nannte, und die offenbar unter den Männern umliefen. Es hat nicht den Anschein, dass diese Person, wer immer es war, zu ihnen gehört hat oder auch nur ein Engländer war; aber es wird von ihm auch nicht ausdrücklich als von einem der Gegner gesprochen. Es hört sich fast so an, als ob er irgendein örtlicher Mittelsmann und Nichtkombattant gewesen sei; vielleicht ein Führer oder ein Journalist. Oft saß er mit dem alten Oberst Clancy zusammen; wird aber häufiger noch im Gespräch mit dem Major gesehen. Nun nimmt dieser Major in der Erzählung des Soldaten einen herausragenden Platz ein; allem Anschein nach ein hagerer, dunkelhaariger Mann mit Namen Murray – ein Mann aus Nordirland und ein Puritaner. Da gibt es ständig Witze über den Gegensatz zwischen der Strenge dieses Ulster-Mannes und der herzhaften Lebensfreude von Oberst Clancy. Es gibt da auch einige Witze über den Geier und seine grellfarbene Kleidung.

Doch all diese Nichtigkeiten werden durch etwas verscheucht, was man den Klang der Kriegstrompete nennen könnte. Hinter dem englischen Lager verlief fast parallel zum Fluss eine der wenigen großen Straßen des Gebietes. Nach Westen hin bog die Straße zum Fluss ab, den sie auf der schon erwähnten Brücke überquerte. Nach Osten hin schwang die Straße wieder zurück in die Wildnis, und etwa zwei Meilen weiter lag an ihr der erste englische Vorposten. Aus dieser Richtung kam am Abend über die Straße das Blitzen und Klirren leichter Reiterei, in der sogar der einfache Tagebuchschreiber zu seinem Erstaunen den General mit seinem Stab erkennen konnte. Er ritt das große weiße Pferd, das Sie so oft in Illustrierten und auf akademischen Ölbildern gesehen haben; und Sie dürfen sicher sein, dass ihre Ehrenbezeugung vor ihm nicht nur formell geschah. Er aber verschwendete keine Zeit auf Zeremonien, sondern sprang sofort aus dem Sattel, mischte sich unter die Gruppe Offiziere und begann ein intensives, wenngleich vertrauliches Gespräch. Was unseren Freund den Tagebuchschreiber am meisten überraschte, war seine besondere Neigung, sich mit Major Murray zu besprechen; nun war eine solche Auswahl, solange sie nicht besonders hervorgehoben wurde, keineswegs unnatürlich. Die beiden Männer waren für gegenseitige Sympathien wie geschaffen; beide waren Männer, die ›ihre Bibel lasen‹; beide gehörten zum alttestamentarischen Offizierstyp. Aber wie dem auch sein mag, sicher ist, dass, als der General wieder aufsaß, er immer noch ernsthaft mit Murray sprach; und dass, als er sein Ross langsam die Straße zum Fluss hinabgehen ließ, der große Ulster-Mann immer noch in ernsthaftem Gespräch neben seiner Zügelhand ging. Die Soldaten sahen den beiden nach, bis sie hinter einer Baumgruppe verschwanden, an der sich die Straße zum Fluss hin bog. Der Oberst war zurück zu seinem Zelt gegangen und die Männer zu ihren Posten; der Mann mit dem Tagebuch lungerte noch etwa vier Minuten herum und erblickte etwas Erstaunliches.

Das große weiße Pferd, das wie schon in so manchen Aufzügen langsam die Straße hinabgeschritten war, kam zurückgeflogen, galoppierte über die Straße auf sie zu, als sei es wild darauf, ein Rennen zu gewinnen. Zuerst dachten sie, es sei mit dem Mann im Sattel durchgegangen; aber sie erkannten bald, dass der General, ein ausgezeichneter Reiter, es selbst zu höchster Geschwindigkeit anspornte. Pferd und Mann stürmten wie ein Wirbelwind auf sie hin; und dann wendete ihnen der General, während er das taumelnde Schlachtross zügelte, ein Gesicht wie eine lodernde Flamme zu und brüllte nach dem Oberst wie die Posaune, die die Toten erweckt.

Ich stelle mir vor, dass all die erdbebenhaften Ereignisse jener Katastrophe im Geiste solcher Menschen wie unserem Tagebuchschreiber übereinanderstürzten wie Baumstämme. Mit der benommenen Erregung eines Traumes sahen sie sich in Reih und Glied stürzen – buchstäblich stürzen – und erfuhren, dass sofort ein Angriff über den Fluss zu führen sei. General und Major, wurde gemunkelt, hätten an der Brücke etwas herausgefunden und nun bleibe gerade noch genug Zeit, ums Leben zu kämpfen. Der Major sei sofort zurückgegangen, um die Reserven weiter die Straße hinab heranzuführen; doch sei es zweifelhaft, ob selbst durch so prompten Hilferuf die Hilfe sie noch rechtzeitig erreichen könne. Auf jeden Fall aber müsse man den Fluss bei Nacht überqueren und die

Höhe am Morgen angreifen. Und mit der Aufregung und dem Pulsieren des romantischen Nachtmarsches bricht das Tagebuch plötzlich ab.«

Father Brown schritt voran, denn der Waldweg wurde schmaler, steiler und gewundener, bis sie sich vorkamen, als stiegen sie eine Wendeltreppe hinan. Die Stimme des Priesters kam von oben aus der Dunkelheit.

»Da gab es noch einen anderen kleinen ungeheuerlichen Zwischenfall. Als der General sie zu ihrem ritterlichen Angriff drängte, zog er seinen Säbel halb aus der Scheide; und dann, als ob er sich der melodramatischen Geste schämte, stieß er ihn wieder hinein. Wieder der Säbel, sehen Sie.«

Halblicht brach durch das Netzwerk der Zweige über ihnen und warf ihnen den Geist eines Netzes vor die Füße; denn sie stiegen erneut in die schwache Helle der reinen Nacht hinein. Flambeau empfand um sich Wahrheit wie eine Stimmung, aber nicht wie eine Idee. Er antwortete aus verwirrtem Hirn: »Was ist das denn mit dem Säbel? Offiziere tragen gewöhnlich Säbel, oder nicht?«

»Sie werden in modernen Kriegen nicht oft erwähnt«, sagte der andere leidenschaftslos; »aber in dieser Affäre stolpert man überall über diesen gesegneten Säbel.«

»Und was ist damit?«, grollte Flambeau; »das ist ein fadenscheiniger Zwischenfall; die Klinge des alten Mannes ist in seiner letzten Schlacht abgebrochen. Natürlich kann man darauf wetten, dass die Zeitungen sich auf so etwas stürzen, wie sie es auch getan haben. Auf all diesen Grabmälern und Dingern wird er an der Spitze abgebrochen gezeigt. Ich hoffe, Sie haben mich nicht auf diese Polarexpedition mitgeschleppt, weil zwei Männer mit einem Blick fürs Malerische St. Clares zerbrochenen Säbel gesehen haben.«

»Nein«, rief Father Brown mit einer Stimme scharf wie ein Pistolenschuss; »aber wer hat seinen unzerbrochenen Säbel gesehen?«

»Was meinen Sie damit?«, schrie der andere und blieb unter den Sternen stehen. Jäh waren sie aus den grauen Toren des Waldes hinausgetreten.

»Ich frage, wer seinen unzerbrochenen Säbel gesehen hat«, wiederholte Father Brown hartnäckig. »Jedenfalls nicht der Schreiber des Tagebuches; der General stieß ihn rechtzeitig in die Scheide zurück.«

Flambeau starrte ihn im Mondenlicht an, wie ein Blinder in die Sonne starren mag; und zum ersten Mal fuhr sein Freund lebhaft fort:

»Flambeau«, rief er, »ich kann es nicht beweisen, selbst nicht nach dieser Jagd durch die Gräber. Aber ich bin mir dessen sicher. Lassen Sie mich nur noch eine Kleinigkeit hinzufügen, die das ganze Ding aus dem Gleichgewicht bringt. Der Oberst war durch einen merkwürdigen Zufall einer der Ersten, die von einer Kugel getroffen wurden. Er wurde getroffen, schon lange bevor die Truppen ins Handgemenge kamen. Aber er sah St. Clares Säbel zerbrochen. Warum war er zerbrochen? Wie war er zerbrochen? Mein Freund, er war bereits vor der Schlacht zerbrochen.«

»Oha!«, sagte sein Freund in einer Art verlorener Heiterkeit; »und wo bitte befindet sich das abgebrochene Stück?«

»Das will ich Ihnen sagen«, erwiderte der Priester prompt. »In der nördlichsten Ecke des Friedhofes der protestantischen Kathedrale in Belfast.«

»Tatsächlich?«, fragte der andere. »Haben Sie sich danach umgesehen?«

»Ich konnte nicht«, erwiderte Brown mit offenkundigem Bedauern. »Über ihm erhebt sich ein großes Marmordenkmal; ein Denkmal zur Erinnerung an den heroischen Major Murray, der ruhmvoll kämpfend in der berühmten Schlacht am Schwarzen Fluss fiel.«

Flambeau schien plötzlich wieder ins Leben elektrisiert. »Sie meinen«, rief er rau, »dass General St. Clare Murray hasste und ihn auf dem Schlachtfeld ermordete, weil ...«

»Sie sind immer noch voller gütiger und reiner Gedanken«, sagte der andere. »Es war schlimmer als das.«

»Nun gut«, sagte der große Mann, »mein Vorrat an üblen Vorstellungen ist aufgebraucht.«

Der Priester schien wirklich im Zweifel, wo anzufangen, und schließlich sagte er:

»Wo würde ein Weiser ein Blatt verbergen? Im Wald.«

Der andere antwortete nicht.

»Wenn es keinen Wald gibt, muss er einen Wald erschaffen. Und wenn er ein totes Blatt verbergen will, muss er einen toten Wald erschaffen.«

Da war immer noch keine Antwort, und der Priester fügte noch sanfter und leiser hinzu:

»Und wenn ein Mann eine Leiche zu verbergen hat, dann schafft er ein Feld von Leichen, sie darin zu verbergen.«

Flambeau begann voranzustapfen, als könne er keinen Verzug in Zeit oder Raum mehr vertragen; aber Father Brown fuhr fort, als führe er den letzten Satz weiter:

»Sir Arthur St. Clare war, wie ich schon sagte, ein Mann, der seine Bibel las. Das war es, was mit ihm los war. Wann werden die Menschen begreifen, dass es für einen Mann nutzlos ist, seine Bibel zu lesen, wenn er nicht auch aller anderen Bibel liest? Ein Drucker liest eine Bibel auf Setzfehler hin. Ein Mormone liest seine Bibel und findet darin Vielweiberei; ein Christian Scientist liest die seine und findet darin, dass wir keine Arme und Beine haben. St. Clare war ein alter protestantischer Angloindien-Soldat. Nun überlegen Sie mal, was das bedeutet; und lassen Sie um des Himmels willen alle Scheinheiligkeit beiseite. Es könnte einen körperlich eindrucksvollen Mann bedeuten, der unter tropischer Sonne in einer orientalischen Gesellschaft lebt und sich ohne Vernunft und Anleitung in ein orientalisches Buch verliert. Denn natürlich wird er eher das Alte als das Neue Testament lesen. Und natürlich findet er im Alten Testament alles, was er sich wünscht – Wollust, Tyrannei, Verrat. O ja, natürlich war er ein Ehrenmann, wie Sie das nennen. Aber welchen Wert hat es, wenn ein Mann in seiner Verehrung der Ehrlosigkeit Ehrenmann ist?

In jedem der glühenden und verschwiegenen Länder, in die dieser Mann kam, hielt er sich einen Harem, folterte Zeugen, häufte schändliches Gold; aber dazu würde er sicherlich ruhigen Blickes gesagt haben, dass er es zur höheren Ehre Gottes tue. Meine eigene Theologie ist ausreichend ausgedrückt durch die Frage: Welchen Gottes? Wie auch immer: Mit solch Bösem ist es so, dass es Tür um Tür in die Hölle öffnet, und in immer kleinere und kleinere Räume. Das ist die wahre Anklage gegen das Verbrechen, dass ein Mann nicht wilder und wilder wird, sondern gemeiner und gemeiner. Bald erstickte St. Clare in Schwierigkeiten aus Bestechungen und Erpressungen;

und er brauchte mehr und mehr Bargeld. Und zur Zeit der Schlacht am Schwarzen Fluss war er von Welt zu Welt herabgestürzt an jenen Ort, den Dante als die allerunterste Stufe des Universums beschreibt.«

»Was meinen Sie damit?«, fragte sein Freund wiederum.

»Ich meine *das*«, erwiderte der Kleriker und wies jäh auf eine vom Eis versiegelte Pfütze, die im Mondschein schimmerte. »Erinnern Sie sich, wen Dante in den Kreis aus Eis versetzte?«

»Die Verräter«, sagte Flambeau und erschauerte. Als er sich in der unmenschlichen Landschaft der Bäume mit ihren verhöhnenden und fast obszönen Umrissen umblickte, konnte er sich fast vorstellen, er sei Dante, und der Priester mit der strömenden Stimme war wirklich ein Vergil, der ihn durch ein Land der ewigen Sünden geleitete.

Die Stimme fuhr fort: »Olivier war, wie Sie wissen, eine Don-Quijote-Natur und gestattete weder Geheimdienst noch Spione. Es wurde das also, wie viele andere Dinge, hinter seinem Rücken erledigt. Dafür war mein alter Freund Espado zuständig; er war der grellfarben gekleidete Geck, dem seine Hakennase den Beinamen Geier eintrug. An der Front spielte er den Philanthropen[86], ertastete sich seinen Weg durch die englische Armee und bekam schließlich – o Gott! – ihren einzigen korrupten Mann zu fassen, und das war der Mann an der Spitze. St. Clare brauchte verzweifelt Geld, und zwar ganze Gebirge. Der in Misskredit geratene Familienarzt drohte mit jenen unerhörten Bloßstellungen, die später begannen und wieder abgebrochen wurden; Geschichten von ungeheuerlichen und vorgeschichtlichen Vorgängen in Park Lane; von Dingen, die ein englischer Protestant tat und die nach Menschenopfern und Sklavenhorden rochen. Geld wurde auch für die Mitgift seiner Tochter benötigt; denn für ihn war der Ruf des Reichtums so süß wie der Reichtum selbst. Er griff nach einem letzten Strohhalm, ließ Brasilien Nachrichten zukommen, und Reichtum strömte ihm zu von den Feinden Englands. Aber außer ihm sprach noch ein anderer Mann mit Espado dem Geier. Irgendwie hatte der dunkle grimme junge Major aus Ulster die scheußliche Wahrheit erraten; und als sie gemeinsam jene Straße hinab zur Brücke hinschritten, erklärte Murray dem General, dass er entweder sofort den Dienst quittieren müsse oder vor ein Kriegsgericht gestellt und erschossen werde. Der General sträubte sich, um Zeit zu gewinnen, bis sie zu dem Saum tropischer Bäume bei der Brücke kamen; und da, am rauschenden Fluss unter sonnenbeschienenen Palmen (ich kann das Bild vor mir sehen), zog der General seinen Säbel und stieß ihn dem Major durch den Leib.«

Die winterliche Straße bog in schneidendem Frost über einen mit grausamen Formen von Buschwerk und Dickicht bestandenen Hang; Flambeau aber kam es vor, als sehe er weit jenseits einen schwachen Schimmer, der nicht von Sternenlicht und Mondenlicht stammte, sondern von einem Feuer, wie es von Menschen gemacht wird. Er beobachtete es weiter, während die Erzählung sich ihrem Ende zuneigte.

»St. Clare war ein Höllenhund, aber er war ein Hund von Rasse. Niemals, das schwöre ich, war er so scharfsichtig und tatkräftig wie damals, da der arme Murray ihm als kalter Klumpen vor den Füßen lag. Niemals war, wie Hauptmann Keith richtig feststellte, der große Mann bei all seinen Triumphen so groß wie in jener letzten, von der Welt verachteten Niederlage. Er sah kalt nach seiner Waffe, um das Blut abzuwischen; er sah, dass die Säbelspitze, die er seinem Opfer zwischen die Schultern gepflanzt hatte, in dessen Körper abgebrochen war. Er sah ganz gelassen, wie durch das Fenster eines Clubs, alles, was folgen musste. Er sah, dass man den unerklärlichen Leichnam finden musste; die unerklärliche Säbelspitze herausholen musste; den unerklärlichen abgebrochenen Säbel bemerken musste – oder die Abwesenheit eines Säbels. Er hatte getötet, aber nicht Schweigen gewonnen. Doch sein herrischer Geist bäumte sich gegen diesen Schlag ins Gesicht auf – noch gab es einen Ausweg. Er konnte den Leichnam weniger unerklärlich machen. Er konnte einen Hügel Leichname schaffen, um diesen einen zu bedecken. Zwanzig Minuten später marschierten achthundert englische Soldaten in ihren Tod.«

Der wärmere Glanz hinter dem schwarzen Winterwald wurde stärker und heller, und Flambeau schritt aus, um ihn zu erreichen. Auch Father Brown beschleunigte seine Schritte; aber vor allem schien er in seine Geschichte versunken.

»So groß war die Tapferkeit dieses englischen Tausends und so groß das Genie ihres Befehlshabers, dass, wenn sie sofort den Hügel angegriffen hätten, sogar ihr Wahnsinnsmarsch hätte Erfolg haben können. Aber der böse Geist, der mit ihnen wie mit Bauern[87] spielte, hatte andere Ziele und Gründe. Sie mussten wenigstens so lange in den Sümpfen bei der Brücke bleiben, bis britische Leichname dort ein gewöhnlicher Anblick waren. Und dann die letzte große Szene: der silberhaarige Heilige

Soldat, der sein zerbrochenes Schwert übergibt, um weiteres Schlachten zu verhindern. Oh, für ein Stegreifstück war es ausgezeichnet inszeniert. Aber ich glaube (ich kann es nicht beweisen), ich glaube, dass dort in den blutigen Sümpfen jemand zu zweifeln begann – und jemand erriet.«

Er schwieg einen Augenblick und sagte dann: »Eine Stimme aus dem Nichts flüstert mir zu, dass dieser Mann der Liebhaber war, der Mann, der das Kind des alten Mannes heiraten sollte.«

»Aber was ist mit Olivier und dem Aufhängen?«, fragte Flambeau.

»Olivier pflegte seinen Marsch teils aus Ritterlichkeit, teils aus Politik selten mit Gefangenen zu beschweren«, erklärte der Erzähler. »Er ließ meistens alle frei. Er ließ in diesem Fall alle frei.«

»Alle bis auf den General«, sagte der große Mann.

»Alle«, sagte der Priester.

Flambeau runzelte seine schwarzen Brauen. »Ich verstehe immer noch nicht ganz«, sagte er.

»Es gibt noch ein anderes Bild, Flambeau«, sagte Brown mit geheimnisvollem Unterton. »Ich kann es nicht beweisen; aber ich kann mehr tun – ich kann es sehen. Ich sehe, wie am Morgen auf den kahlen sengenden Hügeln das Lager abgebrochen wird und brasilianische Uniformen sich zu Blöcken und Marschkolonnen massieren. Ich sehe das rote Hemd und den langen schwarzen Bart von Olivier, wie er im Winde weht, als der dasteht mit dem breitkrempigen Hut in der Hand. Er sagt dem großen Gegner, den er frei lässt, Lebewohl – dem einfachen, weißköpfigen englischen Veteranen, der ihm im Namen seiner Männer dankt. Die englischen Überreste stehen hinter ihm angetreten; neben ihnen Vorräte und Fahrzeuge für den Rückmarsch. Die Trommeln rollen; die Brasilianer ziehen ab; die Engländer stehen noch wie Statuen und bleiben so, bis das letzte Brummen und Blitzen des Feindes vom tropischen Horizont verschwunden ist. Dann plötzlich ändert sich ihre Haltung, als ob tote Männer zum Leben erwachten; sie wenden ihre fünfzig Gesichter dem General zu – Gesichter, die unvergesslich sind.«

Flambeau fuhr zusammen. »Ah«, schrie er. »Sie meinen doch nicht etwa …«

»Ja«, sagte Father Brown mit tiefer und bewegender Stimme. »Es war eine englische Hand, die den Strick um St. Clares Hals legte; ich glaube, es war die Hand, die den Ring auf seiner Tochter Finger schob. Es waren englische Hände, die ihn zum Baum der Schande schleiften; die Hände von Männern, die ihn angebetet hatten und ihm zum Sieg gefolgt waren. Und es waren englische Seelen (Gott vergebe uns allen und erbarme sich unser!), die auf ihn starrten, wie er da unter der fremden Sonne am grünen Galgen der Palme schwang, und die in ihrem Hass beteten, dass er von ihr in die Hölle stürzen möge.«

Als die beiden den Kamm überquert hatten, brach ihnen das starke rote Licht eines englischen Gasthauses mit roten Vorhängen entgegen. Es stand neben der Straße, als sei es in einem Übermaß an Gastfreundlichkeit beiseitegetreten. Seine drei Türen standen einladend offen; und selbst da, wo sie standen, konnten sie das Murmeln und Lachen der für eine Nacht glücklichen Menschheit hören.

»Ich brauche Ihnen nicht mehr zu erzählen«, sagte Father Brown. »Sie verurteilten ihn in der Wildnis und vernichteten ihn; und dann, um der Ehre Englands und um seiner Tochter willen, versiegelten sie die Geschichte von der Geldbörse des Verräters und der Säbelspitze des Mörders durch Eid auf ewig. Vielleicht – Gott helfe ihnen – versuchten sie, zu vergessen. Wir jedenfalls wollen versuchen, es irgendwie zu vergessen; hier ist unser Gasthaus.«

»Aus ganzem Herzen«, sagte Flambeau und war gerade dabei, mit langen Schritten in die hellerleuchtete lärmige Bar zu treten, als er zurückfuhr und fast auf die Straße stürzte.

»Sehn Sie sich das an, zum Teufel!«, schrie er und wies starr auf das viereckige hölzerne Wirtshausschild, das über der Straße hing. Es zeigte undeutlich den groben Umriss eines Säbels mit verkürzter Klinge; und es war mit falschen altertümlichen Buchstaben beschrieben: »Das Zeichen des zerbrochenen Säbels«.

»Waren Sie darauf nicht vorbereitet?«, fragte Father Brown milde. »Er ist der Abgott dieser Landschaft; die Hälfte aller Wirtshäuser und Parks und Straßen sind nach ihm und seiner Geschichte benannt.«

»Ich dachte, wir wären mit diesem Ungeheuer fertig«, rief Flambeau und spie auf die Straße.

»In England wird man nie mit ihm fertig sein«, sagte der Priester und blickte zu Boden, »solange Erz stark bleibt und Stein fortdauert. Seine Marmorstatuen werden die Herzen stolzer, unschuldiger Jungen für Jahrhunderte aufrichten, sein Grab auf dem Dorffriedhof wird nach Loyalität wie nach Lilien duften. Millionen, die ihn nie gekannt haben, werden ihn wie einen Vater lieben – diesen Mann, den die wenigen Letzten, die ihn kannten, wie Mist behandelten. Er wird ein Heiliger sein; und die Wahrheit über ihn wird nie erzählt werden, denn ich habe mich endlich entschlossen. Es liegt so viel Gutes wie Böses im Enthüllen von Geheimnissen, dass ich mein Verhalten von einem Versuch abhängig gemacht habe. Alle diese Zeitungen werden untergehen; die Anti-Brasilien-Gesinnung ist schon vorüber; Olivier wird überall sonst geehrt. Aber ich hatte mir vorgenommen, dass, wenn irgendwo mit Namen in Metall oder Marmor, die wie die Pyramiden Bestand haben, Oberst Clancy oder Hauptmann Keith oder Präsident Olivier oder sonst ein unschuldiger Mann fälschlich bezichtigt wäre, ich sprechen würde. Wenn aber lediglich St. Clare falsch gepriesen würde, wollte ich schweigen. Und ich werde schweigen.«

Sie tauchten in die Taverne mit den roten Vorhängen ein, die innen nicht nur angenehm, sondern geradezu luxuriös war. Auf einem Tisch stand ein Silbermodell des Grabes von St. Clare, das silberne Haupt gebeugt, der silberne Säbel zerbrochen. An den Wänden waren kolorierte Fotografien der gleichen Szene und von den Wagenschlangen, die Touristen zu ihrer Besichtigung herbeischafften. Sie ließen sich auf den bequem gepolsterten Bänken nieder.

»Kommen Sie, es ist kalt«, rief Father Brown; »wir wollen Wein oder Bier trinken.«

»Oder Brandy[88]«, sagte Flambeau.

Die drei Werkzeuge des Todes

Father Brown wusste von Berufs wegen wie aus Überzeugung besser als die meisten von uns, dass jeden Toten Würde umgibt. Doch selbst er empfand einen Schmerz der Ungereimtheit, als man ihn bei Tagesanbruch herausklopfte und ihm mitteilte, dass Sir Aaron Armstrong ermordet worden sei. Es lag etwas Widersinniges und Unpassendes in der heimlichen Gewalttat gegen einen so überaus unterhaltsamen und beliebten Mann. Denn Sir Aaron Armstrong war unterhaltsam bis an den Rand des Komischen; und er war beliebt in einem schon fast legendären Ausmaß. Es war, als höre man, dass Sunny Jim[89] sich aufgehängt habe; oder dass Mr Pickwick[90] in Hanwell gestorben sei. Denn obwohl Sir Aaron Philanthrop war und also mit den dunkleren Seiten unserer Gesellschaft zu tun hatte, war er stolz darauf, das auf die hellst mögliche Weise zu tun. Seine politischen und sozialen Ansprachen waren Sturzbäche von Anekdoten und »lautem Gelächter[91]«; seine körperliche Gesundheit war von explosiver Art; seine Ethik war der reine Optimismus; und er nahm sich des Trinkerproblems (sein Lieblingsthema) mit jener unsterblichen oder selbst monotonen Fröhlichkeit an, die so oft das Kennzeichen des wohlhabenden absoluten Abstinenzlers ist.

Die etablierte Fassung seiner Wandlung war auf den

puritanischeren Rednertribünen und Predigtkanzeln wohl bekannt: wie es ihn als Knaben fast noch von der schottischen Theologie zum schottischen Whisky gezogen habe und wie er aus beidem aufstieg und (wie er es bescheiden formulierte) zu dem wurde, was er war. Doch ließen sein weiter weißer Bart, sein engelhaftes Angesicht, seine blitzende Brille auf den zahllosen Essen und Kongressen, zu denen sie erschienen, es fast unglaubwürdig erscheinen, dass er je etwas so Morbides wie ein Schnapstrinker oder ein Kalvinist gewesen sei. Er war, das fühlte man, der ernsthafteste Fröhliche unter allen Menschenkindern.

Er hatte am ländlichen Rand von Hampstead gelebt, in einem schönen Haus, hoch, aber nicht breit, einem modernen und prosaischen Turm. Die schmälste seiner schmalen Seiten überragte die steile grüne Böschung einer Eisenbahn und wurde von den vorbeifahrenden Zügen erschüttert. Sir Aaron Armstrong hatte, wie er lärmig erklärte, keine Nerven. Doch wenn der Zug oft das Haus erschüttert hatte, so war es an diesem Morgen umgekehrt, das Haus erschütterte den Zug.

Die Lokomotive wurde langsamer und hielt genau jenseits jener Stelle an, wo eine Ecke des Hauses an die steile Rasenböschung stieß. Das Anhalten der meisten mechanischen Dinge muss langsam geschehen; aber der lebende Anlass dieses Anhaltens war sehr schnell. Ein Mann, der vollständig in Schwarz gekleidet war, bis hin (wie man sich später erinnerte) zu dem schrecklichen Detail der schwarzen Handschuhe, war auf der Böschung vor der Lokomotive erschienen und hatte seine schwarzen Hände geschwungen wie finstere Windmühlenflügel. Das allein würde selbst einen Bummelzug kaum angehalten haben. Aber da kam ein Schrei aus ihm, von dem man später als von etwas absolut Unnatürlichem und Neuem sprach. Es war einer jener Schreie, die schrecklich eindeutig sind, selbst wenn man nicht versteht, was geschrien wird. In diesem Fall lautete das Wort: »Mord!«

Aber der Lokomotivführer beschwört, dass er auch dann angehalten hätte, wenn er nur den schrecklichen und eindeutigen Ton gehört hätte und nicht das Wort.

Nachdem der Zug einmal angehalten hatte, konnte selbst der oberflächlichste Blick viele Einzelheiten der Tragödie aufnehmen. Der Mann in Schwarz auf der grünen Böschung war Sir Aaron Armstrongs Kammerdiener Magnus. Der Baronet[92] hatte in seinem Optimismus oft über die schwarzen Handschuhe seines düsteren Dieners gelacht; jetzt aber gab es sicherlich niemanden, den über ihn zu lachen gelüstete.

Sofort nachdem ein oder zwei Untersuchungsbeamte aus dem Zug und über die verräucherte Hecke gestiegen waren, sahen sie, fast bis an den Grund der Böschung hinabgerollt, den Körper eines alten Mannes in einem gelben Morgenmantel mit grellrotem Futter. Ein Stück Seil schien um sein Bein geschlungen, das sich vermutlich bei einem Kampf herumgewickelt hatte. Da waren einige Blutspuren, aber nur sehr kleine; doch der Körper war in eine jedem lebenden Wesen unmögliche Haltung gebogen oder gebrochen. Es war Sir Aaron Armstrong. Nach einigen weiteren ratlosen Augenblicken kam ein großer blondbärtiger Mann heraus, den einige der Reisenden als den Sekretär des toten Mannes begrüßen konnten, Patrick Royce, der einst in Kreisen der Boheme wohl bekannt und in den Künsten der Boheme sogar berühmt gewesen war. In einer vageren, aber noch überzeugenderen Weise echote er das Grauen des Dieners. Als schließlich noch die dritte Gestalt jenes Haushaltes, Alice Armstrong, die Tochter des Toten, bereits schwankend und zitternd in den Garten gekommen war, beschloss der Lokomotivführer weiterzufahren. Die Pfeife blies, und der Zug keuchte von dannen, um von der nächsten Station Hilfe zu schicken.

Father Brown war auf Wunsch von Patrick Royce, dem großen Ex-Bohemien-Sekretär, so rasch herbeigerufen worden. Royce war Ire von Geburt und einer jener Gelegenheitskatholiken, die sich ihrer Religion niemals entsinnen, ehe sie nicht wirklich in der Klemme stecken. Doch wäre Roycens Wunsch wohl kaum so prompt erfüllt worden, wenn nicht einer der amtlichen Detektive ein Freund und Bewunderer des nichtamtlichen Flambeau gewesen wäre; und es war unmöglich, ein Freund Flambeaus zu sein, ohne unzählige Geschichten über Father Brown gehört zu haben. Als daher der junge Detektiv (dessen Name Merton war) den kleinen Priester über die Felder zur Eisenbahn führte, war ihr Gespräch vertraulicher, als es normalerweise zwischen zwei völlig Fremden erwartet werden kann.

»Soweit ich sehen kann«, sagte Merton offen, »ergibt das Ganze überhaupt keinen Sinn. Es gibt niemanden, den man verdächtigen könnte. Magnus ist ein feierlicher alter Narr, viel zu sehr Narr, um ein Mörder zu sein. Royce war seit Jahren der beste Freund des Baronets; und seine Tochter betete ihn zweifelsohne an. Davon abgesehen ist das alles zu absurd. Wer würde solch einen fröhlichen alten Burschen wie Armstrong töten wollen? Wer würde seine Hände in das Blut eines Tischredners tauchen wollen? Das wäre, als ob man den Weihnachtsmann tötete.«

»Ja, das war ein fröhliches Haus«, stimmte Father Brown zu. »Es war ein fröhliches Haus, als er noch lebte. Glauben Sie, dass es fröhlich bleiben wird, jetzt, da er tot ist?«

Merton fuhr zusammen und sah seinen Gefährten mit lebhafteren Augen an. »Jetzt, da er tot ist?«, wiederholte er.

»Ja«, fuhr der Priester gleichmütig fort; »*er* war fröhlich. Aber konnte er seine Fröhlichkeit weitergeben? Offen gefragt, war außer ihm im Haus noch jemand fröhlich?«

Ein Fenster in Mertons Geist ließ jenes eigenartige Licht der Überraschung ein, in dem wir zum ersten Mal Dinge begreifen, die wir schon seit Langem gewusst haben. Er war im Zusammenhang mit kleinen Polizeihilfsarbeiten für den Philanthropen oft bei den Armstrongs gewesen; doch erschien es ihm jetzt, da er darüber nachzudenken begann, eigentlich als ein niederdrückendes Haus. Die Zimmer waren sehr hoch und sehr kalt; die Einrichtung war billig und provinziell; die zugigen Korridore wurden von elektrischem Licht erleuchtet, das frostiger als Mondlicht war. Und obwohl des alten Mannes rotes Angesicht und silberner Bart in jedem Zimmer und jedem Gang nacheinander wie Freudenfeuer erstrahlt waren, hatten sie doch keinerlei Wärme hinterlassen. Zweifellos war diese gespenstische Ungemütlichkeit des Hauses teilweise gerade auf die Lebenskraft und den Überschwang seines Besitzers zurückzuführen; er brauche weder Öfen noch Lampen, pflegte er zu sagen, sondern trüge seine eigene Wärme in sich. Als aber Merton an die anderen Bewohner dachte, war er gezwungen zuzugeben, dass sie ihrerseits nichts als Schatten ihres Herrn waren. Der melancholische Kammerdiener mit seinen grässlichen schwarzen Handschuhen war geradezu ein Albtraum; Royce, der Sekretär, war eigentlich kräftig genug gebaut, ein Stier von einem Mann in Tweed mit kurzem Bart; aber der strohfarbene Bart war wie der Tweed auffallend grau gesprenkelt, und die breite Stirn war voller vorzeitiger Falten. Er war an sich auch gutmütig, aber es war eine traurige Art der Gutmütigkeit, fast eine Art Gutmütigkeit aus gebrochenem Herzen – er trug die Miene eines Mannes zur Schau, der im Leben gescheitert ist. Und was Armstrongs Tochter angeht, so war es geradezu unglaubhaft, dass sie seine Tochter war; so blasse Farben und so zarte Konturen hatte sie. Sie war anmutig, aber da war ein Zittern in ihrer Gestalt wie in einer Espe. Merton hatte sich manches Mal gefragt, ob dieses Zittern vielleicht vom Lärm der vorüberfahrenden Züge herrühre.

»Wie Sie sehen«, sagte Father Brown und blinzelte bescheiden, »bin ich nicht so sicher, dass Armstrongs Fröhlichkeit so fröhlich ist – für andere Menschen. Sie sagten, dass niemand einen so glücklichen alten Mann töten könne, doch bin ich mir da nicht so sicher; *ne nos inducas in tentationem*[93]. Wenn ich jemals jemanden umbringen sollte«, fügte er einfach hinzu, »wird es sicherlich ein Optimist sein.«

»Warum?«, rief Merton erheitert. »Glauben Sie, dass die Menschen Fröhlichkeit nicht lieben?«

»Menschen lieben häufiges Lachen«, antwortete Father

Brown, »aber ich glaube nicht, dass sie ein ständiges Lächeln lieben. Fröhlichkeit ohne Humor ist reichlich anstrengend.«

Sie gingen eine Weile schweigend an der windigen Grasböschung der Eisenbahn entlang, und gerade als sie unter den weit fallenden Schatten des hohen Armstrong-Hauses kamen, sagte Father Brown plötzlich wie ein Mann, der einen störenden Gedanken eher fortwirft, als ihn ernsthaft anzubieten: »Natürlich ist Trinken an sich weder gut noch böse. Aber ich werde manchmal das Gefühl nicht los, dass Menschen wie Armstrong von Zeit zu Zeit ein Glas Wein brauchen, um traurig zu werden.«

Mertons Dienstvorgesetzter, ein grauer und fähiger Detektiv namens Gilder, stand auf der grünen Böschung, wartete auf den amtlichen Leichenbeschauer und unterhielt sich mit Patrick Royce, der mit seinen breiten Schultern und borstigem Haar und Bart über ihm aufragte. Das war umso bemerkenswerter, als Royce sonst immer in einer Art kraftvollen Gebeugtseins einherging und seine geringen Aufgaben als Sekretär und im Haushalt in einer schwerfälligen und demütigen Weise zu verrichten schien, wie ein Ochse, der eine Kinderkutsche zieht.

Er hob beim Anblick des Priesters den Kopf mit ungewöhnlicher Freude und nahm ihn ein paar Schritte beiseite. Inzwischen sprach Merton den älteren Detektiv durchaus ehrerbietig, aber nicht ohne eine gewisse jungenhafte Ungeduld an.

»Nun, Mr Gilder, sind Sie mit dem Geheimnis weitergekommen?«

»Es gibt kein Geheimnis«, antwortete Gilder, während er mit verträumten Augen Saatkrähen nachblickte.

»Nun, für mich jedenfalls gibt es eins«, sagte Merton lächelnd.

»Das ist alles einfach genug, mein Junge«, bemerkte der vorgesetzte Untersuchungsbeamte und strich sich seinen grauen Spitzbart. »Drei Minuten, nachdem Sie sich zu Mr Roycens Priester aufgemacht haben, kam die ganze Geschichte heraus. Sie kennen diesen teiggesichtigen Diener mit den schwarzen Handschuhen, der den Zug angehalten hat?«

»Ich würde ihn überall erkennen. Irgendwie hat er mich das Gruseln gelehrt.«

»Na schön«, sagte Gilder träge, »als der Zug wieder abgefahren war, war auch der Mann abgefahren. Ein reichlich kaltblütiger Verbrecher, meinen Sie nicht auch, der mit demselben Zug flieht, der nach der Polizei abfuhr?«

»Und Sie sind ganz sicher, nehme ich an«, sagte der junge Mann, »dass er wirklich seinen Herrn getötet hat?«

»Ja, mein Sohn; ich bin ganz sicher«, erwiderte Gilder trocken; »und zwar aus dem unwichtigen Grund, dass er mit zwanzigtausend Pfund in Wertpapieren abgehauen ist, die sich im Schreibtisch seines Herrn befanden. Nein; die einzige Sache, die man eine Schwierigkeit nennen könnte, ist die Frage, wie er ihn umgebracht hat. Der Schädel scheint wie mit irgendeiner schweren Waffe zerschmettert, aber nirgendwo liegt eine Waffe herum, und dem Mörder wäre es sicher zu lästig gewesen, sie mitzuschleppen, es sei denn, die Waffe war zu klein, um bemerkt zu werden.«

»Vielleicht war die Waffe zu groß, um bemerkt zu werden«, sagte der Priester mit einem sonderbaren kleinen Kichern.

Gilder blickte sich bei dieser phantastischen Bemerkung um und fragte Brown einigermaßen scharf, was er damit meine.

»Dumme Art, es auszudrücken, ich weiß«, sagte Father Brown entschuldigend. »Hört sich wie ein Märchen an. Aber der arme Armstrong wurde tatsächlich mit einer Riesenkeule getötet, einer großen grünen Keule, zu groß, um gesehen zu werden, und die wir die Erde nennen. Er zerbrach an dieser grünen Böschung, auf der wir stehen.«

»Wie meinen Sie das?«, fragte der Detektiv schnell.

Father Brown wandte sein Mondgesicht der schmalen Fassade des Hauses zu und blinzelte hoffnungslos hoch. Als sie seinen Blicken folgten, sahen sie, dass ganz oben in dieser sonst fensterlosen Rückseite ein Dachstubenfenster aufstand.

»Sehen Sie denn nicht«, erklärte er und wies ein bisschen ungeschickt wie ein Kind nach oben, »dass er von da oben hinabgestürzt wurde?«

Gilder studierte das Fenster stirnrunzelnd und sagte dann: »Das ist sicherlich möglich. Aber ich verstehe nicht, warum Sie sich dessen so sicher sind.«

Brown öffnete seine grauen Augen weit. »Nun ja«, sagte er, »da hängt doch ein Stück Strick am Bein des Toten. Sehen Sie denn nicht das andere Stück Strick, das sich da oben in der Fensterecke festgeklemmt hat?«

In der Höhe nahm das Ding sich wie ein winziges Staubkorn oder Haar aus, aber der kluge alte Detektiv war überzeugt. »Sie haben ganz recht, Sir«, sagte er zu Father Brown, »wirklich 1:0 für Sie.«

Während er noch sprach, kam durch die Biegung der Gleise zu ihrer Linken ein Sonderzug mit einem Wagen heran, hielt an und spie eine weitere Gruppe Polizisten aus, in deren Mitte sich das Armesündergesicht von Magnus befand, dem entwichenen Diener.

»Bei Gott! Sie haben ihn«, schrie Gilder und trat mit neu erwachter Lebendigkeit vor.

»Haben Sie das Geld?«, rief er dem ersten Polizisten zu. Der Mann sah ihm mit einem sonderbaren Ausdruck ins Gesicht und sagte: »Nein.« Dann fügte er hinzu: »Wenigstens nicht hier.«

»Wer ist der Inspektor, bitte?«, fragte der Mann namens Magnus.

Als er sprach, verstand sofort jeder, dass diese Stimme einen Zug angehalten hatte. Er war ein langweilig aussehender Mann mit flach anliegendem schwarzem Haar, einem farblosen Gesicht und einem schwach orientalischen Einschlag an den waagrechten Schlitzen von Augen und Mund. Seine Herkunft wie sein Name waren zweifelhaft geblieben, seit Sir Aaron ihn aus der Kellnerschaft eines Londoner Restaurants »errettet« hatte und (wie manche behaupten) aus schändlicheren Dingen. Doch seine Stimme war so lebendig, wie sein Gesicht tot war. Ob durch Bemühungen um Exaktheit in einer fremden Sprache oder ob aus Rücksicht auf seinen Herrn (der ein bisschen taub gewesen war), jedenfalls waren Magnus' Töne von einer eigenartig klingenden und durchdringenden Beschaffenheit, und die ganze Gruppe fuhr zusammen, als er zu sprechen begann.

»Ich habe immer schon gewusst, dass das passieren würde«, sagte er laut mit unverschämter Gelassenheit. »Mein armer alter Herr verspottete mich, weil ich schwarz gekleidet gehe; aber ich antwortete immer, ich wolle für seine Beerdigung bereit sein.«

Und er machte eine kurze Bewegung mit seinen beiden dunkel behandschuhten Händen.

»Sergeant«, sagte Inspektor Gilder und sah sich die schwarzen Hände voller Zorn an, »warum haben Sie diesem Kerl keine Handschellen angelegt? Er sieht mir reichlich gefährlich aus.«

»Nun, Sir«, sagte der Sergeant mit dem gleichen sonderbaren Ausdruck des Erstauntseins, »ich weiß nicht, ob wir das dürfen.«

»Was meinen Sie damit?«, fragte der andere scharf. »Haben Sie ihn denn nicht verhaftet?«

Leichter Hohn verbreiterte den geschlitzten Mund, und der Pfiff einer nahenden Lokomotive erschien wie ein eigentümlich spöttischer Widerhall.

»Wir haben ihn verhaftet«, erwiderte der Sergeant feierlich, »gerade als er aus der Polizeistation zu Highgate kam, wo er Inspektor Robinsons Fürsorge das gesamte Geld seines Herrn anvertraut hatte.«

Gilder sah den Kammerdiener mit größtem Erstaunen an. »Warum in aller Welt haben Sie denn das getan?«, fragte er Magnus.

»Natürlich, um es vor dem Verbrecher in Sicherheit zu bringen«, erwiderte jene Person gelassen.

»Sicherlich«, sagte Gilder, »hätte Sir Aarons Geld unbesorgt bei Sir Aarons Familie bleiben können.«

Das Ende dieses Satzes ging im Dröhnen des Zuges unter, der schüttelnd und klirrend vorbeirollte; aber durch diese Hölle von Gelärme, deren regelmäßiges Opfer das unglückliche Haus war, konnten sie die Silben von

Magnus' Antwort in all ihrer glockenähnlichen Klarheit vernehmen: »Ich habe keinen Grund, zu Sir Aarons Familie Vertrauen zu haben.«

All die bewegungslosen Männer hatten das gespenstische Gefühl der Anwesenheit einer weiteren Person; und Merton war kaum überrascht, als er aufblickte und das blasse Gesicht von Armstrongs Tochter über Father Browns Schulter sah. Sie war noch jung und auf silbrige Art schön, aber ihr Haar war von so staubigem farblosem Braun, dass es unter bestimmten Umständen aussah, als sei es bereits völlig ergraut.

»Seien Sie vorsichtig mit dem, was Sie sagen«, sagte Royce schroff, »sonst erschrecken Sie Miss Armstrong.«

»Das hoffe ich«, sagte der Mann mit der klaren Stimme.

Als die Frau zusammenzuckte und sich alle anderen wunderten, fuhr er fort: »Ich bin an Miss Armstrongs Zittern einigermaßen gewöhnt. Ich habe sie seit Jahren zittern gesehen. Manche behaupteten, sie zittere vor Kälte, und andere, sie zittere vor Furcht; aber ich weiß, dass sie aus Hass und bösem Zorn zitterte – Teufel, die heute Morgen ihr Freudenfest feierten. Ohne mich wäre sie inzwischen mit ihrem Liebhaber und dem ganzen Geld über alle Berge. Seit mein armer alter Herr sie daran hinderte, diesen betrunkenen Lumpen zu heiraten ...«

»Halt«, sagte Gilder sehr streng; »wir haben nichts mit Ihren Familienphantastereien oder Verdächtigungen zu tun. Solange Sie keine handfesten Beweise haben, sind Ihre bloßen Meinungen ...«

»Oh! Ich werde Ihnen handfeste Beweise geben«, fiel Magnus ihm mit seinem hackenden Akzent ins Wort. »Sie werden mich als Zeugen aufrufen müssen, Herr

Inspektor, und ich werde die Wahrheit sagen müssen. Und die Wahrheit ist die: Einen Augenblick nachdem der alte Mann blutend aus dem Fenster gestürzt worden war, rannte ich in die Dachkammer und fand seine Tochter da ohnmächtig auf dem Boden mit einem blutigen Dolch noch in der Hand. Erlauben Sie mir, diesen ebenfalls den zuständigen Behörden zu übergeben.« Er holte aus der Tasche seiner Rockschöße ein langes Messer mit Horngriff, das rot verschmiert war, und reichte es höflich dem Sergeanten. Dann trat er wieder zurück, und die Augenschlitze verschwanden in einem fetten chinesischen Hohngrinsen fast von seinem Gesicht.

Merton wurde es bei seinem Anblick nahezu übel, und er murmelte Gilder zu: »Sie werden doch sicher Miss Armstrongs Wort gegen das seine gelten lassen?«

Father Brown hob plötzlich ein so absurd frisch wirkendes Gesicht hoch, dass es irgendwie aussah, als habe er es gerade erst gewaschen. »Ja«, sagte er und strahlte Unschuld aus, »aber steht Miss Armstrongs Wort gegen seines?«

Das Mädchen stieß einen erschreckten, sonderbaren kleinen Schrei aus; jeder sah sie an. Ihre Gestalt war steif wie gelähmt; nur ihr Gesicht in seinem Rahmen aus schwachbraunem Haar war lebendig vor entsetztem Erstaunen. Sie stand da wie plötzlich mit dem Lasso eingefangen und gewürgt.

»Dieser Mann«, sagte Mr Gilder feierlich, »hat soeben gesagt, dass Sie nach dem Mord gefunden wurden, bewusstlos und ein Messer umklammernd.«

»Er sagt die Wahrheit«, antwortete Alice.

Die nächste Tatsache, deren sie sich bewusstwurden,

war, dass Patrick Royce mit seinem mächtigen vornübergebeugten Kopf in ihren Kreis trat und die einzigartigen Worte äußerte: »Na schön, wenn ich denn gehen muss, will ich aber vorher noch ein bisschen Spaß haben.«

Seine mächtige Schulter hob sich, und seine eiserne Faust krachte in Magnus' mildes Mongolengesicht und schleuderte ihn wie einen Seestern auf den Rasen. Zwei oder drei Polizisten legten sofort Hand an Royce; den anderen aber erschien es, als sei alle Vernunft verloren gegangen und das Universum verwandle sich in ein sinnloses Possenspiel.

»Nichts dergleichen, Mr Royce«, hatte Gilder gebieterisch gerufen. »Ich werde Sie wegen Körperverletzung festnehmen.«

»Werden Sie nicht«, antwortete der Sekretär mit einer Stimme wie ein eiserner Gong; »Sie werden mich wegen Mord festnehmen.«

Gilder warf einen besorgten Blick auf den niedergeschlagenen Mann; aber da diese misshandelte Person bereits wieder aufrecht dasaß und sich ein bisschen Blut aus dem fast unverletzten Gesicht wischte, sagte er nur kurz: »Was meinen Sie damit?«

»Es stimmt schon, was dieser Bursche da gesagt hat«, erklärte Royce, »dass Miss Armstrong mit einem Messer in der Hand ohnmächtig wurde. Aber sie hatte das Messer nicht ergriffen, um ihren Vater anzugreifen, sondern um ihn zu verteidigen.«

»Ihn zu verteidigen«, wiederholte Gilder feierlich. »Und gegen wen?«

»Gegen mich«, antwortete der Sekretär.

Alice sah ihn mit einem erstaunten und bestürzten

Gesicht an; dann sagte sie mit leiser Stimme: »Ich bin doch froh, dass Sie so mutig sind.«

»Kommen Sie rauf«, sagte Patrick Royce schwerfällig, »und ich werde Ihnen die ganze verdammte Sache zeigen.«

Die Dachkammer war das Privatzimmer des Sekretärs (und eine wahrhaft schmale Zelle für einen so breiten Eremiten) und zeigte alle Spuren eines gewaltsamen Dramas. Nahe der Mitte des Fußbodens lag ein großer Revolver, als sei er weggeworfen worden; nach links war eine Whiskyflasche gerollt, offen, aber nicht ganz leer. Das Tischtuch des kleinen Tisches war herabgerissen und zertrampelt, und ein Stück Strick von der Art des an dem Toten gefundenen war wirr über das Fensterbrett geschleudert worden. Zwei Vasen waren auf dem Kaminsims zerschmettert worden und eine auf dem Teppich.

»Ich war betrunken«, sagte Royce. Und diese Schlichtheit des vorzeitig zerstörten Mannes hatte etwas von dem Pathos der ersten Sünde eines kleinen Kindes.

»Sie alle kennen mich«, fuhr er heiser fort; »jeder weiß, wie meine Geschichte angefangen hat, und so mag sie denn auch entsprechend enden. Man hat mich früher einen klugen Mann genannt, und vielleicht wäre ich auch ein glücklicher Mann geworden; Armstrong rettete die Überreste eines Gehirns und eines Körpers aus den Kneipen und war auf seine Weise immer freundlich zu mir, der arme Kerl! Nur, er wollte mich Alice nicht heiraten lassen; und man wird immer behaupten, dass er damit recht hatte. Nun, Sie können sich Ihre eigene Meinung bilden und werden nicht wollen, dass ich in Details gehe. Das ist meine Whiskyflasche, die da halb geleert in der Ecke liegt; das ist mein Revolver, der da ganz geleert auf dem Teppich liegt. Es war vom Strick aus meiner Kiste, die man an dem Leichnam gefunden hat, und aus meinem Fenster wurde der Körper hinabgestürzt. Sie brauchen keine Detektive anzusetzen, um meine Tragödie auszugraben; sie ist auf dieser Erde gewöhnlich genug. Ich liefere mich selbst an den Galgen; und das sollte bei Gott reichen!«

Auf ein entsprechend diskretes Zeichen hin umgab die Polizei den großen Mann, um ihn abzuführen; aber ihr unauffälliges Vorgehen wurde durch einen bemerkenswerten Auftritt von Father Brown weidlich gestört, der auf Händen und Knien auf dem Teppich in der Tür lag, wie in einer Art würdelosen Gebetes. Da er völlig unempfindlich dagegen war, was für eine Figur er abgab, blieb er in dieser Haltung, kehrte aber ein breites rundes Gesicht der Gesellschaft zu, wobei er den Eindruck eines Vierfüßlers mit sehr komischem menschlichem Kopf bot. »Wissen Sie«, sagte er gutmütig, »so geht das nun wirklich nicht. Zuerst haben Sie gesagt, wir hätten überhaupt keine Waffe gefunden. Aber jetzt finden wir zu viele; da ist das Messer zum Erstechen und der Strick zum Erwürgen und die Pistole zum Erschießen; und außerdem hat er sich den Hals gebrochen, als er aus dem Fenster fiel! So geht das nicht. Das ist nicht ökonomisch.« Und er schüttelte seinen Kopf über dem Boden, wie es ein Pferd beim Grasen tut.

Inspektor Gilder hatte den Mund mit ernsten Absichten geöffnet, aber ehe er etwas sagen konnte, fuhr die groteske Gestalt auf dem Boden redselig fort.

»Und jetzt noch drei unmögliche Dinge: erstens die

Löcher im Teppich, wo die sechs Kugeln hineingefahren sind. Warum in aller Welt sollte jemand auf den Teppich schießen? Ein Betrunkener schießt nach dem Kopf seines Feindes, nach dem Ding, das ihn angrinst. Er beginnt keinen Streit mit seinen Füßen und belagert nicht seine Pantoffeln. Und dann ist da der Strick!« – nachdem er mit dem Teppich fertig war, hob der Sprecher die Hände und versenkte sie in den Taschen, blieb aber ungerührt auf den Knien – »in welchem vorstellbaren Zustand der Betrunkenheit müsste jemand sein, der versucht, einem Mann den Strick um den Hals zu legen, und der ihn ihm schließlich um die Beine wickelt? Royce jedenfalls war niemals so betrunken, oder er würde jetzt schlafen wie ein Klotz. Und, am offenkundigsten von allem, die Whiskyflasche. Sie behaupten, dass ein Alkoholiker um die Whiskyflasche kämpfte und dann, als er gewonnen hatte, die eine Hälfte ausgoss und die andere drinließ. Das ist so ziemlich das Letzte, was ein Säufer tun würde.«

Er kam unbeholfen auf die Füße und sagte zu dem Mörder, der sich selbst angeklagt hatte, im Ton der klarsten Zerknirschung: »Tut mir unendlich leid, mein lieber Herr, aber Ihre ganze Geschichte ist der reine Unfug.«

»Sir«, sagte Alice Armstrong in leisem Ton zu dem Priester, »kann ich Sie einen Augenblick allein sprechen?«

Diese Bitte zwang den mitteilsamen Kleriker hinaus auf den Flur, und bevor er im nächsten Zimmer etwas sagen konnte, redete das Mädchen mit sonderbarer Eindringlichkeit.

»Sie sind ein kluger Mann«, sagte sie, »und Sie versuchen, Patrick zu retten, das weiß ich. Aber das hat keinen Zweck. Der Kern dieser ganzen Angelegenheit ist schwarz, und je mehr Sie herausfinden, desto mehr finden Sie gegen den Unglückseligen heraus, den ich liebe.«

»Wieso?«, fragte Brown und sah sie fest an.

»Weil«, sagte sie ebenso fest, »ich selbst ihn das Verbrechen begehen sah.«

»Aha!«, sagte Brown ungerührt; »und was hat er getan?«

»Ich war in diesem Zimmer neben ihnen«, erklärte sie; »beide Türen waren geschlossen, aber plötzlich hörte ich eine Stimme, wie ich sie noch nie auf Erden gehört habe, und sie brüllte ›Hölle, Hölle, Hölle‹, wieder und wieder, und dann erbebten die beiden Türen vom ersten Revolverschuss. Dreimal noch ging das Ding los, ehe ich die beiden Türen aufhatte und das Zimmer voller Rauch fand; aber die Pistole rauchte in meines armen verrückten Patricks Hand, und ich sah ihn die letzte mörderische Salve mit eigenen Augen abfeuern. Dann sprang er auf meinen Vater zu, der sich entsetzt am Fensterbrett festklammerte, und versuchte, ihn mit dem Strick zu erwürgen, den er ihm über den Kopf geworfen hatte, der aber über seine kämpfenden Schultern hinab zu seinen Füßen glitt. Dann legte er sich fest um ein Bein, und Patrick zerrte ihn daran herum wie ein Wahnsinniger. Ich hob ein Messer vom Teppich auf, warf mich zwischen sie, und es gelang mir, den Strick durchzuschneiden, ehe ich ohnmächtig wurde.«

»Ich verstehe«, sagte Father Brown in hölzerner Höflichkeit. »Ich danke Ihnen.«

Als das Mädchen unter ihren Erinnerungen zusammenbrach, ging der Priester steif in das Nebenzimmer, in dem er Gilder und Merton allein mit Patrick Royce vorfand, der in einem Stuhl saß, in Handschellen. Dort sagte er unterwürfig zum Inspektor:

»Dürfte ich wohl mit dem Gefangenen ein Wort in Ihrer Gegenwart sprechen; und dürfte er wohl diese komischen Manschetten für eine Minute ablegen?«

»Er ist ein sehr starker Mann«, sagte Merton leise. »Warum wollen Sie, dass sie abgenommen werden?«

»Nun, ich dachte«, sagte der Priester demütig, »dass ich vielleicht die große Ehre haben dürfte, ihm die Hand zu schütteln.«

Die beiden Detektive blickten erstaunt, und Father Brown fügte hinzu: »Wollen Sie es ihnen nicht erzählen, Sir?«

Der Mann auf dem Stuhl schüttelte sein wirres Haupt, und der Priester wandte sich ungeduldig ab.

»Dann will ich das tun«, sagte er. »Das Leben ist wichtiger als der Ruf. Ich werde den Lebenden retten, und sollen die Toten doch ihre Toten begraben.«

Er ging zu dem fatalen Fenster und blinzelte hinaus, während er weitersprach.

»Ich habe Ihnen gesagt, dass es in diesem Fall zu viele Waffen und nur einen Toten gibt. Ich sage Ihnen jetzt, dass es keine Waffen sind und dass sie nicht zum Töten verwendet wurden. All diese grausigen Geräte, die Schlinge, das blutige Messer, der feuernde Revolver, waren Instrumente eines sonderbaren Erbarmens. Sie wurden nicht verwendet, um Sir Aaron zu töten, sondern um ihn zu retten.«

»Ihn zu retten!«, wiederholte Gilder. »Und wovor?«

»Vor sich selbst«, sagte Father Brown. »Er war ein vom Selbstmord besessener Irrer.«

»Was?«, rief Merton in ungläubigem Ton. »Und seine Religion der Fröhlichkeit …«

»Es ist eine grausame Religion«, sagte der Priester und blickte aus dem Fenster. »Warum konnte man ihn nicht ein bisschen weinen lassen, wie es seine Ahnen vor ihm taten? Seine Pläne erstarrten, seine großen Ideen erkalteten; hinter jener fröhlichen Maske war der leere Geist des Atheisten. Und schließlich verfiel er, um die Heiterkeit seiner öffentlichen Auftritte durchhalten zu können, wieder aufs Schnapstrinken, das er so lange zuvor aufgegeben hatte. Aber da ist für den einsamen Abstinenzler jenes Grauen im Alkohol: dass er sich die seelische Hölle, vor der er die anderen immer wieder gewarnt hat, ausmalt und sie erwartet. Den armen Armstrong überkam es vorzeitig, und heute Morgen war er in einem solchen Zustand, dass er hier saß und brüllte, er sei in der Hölle, und mit einer so verzerrten Stimme, dass seine eigene Tochter sie nicht erkannte. Er gierte geradezu nach dem Tod und hatte mit der Affenschlauheit des Verrückten den Tod in vielerlei Gestalt um sich gestreut – die offene Schlinge, den geladenen Revolver seines Freundes, das Messer. Royce kam zufällig herein und handelte wie der Blitz. Er warf das Messer auf den Teppich hinter sich, ergriff den Revolver, und da er keine Zeit hatte, ihn zu entladen, schoss er ihn Schuss für Schuss in den Boden leer. Der Selbstmörder erkannte eine vierte Gestalt des Todes und stürzte zum Fenster. Der Retter tat das Einzige, was er tun konnte – er rannte ihm mit dem Strick nach und versuchte, ihm Hände und Füße zu fesseln. Da kam das unglückliche Mädchen herein, missverstand den Kampf, versuchte ihren Vater loszuschneiden. Zunächst zerschnitt sie nur dem armen Royce die Fingerknöchel, woher das ganze Blut in dieser kleinen Angelegenheit kam. Sie haben natürlich bemerkt, dass er nur Blut, aber keine Wunde im Gesicht des Dieners hinterließ? Aber unmittelbar bevor die arme Frau ohnmächtig wurde, schnitt sie ihren Vater noch los, und so stürzte er krachend durch jenes Fenster in die Ewigkeit.«

Da war ein langes Schweigen, das langsam durch das metallische Klicken gebrochen wurde, mit dem Gilder Patrick Royce die Handschellen aufschloss, zu dem er sagte: »Ich glaube, Sie hätten die Wahrheit erzählen sollen, Sir. Sie und die junge Dame sind mehr wert als die Nachrufe auf Armstrong.«

»Zum Teufel mit Armstrongs Nachrufen«, rief der junge Mann heiser. »Begreifen Sie denn nicht, dass das nur war, weil sie es nicht erfahren darf?«

»Was nicht erfahren?«, fragte Merton.

»Dass sie ihren Vater getötet hat, Sie Narr!«, brüllte der andere. »Ohne sie lebte er noch. Es könnte sie in den Wahnsinn treiben, das zu wissen.«

»Nein, das glaube ich nicht«, bemerkte Father Brown, als er seinen Hut aufnahm. »Ich glaube, ich würde es ihr sagen. Selbst die tödlichsten Fehler vergiften das Leben nicht so wie Sünden; auf jeden Fall glaube ich, dass Sie beide jetzt glücklicher sein werden. Ich muss zurück zur Schule für Taube.«

Als er auf den vom Winde umwehten Rasen hinaustrat, hielt ihn ein Bekannter aus Highgate an und sagte:

»Der Leichenbeschauer ist gerade angekommen. Jetzt geht gleich die Untersuchung los.«

»Ich muss zur Schule für Taube zurück«, sagte Father Brown. »Tut mir leid, dass ich nicht zur Untersuchung bleiben kann.«

Anmerkungen

1 *Roland*: gemeint ist jene Gestalt Roland aus dem Sagenkreis um Karl den Großen und in diesen Sagen der wichtigste seiner zwölf Paladine; der historische Roland, der Graf Hruotlant aus der bretonischen Mark, fiel 778 in einem Nachhutgefecht gegen die Basken im Tal von Roncesvalles; er ist sonst historisch nicht weiter bekannt.

2 *der Kaiser*: gemeint ist der deutsche Kaiser Wilhelm II.

3 *juge d'instruction*: Untersuchungsrichter.

4 *Father Brown*: Chestertons Priester-Detektiv ist dem deutschen Publikum von Anfang an falsch als »Pater Brown« vorgestellt worden; das englische *»Father«* ist ebenso wie das französische *»Père«* Anrede an Weltgeistliche, also am ehesten mit »Hochwürden« wiederzugeben, während im deutschen Sprachgebrauch »Pater« Titel der Ordensgeistlichen ist. Da aber bei uns die Anrede »Hochwürden« weitgehend außer Dienst geraten ist, wird in dieser Neuübersetzung die englische Formel »Father Brown« unübersetzt beibehalten. Was das Äußere von Father Brown betrifft, so schreibt Martin Gardner in seiner Einleitung zu *The Annotated Innocence of Father Brown:* »Aus gewissen Gründen, vielleicht wegen Chestertons eigener Massigkeit oder dem Vergleich mit einem Norfolk-Kloß, stellen sich viele den Priester rundlich und untersetzt vor. Tatsächlich aber war er ein kleiner, feingebauter Mann mit einem, wie Chesterton sich ausdrückt, ›blödsinnig großen Kopf‹. In *Das Auge Apollos* wird er als hässlich bezeichnet. Sein Gesicht ist rund, stumpf und vollmondähnlich mit schweren, ausdruckslosen Zügen und ›Augen so leer wie die Nordsee‹. Sein Haar ist braun, seine Gesichtsfarbe dunkel, seine Nase kurz und dick. Wegen seiner geschwächten Sehkraft kneift er die Augen zusammen, wenn er ohne Brille liest,

und gewöhnlich blinzelt er, wenn er sich in Gedanken verliert. Und manchmal beißt er nachdenklich auf seinem Finger herum wie in *Das Zeichen des zerbrochenen Säbels.* Er raucht gerne Zigarren und Pfeife und trinkt gelegentlich Wein und Bier.«

In seiner *Autobiographie* schreibt Chesterton: »Father Browns Besonderheit war, dass er keine hatte. Sein Zweck war es, zwecklos zu erscheinen; und man könnte sagen, dass seine auffallendste Eigenschaft die war, nicht aufzufallen. Sein gewöhnliches Aussehen sollte mit seiner unvermuteten Wachsamkeit und Intelligenz kontrastieren; und deshalb machte ich aus ihm eine schäbige und formlose Erscheinung, mit einem runden, ausdruckslosen Gesicht, mit unbeholfenen Manieren usw.«

5 *Denkmaschine*: Chesterton polemisiert hier wie andernorts gerne und scharf gegen jene Folgerungen der französischen Aufklärung, die den Menschen zu einem absolut berechenbaren *homme machine* erklären wollen.

6 *Schaufelhut*: breitrandiger, auf beiden Seiten nach oben gebogener Hut katholischer Geistlicher.

7 Hier wird Father Brown erstmals namentlich erwähnt, bleibt aber ohne Vornamen, außer in *Das Auge Apollos.*

8 *zölibatärer Einfaltspinsel*: es ist darauf hinzuweisen, dass die katholische Kirchenlehre beim Begriff des Zölibats streng trennt zwischen Verstößen gegen das Gebot der Keuschheit (eine solche Sünde hat der Priester seinem Amtsbruder zu beichten und kann dann von ihm die Absolution erhalten) und dem Gebot der Ehelosigkeit (eine Ehe kann der Priester nur dem Papst beichten, und nur von ihm kann er die Absolution erhalten).

9 *Privatsekretär*: *The Privat Secretary* war ein damals sehr erfolgreiches Stück des Boulevardtheaters.

10 *Stachelarmband*: wahrscheinlich von Chesterton erfundener Ausdruck für eine Vorrichtung im Ärmel, die zum Austausch von Gegenständen dient.

11 *Eselspfeife ... Kreuzsprung*: offensichtlich üble Tricks aus der Verbrecherwelt; ich konnte bisher nicht feststellen, ob Chesterton die Namen frei erfunden hat oder ob es sich um Bezeichnungen für da-

mals reale Verbrechertricks handelt, und also auch nicht, was sie im Einzelnen bedeuten.

12 *rote Rosette*: das Abzeichen der Ehrenlegion, deren Mitglied (sicherlich hohen Ranges) Valentin also war.

13 *französische Fremdenlegion*: hier sei der Hinweis gestattet, dass die spanische Fremdenlegion, obwohl kaum bekannt, im Grunde den gleichen Ruf verdiente wie die französische.

14 *britische Etikette*: bei gesellschaftlichen Gelegenheiten trägt der britische Offizier weder Säbel noch Sporen.

15 *Walt Whitman*: bedeutendster US-Lyriker (1819–1892), dessen *Leaves of Grass* (*Grashalme*) auch in Europa der modernen Lyrik die Bahn brachen. Ob es einen Luke P. Tanner wirklich gegeben hat oder ob Chesterton ihn selbst erfand, konnte ich nicht feststellen. Fest steht, dass es in Pennsylvanien niemals ein Paris gab.

16 Dass sein Haar »so säuberlich zurückgekämmt wie das eines Deutschen« war, ist eine Formulierung, die auf die Zeit der Entstehung dieser Geschichte zurückweist: die Zeit vor dem Ersten Weltkrieg.

17 *Watteau*: Jean-Antoine Watteau (1684–1721), französischer Maler, schuf zahlreiche Werke, die in heiter dichterischer Verklärung galante Feste der höfischen Gesellschaft in Parklandschaften darstellen; die elegante Leichtigkeit seiner Gestalten und die bei aller Leuchtkraft zart bleibende Farbigkeit seines Stils machten ihn berühmt.

18 *Bidhänder*: langes zweischneidiges Schwert aus dem Mittelalter, das wegen seiner Schwere mit beiden Händen geführt wurde (ähnlich dem Henkersschwert).

19 *das Klopfen in Macbeth*: der König von Schottland Macbeth (1040–1047) besiegte und tötete seinen Vorgänger König Duncan I. und fiel selbst im Kampf gegen seinen Nachfolger Duncan III.; Shakespeare schuf aus diesem Stoff sein Trauerspiel *Macbeth* (1605), in dem verschiedentlich ein Klopfen unheilschwangere Bedeutung hat, so z. B. in Akt 2, Szene 1, wo Macbeth, nachdem ihn Lady M. verlassen hat, vor einem Klopfen erschrickt und sich zu fragen beginnt, was mit ihm los sei, da jedes Geräusch ihn zu erschrecken vermöge.

20 *in reinem Irisch*: gemeint ist: in Englisch mit einem reinen irischen Akzent, denn dass der Major auf die Fragen Valentins in gälischem Irisch geantwortet hätte, ist mehr als unwahrscheinlich (auch wenn damals noch mehr Iren Irisch gesprochen haben dürften als heute: Von 3,5 Mill. sprechen es ca. 10 000 ausschließlich, weitere ca. 45 000 verstehen und sprechen es, rund 700 000 verstehen und sprechen es gebrochen).

21 *sah auf seine Stiefel*: es ist daran zu erinnern, dass der Halbschuh erst nach dem Ersten Weltkrieg allgemein Verbreitung fand; zur Zeit der Erzählung trug man meist bis über die Knöchel reichende Schnürschuhe, die als *»boots«* = Stiefel bezeichnet wurden, aber keine Stiefel im eigentlichen Sinn sind.

22 *Catos Stolz*: Marcus Porcius Cato der Jüngere (Urenkel von Marcus Porcius Cato dem Älteren, der 149 v. Chr. starb und als Anhänger altrömischer Sittenstrenge und als unversöhnlicher Gegner Karthagos bekannt wurde: *»Ceterum censeo Carthaginem esse delendam«* = Im Übrigen meine ich, dass Karthago zerstört werden muss, war sein berühmter Abschlusssatz in jeder seiner Reden im Senat) war ein erbitterter Gegner Cäsars, von dem er die Zerstörung des alten Rom erwartete, und gab sich 46 v. Chr. nach Cäsars Sieg bei Thapsus in Utica selbst den Tod.

23 *Die zwölf wahren Fischer*: Chesterton parodiert hier die zwölf Apostel und das Abendmahl der Jünger, um vor diesem Hintergrund der Vulgarisierung des Christentums durch die Gesellschaft die unklerikale Souveränität Father Browns umso heller zeichnen zu können.

24 *oligarchische Gesellschaft*: die Oligarchie bzw. Oligokratie (griechisch = Herrschaft der Wenigen) bedeutete bei Aristoteles die Herrschaft der Reichsten, heute jede Regierungsform, in der die Herrschaft bei kleinen Führungsgruppen mit besonderen Privilegien liegt.

25 *Plutokratie*: griechisches Kunstwort zu Plutos, dem altgriechischen Gott des Reichtums, bedeutet so viel wie Geldherrschaft, also eine Regierungsform, bei der für die Auswahl der Herrschenden ihr Reichtum ausschlaggebend ist; der Plutokrat ist der Geldsack, der Prototyp des rücksichtslosen Kapitalisten.

26 *Pfründe*: von lateinisch *»praebenda«* = Unterhalt: Im speziellen Sinne ein Kirchenamt, das mit einer Vermögensausstattung verbunden ist, deren Nutznießung dem Amtsinhaber zusteht; im allgemeineren Sinne eine mit besonders guten Einkünften ausgestattete Stellung ohne große Arbeitslast.

27 *Sovereign*: alte englische Goldmünze im Gegenwert von 20 silbernen Schilling.

28 *Gladstone-Kragen*: William Ewart Gladstone, britischer Staatsmann (1809–1898), trug immer hohe steife Kragen, so genannte »Vatermörder«, deren vordere Ecken nicht, wie beim späteren Stehkragen, umgebogen waren.

29 *Kataleptiker*: griechisch Katalepsie = Starrsucht: Verkrampfungszustand der Muskeln, eines der Anzeichen eines schizophrenen Anfalls.

30 *Tanz des Todes*: der Tanz des Todes wird oftmals irreführend als Totentanz bezeichnet; es handelt sich um die Darstellung des tanzenden Todes, der die Toten aus ihren Gräbern herausführt.

31 *Die flüchtigen Sterne*: im Original *»The Flying Stars«*; sie werden meist falsch als *Sternschnuppen* übersetzt, obwohl Sternschnuppen *»falling Stars«* oder *»shooting Stars«* sind. *»Flying Stars«* kann *fliegende* oder *fliehende oder flüchtige* Sterne (im Sinne nicht dauerhaften Verweilens) bedeuten, und Chesterton spielt mit allen diesen Bedeutungen im Rahmen seiner Geschichte. Deshalb erschien mir der weitestgreifende Begriff, der der »flüchtigen Sterne«, hier am angemessensten.

32 *Millet*: Jean-François M. (1814–1875), französischer Maler, der zuletzt in schweren braunen und grauen Tönen erdgebundene Bauerngestalten in Landschaften von überwiegend schwermütiger Stimmung malte.

33 *Affenbaum*: im Original *»monkey tree«* (auch *»monkey puzzle«*), die Araucaria imbricata; ihr Zweigwerk ist so ungewöhnlich angeordnet und ihre Blätter scharf wie Nadelspitzen, dass behauptet wird, selbst Affen könnten diesen Baum nicht besteigen; im Deutschen Schuppentanne, seltener auch Affentanne genannt.

34 *The Clarion* bzw. *The New Age: The Clarion* erschien als sozialis-

tisches Wochenblatt 1851–1932, *The New Age* war ein der sozialistisch orientierten Fabian Society nahestehendes Wochenblatt, in dem u. a. George Bernard Shaw viel publizierte.

35 *Sirdar*: von Urdu *sardar* (aus Persisch *sar* = Oberhaupt und *dar* = Besitz), in Indien und anderen asiatischen Ländern Bezeichnung für einen hohen militärischen Führer; speziell seit dem 19. Jh. der britische Oberbefehlshaber der ägyptischen Streitkräfte.

36 *Zauberer*: England kannte/kennt den Weihnachtsmann im deutschen Sinn nicht; stattdessen wurden zu privaten Weihnachtsveranstaltungen zur Freude der Kinder nicht selten Berufs- oder Amateurzauberer gebeten.

37 Blount spricht seinen Schwager mit »Sie« an – man kannte sich noch nicht lange und gut genug, dass ein deutsches »du« gerechtfertigt gewesen wäre, und kumpelhaftes Duzen, wie heute so weit verbreitet, wäre für jene Zeit unverzeihlich gewesen; daher siezen sich auch Ruby und John.

38 *altenglische Pantomime*: zu den festlichen Hausveranstaltungen des alten Europa (Hausmusik, Haustheater) in der Vorkino- und Vorfernsehzeit gehörte spätestens seit 1739 in England die P., aus römischer Tradition entstanden, durch die italienische Commedia dell'arte weiterentwickelt, in England zu einer ursprünglich ebenfalls stummen dramatischen Vorführung ausgebaut, dann in Sprechtheater umgeformt, wobei der Auflösung des »Dramas« als Abschluss eine derb-komische Szene mit Clown und Hanswurst und dem Tanz des Harlekin mit der Columbine folgte; hierbei wurden ferner Züge des Kasperl-Theaters übernommen, so etwa das Auftreten des Polizisten, der den Kasper/Harlekin unter irgendwelchen Vorwänden verhaften will, von diesem aber glorreich geschlagen wird (Verspottung der Obrigkeit); nach und nach wurde die P. in die Weihnachtsveranstaltungen integriert, spätestens seit 1892 als wesentlicher Teil, wobei Familienangehörige und Freunde die Rollen spielen.

39 *Diamantenkönigin*: die englische »*Queen of Diamonds*« ist die Karodame des Kartenspiels, doch hätte dieser Begriff im Deutschen den Zusammenhang mit den Theaterjuwelen verdeckt.

40 *The Pirates of Penzance*: berühmte komische Oper von Gilbert & Sullivan, Erstaufführung 1879.

41 *Art christlicher Demut*: nämlich die Gaben des Herrn unbefragt demütig entgegenzunehmen.

42 *Lucknow Mansions ... Himalaya Mansions* – Lucknow ist eine Stadt in Indien zu Füßen des Himalajas.

43 *Clapham*: einst reiche, ruhige Luxus-Vorstadt, heute immer noch im Südwesten Londons.

44 *Angloindien-Mann*: im Original *»Anglo-Indian«*; wörtlich also »Angloinder«, aber das bezeichnet im deutschen Sprachgebrauch einen Mischling aus englischen und indischen Eltern, während hier ein Engländer gemeint ist, der im Dienste des angloindischen Imperiums in Indien (bzw. im Orient) gedient hat.

45 *Vergil*: Dante ließ sich in seiner *Göttlichen Komödie* vom Geist des römischen Dichters V. durch Hölle und Fegefeuer führen, während er sich auf seiner Wanderung durch den Himmel der Seele seiner geliebten Beatrice anvertraute.

46 *Coleridge*: Samuel Taylor C. (1772–1834), englischer Dichter, brachte das Übersinnliche (und damit auch die Naturereignisse als Naturkräfte) in klangreicher Wortkunst zu farbiger Sinnlichkeit und damit Anschauung.

47 *Apachen*: bedeutet hier nicht das Volk Winnetous oder Geronimos, sondern war seinerzeit die romantisierende Bezeichnung für Mitglieder der Pariser Unterwelt.

48 *Vicisti, Galilaee!*: Flavius Claudius Julianus, letzter heidnischer römischer Kaiser (361–363), ein Brudersohn Konstantins des Großen (hatte 357 die Alemannen bei Straßburg geschlagen, wurde 360 zum Augustus ausgerufen und 361 zum Alleinherrscher), versuchte dem Christentum ein im neuplatonischen Geist erneuertes Heidentum entgegenzusetzen, weshalb ihn die Christen *»Apostata«* (griechisch = der Abtrünnige) nannten; auf dem Sterbelager soll er nach der Kirchengeschichte Theodorets, 3,20 gesagt haben: *Vicisti, Galilaee!«* = Du hast gesiegt, Galiläer (= Jesus, genannt Christus).

49 *Byron*: George Gordon Noel, Lord B. (1788–182.4), englischer Dichter, gilt als zwiespältige Natur, eine Mischung aus hingebender Liebe und ausschweifender Sinnlichkeit, aus weltschmerzlicher Pose und echtem Leid (Byronismus); Goethe huldigte ihm in Faust

2. Teil als »Euphorion«. Chestertons Weise, Dichter und Denker zu zitieren, lässt seine Haltung ihnen gegenüber erkennen.

50 *Wilkie Collins*: William Wilkie C. (1824–1889), englischer Schriftsteller, der als Verfasser von spannungsreichen Romanen um geheimnisvolle Verbrechen berühmt wurde und als Vater des englischen Kriminalromans mit meisterhaft ausgetüftelten *»plots«* gilt (sein erster erfolgreicher Roman war 1852 *Basil*, seine berühmtesten wurden 1860 *Woman in White*, deutsch berühmt geworden in der Übersetzung von Arno Schmidt: *Die Frau in Weiß*, und 1868 *The Moonstone)*.

51 *Ludwig XVI.*: herrschte 1774–1792 als König von Frankreich und war bekannt wegen seines Steckenpferdes: der Feinmechanik und der Uhrmacherei, die er beide mit großem Geschick und Talent betrieb, bis hin zu Sicherheitsschlössern für seine Privatgemächer und Schatztruhen.

52 *Farthing*: zu *»four«* (4) = der vierte Teil, nämlich von einem Penny, die kleinste englische Scheidemünze jener Zeit.

53 *die Broads*: damit sind generell breite seenartige Flussmündungen bzw. Mündungsmarschen gemeint, vor allem aber diejenigen in Norfolk.

54 *falsche Seite der Tapete*: ein typisches Beispiel für Chestertons Lust an Doppeldeutigkeiten: Einerseits formuliert Father Brown hier Platons alten Gedanken, dass der Mensch auf Erden nur der Schatten seiner wahreren Wirklichkeit sei, brownisch pointiert; zum anderen aber lässt sich das Bild vollkommen auf die real existierende Situation auf der Insel anwenden, der Brown ja von Anfang an misstraute: Besuche im Märchenland sind immer gefährlich.

55 *Sieben Minuten*: ein typisches Beispiel für Chestertons Lust am Stabreim bzw. an der Alliteration: die Zahl der Minuten ist eigentlich unwesentlich, aber um des Stabreims und des Rhythmus des Satzes willen schreibt er *»Some seven minutes later«* (wobei es bei Chesterton allerdings auch nicht auszuschließen ist, dass er an die 7 Tage der Schöpfung dachte, denn auch auf der Insel ist jetzt alles getan, und der Herr kann von seinem Tun ausruhen).

56 *à vos ordres*: französisch – zu Ihren Diensten; altmodische Floskel formeller Höflichkeit.

57 *um mich von meinem unglücklichen Bruder Mr Stephen zu unterscheiden*: Chesterton hat möglicherweise den Namen Saradine gewählt, weil sich die beiden Brüder wie eine Sardine der andern glichen.

58 *alter Totenschädel und gekreuzte Knochen*: das berüchtigte Zeichen des »Jolly Roger«, der Piratenflagge, unter der einst auch der Verbrecher Flambeau gesegelt war.

59 *agnostische Gedanken*: die Lehre des Agnostizismus vertritt die Auffassung, dass man über das, was jenseits der realen Welt liege (das absolute Sein, Gott o.ä.), nichts wissen könne und daher Fragen nach deren wahrem Sein zu unterlassen habe bzw. unentschieden lassen müsse.

60 *Der Hochwürdigste Ehrenwerte*: der *»Reverend«* ist der Titel des Weltgeistlichen, in der deutschen Anredeform »Hochwürden«; der *»Honorable«* ist der Titel des Adligen, als »der Ehrenwerte« zu übersetzen (auch für Parlamentarier üblich).

61 *der Kurat* (*the curate*): Bezeichnung für einen Kirchenverweser und für einen Pfarrer, vor allem der anglikanischen Kirche.

62 *die Nelson-Säule*: das englische Nationalheiligtum sozusagen, das Ehrenmal für den britischen Admiral Sir Horatio Nelson auf dem Londoner Trafalgar Square zur Erinnerung an seinen Seesieg über die vereinigten Flotten Frankreichs und Spaniens im Kampf gegen Napoleon bei Trafalgar, in dessen Verlauf er tödlich verwundet wurde. Dieser Seesieg verschaffte Großbritannien die uneingeschränkte Herrschaft zur See und bedeutete den Anfang vom Ende des napoleonischen Abenteuers.

63 *im Namen des Königs*: also spielt die Geschichte nach dem Tod der Königin Victoria im Jahr 1901.

64 *der Herr den Sanherib schweigend zerschmiss*: vgl. AT, Buch der Könige II, 18,13 ff.

65 *Wir haben ein … gewisses Interesse an alten englischen Kirchen*: sagt der katholische Priester zum anglikanischen: bis zur Kirchenspaltung durch Heinrich VIII. und seine Gründung der anglikanischen Sonderkirche gab es in England praktisch nur katholische Kirchen, und alle alten englischen Kirchen waren ausnahmslos zuvor katholische.

66 *Christian Science*: Mary Baker Eddy gründete sie 1866 als Weltanschauung in religiös-kirchlicher Form: Gott sei das allein Wirkliche und Krankheit etwas Unwirkliches, das als Frucht der Unwissenheit und Sünde entstehe und durch Gebet zu beseitigen sei; die Mutterkirche der Bewegung befindet sich in Boston (wo auch sonst?).

67 *die blonde Bestie Nietzsches*: Friedrich Wilhelm N. (1844–1900), deutscher Philosoph, der in geistiger Umnachtung in Weimar starb; von Schopenhauer und Wagner beeinflusst, entwickelte er ein neues Griechenbild, in dem Dionysisches und Apollinisches miteinander konkurrieren; dann rechnete er mit dem bürgerlichen Bildungsbegriff und dem Historismus seiner Zeit ab und entwickelte als Leitbild den freien Geist in einer »Umwertung aller Werte«, anschließend stellte er der »Sklavenmoral« des Christentums die »Herrenmoral«, dem Jenseitsglauben die Bejahung der Erde und des Lebens entgegen (*Also sprach Zarathustra*); seine Ablehnung des Christentums steigerte sich schließlich zu ausgesprochenem Hass. Sein Denken wurde oft und gründlich missverstanden; seine Aphorismen und Schlagworte (»Übermensch«, »Herrenmensch«, »Wille zur Macht«) dienten später wie der Vulgärdarwinismus faschistischen Zielen und Zwecken und pervertierten sein missverstandenes Denken so völlig.

68 *große Sachsenkönige*: gemeint sind die großen sächsischen Könige Altenglands vor der Eroberung durch die Normannen 1066.

69 *vor ganz Westminster*: in deutschen Städten dürfte solches Treiben leider an ordnungspolitischen Vorschriften und Maßnahmen scheitern.

70 *Pastor*: lateinisch *pastor* = der Hirte, der Hüter.

71 *Dorés Christus, der das Praetorium verlässt*: Gustave D. (1832–1883), französischer Zeichner und Maler; seine frühen Zeichnungen für Buchholzschnitte sind geistreich und frisch; seine späten ganzseitigen für Prachtausgaben in Tonstich sprengen alle Rahmen der Illustration; seine Bibelillustration erschien 1865 und zeigt u. a. Christus, wie er vom Verhör durch Pontius Pilatus aus dem römischen Praetorium zu Jerusalem kommt.

72 *Ebene von Salisbury*: in ihr befindet sich das Megalithheiligtum Stonehenge.

73 *Kaiaphas*: der jüdische Hohe Priester, der die Vernehmung Jesu durchführte.

74 *Illuminati*: die Erleuchteten, der höchste Rang in den Geheimwissenschaften wie etwa bei den Rosenkreuzern usw.

75 *Hierophant*: ursprünglich der im alten Griechenland in die Eleusinischen Mysterien einweihende Oberpriester; diese Mysterien gehörten zum Geheimkult um Demeter und Persephone; Persephone war die Tochter von Zeus und Demeter, Gattin des Hades und damit Göttin der Unterwelt.

76 *Hölle unermesslicher Kälte*: man erinnere sich, dass in den skandinavischen und altgermanischen Mythen die Urkuh Audumla alles Leben aus dem Ureis leckt.

77 *Oberst Newcome*: Figur aus der Novelle *Die Newcomes* von William Makepeace Thackeray (1811–1863). Th. ist neben Charles Dickens der bedeutendste englische Romancier. Sein Werk zeichnet ein ironisch-sarkastisches Sittenbild der gehobenen Mittelklasse und des Adels.

78 *Ale*: nicht schäumendes englisches Bitterbier.

79 *Embankment*: Steinmauern, gepflasterte Straßen und Promenaden beidseits der Themse in London. Das E. auf dem nördlichen Themse-Ufer heißt Victoria E., dasjenige auf dem südlichen ist das Albert E.

80 *Hektor und Achill*: bei Homer besiegt der Held Achill den tapferen Hektor und schleift ihn an den Fersen um die Festung Troja.

81 *Meuterei*: gemeint ist die große Mutiny, die Meuterei der Hindu- und Muslim-Einheiten in der angloindischen Armee 1857, der so genannte Sepoy-Aufstand: Die Armee hatte neue Karabinermunition eingeführt, wobei die Kartuschen mit den Zähnen aufzureißen waren; da die Kartuschen mit einer Mischung aus Rinder- und Schweinefett eingeschmiert waren, gelang es auf diese geniale Weise der Armeeleitung, gleichzeitig die Hindusoldaten (durch Rinderfett) und die Muslimsoldaten (durch Schweinefett) in ihren religiösen Tabus zu verletzen, eine Meisterleistung sacheffizienter Verwaltungsarbeit, die folgerichtig zum Aufstand führte.

82 *fahrender Ritter*: der letzte ihrer Art wurde auch der berühmteste: Don Quijote aus der Mancha, gedichtet von Miguel Cervantes Saavedra.

83 *Schwarzer Fluss*: auch eine Übersetzung des *»Black River«* in ein *»Rio Negro«* hülfe beim Versuch der Lokalisierung dieses imaginierten Brasilienfeldzugs nicht weiter.

84 *Burma*: oder Birma heißt heute amtlich Myanmar, was früher nur ein Teil des amtlichen Namens »Pyi-Daung-Su Socialist Thammada Myanma Naingng-an-Daw« war.

85 *Lincolnshire Fens*: große Marschlandschaft in Ostengland, die sich durch verschiedene Grafschaften bis an die Nordseeküste erstreckt. Die Gegend war ursprünglich Sumpfland, doch begannen bereits die Römer mit der Trockenlegung, sodass sie längst als Kulturland genutzt wird (vgl. auch die Aufanischen Matronen, das Hohe Venn und La Haute Fagne).

86 *Philanthrop*: im älteren Sprachgebrauch ein praktizierender Menschenfreund, der z. B. als Zivilist freiwillig an die Front reiste, um dort den Verwundeten zu helfen o. ä.

87 *Bauern*: gemeint sind hier die des Schachspiels.

88 *Brandy*: Frankreich ist es im sogenannten Versailler Frieden u. a. gelungen, durchzusetzen, dass nur noch Weinbrände aus der Gegend von Cognac den Namen Cognac tragen dürfen.

89 *Sunny Jim*: 1902 in den USA ins Leben gerufenes und 1903 in England eingeführtes Reklamemännchen für Force-Frühstücksflocken. Äußerst beliebte Persönlichkeit mit weiß gepudertem Zopf, rotem Frack, hohen Eckenkragen, Querbinder und Monokel.

90 *Mr Pickwick*: Samuel Pickwick, der naive quijotische Held der *Nachgelassenen Aufzeichnungen* des Pickwick-Clubs von Charles Dickens (1836/37 erschienen).

91 *lautes Gelächter*: in Klammern stehende Bemerkung in Parlamentsprotokollen, wenn einer der politischen Redner dem Haus Anlass zur Heiterkeit geboten hat.

92 *Baronet*: in England von James I. 1611 eingeführter niedrigster Adelsrang.

93 *et ne nos inducas in tentationem*: lat. = und führe uns nicht in Versuchung (aus dem Vaterunser).

Wenn Ihnen dieses KAMPA POCKET
gefallen hat, gefällt Ihnen vielleicht auch der
Lesetipp auf der gegenüberliegenden Seite.

Schicken Sie uns bitte Ihren LIEBLINGSSATZ
aus einem Kampa Pocket, bei einer Veröffentlichung auf unseren Social-Media-Kanälen
bedanken wir uns mit einem Buchgeschenk:
lieblingssatz@kampaverlag.ch